# 잉글랜드 부인

MRS ENGLAND # 잉글랜드 부인

스테이시 홀스 지음

최효은 옮김

글늘

**일러두기**

『잉글랜드 부인』은 1900년대를 배경으로 하는 작품으로, 당시 시대상을 담고 있습니다. 때문에 현대에서는 젠더 감수성에 따라 사용하지 않는 단어도 그대로 사용했습니다. 작품 내에 등장하는 놀랜드 유모 학교는 실재하는 명문 칼리지입니다. 영국 왕실의 자녀들을 돌보는 유모를 배출해내는 곳으로, 현재에도 운영되고 있습니다. 해당 학교에서 '유모'라는 호칭을 사용하기 때문에 이를 그대로 반영했으나, 작품 속의 유모는 아이에게 젖을 물리는 wet nurse가 아닌, 아이를 보육하는 dry-nurse에 가깝습니다.

작은 악어가
빛나는 꼬리를 손질하고
금빛 비늘 켜켜이
나일강의 물을 뿌린다.

작은 악어는 기분 좋은 활짝 웃음으로
가지런히 발톱을 쭉 펴서
부드러운 미소가 담긴 입속으로
작은 물고기들을 맞아들인다.

- 루이스 캐럴의 『이상한 나라의 앨리스』 중에서

역경 속에서도 담대하라

- 놀랜드 유모 전문학교 교훈

# 차례

프롤로그　　9

잉글랜드 부인　　11

작가 노트　　462

## 프롤로그

한밤중의 숲속은 적막과 거리가 멀다. 쏙독새와 올빼미가 생경한 울음소리를 내고, 산책길 흩어져 있는 돌에 부츠가 걸려 바스락 소리를 낸다. 물소리가 주변을 가득 채운다. 작은 개울과 시내가 재잘재잘, 조잘조잘, 졸졸 쉬지 않고 강으로 흘러간다. 비가 그친 뒤 자욱한 안개 사이로 달이 어슴푸레 모습을 드러낸다.

망토를 더욱 단단히 여미고 숄로 얼굴을 감쌌다. 램프는 차라리 없는 편이 나았다. 불빛이 닿지 않는 곳은 훨씬 더 어둡게 보이니까 말이다. 희미한 달빛만으로 충분한 데다가 내 눈도 곧 어두움에 익숙해졌다.

공장 앞뜰을 지나 별채를 가로지르는 승마길에 섰다. 왼편으로는 황무지를, 오른편으로는 마을을 가만히 바라보았다. 그러다가 왼편으로 몸을 돌려 물레방아 연못을 지났다. 연못이 밤을 비추는 거울인 양 부드럽게 반짝이고 있었다. 산책길 위 언덕으로 우뚝 솟은 소나무들이 계곡을 따라 으스스하게 굽이쳤다.

황무지의 작고 외로운 오두막에 가는 길을 생각해 내려고 애를 썼다. 아이들 방문을 잠그고 나왔으니 이번에는 밀리가 따라 나오는 일은 없을 것이다. 모든 일은 잘 풀릴 거고 나는 아무도 모르게 다시 돌아갈 수 있다. 그런데 만약 잉글랜드 씨가 먼저……

'아니야. 생각하지 말자. 그냥 계속 걷는 거야.'

나는 속으로 곱씹었다.

가까스로 숲속을 올라가고 있는데 험한 바위들이 어둠의 망령처럼 내 왼편을 드리웠다.

"루비?"

속삭이는 듯한 소리지만 틀림없었다.

두려움이 온몸을 감쌌다. 나는 그 자리에 얼어붙어 앙상한 나무의 검은 가지 사이로 주변을 살폈다. 심장이 쿵쾅대는 소리 때문에 다른 건 아무것도 들리지 않았다. 몇 초가 지났을까 다시 소리가 들렸다.

"루비? 루비 맞지요?"

# 1

1904년 런던

하이드 파크 옆에 있는 집으로 향하는 길이다. 조지
나는 데이지 꽃을 한 움큼 손에 쥔 채 잠이 들었다. 나는 평소와 같
이 동쪽 켄싱턴 가든스를 가로질렀다. 승마길을 따라 유모차를 밀
고 가면서 다른 유모들에게 인사했다. 쿠션으로 대어진 유모차 발
판 밖으로 조지나의 신발이 삐죽 나와 있다.

곧 있으면 유모차가 작아질 것이다. 아기 조지나가 그리워질 것
같아 가슴이 에였다. 조지나는 이제 혼자 앉을 수 있다. 처음 혼자
앉을 수 있게 된 날이 생각난다. 덮개가 반으로 접힌 유모차에 앉은
조지나는 '근위 기병대'를 즐겨 봤다. 기병대는 가느다란 선으로 장
식한 제복을 입고 깃털이 달린 모자를 쓰고 있었다. 지나가던 여성
들은 양산을 내리고 넋을 놓은 채 조지나를 바라봤다.

나는 몸을 숙여 유모차 옆 모래 위에 떨어져 있는 곰 인형을 주
웠다. 인형 주인의 유모는 벤치에 앉아 소설을 읽느라 인형이 떨어
진 걸 눈치채지 못한 것 같다. 유모의 뒤로는 한 무리의 소년들이

잔디 위에서 뒹굴며 놀고 있었다. 막대기로 서로를 찌르기도 했다.

"오, 감사해요."

내가 곰 인형을 건네자 유모가 말했다.

이 유모도 나와 같은 복장을 하고 있었다. 다른 유모들과는 확실히 구분되는, 놀랜드 유모 전문학교 졸업생들만이 할 수 있는 복장이다. 나는 맵시 좋은 갈색 망토 속에 옅은 황갈색의 원피스를 입었다. 원피스에는 하얀색의 면 케임브릭 직물로 짠 레이스 앞치마가 붙어 있다. 여름 복장의 마무리는 목에 매는 하늘하늘한 크림색 끈이다. 겨울에는 하늘색의 모직 옷을 입는다. 분홍색 무명으로 만든 원피스형 앞치마를 두른 채 사계절 내내 놀이방을 치우거나 불을 지피는 고된 일을 한다.

"저렇게 좀 자주면 얼마나 좋아."

곰 인형을 받아든 유모가 중얼거렸다.

유모가 자기 유모차를 향해 고개를 까딱했다. 유모차 안에는 조지나보다 조금 커 보이는 아이가 앉아 있었다. 심각한 얼굴을 하고는 하얀색 여름 모자 사이로 나를 쳐다봤다.

"몇 개월이에요?"

"이제 17개월이요."

"아이고, 곱슬머리 귀여운 것 좀 봐. 이 아이는 직모랍니다. 겉싸개를 넣어놓으면 그렇게 밖으로 빼버려 죽겠어요."

"아기가 잠들었을 때 덮어줘 보세요. 겉싸개를 살짝 물에 적셔서 덮어주면 마르기도 잘 마른답니다."

"오, 그거 좋은 생각이네요."

유모의 얼굴이 환해졌다.

내가 인사를 건네자 유모는 다시 책 속으로 빠져들었다. 나는 철책 수사슴들이 보초를 서는 공원의 알버트 게이트를 가로질러 나왔다. 바람개비와 풍선을 팔고 있는 나이 지긋한 아주머니에게 미소를 지어 보였다. 8월의 오후, 바람개비들은 상자 안에 가만히 놓인 채 가벼운 바람이라도 불기를 진득하게 기다리고 있었다. 장사꾼 아주머니는 마지못해 그중 하나를 손으로 빙글 돌렸다. 아주머니는 결코 내 인사에 웃어주는 법이 없는데 아마도 아주머니에게 나는 이 근처를 다니는 많은 유모 중 하나에 불과해서이지 않을까 하는 생각이 들었다.

유모들은 점심까지 할 일을 마친 후 공원에 모여 벤치나 잔디 위에 얇은 천을 깔고 앉는다. 오리에게 먹을거리를 던져주거나 장미정원을 가로질러 유모차를 밀고 다니며 산책을 한다. 한 두어 시간이 지나면 유모들은 다시 바람개비 아주머니를 지나 집으로 향한다. 아이들이 낮잠을 자거나 샌드위치를 먹은 뒤 부모와의 시간을 갖도록 응접실로 내려보낼 준비를 한다.

조지나는 오드리와 데니스 래들렛 부부의 외동딸이다. 곧 부부에게 둘째가 태어날 예정이지만 말이다. 나는 조지나의 거즈 수건을 빨아 준비해 놓고, 아기용품 카탈로그에서 괜찮은 침대를 몇 개 고른 뒤 동그라미 쳤다. 래들렛 부인에게 보여줄 생각이다. 동생이 태어나도 조지나는 계속 자기 침대를 쓸 것이다.

새로운 아기의 탄생은 설레지만, 아기에게 젖을 물릴 유모를 아직 찾지 못했다. 몇 주간 놀이방을 다른 사람과 함께 사용해야 한다는 사실이 잘 실감 나지 않고 두려움이 앞선다. 페리베일 가든스의 6번가 꼭대기는 나의 왕국이자 영역이기 때문이다. 나의 사무실이자 교실이며 작업실이다. 조지나가 장난감 인형들과 티타임을 갖고 싶어할 때는 찻집이 되기도 한다. 때로는 정글로 변신한다. 조지나와 내가 카펫 위를 무릎으로 기어 다니며 사자와 호랑이를 사냥하는 것이다.

조지나가 꼭 쥐고 있던 주먹을 풀자 데이지 꽃이 담요 위 사방으로 흩어졌다. 나는 재빨리 꽃들을 주워 담아 내 주머니에 넣었다. 공원에서 딴 꽃들을 놀이방 창틀에 놓인 화병에 꽂았다. 나는 조지나에게 꽃들의 이름을 가르치고 있다. 그릇이나 숟가락, 장난감, 도장 등 주변의 사물들을 가리키며 이름을 알려주었다. 알려주는 족족 머릿속에 이름을 넣어두었는지 조지나는 이미 아는 단어가 상당하다.

"사슴!"

몇 주 전 오후 산책 때는 조지나가 유모차에서 몸을 비죽 내밀어 알버트 게이트의 수사슴을 가리키며 외쳤다. 만나는 사람마다 칭찬을 아끼지 않는, 그리고 그 칭찬에 화답이라도 하듯 빙긋이 웃어주는 귀엽고 자랑스러운 아기에게 나는 이루 말할 수 없는 자부심과 사랑을 느꼈다.

킹스브릿지의 자동차들이 굉음을 내며 도로에 매연을 가득 내뿜고는 마차를 스쳐 지나갔다. 나는 붉은색 벽돌로 지은 아파트 건물, 구운 감자 장수, 베이스워터 지역을 다니는 초록색 버스, 그리고 카트에서 막 세탁한 침대보를 내리는 중국인 세탁소 주인을 바라보았다. 길을 건너던 청소부들은, 챙이 넓은 모자를 쓰고 백화점에서 집으로 향하는 귀족 여인들과 두 손 가득 상자를 들고 그 뒤를 따르는 메이드들에게 길을 비켜주었다.

페리베일 가든스는 부산한 대로변에서 몇 분 정도 떨어진 거리에 있는 크고 조용한 광장이다. 검은색 철책으로 두른 뒤 삼나무와 철쭉을 심어놓은 길쭉한 사각형 모양의 잔디밭이 있고, 그 주위로 열댓 집이 모여있다. 그 중 래들렛 부부의 집은 벽토를 바른 높은 건물이다. 반짝이는 검은색 문 옆으로 부드러운 하얀색 기둥들이 있다. 집의 꼭대기가 놀이방이다. 길고 해가 잘 드는 잔디밭이 한눈에 내려다보이고 양옆으로 이웃집 정원이 펼쳐진다. 옆집의 보울러 부부는 닭을 키워서 가끔 조지나가 달걀을 주우러 놀러 가기도 한다.

현관은 텅 비어있었고 조용했다. 조지나를 데리고 위로 올라와서 크림색 가죽 신발을 벗겨주었다. 침대에 눕혔더니 아기는 이내 한숨을 쉬었다. 블라인드를 닫고 커튼을 치면서 잠시 길가를 내려다보니 푸줏간 집 아이가 바구니를 들고 동네를 돌고 있었다. 아이가 지하실로 향하는 계단으로 내려가자 문 앞에서 부엌 메이드가 바구니 속 내용물을 살펴보고는 자신의 팔 안쪽에 꾸러미들을 쌓았다.

우리 아빠도 우리 집 당나귀 댐슨과 함께 동네를 돌곤 했다. 댐슨이 끄는 짐수레 한쪽에는 크고 하얀 글씨로 'A. 메이의 최상급 과일 & 채소'라고 쓰여 있었다. 아빠가 사람들에게 손을 흔들며 동네를 돌 때면 내 동생들과 나는 서로 수레의 앞자리에 앉겠다고 싸웠다.

"루밥, 고삐는 네가 잡으렴."

아빠는 늘 이렇게 말하면서 고삐를 나에게 넘겨주었다.

나는 커튼을 닫았다.

세시 삼십분 쯤 메이드 엘렌이 햄 샌드위치와 차를 한 잔 가져다주었고, 나는 다 읽은 『젊은 여성』과 아직 읽지 않은 연애 소설 한 권을 엘렌에게 건넸다. 창가에 놓인 식탁에 앉아 먹을 준비를 하면서 혹시 먼지를 털어낼 데가 있는지 주위를 둘러보았다. 여름철에는 아침 청소를 끝내자마자 창문으로 먼지가 들어온다. 그리고 이내 수북이 쌓인다. 책장에 있는 『놀랜드 증언서』를 봤다. 검은 책등에 금빛으로 각인된 제목이 반짝거렸다. 놀랜드 유모 전문학교의 졸업식 날, 심슨 교장 선생님이 —우리는 친근하게 심이라고 불렀다.— 금빛으로 반짝이는 책더미에서 한 권씩 집어 들어 우리에게 나누어 준 것이다. 책에는 제복의 원단에서부터 추천사까지 우리가 유모라는 직업을 가질 때 필요한 모든 것이 들어있다. 앞에는 내 사진이 붙어 있는데, 좀 더 작았으면 좋았을 뻔했다. 사진 속의 나는 웃음기 하나 없이 딱딱하게 굳은 얼굴을 하고 있다. 안절부절하며 한 손을 옆 탁자에 올려놓았다.

3개월 수습 기간이 끝나는 날, 래들렛 부인은 나를 이렇게 평가했다. 바느질 솜씨 매우 훌륭함, 시간관념 최상, 깔끔함 최상, 청결함 최상, 정리 정돈 최상, 성격 최상, 손님들과의 관계 매우 훌륭함, 하인들과의 관계 매우 훌륭함, 아이들과 즐겁게 놀아주는 능력 최상, 아이들을 관리하는 능력 최상, 전반적인 능력 최상. 나는 그해 가을 자격증을 받았고, 자격증은 내 짐 가방 안에 들어있다. 자격증을 집으로 보내 액자에 끼워놓는 졸업생들도 있지만, 아이들을 돌보는 자격증도 있냐며 황당해할 엄마의 모습이 그려져 나는 굳이 집에 보내지 않았다.

햄 샌드위치를 다 먹고 정리를 하는데 문을 가볍게 두드리는 소리가 들렸다.

"들어와요, 엘렌."

지구본을 오른쪽으로 살짝 밀어놓고 적도를 다시 맞추면서 나는 소리쳤다. 그런데 아무 소리도 들리지 않았다.

"래들렛 부인!"

나도 모르게 몸을 곧추세웠다. 래들렛 부인은 나보다 서너 살 정도 위인 23세 혹은 24세 정도의 젊은 부인이다. 부인은 아주 다정하고 여성스러우며 입가에는 언제나 환한 미소를 띠고 있다. 아름다운 가운을 입고 반짝이는 브로치를 하고 있어서 통통한 몸매와 뽀얀 살결이 더욱 돋보였다. 머리카락은 캐러멜 같은 밝은 갈색이다. 부인은 직접 잡지에서 찾은 최신 유행의 머리 스타일을 항상 유지한다. 반면 내 머리는 얇은 데다가 색깔이 짙어서 어떠한 스타일로든 다듬는 게 쉽지 않다. 놀랜드 제복의 모자는 챙이 좁은데, 내 얼굴은 햇빛에 잘 그을리는 편이라 항상 햇빛을 각별하게 신경 써야 한다.

"편안한 오후 보내고 있나요, 메이?"

래들렛 부인이 밝게 인사했다.

부인은 밝고 장난기가 많은 성격이다. 제일 좋아하는 놀이가 웅장하고 호화스러운 연기인데, 나한테는 잘 안 통하는 편이다.

"시간 있을 때 응접실에서 나 좀 볼까요?"

"네, 부인. 지금 내려가겠습니다. 조지나 양이 마침 낮잠을 자고 있어서요."

래들렛 부인을 따라 집 안으로 들어왔다. 아래층은 고유의 규칙과 질서와 시간이 흐르고 내가 기꺼이 고립되는 나의 조용한 놀이방과는 완전히 분리되어 있다. 유모는 하인이 아니기 때문에 처지가 다른 것이다. 집안일을 하는 사람과 가족, 그 사이 어디 즈음에 속해있다. 그러나 허드렛일을 하는 사람도, 가족도 아니다.

심 교장 선생님은 학생들에게 유모란 외로운 직업일 수 있다고 강하게 이야기했다. 이런 처지를 '외톨이'라고 표현하기도 했다. 하지만 나는 줄곧 외톨이로서 즐겁게 지냈다. 열심히 일한 뒤 조용할 때의 평화를 즐기는 편이다.

아침마다 나는 조지나를 데리고 식당으로 향한다. 또 매일 저녁에는 응접실에 간다. 래들렛 부부는 저녁 식사 전에 한 시간 정도

시간을 내어 조지나와 즐거운 시간을 보낸다. 래들렛 씨는 피아노를 연주한다. 부인은 조지나를 공중으로 높이 들어 올리기도 하고 카펫 위에서 조지나의 통통한 발과 함께 리듬을 맞춰 춤춘다. 부부는 아기를 일주일쯤 못 본 것처럼 반가워한다. 어떨 때는 부부가 조지나를 침실로 데리고 가려고 하는데, 조지나도 부인에게 팔을 뻗으며 안 가겠다고 훌쩍인다.

"나무가 울창한 숲을 올라 평평한 길을 따라 내려오면……."

그럴 때 나는 계단을 오르며 자장가를 중얼거린다. 침실 문을 닫을 때쯤이면 조지나는 언제 그랬냐는 듯 서러움을 잊는다. 조지나는 피곤할 때 엄지손가락을 입으로 가져가는 버릇이 있다. 래들렛 부인이 잘 자라는 인사를 하러 올라올 때쯤이면 이미 졸음이 가득하다. 그렇기 때문에 항상 조지나의 입에서 손가락을 빼주어야 한다.

응접실은 저택의 앞쪽에 있는데 여름에는 잘 쓰지도 않거니와 거리에서 먼지가 들어오지 않도록 창문을 항상 닫아 놓기 때문에 좀 답답한 편이다. 뜨거운 열기를 막기 위해 블라인드가 내려져 있고 블라인드 앞에는 레이스 커튼이 달려있다. 래들렛 부부의 저택은 세련되게 꾸며져 있고 진기한 골동품으로 가득하다. 심지어는 래들렛 부인만 쓰는 서재가 있을 정도다. 래들렛 부부는 둘 다 학식이 높고 정계에서도 상당한 영향력을 행사하고 있다. 부부는 접대를 자주 하여 지인들을 종종 집으로 부른다. 모임이 있는 날에는 응접실이 시가 연기로 가득 찬다. 식탁에는 셰리 주가 담긴 잔의 끈적이는 자국이 동그랗게 남는다. 모자걸이는 이국적인 새들이 머무는 신기한 나무와 같이 깃털과 리본으로 꾸며진다.

이 저택 안에서 내 신경을 거스르는 건 거의 없다. 종종 래들렛 부인이 조지나가 잠들기 전에 응접실로 데려다 달라고 해서 함께 시간을 보낼 때는 있지만 말이다. 이외에는 대부분 내 의견을 존중 받는다. 특히 래들렛 부인은 조지나의 식사나 일과에 대해서 상당히 조심스럽게 물어보는 편이다. 이런 건 누가 유모였더라도 마찬가지였을 것이다.

"여기 앉으세요."

나는 양치식물을 심어놓은 화분 옆 푹신한 안락의자에 앉았다.

"아주 신나는 소식이 있어요."

래들렛 부인은 동그랗게 부푼 배 위에 손을 얹었다. 최근 부인의 배가 눈에 띄게 불러오자 엘렌이 부인의 치마 허릿단을 좀 더 여유 있게 손봐주었다.

"몇 주 전부터 말하려고 했는데, 남편이 모든 게 다 확실하게 정해질 때까지는 말하지 말라고 해서요. 어젯밤에 드디어 최종 결정이 나와서 알려주려고요."

나는 일말의 흥분을 느끼며 앞치마를 바로잡았다.

"아시다시피 우리 남편이 '댈버그와 호워드'사에서 꽤 인정받고 있잖아요. 그런데 위에서 특별히 잘 봐주셔서……."

래들렛 부인은 극적인 효과라도 노리는 듯 천천히 입을 열었다.

"회사에서 그이를 시카고로 보내기로 했다지 뭐예요. 그곳에서 수석 건축가로 일하게 될 거예요. 종합대학교를 설계할 거랍니다. 메이, 정말 대단하지 않나요?"

래들렛 부인은 자기 자신을 주체할 수 없다는 듯 손뼉을 쳤다.

"물론 우리는 메이 양이 미국에서도 조지나의 유모로 지내줬으면 해요. 행여라도 우리가 메이 양을 두고 갈 거라는 생각은 꿈에도 하지 않기를요! 오, 제발 우리와 함께 가겠다고 말해줘요. 남편은 우리가 살 집을 찾고 있어요. 그이가 어떤 집을 찾고 있는지 알면 아마 깜짝 놀랄걸요. 미국에서는 진짜 푼돈 몇 푼으로 어마어마한 저택을 몇 채나 살 수 있대요! 아주 멋진 공원과 가게도 있고요. 여기저기서 새로운 건물들이 계속 지어지고 있다고 해요. 앞으로 태어날 우리 아이들은 미국인이 될 거예요. 신기하지요? 지금까지 한 번도 그런 생각은 해 본 적도 없어요. 아, 정말로 낯선 기분이에요."

빠르게 말을 잇는 래들렛 부인의 얼굴에 순진무구한 경이가 스치고 지나갔다.

"시카고요……."

내가 할 수 있는 말의 전부였다. 심지어 내 입으로 말하는데도 그 이름이 그렇게 생소하고 매력적일 수 있는지. 버밍엄의 안개 자욱한 외곽 출신인 나에게는, 런던이 세상에서 가장 멋있는 곳이었다. 시카고는 나에게 마치 화성과 같이 한없이 멀게 느껴진다. 시카고에 있는 나에게 편지가 도착하려면 얼마나 걸릴까, 또 답장을 보내면 고향 집에 도착하는 데 얼마나 걸릴까. 막연하게 계산하고 있자니 내 배 속에 작고 단단한 조약돌이 얹힌 느낌이 들었다.

"그래요, 시카고. 짐은 싸서 배로 보낼 거라 시간이 좀 걸릴 거예요. 우리는 아마도 증기선을 탈 텐데 한 두어 달 걸린다고 해요. 데니스는 당장 출발하고 싶은 기색이더라고요. 일단은 뉴욕으로 가서 기차를 타면 된다고 해요. 가는 김에 뉴욕에서도 잠깐 머물 수 있을 것 같은데, 근사하지 않아요? 뉴욕에 꼭 한번 가보고 싶었어요. 그런데 메이, 괜찮아요? 표정이 좋지 않아요."

"네, 부인."

"오, 메이. 제발 우리와 함께 간다고 말해줘요. 함께 갈 거죠. 그렇지요?"

"죄송하지만 같이 가기는 어려울 것 같습니다."

정적이 흘렀다. 회중시계의 바늘이 째깍째깍 움직이고 벽난로 위에서는 도자기로 만들어진 스패니얼이 조용히 우리를 내려다봤다. 래들렛 부인은 내 대답을 전혀 예상치 못했는지 정신을 차리려고 안간힘을 쓰는 모습이었다. 배를 톡톡 두드리면서 말이다.

"대체 왜 안 되는 거죠? 당연히 출발하기 전에 주변에 작별 인사를 할 수 있게 며칠 정도 휴가를 주려고 해요."

나는 도무지 래들렛 부인의 눈을 쳐다볼 수 없어 카펫을 가만히 쳐다보았다.

"메이? 좋아할 줄 알았어요."

"네, 부인. 물론이지요. 부인과 래들렛 씨께 좋은 일이 있어 저도 기쁩니다."

"하지만 메이 양은 그렇지 않다는 거잖아요. 우리 집에서 일하는 게 혹시 힘든가요?"

"아니요. 매우 만족하고 있습니다."

"그렇다면 대체 왜 우리랑 가지 않으려는 거예요? 메이가 없는 건 도무지 상상도 할 수 없어요. 생각해 본 적조차 없단 말이에요. 메이는 우리에게 가족과 같은 존재예요. 조지나도 나도 당신을 좋아해요. 데니스도 마찬가지고요."

래들렛 부인의 목소리가 떨리더니 점점 톤이 높아졌고, 나는 혹시 래들렛 부인이 울음을 터뜨리지 않을까 불안했다.

내 목도 잠겨오기 시작했고, 코에는 물이 가득 찼다.

"고맙습니다, 부인. 부인께서는, 아니 부인과 래들렛 씨께서는 저에게 충분히 잘 해주셨습니다. 조지나 양도 무척 좋아합니다."

"그렇다면 대체 왜 우리와 함께 가지 않겠다는 거예요? 혹시 월급 때문인가요? 그런거라면 데니스에게 이야기해서 올려달라고 이야기해 볼게요."

"아닙니다, 래들렛 부인."

나는 머리를 강하게 저었다.

"그럼 몸이 안 좋아요? 아니면…… 혹시 약혼했나요? 결혼할 계획이 있어요?"

래들렛 부인이 안도의 한숨을 쉬었다.

"그것도 아닙니다."

"세상에, 그럼 대체 뭐 때문이에요?"

"제 동생들 때문에요. 동생들을 두고 떠날 수 없어서요."

"내가 무심했네요. 미안해요. 부모님이 살아계시지 않나요?"

부인은 깜짝 놀라는 동시에 신기하다는 듯 표정을 지었다.

"네, 두 분 다 살아계십니다, 부인."

"두 분 중 한 분이 편찮으신가요?"

"아니요."

"그럼 혹시 실직 중이신가요?"

"아니요."

"그럼 대체 왜 같이 갈 수 없다는 거예요?"

"정말로 죄송합니다, 래들렛 부인."

너무 슬픈 나머지 목소리가 갈라지기 시작했다.

래들렛 부인은 입을 꾹 다물고 몸을 소파에 파묻었다. 광장을 가로질러 온 마차가 손님을 내려주고 다시 출발했다. 창문 밖으로 말발굽 소리가 점점 커지더니 다시 작아졌다. 위층에서 잠든 조지나를, 창틀에 늘어놓은 잼 통을, 내 주머니에 있는, 지금은 다 시들어버린 데이지 꽃을 생각했다. 엘렌이 가져다준, 이제는 다 식어버렸을 차를, 반쯤 읽다가 나중에 읽으려고 안락의자 팔걸이에 걸쳐서

펴 놓은 『여성의 신호』를 생각했다.

　비 오는 날 저녁이면 가스등이 쉭 소리를 내며 불빛을 깜빡이는 놀이방이 나에게는 이 세상에서 가장 포근한 곳이었다. 조지나는 곧 잠에서 깨 나를 찾을 것이다. 내가 아기 침대에 있는 자기를 안아 들어 귤이나 달콤한 비스킷을 줄 것이라고 기대할 것이다. 눈물이 앞을 가려 래들렛 부인의 얼굴을 차마 볼 수 없었다. 응접실이 너무 고요했다. 데이지 꽃을 꺾을 때 줄기에서 나는 소리처럼 내 심장이 뛰는 소리가 딱딱 울렸다.

# 2

"메이."

교장 선생님의 목소리에는 아무런 감정이 실려있지 않았다. 선생님은 학교에 방문한 나를 직접 맞이했다. 교장 선생님을 마지막으로 본 것도 내가 페리베일 가든스에서 심사를 받을 때니 벌써 9개월이 흘렀다. 함께 온 엘렌이 커피와 마들렌을 응접실로 내어 왔다. 교장 선생님은 심사평을 쓰고 있었고 래들렛 부인은 응접실을 서성였다. 교장 선생님을 마주하니 그간의 시간이 먼지가 되어 사라지는 것 같았다. 처음 여기에 왔을 때처럼 의기소침하고 긴장된 기분이었다. 눈썹을 손으로 정리하고 싶은 충동을 가까스로 눌러야 했다. 나는 육중한 검은 문을 닫고 교장 선생님을 따라 안으로 들어갔다.

회반죽을 바른 입구 안쪽으로 익숙한 향기가 나를 맞이했다. 신선한 빵, 석탄산 비누, 깨끗한 침대보, 그리고 연필을 깎고 남은 부스러기의 향기 말이다. 교실을 오고 가는 여학생들의 향수 냄새와 땀 냄새가 나를 압도했다. 나에게 이 향기는 배움의 향기다. 팸브릿지 스퀘어에 위치한 놀랜드 유모 전문학교는 반짝이는 궁전과 다름없다. 분필 가루가 빛에 반사되어 더러운 창문 사이로 흘러나가는, 지루하고 보잘것없는 발살 히스 학교에 비하면 말이다. 고향에 있을 때, 내 공부는 학교에서 배우는 게 전부였다. 부모님은 가게 일로 너무 바빠서 공부를 가르칠 수 없었으므로 나는 저녁마다 남동생들과 책을 펴고 앉았다. 나보다 세 살, 다섯 살 아래인 테드와 아치는 배우고자 하는 의욕은 충분했으나 수업 내내 둘이 싸워서 문제였다. 나와 15개월 차이가 나는 바로 아래 동생 로비는 배움이 느리고 공부에 흥미도 없었다. 그래서인지 아직도 편지를 보면 맞춤법이 엉망진창이다.

놀랜드 유모 전문학교는 팸브릿지 스퀘어에 있는 하얀색 커다란 별장에 있다. 페리베일 가든스에서 10분 정도 택시를 타고 가면 된다. 떠나는 날 아침, 나는 켄싱턴 가든스를 지나 혼자 걸어가고 싶었지만 래들렛 부부가 꼭 택시로 나를 배웅해야 한다고 우겼다. 내 짐은 새 주소로 보내질 것이다. 이별은 예상했던 대로 괴로웠다. 엄마 품에 안긴 조지나는 뭔가 이상하다는 듯 이마에 주름을 만들었다. 래들렛 부인은 조지나의 손을 들어 흔들어주었고, 택시가 떠나자 조지나는 큰 소리로 울기 시작했다. 정말 참기 어려운 광경이었다. 나는 등을 돌리고 손수건을 꺼내 눈물을 찍었다.

놀랜드 유모 전문학교는 최초의 유모 전문학교로, 어린이들의 유모가 되고자 하는 여성들의 학교이자 집이며 동시에 직업을 알선해주는 에이전시이다. 나는 모드 스테핑스 장학금을 받기 위해 2년 전 쯤 입학시험을 치뤘다. 그리고 운 좋게 시험에 통과했다.

운이 좋았다고 생각한 이유는 '『이녹 아든』*의 줄거리를 쓰시오.', '아래에 제시된 런던의 거리와 가게 주변에 관해 기술하시오.', '마멀레이드를 만드는 방법을 기술하시오.'와 같은 시험 문제 중에 내가 이해하고 푼 문제가 거의 없었기 때문이다. 『이녹 아든』은 처음 들어 보는 작품이고, 나는 내 평생 런던에 처음으로 와 본 것이니 구치 하우스나 해로드 백화점, 어쿼츠 저택 같은 건 런던탑만큼이나 생소했다. 아, 마멀레이드를 만드는 방법은 그래도 쓸 수 있었다. 나는 우리 할머니의 레시피를 적고 연필을 책상 위에 내려놓은 뒤 충격과 절망감에 휩싸인 채 주변의 다른 학생들을 둘러보았다. 모두가 영원히 시험만 볼 것처럼 정신없이 답안을 써 내려가고 있었다.

그날 오후, 나는 런던에 다시는 올 일이 없을 줄 알았다. 어릴 때 한두 번 우리를 돌봐주었던 이웃 그랜빌 부부가 보호자로 따라왔는데, 시험이 끝난 뒤 휘틀리 식당에서 사르사파릴라를 마시고 기차에 올랐다. 집으로 돌아가는 내 마음은 더없이 무거웠다. 롱모어 스트리트에 있는 우리집으로 '등록금 36파운드는 공제' – 나는 도서관에 가서 이 단어를 찾아보아야 했다.– 라고 적혀 있는 편지가 왔을 때, 글을 읽고 깜짝 놀란 건 다른 누구도 아닌 나 자신이었다. 나는 '데번햄과 프리바디'라는 의류상에서 교복을 만들기 위한 천을 직접 주문했다. 그동안 저금한 돈을 썼는데, 천을 사고도 충분히 돈이 남아 공책과 연필을 살 수 있었다. 다른 친구들은 연필 대신 볼펜을 쓴다는 사실을 곧 알게 되었지만 말이다.

놀랜드 유모 전문학교에서의 9개월은 상상할 수 없을 정도로 행복했다. 물론 처음에는 두렵고 의기소침했다. 좋은 교육을 받으며

---

\*     알프레드 테니슨 경의 서사 시집

성장해 자신감이 넘치는 동기 24명의 발끝도 따라가기 힘들었으니 말이다. 놀랜드에서 나와 같은 사투리를 쓰는 유일한 사람은 학교의 허드렛일을 돕는 메이드였다. 학교 건물 뒤쪽에 있는 기숙사를 아일랜드 출신의 브리짓이라는 아이와 함께 썼는데, 브리짓은 머리가 검고 흡사 갈까마귀와 같은 매부리코를 가지고 있었다. 친절하고 솔직한 성격이어서 나란히 앉아있으면 어색함이 금세 씻은 듯이 사라졌다.

심 교장 선생님이 문을 닫자 오래 입은 망토와 같이 익숙한 현실로 돌아왔다. 교장 선생님은 인형같이 작고 호리호리 했지만, 얼굴은 그렇지 않았다. 곱슬거리는 갈색 앞머리는 마치 강철을 대어놓은 듯 딱딱하게 이마를 가리고 있고 표정도 그에 못지않게 엄했다. 하지만 선생님은 공정하고 마음이 넓은 분이어서 어질러진 찻잔을 치우거나 우리에게 우편물을 나누어주는 등의 일도 마다하지 않았다. 선생님은 놀랜드의 교직원 중 유일하게 학교에서 생활하고 계시는 분이다. 항상 흐트러짐 없이 단정한 모직 드레스에 손목에는 금색 시계를 차고 있었다. 그래서 도대체 선생님은 언제 씻는지가 학생들 사이에서 초미의 관심사이기도 했다. 우리가 졸업할 때 선생님이 해준 조언은 새집에 가면 은으로 만든 솔빗을 하인들이 잘 볼 수 있도록 놔둬야 한다는 것이었다. 그 당시 나는 평범한 빗밖에 없었는데 교장 선생님은 그 사실을 놓치지 않았다. 졸업식 1주일 전, 내 옷장에서 '윌리엄 코민스'로부터 배달된 상자를 발견한 것이다. 상자 안에는 은으로 뒷면이 장식된 솔빗이 들어있었다. 빗살이 압정만큼 단단하고 권총만큼 무거웠다.

선생님을 따라 학교 건물 뒤 교장실로 가면서 교복을 입고 계단을 내려오던 학생 두어 명과 마주쳤다. 학생들은 내 망토와 모자를 보고는 나를 향해 수줍게 웃어주었다. 왼쪽 식당에서는 옅은 황갈색과 하얀색의 교복을 입은 학생들이 책을 보면서 펜을 질겅질겅 씹고 있었다. 순간 과거의 기억이 아련하게 떠오르면서 지금이 시험 기간임을 깨달았다. 토요일에는 보통 수업이 없어서 강의실 문이 열려 있다. 천정이 높은 대강의실에는 앞면이 유리로 되어 있는 책장이 있다. 봄이면 놀랜드의 교화인 파란 꼬리풀이 주를 이루는 꽃으로 장식을 한다.

책상 뒤로 대영제국의 섬들을 나타낸 지도가 한 쪽 벽면을 가득 채우고 있고 그 옆에 피아노가 자리 잡고 있다. 책장 위로는 1.2~1.5미터쯤 되는 길이의 사자가 언덕을 올라가는 모습을 그린 태피스트리가 걸려 있다. 'M. 심슨'이라고 쓰인 황동 명패가 이곳이 교장실임을 확실하게 알려주었다. 교장 선생님은 교장실 문을 닫았다. 저쪽 정원을 향해 나 있는 창문은 열려 있고, 책상 위에는 찻잔, 신문, 양초 토막, 펜촉 등이 어지럽게 놓여 있었다. 그림이 그려져 있는 도자기 문진 옆의 화병에 꽂힌 베고니아가 시들고 있었다.

벽에는 런던 자치구의 지도가 걸려 있고 빨간색 압정으로 놀랜드 졸업생들이 있는 곳이 표시되어 있다. 그 옆으로 세계지도가 걸려 있고 가까이는 파리에서부터 멀리는 인도까지 압정이 꽂혀있다. 벽 쪽으로 줄지어 서 있는 책장에는 책과 잡지가 아무렇게나 쌓여있고, 책꽂이에는 최초의 놀랜드 출신 유모들 사진이 있는데, 모자를 쓰고 앞치마를 두른 다섯 명의 순진한 학생들 옆에 심 교장 선생님과 챙이 넓은 모자가 보인다. 그 아래로 놀랜드 설립자인 워드 부인이 서있다. 자애로움이 엿보이는 둥근 얼굴이다.

교장실에 대한 전체적인 인상은 한마디로 '자유분방한 무질서'다. 심 교장 선생님은 대학을 졸업했음에도 결혼 하지 않았는데, 그건 묘한 두려움과 부러움을 함께 불러일으키는 부분이었다. 어쨌든 교장 선생님은 내가 제일 존경하는 분이다.

"편지를 받고 실망했어요."

교장 선생님은 조간신문을 자리에서 치우면서 곧바로 본론으로 들어갔다.

"놀랜드에서는 사직을 가볍게 생각하지 않아요. 그 이유가 무엇인지 들어봐야겠어요. 하지만 그러기 전에 일단 차부터 좀 마시도록 하지요."

교장 선생님은 책상 옆에 있는 벨의 끈을 잡아당겼다.

이런 적은 처음이었다. 그러니까 교장실에는 두어 번 와 봤지만, 교장 선생님이 차를 마시자고 한 적은 한 번도 없었다. 이제는 내가 엄연한 손님으로서 대접받고 있다는 현실 감각이 머리를 스쳤다. 교장 선생님은 나를 놀랜드의 응접실에서나 가끔 마주쳤을 것이다. 고객을 접대하기 위해 보여주기식 가구를 놓아둔, 학생들은 크리스마스 때나 들어갈 수 있는, 창가의 그랜드 피아노 주위에 모여 크리스마스 노래를 부르곤 했던 그 응접실 말이다. 거의 사용하지 않는데도 메이드들은 하루에 두 번 꼭 응접실의 먼지를 털었다.

우리는 요즘 날씨가 너무 덥다는 이야기를 나눈 뒤 오늘 아침에 펨브릿지 스퀘어까지 어떻게 왔는지에 대해 이야기했다. 그리고 1, 2분쯤 지나자 메이드가 차를 가지고 왔고 놀랍게도 책상 위에 찻잔을 놓을 공간이 생겼다.

교장 선생님은 차를 따른 후 입을 열었다.

"그래서 메이, 일을 그만두었단 말이죠. 왜 그만두었는지 말해줄 수 있을까요?"

차를 한 모금 마시고 찻잔을 내려놓자 차 받침이 덜커덕거렸다.

"래들렛 부부께서 이민을 가신다고 해요. 시카고로요. 미국에 있는 곳이요."

나는 자신이 없어 말끝을 흐렸다.

"그런데 메이 양은 같이 가고 싶지 않은 거군요."

교장 선생님의 푸른 눈이 나를 쏘아보았다.

살짝, 나는 고개를 끄덕였다.

"동기들을 봐서도 알겠지만 놀랜드 출신 유모들의 상당수가 외국에 있어요. 오히려 외국인 가정에서 영국인 유모를 원하는 경우가 많거든요. 학교에 입학했을 때 해외에 나갈 수 있다고 생각했을 텐데, 그렇지 않나요? 어떻게 보면 학생들에게 이런 기회는 '행운'과도 같지요. 공짜로 다른 나라에 살아보면서 세상에 대한 시각을 넓힐 수 있으니까요."

"저는 외국으로 나가고 싶지 않습니다."

"좋아요. 이유가 뭐죠?"

교장 선생님은 턱을 아래로 내리고 더 날카롭게 나를 쏘아보면서 안성맞춤의 자세를 취했다.

나는 아무 말도 할 수 없어서 내 찻잔만 들여다보았다.

"미국에서의 새로운 삶은 아주 기막히게 좋은 경험일 수 있어요, 메이. 상대적으로 신생 국가다 보니 규율이나 정치적인 면에서 좀 더 자유롭지요. 젊은 여성이 못 갈 만한 그런 곳은 아니에요. 이미 대서양을 건너보낸 유모들 대다수가 아주 잘 적응해서 지내고 있어요. 지난주만 해도 보스턴으로 한 명이 갔고, 뉴욕에도 두세 명이 있고요. 사실 97년 졸업생 중 한 명은 밴더빌트 가문*에서 일하기 위

---

\*      당시 미국에서 가장 부유하다고 알려진 유명한 가문

해 증기선을 타고 노스캐롤라이나로 가기도 했답니다."

나는 문진을 가만히 들여다보았다. 문진에는 꼬리풀이 조악하게 그려져 있었다. 아마도 학생이었던 유모가 준 선물이리라.

"그런데 메이 양은 가지 않겠다는 것이지요."

"네, 교장 선생님. 그렇습니다. 저에게 다른 일자리를 소개해 주시면 좋겠어요."

교장 선생님은 언뜻 당황한 듯 보였지만 이내 학생들의 실직이 지긋지긋하다는 표정을 지었다.

"솔직히 말해서 메이, 지금은 새로운 일자리를 찾기에 그리 좋은 타이밍은 아니에요. 많은 사람이 아직 별장에 머물고 있어서 한 달 또는 그 이상까지 돌아오지 않을 것 같아요. 그렇지 않으면 여행 중이고요. 심지어 이번에 졸업 시험을 보는 학생들과도 경쟁해야 해요. 졸업생 취업률을 생각하면 졸업생들에게 일자리를 찾아주는 일을 허투루 할 수 없거든요. 래들렛 부인이 다른 유모를 추천해 달라고 편지를 썼고, 생각해 둔 학생이 하나 있어요. 그 학생의 증언서는 온통 찬사로 가득하죠. 말이 나와서 말인데 메이 양의 증언서를 볼 수 있을까요?"

교장 선생님은 작은 손을 내밀었다.

나는 이 순간을 대비해 이곳으로 오는 내내 증언서를 옆구리에 끼고 있었다. 나는 증언서를 책상 위에 올려놓았다. 교장 선생님이 책장을 넘겨서 래들렛 부인이 써 놓은 내용을 찾고는 엄지와 검지 사이에 책장을 끼워놓고 읽을 동안 저 멀리서 개가 짖는 소리가 들렸다. 래들렛 부인은 고등 교육을 받았음에도 불구하고 느낌표를 즐겨 쓰고 강조를 위해 단어나 구절에 밑줄을 잔뜩 긋는다. 그러다 보니 부인의 글을 읽을 때는 숨을 쉬기가 어렵다. 부인의 글에서는 소녀 감성이 배어 나오기도 한다. 래들렛 부인은 나에게 작별 선물로 내 이름의 초성이 새겨진 실크 손수건과 새 책『오즈의 마법사』를 주었다.

내 옷장에 제복을 걸면서 새로운 유모에 대해 생각하지 않으려고 애를 썼다. 조지나는 아마 유모가 바뀌었는지도 모를 거다. 오래지 않아 나를 완전히 잊어버릴 거다. 그러자 눈물이 차오르기 시작했다. 손수건은 이미 축축했고 길에서 먼지가 묻어 더러웠다. 교장선생님은 새 손수건을 건넸고 나는 그 손수건을 받아 코를 풀고 한숨을 쉬었다.

"죄송해요. 이렇게 힘들 줄 몰랐어요."

"전에 쓰던 방이 당분간 비어있어요. 젠킨스 유모는 유치원으로 일을 나가거든요. 하루 이틀 정도는 머물 수 있을 거고, 오늘 오후에 일자리를 좀 찾아봅시다. 내가 시간이 되면 말이죠."

교장 선생님은 시계를 확인했다.

"아니면 내일 오전도 괜찮고요. 하지만 그다음에는 고향에 가 있어야 할 것 같군요. 집이 어디라고 했지요? 버밍엄?"

"아니요. 아니, 맞아요. 버밍엄이에요. 하지만 집에 돌아갈 수 없어요."

"글쎄, 새 가정을 찾을 때까지 시간이 필요할 것 같은데. 젠킨스 유모가 이번 주말이면 돌아올 거고, 9월 1일에는 입학 할 테니까 말이에요."

교장 선생님은 눈을 깜박이며 내 얼굴을 찬찬히 살폈다.

"실직 상태로 고향에 돌아가고 싶은 사람은 없지요. 특히 독립한 뒤에 성공적으로 자립하였으면 더욱 그럴 수 있어요. 하지만 아주 잠깐 만이에요. 오히려 조금 쉴 수 있게 되었다고 생각해도 좋겠네요. 올해 휴가를 얼마나 썼지요?"

"하나도 안 썼습니다."

내 대답에 교장 선생님의 기분이 언짢아진 것 같다.

"나는 지금도 계속해서 휴가를 쓰지 않는 유모들에게 엄하게 훈계하고 있어요. 휴가가 많은데는 다 이유가 있답니다. 우리가 하는 일은 휴식이 필요하기 때문이에요. 피곤에 지친 유모는 실패한 유모예요."

"휴가를 쓸 수 없어요. 다른 집을 꼭 찾아주세요. 부탁이에요, 교장 선생님. 저는 매달 월급의 반을 집으로 보내고 있어요. 다음 달에 당장 월급을 못 받으면 안 돼요."

"아버님 직업이 무엇이지요?"

선생님의 목소리가 부드러워지더니 한숨 소리가 섞여 들렸다.

"청과물 장사를 하세요. 동생이 모두 네 명인데 다 아직 집에 있답니다. 남자 동생들은 그래도 일을 하지만 여동생 엘시는 이제 11살이어서 학교를 더 다녀야 해요. 다리가 불편해서 결석이 잦기는 하지만요. 척추에 문제가 있어서요. 엘시는 많이 걸을 수가 없고… 다리를 좀 절기도 해요. 평상시에는 괜찮지만, 예를 들어 물건을 나른다거나 계산대에서 일하는 건 불가능해요. 물건을 떨어뜨리고 당황할 게 분명하니까요……. 그리고 무엇보다 저는 엘시가 학교를 마쳤으면 좋겠어요. 엘시는 양손으로 다 글을 쓸 수 있어요. 혹시 오른손을 못 쓰게 될 때를 대비해서 가르쳤어요."

교장 선생님은 마음을 먹은 듯 찻잔을 내려놓고 책상 서랍을 하나 열더니 편지들을 모아놓은 작은 서류 더미를 꺼냈다.

"오전에 학교로 들어온 구인 편지를 살펴보았어요. 하지만 아까도 말했듯이 여름에는 일자리가 아주 간간이 나는 편이에요. 지금은 또 성 미카엘 축일을 기념해야 하니 다들 바쁘기도 하지요. 게다가 경력이 고작 1년뿐인 유모라…… 어떻게 하면 좋을까요……?"

교장 선생님이 다시 조용히 서류를 뒤적이기 시작하자 나는 나도 모르게 무릎에 놓인 장갑을 꼭 쥐었다.

"세인트존스 우드에 사는 부인에게서 온 편지가 있네요. 세인트존스 우드가…… 어디 있더라……? 아, 맞아요. 연봉으로 30파운드를 제시했어요. 30파운드라니, 말도 안 되죠. 우리 임금 비율이 어떻게 되는지 답장으로 알려줘야겠어요."

"학교에서 따로 광고를 내나요?"

내가 물었다.

"세상에, 아니요. 그런 적은 한 번도 없어요. 워드 부인이 광고를 원치 않아서요. 자, 봅시다. 여기 이혼한 여배우가 보낸 편지가 있네요. 저런, 도무지 우리와는 하나도 맞지 않아요."

"저는 괜찮은데요."

"글쎄요. 내가 안 괜찮네요."

또 다른 편지 하나가 서류 더미에서 떨어졌다.

"이 편지는 요크셔의 찰스 잉글랜드 부인이 보낸 것이로군요. '사진과 상세한 정보를 보내주시면 감사하겠습니다. 귀 기관의 유모들에게 제시해야 할 적정한 수준의 봉급도 알려주시면 감사하겠습니다……' 그나마 조금 마음에 드는군요. 그런데 어디……?"

교장 선생님은 고상한 글씨체로 가득 찬 편지의 나머지 장을 휙 넘겨 보았다.

"그 부인이 보낸 편지가 어디 있었는데, 그 어디더라……. 아, 맞아요. 에드워즈 스퀘어. 애스큐-라잉 부인. 이름이 왜 이리 익숙하지? 애스큐-라잉? '저의 절친한 친구인 헨리 커도건이 귀 기관을 추천해주어서…….' 애스큐-라잉, 애스큐-라잉. 경매인인가?"

교장 선생님은 입술을 축이며 인상을 쓰고 편지를 뚫어지게 쳐다보면서 읽고 또 읽었다.

"워드 부인에게 물어봐야겠어요. 하지만 경매 전문 회사를 운영하는 게 분명해요."

나는 밝아진 얼굴로 자세를 고쳐 앉았다.

"맞아요. 피커딜리, 뉴욕에도 경매장이 있다고 알고 있어요. 아."

내 얼굴이 다시 어두워졌고 교장 선생님은 그 이유를 단박에 알아차렸다.

"해외여행은 안 된다고 했지요. 일 년의 대부분을 런던에서 보내는 가족을 찾아야 하는 건데 물어본 내가 바보네요. 그런데, 안되는 게 이민인가요, 아니면 여행이 전혀 불가능한 건가요?"

"기차를 타거나 하는 건 전혀 문제가 없습니다. 다만 다른 나라로 이주하는 건 불가능할 것 같습니다."

마치 내가 비정상적이고 말도 안 되는 이유를 대고 있다는 듯 교장 선생님이 거들먹거리는 바람에 점점 기분이 나빠졌다. 하긴 선생님에게 일이란 선택이지 필수가 아니니까. 선생님은 단 한 번도 가족에게 돈을 보내기 위해 줄을 서 본 적이 없을 테니 절대로 나를 이해하지 못할 거다.

"그러면 아무래도 기회가 제한적일 수밖에 없어요, 메이. 놀랜드에서 유모를 찾는 사람들은 대부분 자유롭게 이동할 수 있다는 걸 전제로 하거든요. 일주일이나 이 주일 정도 시간을 주면 또 어떤 자리가 있는지 찾아볼게요. 하지만 나는 올해 졸업생들도 생각해야 해요. 워드 부인이 평상시 단골들에게 일자리를 부탁해두었고 이미 잡힌 면접도 몇 건 있어요. 사실……."

교장 선생님이 시간을 확인하자 시계의 금빛이 반짝였다.

"지금도 메릴본에서 약속이 있어서 가봐야 해요."

"그 요크셔 건은 어떨까요?"

"어떤 거요?"

"잉글랜드…… 부인이요."

교장 선생님은 서류를 뒤져서 다시 편지를 읽어보았다.

"아이는 넷. 둘은 남자아이고, 둘은 여자아이네요. 방직공장을 운영하고 있고요."

교장 선생님의 목소리만 들으면 그들이 마치 곡예사인 것 같았다.

"잉글랜드 부인은 우리 학교에 대해 신문에서 읽었다고 해요. 그리고 그 집 유모는 최근에 사망했고요. 남편이 어렸을 때부터 남편의 유모였다고 하네요. 예민한 아이들을 돌보아 본 경험이 있으면 좋겠다고 해요. 잉글랜드 부인에 따르면 큰 아이는 건강 문제가 있다고 하네요. '놀이방은 별도의 출입구가 있는 별채에 있고, 아이들 침실 또한 따로 준비되어 있지만, 만약 오고자 하는 유모께서 원하신다면 본채에 놀이방을 준비할 수도 있습니다.' 글쎄, 이건 말도 안되는 것 같고."

교장 선생님은 편지를 돌려 서명을 유심히 살펴보았다.

"그런데 부인이 자신의 본명을 쓰지 않았군요. 하지만 잉글랜드 부인은 유모를 꼭 찾고 싶은 게 분명해요."

"제가 갈게요."

"이렇게 멀리 가도 괜찮아요? 런던에 집이 있을 수도 있지만 아마도 그렇지 않을 확률이 높은데요. 여기는 섬유 산업과 관련된 일이 잘 없으니까요."

"교장 선생님, 저는 어디로 가도 괜찮습니다."

선생님은 나를 뚫어지게 쳐다보더니 다시 편지로 눈길을 옮겼다.

"물론 메이 양은 필요한 기술과 훈련을 이미 다 갖추고 있지만, 아이 넷을 돌보는 건 생각보다 엄청나게 힘든 일일 수 있어요. 보조 유모나 시중이 있는 것 같지도 않고요. 잉글랜드 부인이 아픈 아이 상태에 대해 자세히 쓰지는 않았지만, 많이 안 좋다면 전문 의료인의 도움을 받아야 할 수도 있어요. 이번 주에 다시 물어보지요."

교장 선생님은 마치 이 문제에 대해서는 이미 결정이 끝났다는 듯 편지를 다시 봉투 안에 집어넣었다.

"오늘 밤 전보로 잉글랜드 부인께 유모를 찾았다고 알려주시면 정말 감사하겠습니다."

교장 선생님은 심란한 표정으로 나를 쳐다보더니 다시 의자에 몸을 깊숙이 넣었다.

"메이 양, 내가 왜 메이에게 모드 스테핑스 장학금을 주었는지 알아요?"

교장 선생님이 아직도 기억하고 있다니 놀라움에 가슴이 따끔해서 나도 모르게 고개를 저었다.

"아마 내가 그날 대강의실에서 시험 감독을 했던 걸 기억할 거예요. 시험이 한참 진행되고 있었는데 어떤 학생이 연필을 떨어뜨렸죠. 연필은 데구루루 굴러서 교실 제일 앞에서 멈췄어요. 그때 메이 양이 한 치의 주저함도 없이 글쓰기를 멈추더니 자리에서 일어나 연필을 가지러 갔지요. 메이 양은 강당 제일 뒤에 있는 연필 주인을 찾아 연필을 돌려주었어요. 자신의 시험 시간을 손해 보면서 말이죠. 메이 양의 시험지를 굳이 읽어보지 않아도 우리가 필요로 하는 학생이라는 걸 단번에 알 수 있었어요."

"제가 연필을 주워줘서였던 거에요?"

나는 실망감을 감추지 못하고 물었다.

"어린이들이 가장 필요로 하는 건 친절함, 인내심, 그리고 관심이에요. 이런 자질을 배워서 익힐 수도 있지만, 가장 좋은건 이미 갖추고 있는거예요. 본능적으로 아는 거죠. 시험이 끝나고 면접을 보았을 때, 메이 양이 그런 사람이라는 것을 확인했고요. 거기에다가……."

교장 선생님은 눈을 가늘게 뜨고 적절한 단어를 찾으려고 애를 썼다.

"…… 결의에 차 있었어요. 메이 양이 정말 우리 학교에 입학을 원하고 있다는 걸 단번에 알 수 있었지요. 내가 지금까지 만난 그 어느 학생보다 절실하게 말이에요. 메이 유모는 살면서 체득한 경험이 있어요. 아이들을 돌보는 데 있어서는 그런 것들이 교육으로 얻은 지식보다 훨씬 더 소중하지요. 서사 시집인 『이녹 아든』이 무슨 내용인지 아는 능력보다 훨씬 더 가치 있답니다."

교장 선생님의 모든 것을 기억하는 능력, 그리고 사람을 꿰뚫어 보는 능력에 나는 다시 한번 무장해제 되는 것을 느꼈다.

"저는 이녹 아든이 총리라고 생각했어요. 그렇게 답안을 썼던 것 같아요."

내가 말했다.

"기억나요."

교장 선생님의 입가에 미소가 살짝 어렸고 분위기도 조금 가벼워졌다.

"이 자리에 대해 확신이 있는 거지요? 일단 내가 잉글랜드 부인에게 편지를 쓰면 취업이 확정되는 거예요. 다시 한번 알려주지만, 우리 학교는 세 번 실직한 학생에게 더는 취업의 기회를 제공하지 않아요."

나는 화들짝 놀라 자세를 고쳐 앉았다.

"다시는 실망하게 해 드리지 않겠습니다, 선생님. 약속드릴게요."

"좋아요. 그러면 잉글랜드 부인에게 편지를 쓰도록 하지요."

"완벽한 가족인 것 같아요."

나는 애써 밝은 척하며 말했다.

"메이 양, 완벽한 가족 같은 건 세상에 없답니다."

교장 선생님이 무미건조하게 웃었다.

엘시에게,

나는 지금 놀랜드 유모 전문학교의 내 옛날 침대에서 편지를 쓰고 있어. 좋은 기억이 많은 곳이지만 막상 이곳에 돌아오니 기분이 이상하다. 벌써 떠나고 싶은 마음이 들어. 내가 살던 템퍼런스 기숙사는 하나도 변하지 않았더라. 크림색과 갈색이 섞인 벽지는 여전히 흉하고, 옷장 옆의 헐거운 마룻바닥은 아직도 그대로고, 벽난로의 깨진 타일도 변함이 없어. 눕자마자 잠 들고 중간중간 잠투정을 하는 아기와 방을 같이 쓰는 데 익숙해졌나 봐. 늦게까지 공부하다가 불을 끄면 소곤소곤 수다를 떠는 내 또래 여자아이들의 일상이 너무나 멀게 느껴져. 요즘 나는 밴포드라는 유모와 방을 같이 쓰는데, 밴포드는 낮에 어린이 병동에서 일을 해. 기숙사에 늦게 들어오는 편이라 항상 저녁을 놓치지만 그래도 우리는 몇 번이나 즐거운 대화를 나눴단다.

지금은 요크셔에 사는 새로운 가족을 기다리고 있어. 아마 잘 되면 다음에는 그곳에서 편지를 보낼 것 같아. 나를 위해 기도해주렴. 새 주소를 보내주면 잘 적어놓는 것 잊지 말고. 래들렛 가족과 헤어지는 건 사실 너무 힘들었어. 나에게 너무 잘해주었고, 나도 그 가족이 너무 좋았거든.

공부는 열심히 하고 있지? 오빠들에게 내 안부 전해주고, 엄마한테는 9월 월급을 받으면 바로 보낼 거라고 전해줘.

사랑을 담아서.
루비가.

며칠 만에 모든 준비가 끝났다. 나는 짐을 풀지도 않았다. 놀랜드에서 머무는 것은 아주 잠시일 뿐이라는 인상을 주고 싶었다. 나 자신에게도 말이다. 다행히 젠킨스 유모가 서랍에 반쯤 먹은 배 잼, 먼지가 소복이 쌓인 손수건 두어 장, 여분의 연습장 등 자기 물건을 좀 남겨놓았다. 나는 주로 방에 있거나 거리를 산책하면서 나무들이 천천히 노란색과 황금색, 그리고 짙은 갈색으로 물들어가는 모습을 지켜보았다. 그러는 동안 신원 조회가 끝났고 예약된 기차표를 받았다. 옷가지들을 세탁해서 잘 다려놓았다. 의사는 내 등에 청진기를 대고는 북부의 축축한 날씨와 방직공장에서 나오는 매연을 조심하라고 일렀다.

떠나는 날 아침, 나는 씻고 옷을 갈아입고 아침을 먹은 뒤 -물론 먼지 한 톨 앉기 전에 메이드가 교체를 하겠지만 그래도- 마지막으로 침대를 정리했다. 철책 밖으로 택시가 기다리고 있었다. 아래층으로 내려가다가 현관 앞에서 열린 작은 작별 파티에 깜짝 놀라고 말았다. 교장 선생님과 학생 두 명 정도가 나를 맞아주었고, 워드 부인은 부드러운 손으로 내 손을 꼭 잡으며 작별을 고했다. 주인공이 되는 게 익숙하지 않은 나는 남들의 시선이 부담스럽게 느껴졌다. 학생들에게서 언뜻 보이는 부러움도 고스란히 나에게 전해졌다. 이들도 곧 망토를 단단히 두르고 세상으로 나갈 테지. 택시 기사가 나를 안내했고, 나는 현관 앞 작은 무리에게 손을 흔든 뒤 택시 안으로 몸을 밀어 넣었다. 벌써 목이 마르고 땀이 나기 시작했다.

베이스워터 로드를 따라 동쪽으로 내려가면서 마치 시계를 거꾸로 감듯 무엇인가 잘못된 길로 가고 있는 것 같다는 생각이 스멀스멀 들기 시작했다. 이제 더는 다른 유모들과 극장으로 나들이 가는 일은 없겠지. 엘렌이 만들어 준 스콘을 먹을 수도 없을 거야. 문득 『여성의 신호』를 반쯤 읽은 채 안락의자에 옆에 두고 나온 게 생각이 났다. 택시의 차창 밖으로 검은색 반짝이는 마차들이 마치 무당벌레처럼 들어오고 나가는 모습을, 코코아, 비누, 머스터드에 대한 화려한 광고를, 다양한 가게와 노점상들을 바라봤다. 꽃을 파는 사람들, 길을 건너는 청소부들, 검게 그을린 소년들……. 길에서 일하는 많은 아이들을 처음 보았을 때는 적잖이 충격이었다. 하지만 이내 이 아이들은 도시의 풍광을 그리는 태피스트리의 일부가 되었다. 놀랜드 출신 유모들이 돌보는 통통하고 뽀얀 아이들을 떠올렸다. 그들과 길에서 만난 아이들은 애초에 다른 종족이 아닐까 하는 생각도 들었다. 당연히 말도 안되는 소리지만 말이다.

천천히 도시를 가로질렀다. 거리의 모든 사람이 덥고 짜증스러워 보였다. 택시가 킹스 크로스 역에 도착했을 때는 기차가 출발하기 20분 전이었다. 나는 택시 기사에게 차비와 팁을 주었다. 내가 팁까지 줄 수 있는 사람이라니 스스로 감탄했다. 기차역의 지붕은 동굴과 같이 둥글고 어마어마하게 높았다. 마치 매연으로 가득 찬 유리 풍선처럼 보였다. 나는 플랫폼이 어딘지 물어보고 중앙홀을 따라 고군분투하며 걸었다. 정말 한 발짝만 더 가면 녹아내릴 것 같다고 생각이 들 때쯤 2등석 빈 객실을 찾았다. 안도의 한숨을 내쉬었다. 매연이 가득한 터널을 지나면 창문을 열 수 있으리란 기대와 함께 나는 장갑을 벗었다. 손으로 부채질을 하다가 잠시 후 날카로운 휘슬 소리를 들었다. 객실의 문이 닫히고 또다시 플랫폼에서 휘슬 소리가 났다. 기차는 석탄을 가득 실은 채 천천히 철길을 따라 미끄러지듯 북쪽을 향해 움직였다.

# 3

아련한 휘슬 소리에 깜짝 놀라 일어났다. 요크셔에 도착할 즈음에는 이미 한밤중이었고, 기름이 들어있는 천장의 전등이 앞뒤로 흔들리면서 희미한 빛을 내고 있었다. 런던은 더운 여름이었는데 이곳은 바람이 들어오는 창문 사이로 한기가 스며들었다. 빗방울이 차창에 무늬를 만들어냈다. 엘시가 사탕을 빨고 있고 아빠가 창문을 통해 엘시를 바라보던 때를 회상했다. 그러다 문득 지금 내가 어디 있는지 생각이 났고 마침 기차가 멈춰있다는 걸 깨달았다. 나는 주머니에 지갑이 있는지 확인한 뒤 발걸음을 서둘러 안내원을 찾았다. 리즈에서 환승할 때 까지만 해도 객실이 꽉 차 있었다. 심지어 아이를 세 명이나 데리고 탄 가족도 있었다. 그런데 정신을 차려보니 객실이 텅 비어있어서 당황했다. 내가 내릴 정거장을 놓쳤다고 생각한 것이다. 안내원은 내가 내릴 정거장이 다음이라고 알려주었고 나는 순식간에 두려움과 안도를, 놀람과 당황스러움을 함께 느꼈다. 바닥에 떨어진 책을 줍고 어두운 창문에 비친 내 모습을 보면서 잔머리에 핀을 꽂아 정리했다. 그리고 망토를 여몄다.

5분 후, 기차가 멈춰 섰다. 칠흑 같이 어두운 터널 속에 있는 것 같았다. 아무도 내리지 않았고, 내가 지나온 객실은 모두 비어있었다. 두 개의 랜턴이 플랫폼의 양쪽 끝에서 희미하게 빛을 내고 있었다. 감히 어두움을 뚫을 엄두도 나지 않는다는 듯 수줍은 모습이었다. 비는 이제 그쳤지만, 공기는 겨울의 세탁실처럼 무겁고 축축했다. 역무원이 휘슬을 불자 기차는 온 힘을 모아 우렁찬 소리를 냈다.

플랫폼을 위아래로 훑어보았지만 아무리 보아도 나 혼자였다. 철길을 건너 역으로 들어가는 입구 쪽을 바라보니 랜턴이 좀 더 많이 있고 짐꾼들의 사무실도 있었다. 짐을 들고 입구 쪽으로 향하려는 찰나 서둘러 다가오는 발소리가 들렸다. 선로 밑 열차 아래 쪽에서 누군가 올라오고 있었다. 어떤 남자가 보였다. 모자가 먼저 보이고, 다음에는 짙은 콧수염을 기른 생기있는 얼굴이 보이고, 다음에는 맵시 좋은 검은색 코트와 가늘고 우아한 체인이 달린 초록색 조끼가 보였다. 남자는 손전등을 쥔 커다란 손을 하늘 높이 들고 있어서 마치 유쾌한 여관 주인과 같은 인상을 주었다. 남자는 키가 크고 건장했는데, 나를 보자마자 만면에 웃음을 띠었다.

"메이 유모시죠."

남자는 마치 우리가 전에 만난 적이라도 있는 양 자신 있고 친근하게 인사했다. 나는 그 사람에게 다가가 커다란 짐을 내려놓고 그와 악수를 했다. 손은 따뜻하고 힘이 넘쳤으며 검은 눈은 마치 보석처럼 반짝거렸다.

"네, 만나서 반갑습니다."

내가 대답했다.

"늦어서 정말 정말 미안하오. 말발굽을 갈아야 하는 데다가 브로들리가……. 아, 아니오, 제가 이미 모시러 왔으니 말이오. 짐을 좀 들어드려야겠소. 짐을 저에게 주시지요. 아, 차표군요. 여기까지 오는 길은 어떻게 괜찮았소?"

남자는 이 모든 말을 내 팔을 꽉 잡은 채 속사포처럼 쏟아내었다. 나는 가까스로 그의 손아귀에서 팔을 빼냈고 우리는 역사 쪽으로 내려갔다. 역사에서는 한층 더 흐릿한 전등들이 어둠에 맞서 싸우고 있었고 광고지가 손전등의 불빛에 비추어 번쩍였다.

"아주 좋았어요. 감사합니다. 그런데 당신은 마부인가요?"

나는 대답과 함께 슬쩍 물어보았다.

"허! 이것 참, 아닙니다. 그러고 보니 내 소개하는 걸 깜빡했소. 찰스 잉글랜드라고 하오."

남자의 힘 있는 목소리가 쩌렁쩌렁 울리면서 역사를 가득 메웠다.

"정말 죄송해요, 잉글랜드 씨. 전혀 몰랐어요."

쥐구멍이라도 있으면 숨고 싶은 심정이었다.

"괜찮소, 메이."

잉글랜드 씨는 내 실수를 진심으로 재미있어하는 것 같았다. 나는 잉글랜드 씨를 따라 문이 닫힌 매표소를 지났다. 그리고 얼룩무늬가 있는 말과 마차가 기다리고 있는 기차역 앞으로 나왔다.

"이 아이는 매그파이라고 하오. 새로 간 말발굽 칭찬 좀 해주시지요. 안 그러면 정말 화를 낼지도 모른다오."

잉글랜드 씨는 매그파이의 옆구리를 찰싹 때리고는 작은 문을 열었다. 내 여행 가방을 마치 종잇장처럼 가볍다는 듯 들어서 마차 안으로 옮겼다. 나는 잉글랜드 씨에게 감사 인사를 하고 마차에 올라탔다. 잉글랜드 씨가 마차에 올라 고삐를 잡자 마차가 흔들렸다. 마부라니! 나를 뭐라고 생각했을까. 이렇게 멍청한 여자가 또 있을까 싶었을 텐데 그 여자가 하필이면 자기 집 유모라니.

나는 좀 더 단정하게 앉아서 옆의 작은 커튼을 살짝 올리고 창밖을 바라보았다. 하지만 검은색 블라인드가 내려진 것처럼 깜깜해서 아무것도 보이지 않았다. 마차는 상당히 크고 비싸 보였는데 좌석이 다 가죽이었다. 나는 왜 잉글랜드 씨가 운전기사도 없이 왔는지, 왜 직접 온 건지 궁금해졌다. 일하는 하인이 아예 없는 건가? 부디 내가 할 수 있는 것 이상으로 집안일을 나에게 강요하지 않기를. 아이 넷을 돌봐야 하고 놀이방과 아이들 침실을 치워야 하고 심지어 보조 유모도 없는 상황에서 말이다. 어찌 됐건 나는 이 모든 상황을 일단 보류한 뒤 부인과 이야기해 보기로 했다.

경사가 점점 심해져서 오르막길을 오르는 것 같았다. 이쪽저쪽으로 조금씩 방향을 틀면서 험한 협곡의 길고 구불구불한 길을 가고 있다고 추측했다. 나는 눈을 감고 마음속으로 이미지를 떠올려 보기로 했다. 내가 적어도 앞으로 몇 년간은 살아야 할 집을 말이다. 아이들이 잠이 들었을지 아니면 놀이방에서 나를 기다리고 있을지 궁금했다. 넷이라. 갑자기 버거운 느낌이 들었다. 하지만 다섯 남매의 첫째가 되는 것과 별반 다르지 않을 거라고 스스로 타일렀다. 부모님이 장사하느라 바빴기 때문에 나는 내 동생들에게 작은 엄마와도 같은 존재였다. 무릎이 까졌을 때, 배가 고플 때 동생들이 찾는 것도 바로 나였다. 동생들을 씻기고, 옷을 입히고 보호자 역할을 하는 것도 나였다. 테드가 어디 있냐고, 아치의 모자를 보았냐고 엄마가 물어보는 상대도 항상 나였다. 전에 해 본 적이 있다는 생각이 들자 마음이 조금 놓였다. 한번 체득한 기술은 절대 사라지지 않는다.

5분에서 10분쯤 지났을까. 마차는 아래로 내려가더니 점점 속도를 줄이고 마침내 멈추어 섰다. 적막 대신 기차나 아주 커다란 밸브가 증기를 뿜어낼 때 나는 커다랗고 시끄러운 소리가 들렸다. 잉글랜드 씨는 육중한 몸을 땅에 내리더니 마차 문을 열고는 손전등을 흔들어 댔다. 그 바람에 한여름이라고는 생각하기 힘든 한기가 다시 훅 들어왔다.

"좋습니다! 무사하군요! 죄송하지만 이제 내리셔야 할 것 같소. 왜냐하면 집으로 들어가는 길이 좁아서 이대로 마차를 타고 가다가는 계곡 아래로 떨어져 죽을 수도 있거든요. 잠시만 기다려 주시면 제가 말과 마차를 넣어놓고 다시 오겠소."

잉글랜드 씨는 나를 자갈밭 위에 세워두고는 손전등을 가지고 별채 건물들이 어둡게 솟아 있는 쪽으로 발걸음을 옮겼다. 이상하게 쉭쉭 거리는 소리는 계속되었고 눈이 어둠에 적응하자 검푸른색 하늘과 구름에 가린 달이 보였다. 내 오른쪽으로는 건물 아니면 숲과 같은 것이 높고 빽빽하게 들어찬 느낌이었는데, 숲인 게 분명했다. 축축한 습기 사이로 나 같은 도시 사람들은 확실하게 느낄 수 있는 '초록초록한' 향이 느껴졌기 때문이다. 공기가 샘물처럼 차갑고 신선해서 나도 모르게 큰 숨을 들이켰다. 나는 오히려 먼지와 매연이 가득한 것에 익숙했다. 오래지 않아 잉글랜드 씨의 손전등이 보였다. 잉글랜드 씨는 내 짐가방을 들고는 마치 평생을 어둠 속에서 산 사람인 양 가벼운 발걸음으로 나를 이끌었다.

"아마 못 보셨겠지만 여기는 방직공장이오. 집은 바로 강 건너 언덕 위에 있고요."

잉글랜드 씨가 입을 열었다.

아, 그 소리는 강물이 흐르는 소리였다. 우리가 강물의 흐름을 방해라도 한 듯 강물은 더욱 세차게 흘렀다. 잉글랜드 씨의 손전등이 비추는 희미한 빛 아래에서 내가 얼어붙었고 잉글랜드 씨는 손전등을 흔들며 나를 바라보았다.

"괜찮소, 메이? 길이 너무 험하지 않은지 걱정되오."

"저, 잉글랜드 씨, 그런데 강은 어떻게 건너나요?"

"고무장화로요. 저기 둑에 두 켤레를 갖다 놓았소."

잉글랜드 씨는 진지하게 대답했다. 그리고는 묘한 침묵이 흐르더니 잉글랜드 씨의 얼굴에 이내 미소가 번졌다.

"농담이오, 농담. 요크셔가 그렇게까지 시골은 아닙니다. 자, 이제 다 왔어요."

손전등의 주변으로 존재하는 것은 소음과 어두움뿐이었다. 잉글랜드 씨는 바삐 발걸음을 옮겼다. 방직공장을 뒤로하고 걸어가자 곧 돌다리가 나왔다. 마차가 지나갈 수는 있을 정도의 폭이지만 양옆으로 한 3센티미터 정도밖에 남지 않을 것 같았다. 돌다리는 마치 작은 언덕처럼 솟아 있었다. 세차게 흐르는 물 위로 돌다리의 높이는 약 4.5미터 정도 되어 보였다. 나는 잠깐 멈춰 서서 시선을 앞쪽에 고정했고 오래지 않아 우리는 다리를 건넜다. 잉글랜드 씨는 왼쪽으로 방향을 틀어서 강을 뒤로하고 거친 오르막길을 따라 걷기 시작했다. 양옆으로는 나무가 빽빽이 들어서 있었고 젖은 나뭇가지들은 손전등의 불빛에 비춰져서 반짝였다. 마치 비밀 동굴로 들어가는 기분이 들었다.

"우리 집은 아주 비밀스러운 공간에 있소. 내 아내의 할아버지께서 40년 전에 지하실에서도 공장을 내려다볼 수 있도록 지으셨거든요. 방직 산업에 대해서 혹시 들어 본 적 있소, 메이?"

"죄송하지만 거의 없습니다."

나는 숨을 헐떡거리며 잉글랜드 씨를 따라잡으려고 애쓰면서 간신히 대답했다.

"이곳이 얼마나 습한지는 이제 알겠지요. 면이 마르지 않도록 하는 데에 이상적인 기후요. 비록 울이 이쪽 지역의 주 생산품이기는 하지만 말이오. 리버풀에서부터 동쪽으로 갈수록 면을 생산하는 방직공장이 줄어들어요. 털실, 퍼스티언, 몰스킨*을 이렇게 습하고 작은 지역에서 만들어내는 것이오. 저 아래에서 방직공장을 지나왔는데, 못 보셨을 게 분명하오. 내일 날이 밝으면 아마 보실 수 있을 텐데, 그 공장이 바로 내 것이오. 면을 생산하고 있지만 단 한 번도 울로 업종을 바꾼다는 생각은 해 본 적이 없소. 아내의 집안이 울 생산업자로 유명하고, 특히 아내의 할아버지는 독보적인 존재라오. 그에 비하면 우리는 애들 장난 수준이오. 그분이 운영하는 그레이트렉스 공장에는 베틀만 1,200대고, 하루 생산량만 해도 3만 야드가 넘는다오. 3만 야드를 미터로 환산하면 얼마나 될지 상상이 되오?"

"죄송하지만 모르겠습니다, 잉글랜드 씨."

나는 계속해서 따라잡으려고 안간힘을 쓰고 있다.

"무려 30미터요. 우리 공장은 미터는 턱도 없는 야드 단위로 생산하고 있소. 그래도 내가 처음 물려받을 때 직원이 16명이었는데 지금은 24명이 일하고 있고, 알파카⋯⋯."

잉글랜드 씨는 갑자기 말을 끊더니 손전등을 돌려 나를 쳐다보았고 나는 어찌할 바를 몰라 당황스러웠다.

"알파카가 바로 아내의 할아버지이신 챔피언 그레이트렉스께서 부를 일군 비법이오. 약 60년 전쯤 할아버지께서 최초로 알파카 털

---

＊　　두꺼운 천으로 무겁고 튼튼하며 한쪽 면을 기모시켜 촉감이 부드럽고 따뜻한 느낌이 있는 면직물

을 방직 산업에 사용했소. 그런데 이 동물이 무엇인지는 혹시 알고 있소?"

"저는……, 저는 잘 모르겠습니다, 잉글랜드 씨."

"챔피언 그레이트렉스께서는 알파카 털이 가득 든 3, 40개 남짓 한 주머니가 머지사이드의 창고에 쌓여 있는 것을 보고는 '내가 다 가지고 가겠소.'라고 했다고 하오. 차마 다른 사람에게 주기도 뭐한 정도였는데도 말이오. 털은 심하게 거칠었고 아무도 가지고 가려고 하지 않았으니 챔피언께서 최초로 시도를 한 것이오. 그리고 이제 는…… 하루에 무려 30미터의 울을 생산하고 있소. 이제 다음은 준 남작 지위를 노릴 차례요. 아니 주변 사람들이 모두 그렇게 이야기 하오."

"오, 그렇군요."

"알파카가 어디 동물인지 혹시 알고 있소? 한 번 맞춰 보시오."

"스코틀랜드요?"

1분 전까지만 해도 들어 본 적조차 없는 동물이었다.

"허! 코끼리를 찾는 것과 진배없네요. 알파카는 페루 동물이오. 여행을 많이 안 다니시나 보오. 커다란 가방은 더 없소?"

"짐으로 부쳤어요."

"아주 잘 하셨습니다. 이제 다 왔소."

자갈이 깔린 정원을 한 차례 더 지나니 산비탈 아래를 막아놓은 듯 땅에 딱 붙어 있는 커다란 집이 보였다. 저택의 왼쪽으로는 어슴 푸레 별채들이 있는 것 같았고, 저택의 앞쪽으로는 강으로 향하는 깊은 경사길에 나무가 아주 빽빽하게 심겨 있었다. 커다란 대문은 빨간색으로 칠해져 있었고, 잉글랜드 씨는 허리춤에 달린 열쇠 뭉 치에서 열쇠를 찾아 문을 열고 내 짐을 안으로 밀어 넣었다.

"이제 손전등을 제자리에 가져다 놓아야 할 것 같소. 그래야 내일 아침에 브로들리가 나를 찾지 않을 것 같아서요. 바로 아이들 침실로 가면 되오. 아이들은 아마 자고 있을 텐데 내일 아침에 볼 수 있을 거요. 혹시 출출하시오?

"아니요, 괜찮습니다, 잉글랜드 씨."

집주인이 직접 나를 맞이하고 자기 사업에 관해 이야기하고 음식을 먹을 건지 물어보다니 정말로 특이한 일이다. 내가 안절부절못하면서 그저 감사하다고 중얼거리는 사이, 잉글랜드 씨는 빠른 걸음으로 성큼성큼 걸어 나가 버렸다. 잉글랜드 씨가 램프를 가지고 가자 집 안은 온통 어두움에 휩싸였다. 어디선가 희미하게 시계 소리가 들렸고, 나는 계단을 찾아 손으로 여기저기를 더듬어보다가 난간을 찾아서 부드러운 손잡이를 따라갔다. 뭐랄까, 먼지를 떨어내야 하는 카펫이나 말려야 하는 젖은 코트가 있는 것처럼 퀴퀴한 냄새가 살짝 났다. 계단은 돌로 되어있었고 내 발소리는 전혀 나지 않았다. 2층은 더 어두웠다. 잉글랜드 씨는 아이들 놀이방으로 가면 된다고 말해주었지만 2층에 올라오니 길이 여러 갈래로 갈라졌다. 잉글랜드 씨가 돌아오기를 기다릴까도 싶었지만, 만약 내가 여기에 겁먹은 아이처럼 가만히 서 있으면 나를 순진하고 무지하고 멍청한 사람으로 생각할 것 같았다. 교장 선생님, 아니면 시원시원하고 직설적인 내 룸메이트 브리짓이었다면 어떻게 했을까? 그들은 나처럼 헤매고 있지 않았을 것이다. 아래층에 내려가서, 아마도 밤에는 닫혀 있겠지만 그래도 주방 같은 곳에 가서 손전등을 찾지 않았을까.

마침 그때 희미하게 딸깍 소리가 들리더니 출입구가 활짝 열렸다. 갑자기 밝은 빛이 들어왔다. 한 여성이 하얀색 잠옷 위에 가운을 헐렁하게 걸치고 서 있었다. 허리까지 늘어뜨린 긴 머리는 작은 코와 크고 검은 눈이 있는 동그란 얼굴을 감싸고 있었다. 나는 그 자리에 얼어붙었고, 그 여성 또한 그 자리에 얼어붙었다. 그녀의 얼굴에 서린 두려움과 당황스러움이 너무 짙어서 나는 내가 집을 완전히 잘못 찾아온 게 아닌가 하는 생각이 들 정도였다.

"잉글랜드 부인?"

유령이라도 본 것 같은 얼굴을 한 그녀에게 먼저 말을 걸었다.

"저는 유모 메이입니다. 놀라시게 해서 정말 죄송합니다. 지금 막 도착했습니다, 부인."

부인은 램프를 꽉 잡더니 가운의 옷섶을 단단히 여몄다.

"유모? 찰스가 당신을 데리러 갈 사람을 보냈나요?"

"부인, 저를 기다리고 계실 것으로 생각했습니다. 저는 아이들의 유모입니다."

"오."

부인이 말했다.

"오."

그러더니 이내 다시 같은 말을 반복했다. 잉글랜드 부인의 얼굴에는 당황함이 역력했고, 나는 나도 모르게 입이 바싹 말라 침을 꿀꺽 삼켰다.

"잉글랜드 씨께서 놀이방으로 올라가라고 하셨는데요. 어느 방이 놀이방인지 알려주실 수 있을까요?"

"내일 오시는 줄 알았어요."

잉글랜드 부인의 목소리는 거의 속삭임에 가까울 정도로 잘 들리지 않았다. 잉글랜드 부인은 나보다 3~5센티미터 정도 작은 키를 가졌고, 생각했던 것보다 훨씬 더 젊었다.

"오늘 밤이었습니다, 부인. 잉글랜드 씨께서 저를 데리러 와 주셨어요. 그리고 손전등을 가지고 가셨지요."

나는 당혹스러움에 얼굴이 빨갛게 타올랐다.

잉글랜드 부인은 아래를 내려다보았다. 1층은 여전히 캄캄한 어둠 속이었다.

"내가 놀이방을 알려줄게요."

잉글랜드 부인은 램프를 들고 계단의 왼쪽에 있는 녹색 문으로 향했다. 복도를 가로질러 방 하나는 문 바로 옆 왼쪽에, 다른 방 하나는 복도의 끝에 있었다. 춥고 당황해서 정신이 없는 나는 그저 잉글랜드 부인이 가는 대로 복도 끝의 방으로 따라갔다. 두 개의 창문에는 커튼이 드리워져 있었고, 잉글랜드 부인은 벽난로 위에 있는 가스등을 켰다. 잉글랜드 부인이 성냥을 찾을 동안 가스등은 가볍게 쉭 소리를 내었다. 나는 벽난로 위 선반에 있는 촛대 뒤에서 성냥갑을 발견했다. 잉글랜드 부인을 돕고 싶은 마음에 가방을 내려놓고 성냥갑을 집어 들었다.

"부인, 여기 있습니다."

가스등의 유리구슬에 불이 들어오자 잉글랜드 부인은 다시 한번 깜짝 놀랐다. 우리는 벽지가 발라진 벽에 마룻바닥에는 카펫이 깔린 작고 안락한 놀이방에 서 있었다. 방 한쪽에는 나무로 만든 요람과 인형의 집 옆으로 흔들 목마가 있었다. 그 앞의 작은 테이블에는 테디 베어들이 뻣뻣하게 기대어져 있었다. 낮은 수납장에는 하얀색 돛이 한쪽으로 살짝 기울어진 아주 멋진 배가 있었으며, 배 주위로 나무로 만든 동물 인형들이 둘러싸고 있었다. 가장 먼 벽 쪽에는 바퀴 달린 의자가 있고, 의자에는 체크무늬의 담요가 개어져 놓여 있었다. 잉글랜드 부인의 얼굴이 더 잘 보였다. 긴 머리는 황갈색의 금빛이고 살구색 실크로 된 가운을 걸치고 있었다. 잉글랜드 부인은 마치 나보고 먼저 말하라는 듯 검은 눈동자로 나를 뚫어지게 쳐다보았다. 커다란 저택이 으레 여름에 그러하듯 불을 피우지 않았다. 서늘한 집에서 잉글랜드 부인이 망토를 벗으라거나 내 물건들을 어디에 두면 된다는 식의 이야기를 하지 않아서 나는 마치 내가 침입자가 된 것 같은 기분이었다.

"부인이라고 부르는 게 좋을까요, 아니면 여사님이라고 부르는 게 좋을까요?"

내가 용기를 내어 물었다.

"어느 쪽이든 상관없어요."

"아이들의 옷이나 음식과 관련해서 궁금한 점이 있으면 부인께 여쭤보면 되지요?"

"네, 그렇게 하세요. 아니면 잉글랜드 씨에게 물어봐도 되고요."

내 질문에 잉글랜드 부인은 마치 풀기 어렵고 복잡한 수수께끼라도 만난 듯 확신 없이 대답했다.

"잉글랜드 씨에게 여쭤보라고요?"

나는 놀라움을 감출 수 없어 재차 되물었다.

"아마 그게 제일 좋은 방법일 거예요."

잉글랜드 부인의 목소리는 투박했다. 잉글랜드 씨보다 사투리가 좀 더 강한 느낌이다. 잉글랜드 씨는 부인에 비하면 요크셔 사투리가 있기는 하지만 훨씬 더 세련되었다. 발살 히스에 있을 때 매주 수요일마다 장을 보러 오던 요크셔 출신 여자가 하나 있었는데, 그 여자와 잉글랜드 부인의 말투가 놀랍게도 똑같았다.

"짐을 풀도록 하세요."

잉글랜드 부인이 말했다.

"저는 아이들과 같이 자면 될까요, 부인?"

"원래 그렇게 하시나요?"

잉글랜드 부인은 다시 가운을 여미며 목까지 단단히 감쌌다.

"네."

나는 잠시 쉬었다가 다시 말을 이었다.

"죄송합니다, 부인. 저희 교장 선생님인 심슨 여사께서 제가 도착할 때쯤에는 다 정리가 되어있도록 말씀드린 줄 알았어요."

"아, 기억났어요. 교장 선생님께서 물론 그렇게 하셨어요. 잘 자요, 유모……."

"메이입니다."

내가 말했다.

잉글랜드 부인은 조용히 램프를 들고 문을 닫고 나갔다. 복도에서는 아무 소리도 들리지 않았다. 나는 오래도록 이 집을 장막처럼 둘러싸고 있는 깊은 침묵에 귀를 기울이면서 내가 페리베일 가든스에서 얼마나 멀리 떨어져 있는지, 래들렛 부인과 잉글랜드 부인이 얼마나 다른지에 대해 생각해 보았다. 나는 천천히 창문 옆의 의자로 걸어가서 의자에 놓여 있던 곰 인형을 들고 의자에 앉았다. 오늘 아침 ―아, 정말 고작 오늘 아침이었던가.― 런던에서부터의 여정을 생각하지 않을 수 없다. 런던의 자유로움과 활력이 떠올랐다. 내인생 최고의 일주일을, 새로운 인생이 다시 시작되기만을 초조하고 무기력하게 기다리면서 보냈다니. 이 차갑고 낯선 놀이방에, 이 조용하고 심지어 생기가 전혀 느껴지지 않는 집에 앉아있자니 지난 며칠이 그렇게 눈부시고 아름답게 느껴질 수가 없었다. 마치 아주 끔찍한 실수를 한 기분이었다.

양초가 탁탁거리는 듯한 소리가 나길래 나는 깜짝 놀라 주변을 둘러보았다. 내 뒤로 창문이 있는 데도 한참 시간이 걸려서야 비가 오고 있다는 걸 알게 되었다. 나는 창문을 열고 강물 소리를, 그리고 올빼미나 쏙독새와 같은 야행성 새들의 소리를 들었다. 나는 평생 시골에서 살아본 적이 없을뿐더러 시골에서 한 번 자 본 적도 없었다. 그래서 시골이란 날카롭고 살을 에는 듯하고 변화무쌍한 장소라는 막연한 생각만 가지고 있었다. 나는 아파트와 가게가 많고 항상 차로 붐비는 도시에 익숙했고, 평생 손전등을 써 본 적도 없었다. 하지만 이곳은 공기가 매우 깨끗하고, 아침이 되면 새들이 노래할 것이고, 하늘은 광활하고 맑을 것이다. 보물찾기, 꽃다발 만들기, 깃털 모으기, 소풍, 자전거 타기 등 아이들이 재미있게 할 수 있는 활동도 많을 것 같다. 물론 날이 좀 따뜻해야겠지만 말이다. 조지나의 창틀에는 런던 공원에서 가져온 데이지와 아이리스가 있었는데, 이곳에는 식물과 동물의 종류가 훨씬 더 다양할 것 같다. 심지어 철책에 붙어 있는 가짜 사슴이 아니라 진짜 사슴도 있을 것 같다. 집이 지나치게 조용한 건 문제가 되지 않는다. 밖에 나가면 탐험할 것들이 무궁무진하니까.

나는 가스등을 끈 뒤 램프를 밝힌 후 내 짐을 들고 복도를 따라 아이들 침실로 왔다. 침실은 어두웠고 커튼이 드리워져 있었다. 불빛에 따라 일렁이는 그림자 속에서 나는 철로 된 침대들과 나무로 된 마룻바닥을, 그리고 침대마다 하얀 이불 아래 불룩한 모양을 볼 수 있었다. 그중 하나가 몸을 뒤척이는 것을 보고 나는 재빨리 램프를 낮춰 들었다. 저쪽 창문 아래 빈 침대 발치에 아기 침대가 놓여 있고, 레이스가 마치 베일처럼 둘러쳐져 있었다. 내가 침대로 발길을 옮길 때마다 마룻바닥이 삐걱거리면서 침대 지붕이 조금씩 흔들렸다. 램프의 은은한 빛을 비추니 통통한 아기가 두 주먹을 양옆으로 한 채 엎드려 자고 있었다. 아기의 몸통이 부드럽게 오르락내리락했다. 방 안으로 바람이 들어오지는 않았지만, 따뜻하지도 않았다. 창문을 열고 싶었지만 아이들이 깰까 봐 조용히 내 침대 한쪽 끝에 앉아서 부츠를 벗기 시작했다. 펨브릿지 스퀘어에서는 창문을 활짝 열고도 이불 하나로 충분했는데.

내 부츠 한쪽이 바닥에 시끄럽게 떨어지는 바람에 나는 혹시나 아이들이 깼을까 싶어 얼어붙었다. 방 어딘가에서 잠결의 깊은 한숨 소리가 들렸지만, 그걸로 끝이었다. 나는 램프의 심지를 바싹 당겨 가볍게 불어 불을 껐다. 기름 타는 냄새가 훅 올라왔다. 침대보는 시원하고 기분이 좋았으며, 이불에서 희미하게 좀약 냄새가 났다. 나는 어둠 속에 자리 잡고 잠이 들기를 기다렸다.

# 4

새벽 6시, 아이들이 일어나기 전에 일찍 일어났다. 벽에 걸린 옷걸이에서 옷가지를 내려 조용히 입었다. 내 침대 발치에는 아기 침대가 있고, 그 옆으로 벽에 붙여 놓은 철 침대가 하나 더 있었다. 침대 안에는 두 명의 작은 소녀가 잠들어 있는데, 한 명은 금발, 한 명은 검은 머리카락을 가졌다. 방문에서 가장 가까운 저쪽 벽에는 또 하나의 침대가 있고 거기에는 금발 소년이 잠들어 있다. 아담한 크기의 방에는 내 침대 왼쪽으로 난로망이 쳐진 벽난로가 있고 바닥에는 낡은 카펫이 깔려있다. 내 침대의 오른쪽 움푹 들어간 벽면에는 수납장이 짜여 있다. 블라인드를 열지 않은 채 나는 자는 아이들을 지나 문을 살살 닫았다.

아이들의 방이 있는 건물은 전체 저택의 서쪽으로 놋쇠로 꾸민 녹색 문으로 분리되어 있다. 저쪽 본채는 아직 조용한 것 같아서 계단 꼭대기에서 무슨 소리가 나지는 않는지 귀 기울여보았다. 1층은 층계참에서 이어지는 난간으로 공간이 분리 되어있는 아래 현관과 연결되어 있다. 위층과 아래층을 잇는 벽면은 금빛 액자에 들어있는 초상화들로 가득 차 있다. 초상화의 주인공은 모두 검은색 옷을 입고 모래 빛 머리와 콧수염을 한 남성들이었다. 나는 주방이 어디 있는지 찾아보려고 저택 앞쪽의 방들을 힐끔거렸다. 혹시 하인들이 있나 살펴보았지만, 커튼은 여전히 닫혀 있었고 어디선가 은은하게 시가의 냄새만 풍겼다. 나는 아련하지만 분명하게 들리는 냄비가 달그락거리는 소리를 따라 저택의 뒤쪽으로 향했다.

"메이."

나는 깜짝 놀라 그 자리에 멈춰 서서 그제야 내 오른편 방문이 열려 있다는 것을 알아차렸다. 잉글랜드 씨가 조찬 테이블에 앉아서 커피를 마시며 신문을 보고 있었다. 블라인드가 열려 있었지만 방은 어두컴컴해서 마치 심해 같았다. 이런 분위기는 짙은 초록색의 벽으로 더욱 도드라졌다.

"안녕히 주무셨습니까, 잉글랜드 씨."

"일찍 일어나시는군요."

"놀이방에 따뜻한 물이 필요해서 가지러 내려왔습니다, 잉글랜드 씨. 혹시 하우스메이드의 물품함이 어디 있는지 아십니까?"

잉글랜드 씨는 눈썹을 치켜떴다.

"죄송합니다, 잉글랜드 씨. 부인께 여쭈어보겠습니다."

"아닙니다, 아니오. 아, 블레이즈가 알려줄 거요. 블레이즈가 현재 우리 집 총괄 하우스메이드라오. 하인들에게 메이 유모를 소개해드려야겠소."

"오, 말씀만으로도 감사합니다, 잉글랜드 씨. 하지만 바쁘신 사정을 잘 압니다. 제가 직접 하겠습니다."

"말도 안 되오. 여기 앉으시오."

위층의 아이들이 나 없는 사이 잠에서 깨지 않을까 하는 생각에 순간 망설였으나 나는 식탁에서 날렵한 마호가니 의자 중 하나를 빼내었다.

"커피?"

잉글랜드 씨가 물었다. 잉글랜드 씨는 암적색 조끼 안에 하얀색 셔츠를 입고 있었다. 자켓은 옆에 아무렇게나 벗어 두었으며, 머리는 살짝 젖어 있는 것 같았다.

"아니요, 괜찮습니다. 잉글랜드 씨."

나는 머리를 저었다.

"그럼 차를 줄까요?"

잉글랜드 씨가 콧수염 끝을 살짝 올리며 빙긋이 미소를 지었다.

"너무 그렇게 정색할 필요 없어요, 메이. 월급에서 제하지 않을 겁니다. 내가 대접하지요."

잉글랜드 씨가 자리를 비운 사이 나는 의자에 가만히, 어정쩡하게 앉아있었다. 식당은 숲의 우울한 존재감을 그대로 닮아 있었다. 창밖으로는 살랑바람이 불어 나무들이 흔들렸다. 잠시 후 잉글랜드 씨가 돌아와 다시 냅킨을 무릎 위에 펼쳤다.

"아침 식사를 방해해서 죄송합니다, 잉글랜드 씨. 제가 하우스 키퍼께 여쭈어 보겠습니다."

"미안하지만 하우스 키퍼는 없어요. 다시 한번 사과드립니다. 전에는 하인이 꽤 많았는데 지금은 좀 검소하게 살고 있소. 자, 그런데 런던은 어떻던가요?"

잉글랜드 씨는 커피를 후루룩 마셨고, 조금 있다가 문이 열리면서 은색 트레이를 풍만한 가슴으로 받쳐 든 메이드 한 명이 들어왔다. 우리는 눈이 마주쳤고, 그녀는 차와 여러 가지를 잉글랜드 씨 앞에 놓았다.

"메이 유모 것이오. 고맙소, 블레이즈."

다시 한번 나를 쳐다보는 눈길에는 분노가 서려 있었다. 블레이즈는 나보다 네다섯 살 정도 나이가 많아보였고, 통통한 편이었다. 약간 나이가 들어 보이는 외모에 건포도같이 작은 검은색 눈을 가지고 있었다. 나는 감사하다고 말했지만 블레이즈는 아무 말 없이 밖으로 나가면서 문을 세차게 쾅 닫았다.

"어디까지 이야기했지요? 아, 그렇지요. 런던. 메이는 런던을 좋아했소? 젊은 사람들은 보통 좋아하는 것 같던데. 내가 알기로는 말이오."

"저도 런던을 아주 좋아했습니다."

"그런데 왜 이 북쪽까지 오게 된 것이오?"

"이 직업 때문입니다, 잉글랜드 씨."

"그 말이 정답이군요."

혹시 내가 너무 경박하게 말한 게 아닐까 걱정되었으나 잉글랜드 씨는 상당히 즐거워 보였다.

"그래서 런던 출신이오?"

"고향은 버밍엄입니다."

"검은 도시로군요. 이곳은 회색 도시로 불린다오. 공장 굴뚝에서 나오는 매연 때문이죠. 그래서 이렇게 우리는 주로 집 안을 어두운 색으로 칠하는 것이기도 하고요."

잉글랜드 씨는 몸을 일으키더니 보조 탁자 쪽으로 가서 손가락으로 벽을 쭉 훑더니 나에게 손가락을 보여주었다.

"창문을 닫아 놓아도 매연은 어김없이 스며들어오지요."

잉글랜드 씨는 손가락을 바지에 문지르고 다시 식탁에 앉아서 차를 따르고는 나에게 우유나 설탕을 넣는지 물어보았다. 나는 마치 이상한 나라에 온 기분이었다. 집주인인 남자가 부인이 할 일을 대신하고 있다니. 나는 이렇게 집주인은커녕 남자와 단둘이 있어 본 적 자체가 없다. 부디 지금 이 장면을 아무도 못 보길.

"감사합니다."

나는 공손하게 차를 한 입 마셨다.

"그래서 알고 싶은 게 무엇이오?"

잉글랜드 씨는 신문을 반으로 접어 두고는 식탁 위에 두 팔을 올리고 손바닥을 마주쳤다.

"집안일로 잉글랜드 씨를 성가시게 해서는 안 될 것 같습니다. 부인과 이야기해 보겠습니다."

"나랑 이야기합시다."

잉글랜드 씨는 기대가 된다는 듯 빙긋이 웃었다.

"음, 제가 지켜야 할 어떤 규칙이 있다면 알려주시면 감사하겠습니다. 물론 모든 일이 부드럽게 잘 흘러가도록 처리할 수 있습니다만, 시간이나 식사 등 기존의 규칙을 바꾸지 않았으면 좋겠다고 생각하는 것이 있으시면……."

잉글랜드 씨는 생각에 잠긴 듯 턱을 손으로 괴었다.

"전에 이곳에 있던 유모는 내가 아기 때 나를 돌봐주었던 유모요. 그때도 유모의 나이가 상당했는데, 그러니 죽을 때 즈음에는 거의 '화석' 수준이었소. 그럼에도 나는 그녀를 무척 좋아했소."

"저런, 유감입니다, 잉글랜드 씨."

"아니오, 그럴 필요 없소. 아이들은 오히려 젊은 사람을 더 좋아할 거요. 어린이와 있을 때는 반드시 어린이가 되어야 한다고 생각하오."

나는 그 말에 동의한다는 의미로 슬며시 웃음 지었다.

"냉글 유모는 어린이가 아니었소. 솔직히 말하자면 사울이 냉글 유모를 '마귀할멈'이라고 부르는 걸 엿들은 적이 있소. 당신이 왔으니 이제 더이상 아이들 방에서 큰소리가 나지는 않을 것으로 기대하오. 어쨌든 현재 아이들은 상당히 충격 상태요. 멀쩡히 살아있던 사람이 밤사이에 죽어버렸으니 얼마나 놀랐겠소."

침묵이 흘렀다.

"냉글 유모가 이곳에서 죽었다고요?"

"미안하지만 그렇소. 저런, 괜히 이야기해서 무섭게 했나 보오."

"저는 유령의 존재를 믿지는 않습니다."

그럼에도 불구하고 침대보에서 은은하게 나던 좀약 냄새가 기억나 나는 몸서리를 쳤다.

"아주 현명하군요."

잉글랜드 씨는 오른쪽 눈을 비볐는데 조금 피곤해 보였다.

"아이들 침실에서 말이오. 그렇소."

바로 그때 블레이즈가 토스트 몇 조각과 달걀, 훈제 청어를 가지고 돌아왔다.

"고맙소, 블레이즈. 메이가 아이들을 위한 따뜻한 물이 필요하다고 하오."

"지금 제가 올려다 놓겠습니다, 잉글랜드 씨."

"고맙소, 블레이즈."

블레이즈가 나간 뒤 잉글랜드 씨는 훈제 청어에 후추를 잔뜩 뿌려 먹기 시작했다.

"자, 그래서 보통 일상이 어떻게 이루어지는지 알려주시오."

나는 앞치마를 반듯하게 폈다.

"저는 보통 6시에 일어나서 벽난로를 청소하고 불을 지피고 놋쇠를 닦습니다. 그다음 놀이방을 정돈하고요. 일주일에 한 번 카펫을 손으로 직접 청소합니다. 그런 뒤에 아이들을 깨워서 아침을 먹이고, 씻기고, 옷을 입힌 뒤 점심 전에 산책을 다녀오고, 점심 후에는 잠시 휴식을 취합니다. 늦은 오후에는 주로 아이들을 아래층에서 부모님과 함께 시간을 보내도록 하는데, 이건 티타임 후에 하는 것도 가능합니다. 냉글 유모가 아이들을 몇 시에 재우셨는지 모르겠지만, 자는 시간은 그 시간을 맞추는 게 가장 좋을 것 같습니다."

"7시로 알고 있소. 막내는 그보다 좀 더 일찍 잠자리에 들고요. 모두 다 완벽하게 좋습니다."

"모든 일상을 잉글랜드 부인께 보고해야 할까요?"

"아니요. 그럴 필요 없소."

나는 놀라서 눈을 깜빡였으나 이내 고개를 끄덕였다.

"사울은 일주일에 네 번, 오전 9시에서 오후 1시까지 개인 교사, 부스 선생님에게 수업을 듣습니다. 주로 식당에서 수업을 하고요."

나는 다시 한번 고개를 끄덕이며 손목의 시계를 확인했다.

"나는 5시 10분쯤 집에 도착합니다. 그 즈음해서 아이들을 내려 보내 주면 좋을 것 같소."

"네, 잉글랜드 씨. 혹시 여자아이들도 교육을 받는지요?"

"그렇지 않습니다."

"여성 가정 교사는 오지 않나요?"

"그렇게 되면 놀이방이 너무 복잡하지 않겠소?"

잉글랜드 씨가 토스트와 함께 남은 달걀노른자를 싹 쓸어 입에 넣었고, 나는 그 모습에 비위가 상했다.

"여자아이들에게 개인 교사는 없소. 하지만 기본적으로 읽고 쓰는 건 할 수 있지요. 피아노도 내가 직접 가르쳤소."

잉글랜드 씨는 마치 우리 엄마 같은 말을 했다. 유모들은 자신들이 돌보는 아이들의 교육에는 상관하지 않기 때문에 나는 이 문제를 생각하지 않기로 했다.

"잉글랜드 씨, 어젯밤에 제가 도착했을 때 말인데요. 잉글랜드 부인께서……."

잉글랜드 씨는 내 말을 기다렸다.

"음, 제가 오는 줄 모르고 계셨더라고요."

잉글랜드 씨는 헛기침을 하더니 다시 아침 식사를 하기 시작했다.

"내 아내는, 아, 그러니까 잘 잊어버리는 편이오."

"물론입니다. 우리는 누구나 때때로 그렇지요, 잉글랜드 씨. 다만 제가 놀랐던 건 저는 제 차편을 잉글랜드 부인께서 예매해주셨다고 생각했거든요."

불편한 침묵이 흐르기 시작했고, 침묵이 길어지자 나는 이 문제를 꺼낸 것 자체를 후회했다. 잉글랜드 씨는 내 말을 이해하려고 애쓰는 듯 보이더니 이내 주제를 바꾸었다.

"그래서 왜 유모가 되기로 마음을 먹었소, 메이? 보통 유모 또래의 여성들은 회사에 취직하거나 가게나 공장에서 일하기를 좋아할 것 같은데. 저녁 시간이 자유로우니 말이오."

잉글랜드 씨는 진심으로 궁금한 것 같았다. 나는 내 의견을 말하는 데 익숙하지 않은 탓에 얼굴이 붉어지고 안절부절못하기 시작했다.

"저는 언제나 어린이들을 좋아했습니다."

"흠, 하지만 아이들이 많다면 이야기가 달라질 텐데."

잉글랜드 씨의 얼굴에 다시 미소가 떠올랐다.

"저는 다섯째 중 맏이였고 저희 부모님은 항상 바쁘셔서 제가 동생들을 돌보는 일을 하는 게 자연스럽습니다."

내 대답에 잉글랜드 씨는 고개를 끄덕였지만, 왠지 만족스럽지 못한 표정이었다.

"게다가 저는⋯⋯."

적당한 말을 찾기 위해 나는 조금 망설였다.

"저는 어떤 직업이 어린이의 마음을 훈련하는 것보다 더 재미있을까 싶습니다."

내 말에 잉글랜드 씨가 집중하기 시작했고 나는 신나서 말을 이었다.

"제 모교의 교장 선생님께서 말씀하시기를 유모들이 그림을 그리는 바탕은 캔버스보다 훨씬 더 소중하고 대리석보다 훨씬 더 아름다운 것이라고, 이 세상에 훨씬 더 귀한 것이라고 말씀하셨습니다. 유모의 역할은 아이들이 좋은 인간으로 성장할 수 있도록 키워내는 것이니까요. 말하고 보니 제가 너무 장황했네요."

내 얼굴은 불에 타서 거의 없어질 지경이다.

"아니요. 아주 재미있게 들었소. 나도 동의하오. 좋은 밭에 좋은 씨를 뿌리면 대대로 좋은 열매를 맺지요. 하지만 나쁜 씨는 그 반대의 결과를 가지고 오겠지요. 당신은 마치 법의학자와 같군요, 메이."

"죄송합니다. 법의학자가 무엇인지 저는 잘 모릅니다."

"사람의 마음을 다루는 사람들을 말하오. 주로 미쳤다고 주장하는 범죄자들의 마음을 다루지요."

잉글랜드 씨의 말투는 따뜻하고 부드러웠다. 갑자기 내가 너무 말을 많이 했다는 생각이 들어 황급히 의자에서 일어났다.

"아이들에게 가봐야 할 것 같습니다, 잉글랜드 씨."

"그렇게 하시오. 아이들이 아마 무척이나 당신을 보고 싶어할 것 같소. 놀랜드 유모 전문학교에 대해서『더 타임즈』에서 읽은 적이 있소. 그때 나는 '반드시 놀랜드 출신 유모를 맞아야지.'라고 생각했었소. 매우 인상 깊었다오. 아주 발전적인 노력이라고 생각되오."

"감사합니다, 잉글랜드 씨."

"아이들이 예의 바르게 행동해주길 바라오. 만약 그렇지 않다면 나에게 알려주시오."

"네, 잉글랜드 씨."

잉글랜드 씨는 아이들을 때리는 부류의 아버지로는 보이지 않았다. 웃음기가 가득한 검은 눈동자와 가볍고 재미있는 화법을 보면 잉글랜드 씨는 오히려 무릎에 아이들을 앉혀놓고 옛날이야기를 들려주는 아버지일 것 같다.

"나중에 응접실에서 뵙겠소."

"네, 알겠습니다. 잉글랜드 부인께도 말씀드릴까요?"

잉글랜드 씨는 나이프와 포크를 들고 훈제 청어를 자르기 시작했다.

"그래도 상관없소. 아, 하나 더. 밤에는 아이들 방으로 들어가는 입구 문을 반드시 잠그도록 하시오. 열쇠는 문 뒤에 있을 것이오."

잉글랜드 씨는 나를 쳐다보지도 않고 말을 이었다.

"네, 알겠습니다."

나는 눈을 깜박였다.

"좋은 하루 되시오."

"좋은 하루 보내세요, 잉글랜드 씨."

넓고 천정이 높으며 테라코타 스타일로 타일이 장식되어 있는 주방에서 주방 담당 요리사인 매니언 부인을 찾을 수 있었다. 부인은 뻣뻣한 솔로 아주 복잡하게 생긴 화덕을 청소하는 중이었다. 매니언 부인은 오렌지가 연상되는 사람으로, 키가 작고 통통했으며 머리는 오렌지잼 색이었다. 내 소개를 하고 물을 부탁했더니 매니언 부인은 블레이즈가 이미 가지고 올라갔다고 했다.

"감사합니다. 아침 식사는 몇 시에 먹지요?"

내가 물었다.

"8시요."

"아이들은 아침으로 무엇을 먹나요?"

"토스트와 죽이요."

매니언 부인은 나를 쳐다도 보지 않고 돌바닥에 몸을 반쯤 굽힌 채 말했다.

"아이들이 아침으로 삶은 달걀도 먹을 수 있을까요?"

매니언 부인은 솔을 높이 든 채로 멈추더니 나를 향해 귀를 쫑긋하면서 눈을 가늘게 뜨고 나를 바라보았다.

"뭐를요?"

"삶은 달걀이요. 아이들 말이에요."

"달걀도 쳤으면 좋겠다는 거요?"

"만약 번거로우시면 죽 양을 조금 줄여도 좋고요."

"그렇게 해도 되지요!"

매니언 부인은 오렌지색 머리카락이 얼굴에서 떨어지게 후 불었지만, 전혀 당황한 기색은 없었다.

"아주 좋아요. 그럼 매주 달걀을 좀 더 주문해야겠구먼. 저녁은 12시, 티타임은 6시요. 하지만 아이들 놀이방용 차는 보통 4시에 나간다오."

"저녁이요?"

나는 조금 당황스러워서 이렇게 되물었다.

그러자 매니언 부인은 솔을 솥에 집어 던지더니 몸을 일으켰다.

"점심이든 저녁이든 알아서 부르시오."

"아, 그러니까 점심이 12시죠? 티타임은 저녁 대신인가요?"

"말장난할 시간 없어요! 저녁은 12시, 티타임은 6시라고 분명히 말했소."

매니언 부인이 소리를 꽥 질렀다.

나는 매니언 부인에게 감사 인사를 드리고 나왔다. 주방 문은 내가 예상했던 것 더 빨리 닫혔고 나는 목덜미가 따가워졌다. 계단에서 나는 냄비를 들고 내려오는 블레이즈를 만났다. 블레이즈는 내가 지나가도록 길을 비켜주었다. 아무 말도 하지 않았지만 검은 눈은 나를 매섭게 내려다 보고 있었다.

"물 가져다줘서 고마워요. 제가 직접 해도 되는데요. 저는 메이라고 합니다. 유모예요."

"오신 걸 환영합니다."

블레이즈의 말투는 민망할 정도로 불쾌했다. 1층으로 이어지는 문이 닫히고 블레이즈는 빠른 속도로 나를 지나쳐 계단을 내려갔다. 나는 모욕감에 어쩔 줄 몰라하면서 놀이방으로 서둘러 향했다. 내 뒤로 녹색 문을 닫아 본채를 차단했다.

아이들은 모두 깨어 있었다. 가장 나이가 많아 보이는 소녀가 아기를 침대 모서리에서 멀찍이 떼어서 안고 있고 아기는 누나의 검은 머리를 잡아당기고 있었다. 방 건너편에는 동생인 듯한 여자아이가 내 옷걸이 앞에 서서 내 망토를 살펴보고 있었다.

"안녕."

내가 밝게 인사하자 여자아이는 펄쩍 뛰어올랐다. 나는 커튼 쪽으로 걸어가 커튼을 활짝 열고 블라인드를 위로 올린 뒤 창문을 열었다. 남자아이는 침대에 앉아있었다.

"나는 메이 유모야."

"유모처럼 안 보이는데요. 너무 젊잖아요."

남자아이가 말했다.

"음, 나는 유모가 맞아. 너희들의 유모란다. 그런데 이름이 어떻게 되니?"

"사울이요."

"만나서 반가워, 사울."

나는 다른 아이들에게 얼굴을 돌렸다.

"이 아기는 찰리예요. 얘는 밀리고요. 저는 레베카예요. 하지만 사람들은 보통 데카라고 불러요."

"냉글 유모만 빼고요. 냉글 유모는 애칭이 노동자들에게나 어울리는 것으로 생각하거든요."

사울이 말했다.

"저는 유모의 물건을 보기만 했어요. 아무것도 훔치지 않았어요."

밀리가 말했다.

"그러지 않았다는 걸 나도 알아. 내 물건을 보는 건 언제든 좋지만 먼저 주인에게 물어본다면 더 좋겠지?"

내가 대답했다.

밀리는 마치 스스로 조심하겠다는 듯 두 손을 등 뒤로 숨겼다.

"제가 하지 말라고 말했어요."

데카가 말했다.

데카를 잠시 바라보았다. 마치 그 나이 때의 내 모습을 보는 것 같다. 데카와 나는 똑같이 길고 검은 머리를 가지고 있다. 엘시보다 한 살 정도 어리려나. 데카는 아버지 잉글랜드 씨의 눈을 닮았다. 또 데카만의 부드러운 심각함이 있고, 첫째들이 주로 가지는 책임감도 보였다. 데카가 찰리를 무릎 위에 올려놓자 찰리가 까르륵거린다. 나는 데카에게서 찰리를 받아 내 무릎 위에 올려놓았다.

"찰리는 몇 개월이니?"

"이제 태어난 지 한 달 되었어요."

찰리가 손가락을 내 입으로 밀어 넣었고 내가 손가락을 먹는 척 하자 아이들이 모두 웃었다. 아기는 보기 좋을 정도로 통통하고 건강한 분홍빛 안색에 금빛 곱슬머리를 가졌다.

"냉글 유모가 바로 그 침대에서 죽었어요. 우리가 일어났을 때 냉글 유모는 이미 죽어있었어요."

사울이 알려주었다.

"그럴 수 있어."

밀리가 두려워하는 걸 보면서 나는 엄하게 말했다.

"냉글 유모는 아빠의 유모였대요. 나이가 아주 많았어요."

데카가 분위기를 무마하려는 듯 덧붙였다.

"냉글 유모는 뚱뚱하고 양배추 냄새가 났어요!"

이번에는 밀리가 말했다. 밀리는 자기 침대로 훌쩍 뛰어 올라가 더니 뛰기 시작했다.

"그런 말 하면 못써."

"냉글 유모는 언제나 잠만 잤어요. 내가 귀에다 대고 소리를 질러도 일어나지 않더니 갑자기 검은 마차가 냉글 유모를 데리고 갔어요."

밀리는 굴하지 않고 계속 이야기했다.

"냉글 유모는 너무 오랫동안 유모를 해서 지쳤던 게 아닐까?"

내가 말했다.

"근데 메이 유모도 잠을 자요?"

밀리가 물었다.

"그럼, 물론이지. 대신 너희가 일어나기 전에 일어나서 여러 가지를 준비해."

"우리는 메이가 들어오는 것도 몰랐어요. 혹시 코 골아요?"

"숙녀는 그런 질문은 해서는 안 돼."

"공놀이할 줄 알아요?"

이번에는 사울이다.

"물론이지. 보드게임을 더 좋아하기는 하지만 말이야."

"그럼 체커도 할 줄 알아요?"

"그럼. 하지만 지금은 이제 이렇게 한가하게 이야기 나눌 시간이 많지 않아. 데카, 옷과 물건들이 어디에 있는지 알려주면 모두가 옷을 입도록 도와줄게."

아침은 정신없이 지나갔다. 나는 아이들을 씻기고 옷을 입히면서 아이들의 옷이 작아져서 손 볼 필요가 있음을 깨달았다. 여자아이들의 속치마는 길이를 늘려야 했다. 사울의 팬티도 하얀 허벅지가 훤히 보일 지경이고, 찰리를 제외한 모두에게 새 신발이 필요해 보였다. 나는 바퀴가 달린 의자에 대해 물어보았고 사울은 자기가 쓰는 의자라고 했다. 천식을 앓고 있는데 숨이 가쁠 때 주로 사용한다고 했다. 놀이방과 침실 모두 먼지가 많고 거의 환기가 되어있지 않았다. 특히 놀이방의 창문은 창틀에서 꿈쩍도 하지 않아서 나는 누군가에게 와서 봐 달라고 해야겠다고 마음속으로 생각했다.

블레이즈가 커다란 은색 쟁반에 죽과 달걀, 토스트로 이루어진 아침을 가지고 왔다. 감사하다고 인사했지만 블레이즈는 한마디도 하지 않고 입을 꾹 닫고 있었다. 좀 큰 아이들이 스스로 아침을 먹을 동안 나는 찰리를 먹이고 냅킨으로 통통한 볼을 닦아주었다. 식탁보는 오래된 수프 자국, 기름 자국으로 얼룩져 있었고 세탁한 지 매우 오래된 게 분명해 보였다. 나는 어디선가 기분 나쁜 냄새가 나는 걸 느끼고 어디서 냄새가 나는지를 찾아보다가 냄새가 제일 강한 수납장 쪽으로 갔다. 굽도리널에 썩은 음식이 한가득 쌓여 있었다. 사울이 얼굴을 붉히며 실토했다. 싫어하는 음식이 매우 많은데 냉글 유모가 싫어하는 음식을 억지로 먹게 했다는 것이다. 그중 제일 싫었던 음식은 생선과 아스픽, 소 혓바닥 요리였다고 한다. 냉글 유모의 나이가 많아 눈이 잘 보이지 않자 사울은 방 저쪽의 무언가에 관심이 있는 척하고는 주머니에서 숨긴 음식을 수납장 밑에 버렸다.

나는 들통을 가져다가 생선 뼈, 베이컨 껍질, 그리고 어마어마한 양의 삶은 양배추를 쓸어담고는 통을 주방으로 가져가 쓰레기통에 버렸다. 복도에서 음식 시중을 드는 메이드인 틸다를 만났다. 나와 반대 방향에서 오다가 마주친 틸다는 통통한 독일인의 외모를 지녔으며 벌꿀과 같은 황금색의 머리를 예쁘게 땋고 있었다. 틸다는 내가 필요로 하는 것을 어디서 찾을 수 있는지 알려주고는 쓰레받기를 가지고 가버렸다. 식당은 비어있었고, 식사 때 진홍색 식탁보에 쏟아졌던 빵 부스러기는 깨끗이 치워져 있었다.

나는 서둘러 놀이방으로 돌아와서 오전 할 일을 마무리했다. 놀이방과 침실을 쓸고 닦고 최근 몇 달 동안 한 번도 불을 피운 적도 청소한 적도 없어 보이는 벽난로를 청소했다. 아이들은 이렇게 일하는 나를 놀라는 눈으로 쳐다보았고, 내가 다음 일정을 위해 시프트 원피스를 벗고 옅은 황갈색 드레스를 입으려고 하자 아이들의 관심은 최고조에 달했다. 나는 옷을 갈아입을 때 쳐다보는 것은 점잖지 못하다고 알려주었고, 아이들은 순순히 말을 듣고 저쪽으로 사라졌다.

나는 잉글랜드 부인이 아침 식사 후에 부를 거라고 생각했는데, 오전이 지나도록 아무 소식이 없었고, 9시가 되자 사울은 스스로 혼자 수업을 위해 아래로 내려갔다. 나는 찰리의 낮잠을 재우고 책장의 먼지를 털기 시작했다.

"엄마가 놀이방에 자주 오시니?"

나는 여자아이들에게 물어보았다.

"가끔요."

데카가 말했다.

"'절대' 오시지 않아요."

밀리가 말했다.

"아니야, 밀리. 종종, 우리 생일 같을 때 오시잖아."

데카가 우겼다.

나도 모르게 가슴 한쪽이 찌르는 듯한 아픔이 느껴졌다.

"너희 둘은 수업을 받지 않니?"

"안 받아요."

"아빠가 우리에게 읽고 쓰는 걸 가르쳐주셨어요."

데카는 과거형을 쓰고 있었다. 잉글랜드 집안 아이들이 보는 세상은 엘시와 내가 본 것과 같지 않음을 알 수 있었다. 우리에게 교육은 우리를 한쪽에서 다른 쪽으로 데려다주는 문이자 다리이다. 문득 이 아이들의 아버지가 나에게 "당신과 같은 여성들은……."이라고 한 말이 생각났다. 나는 자유로운 저녁과 휴일을 원치 않는다고, 저녁을 집에서 먹고 나 혼자 잠드는 걸 원치 않는다고 말하지 못했다. 자유로운 시간이 주어지면 딴생각만 들 뿐 나한테는 좋을 게 하나도 없다.

오후 1시가 되기 2분 전, 나는 찰리를 데리고 사울을 데리러 아래층으로 내려갔다. 여자아이들에게는 책을 읽고 있으라고 말했다. 하지만 밀리는 책보다는 장난감에 관심이 있는 게 분명했다. 장난감이라는 장난감은 다 꺼내놓고 1, 2분에 하나씩 일일이 가지고 놀았다. 찰리는 이가 나는지 심통을 부렸다. 아침 내내 나는 찰리의 입에서 장난감 병정, 불갈퀴 막대, 심지어 쥐며느리를 억지로 빼내야 했다. 이 저택은, 아니 최소한 놀이방은 쥐며느리가 사는 게 분명하다. 이미 여러 마리가 굽돌이널에 붙어 있는 걸 보고 앞치마에 모아서 창문 밖으로 던졌다. 계속 잉글랜드 부인이 혹시 방을 노크하지 않을까 하는 생각에 정신의 반쯤은 문쪽을 향해두고 있었다. 하지만 아무도 오지 않았고 이제 주방에서는 점심을 준비하는 눈치다. 어쩌면 점심, 아니 '저녁'을 먹고 오지 않을까, 아니면 레이스로 온 몸을 휘감고 카드놀이를 즐기는 상류층 부인들과 어울리러 외출을 한 건 아닐까 생각했다. 그러나 잉글랜드 부인의 침실 문은 오전 내내 굳게 닫혀 있었다. 나는 저녁 식사 때 하인들에게 물어보기로 했다. 이 저택의, 그리고 이 저택에 사는 사람들의 일상과 규칙을 익히는 데에는 시간이 걸리기 마련이니까. 그렇게 생각하며 나를 스스로 달랬다.

복도의 괘종시계가 한 번 울리자 식당에서는 의자를 끄는 소리가 들렸다. 나는 찰리를 바닥에 앉히고 손을 잡아주었다. 다리를 부드럽게 굽히고 앉아있던 찰리는 사울이 나타나자 기뻐서 소리를 질렀다.

"안녕하세요. 새로 오신 유모시군요."

사울의 선생님은 유모를 '우모'처럼 발음하였다. 넥타이와 갈색 모자를 착용한 선생님의 모습이 마치 다 자란 학생 같았다. 선생님은 등에 낡은 가방을 매고 있었다. 그는 20대 중반 정도의 젊은 사람으로, 내가 생각했던 것보다 몸집이 작았는데 손은 상당히 컸다. 표정은 결의에 차 있어 어떠한 역경도 이겨내겠다는 의지가 보였으며 짧은 갈색의 턱수염 아래 입은 항상 웃는 얼굴이었다. 나는 단박에 이 선생님이 좋아졌다.

사울이 아주 길고 화려한 깃털로 난간을 쓸면서 입을 열었다.

"메이 유모는 어제 냉글 유모의 침대에서 잤대요."

"안녕하세요, 부스 선생님."

내가 먼저 인사를 건넸다.

"만나서 반갑습니다. 오렌지 감사해요. 세심한 배려였어요."

나는 고개를 끄덕였다. 오전에 매니언 부인에게 부탁해서 오렌지를 몇 조각 잘라 수업 중간에 가져다 달라고 부탁을 했기 때문이다. 교장 선생님은 언제나 아이들이 공부를 할 때 간식이 필요하다는 것을 강조했다. 그래서 나는 매일 신선한 과일을 준비하기로 했다.

"별말씀을요. 그런데 그건 뭐니, 사울?"

"숲에서 찾았어요."

"깃털 펜을 만들어 쓰겠다고 하더라고요. 그래서 지금 이 집에서, 특히 요즘 시대에는 보통 펜을 쓴다고 말해줬어요."

부스 선생님이 말했다.

"처음에 발견한 곳에다가 가져다 두는 편이 낫겠구나. 깃털 주인이 찾고 있을지도 몰라."

내가 조언했다.

"새들은 절대로 자기 깃털을 찾지 않아요. 그런데 이건 꿩 깃털이에요. 부스 선생님이 알려주었어요."

사울이 나를 매섭게 쏘아보았다.

부스 선생님이 깃털을 손가락으로 집었다. 깃털의 무늬는 복잡하고 섬세해서 마치 나방의 날개와 같았다.

"교실보다는 모자에 더 잘 어울리겠어요."

부스 선생님이 이렇게 말하면서 깃털을 찰리에게 주자 찰리는 그 즉시 깃털을 입으로 가지고 갔다. 우리가 모두 웃고 있는데 마침 바로 그때 블레이즈가 주방에서 나왔다.

"어디 갔는지 궁금했어요."

블레이즈가 말했다.

처음에 나는 사울을 말하는 줄 알고 블레이즈가 대체 왜 그걸 궁금해하는지 이상하게 생각했다. 부스 선생님이 대답하는 걸 보고 더욱 놀라지 않을 수 없었다.

"주방에 들르려고 했어요. 매니언 부인께 건포도빵이 있나 물어봐 주세요. 빵이 없으면 거기 갈 이유가 없는데……."

블레이즈는 웃는 얼굴로 눈만 굴리더니 문을 닫고 다시 나갔다.

"하인들과 잘 아시는 사이인가 봐요."

나도 모르게 묘하게 실망감이 들었다.

"아, 블레이즈는 제 약혼녀예요."

부스 선생님은 당황해하면서 나를 보며 미소 지었다.

나는 황급히 다시 말을 이었다.

"너무 잘 되었네요. 언제 결혼하시나요?"

"다음 달에요."

"축하드려요."

"감사합니다."

사울이 지겨워서 어쩔 줄 몰라 했다. 철로 된 난간에 대롱대롱 매달렸다.

"음, 가봐야 할 것 같아요."

"만나서 반가웠습니다."

나는 찰리를 안으며 말했다.

부스 선생님은 휘파람을 불며 등의 가방을 흔들면서 주방으로 걸어갔다. 계단에서 나는 다시 한번 주방 문이 쾅 닫히는 소리를 들었다. 그리고 사울에게 선생님이 종종 수업 후에 이렇게 남아있냐고 물어보았다.

"가끔이요. 그런데 저녁 메뉴는 뭐예요?"

"깜짝 놀랄걸?"

말은 이렇게 했지만 나는 아직 매니언 부인에게 메뉴가 뭔지 물어보지도 못한 상태였다. 아침에 본 이후로 매니언 부인과 이야기하는 건 내일까지 미루기로 스스로 생각해 놨기 때문이다.

"밥 먹고는 뭐해요?"

"산책을 가는 게 어떨까?"

"산책이라니! 뛰어도 돼요?"

"원한다면 얼마든지."

바로 그때 문이 살짝 열리는 소리가 들리더니 잉글랜드 부인이 층계참에 모습을 드러냈다. 크림색 치마에 레이스가 달린 블라우스를 입고 목에는 브로치를 하고 있었다. 손에는 아무것도 끼지 않았고, 우리가 바라보자 가만히 서 있었다.

"부인."

나는 예의를 다해 절을 하고 찰리를 높이 들어 보였다.

"좋은 아침이에요."

오후 1시가 지난 시간이었으므로 부인의 말이 의아하게 느껴졌다. 이후 잠깐의 어색한 침묵이 흘렀고, 나는 혹시 부인이 아이들에게 말을 걸거나 무슨 말을 하지 않을까 기대했지만, 부인은 욕실로 들어가 문을 닫았다.

부인은 침실 문을 열어놓았다. 문틈으로 나는 상아색 침대보가 덮여 있는 철제 침대의 한쪽 모서리를 보았다. 침대 너머 창문에는 초록색과 갈색의 배경이 도드라지게 보였다. 언덕은 저택의 뒤에서부터 가파르게 올라갔고 나무들은 창가에 기대어 기분 나쁘게 안을 들여다보고 있었다. 욕실은 조용했고, 나는 본능적으로 잉글랜드 부인이 문 저쪽에 서서 우리가 빨리 지나가기를 기다린다고 생각했다. 주방에서는 한바탕 웃음소리가 2층까지 들렸다. 나는 멈춰 서서 잠시 귀를 기울이다가 찰리의 입에서 깃털을 빼내고 녹색 문을 닫았다.

# 5

요크서에 온 첫 번째 일요일에는 성당에 갔다. 잉글랜드 가족이 천주교 신자이기 때문이었다. 잉글랜드 부부와 아이들, 그리고 나까지 일곱 명이 마차에 구겨 타고 마을까지 3킬로미터쯤 이동했다. 하인들은 우리 뒤에서 걸어왔다. 하인들은 일요일마다 반나절을 들여 성당에 가는데, 우리가 돌아와서 먹을 점심을 미리 준비해 놓는다.

처음 잉글랜드 씨의 집에 온 다음날 아침이 생각난다. 찰리의 천기저귀를 세탁실의 들통에 넣으러 갔다가 허드렛일을 하는 메이드 에밀리를 만났다. 그 옆에 선 블레이즈는 연한 파란색 벽에 기대어 서 손톱을 뜯으며 빈정거렸다.

"냉글 유모는 자기가 다 빨던데."

블레이즈는 빨래가 들어있는 들통을 가리켰다.

덩치가 작고 여드름이 많이 난 에밀리는 블레이즈를 흘끗 보고는 수줍게 나를 바라보았다. 나는 아무 말도 하지 않고 들통을 바닥에 놓았다. 그러자 블레이즈가 눈을 치켜뜨더니 화가 난 듯 입꼬리를 실룩거렸다.

"빨래까지 하기에는 너무 고귀하시다?"

블레이즈는 코웃음을 쳤다.

나는 잠시라도 아이들만 둘 수는 없다고 대답했다. 내 대답을 듣고 블레이즈는 벽에 기대었던 몸을 일으켜 나를 지나 주방으로 들어갔다. 에밀리는 아무 말 없이 들통을 들었다.

우리는 얼룩덜룩한 숲속을 덜컹거리면서 지나고 있다. 매일 아이들과 산책을 하면서 저택이 얼마나 고립되어 있는지 알게 되었다. 산비탈 주변에 이웃이라고는 찾아볼 수 없었고 계곡 아래 방직 공장만이 비밀스레 빼꼼 보일 뿐이었다. 나는 사실 요크셔라고 했을 때 여기저기 회색 돌로 지어진 집들로 이루어진 마을들이 있는 척박한 황야를 떠올렸는데, 실제 이곳의 광경은 마치 꿈 아니면 동화 속에 나오는 배경과 같다. 나무들은 이끼가 긴 녹색 재킷을 입은 굴뚝 같고 양치식물들은 축축한 땅에서 분수처럼 여기저기서 솟아나고 있다. 땅은 가파르고 금이 가 있으며, 어두운 협곡이 있고 은빛 폭포는 저 아래 거칠게 흐르는 갈색 강으로 연결돼 있다. 병풍처럼 둘러싼 높은 계곡은 공장에서 나오는 매연을 막아서 낮은 매연 구름을 만든다. 보통은 우울하고 무거운 분위기지만, 오늘 아침에는 공기가 맑았고 하늘도 청명한 파란색이었다.

아이들은 나에게 자기들이 제일 좋아하는 장소를 보여주었다. '크랙'이라고 불리는 커다란 바위도 있었는데, 숲 전체에 흩어져 있기도 하고 어설프게 쌓여 있기도 하다. 이중 어떤 바위 더미는 무려 10미터나 되는데 자연적으로 만들어진 빈틈이나 구멍이 있어서 숨기에도 아주 좋다. 아이들은 나를 징검다리로 데리고 가서 강을 건너보라고 했다. 사울은 이쪽에서 저쪽으로 아주 쉽게 건너가서는 내가 둑에 가까이 가기를 거부하자 내쪽을 향해 비웃었다. 냉글 유모는 아이들을 절대로 숲에 데리고 가지 않았다고 한다. 사울은 냉글 유모의 습관을 그대로 받아들인 것 같다. 하지만 이제 곧 내 취향대로 선호가 바뀔것이다. 냉글 유모는 이전 식사 때 남은 음식을 다음 식사 때 먹도록 하였고, 일요일에는 성경만 읽도록 허락했으며, 씻고 나면 매우 거칠게 아이들의 몸과 머리를 말렸다고 한다. 공원의 잔디와 크림색 테라스에 익숙한 나에게 이곳은 얼마나 낯선지 모른다. 아이들은 둑으로 뛰어가기도 하고 나무 뒤에 숨기도 하면서 나왔다 들어갔다 했다. 사울은 특히 이런 일에 자신이 있는지 순식간에 사라졌다가 갑자기 튀어나와 우리를 놀래켰다. 밀리는 내 옆에 꼭 붙어 다니면서 종종 유모차 바퀴에 부딪혔다. 데카는 우리 뒤를 느긋하게 걸으면서 꽃을 모았다. 데카는 꽃과 동물에 대해 모르는 게 없다. 우리에게 너도밤나무의 서식지와 버섯이 자라는 곳을 보여주기도 한다. 데카는 모든 식물의 이름을 다 알고 있다. 나무가 빛을 가려 그늘이 짙은 곳에서는 정말 강한 종자만이 살아남을 수 있다는 사실을 설명해주기도 했다.

마차에서 데카는 내 맞은편에 앉았는데, 주일용 옷차림이 영 불편한 모양이었다. 데카와 밀리는 완전히 다르다. 밀리는 아침 내내 리본을 고르는 데 시간을 보냈다. 모자에 두른 사틴 리본을 바꿔 달라고 조르기도 했다. 잉글랜드 씨는 사울 뒤로 팔을 늘어뜨린 채 앉아있고, 잉글랜드 부인은 장식이 많은 가방을 무릎에 올린 채 한쪽 끝에 앉아있다. 잉글랜드 부인은 한 번도 먼저 아이를 보겠다고 말한 적이 없고 내가 이곳에 온 후 나흘 동안 단 한 번도 놀이방에 오지 않았다. 매일 저녁 아이들을 응접실에 있는 잉글랜드 부부에게 데리고 가면, 아이들과 주로 놀아주는 사람은 잉글랜드 씨고 잉글랜드 부인은 가만히 보고만 있는 편이다. 안락의자에 몸을 깊숙이 넣고 있는 부인을 보면 이곳에 있고 싶은 생각이 눈곱만큼도 없다는 생각이 든다. 30분쯤 지나 틸다가 저녁을 먹으러 오라고 알리면 잉글랜드 부인은 눈에 띄게 안심한 기색을 보인다.

교류가 거의 없다 보니 잉글랜드 부인에 대해서 알 수가 없고, 솔직히 지금까지 본 여러가지 상황들은 매우 실망스럽기까지 하다. 최근들어 나는 래들렛 부인 생각을 자주 한다. 주방에서 타르트 조각을 가져다가 나에게 건네주거나, 치마가 더러워지는 것을 아랑곳하지 않고 정원의 풀밭에 무릎을 꿇고 앉아 우리와 같이 놀던 부인의 모습이 생생하다. 잉글랜드 부인은 주로 침실에 머물며 매일 아침 식사를 한다. 그리고 정오 즈음에서야 모습을 드러내 12시 15분쯤 공장에서 돌아오는 잉글랜드 씨와 식당에서 점심을 먹는다. 부인은 주로 하얀색 옷을 즐겨 입으며 아주 조용히 다닌다. 마치 종잇조각으로 만들어진 사람인 양 부인이 집안을 돌아다녀도 아무 소리도 나지 않는다. 가장 이상한 건 잉글랜드 씨가 집주인과 안주인 역할을 둘 다 한다는 것이다. 잉글랜드 씨는 질문이 있으면 자기에게 직접 하라고 했다. 잠들기 전에는 늘 아이들 침실에 와서 잘 자라는 인사를 한다. 나는 내가 만든 매 주차 별 식단을 매니언 부인에게 주기 전에 잉글랜드 씨에게 먼저 보여준다. 약 상자에 약을 채워 넣기 위해 돈이 필요할 때도 잉글랜드 씨에게 부탁한다. 아이들 신발을 새로 사야 한다는 이야기도 잉글랜드 씨에게 했다. 무엇인가 사소한 걸 부탁할 때마다 나는 잉글랜드 씨가 나를 보고 화를 내면 어떡하나 걱정하지만, 내 걱정이 무색하게 잉글랜드 씨는 언제나 명랑하고 밝았다. 가벼운 농담과 칭찬도 아끼지 않았다. 지난 저녁때는 잉글랜드 씨가 아이들 방이 이렇게 잘 정리돼있는 건 처음이라고 말해줘서 뿌듯한 성취의 기쁨을 맛보기도 했다.

"메이, 주일에 성당에 가요?"

잉글랜드 씨가 나에게 이렇게 물어봤을 때 나는 창밖의 나무들을 바라보며 온전히 내 세상에 빠져 있었다.

"아니요, 잉글랜드 씨."

일요일이면 우리 집 식구들은 모두 다음 주에 팔 농산물을 정리했다. 아빠는 장부를 썼다. 커다랗고 볼품없는 식탁은 우리 집의 심장과도 같았다. 우리는 그 식탁에서 바느질을 하고, 채소와 과일을 다듬고, 빵 반죽을 만들고 식사를 하는 모든 일을 했다. 아빠는 팔을 걷어붙이고 앉아서 온 신경을 장부를 정리하는 데에만 집중했다. 우리는 아빠 주변에서 일을 돕고 어머니는 식사를 준비했다. 테드나 아치가 큰 소리를 내기라도 하면 아빠는 테드와 아치를 밖으로 내보냈다. 아빠는 계산에 영 소질이 없었다. 계산이 맞는지 봐달라고 나에게 종종 부탁을 했다. 내가 손가락으로 각 항목을 짚으며 훑어 내려갈 때면 아빠는 분주하게 장부의 글씨와 내 얼굴을 번갈아 바라봤다. 틀리는 때가 절반이어서 나는 아빠에게 조심스럽게 말해 숫자를 고쳤다.

"너 없었으면 어쩔 뻔했니, 루밥?"

아빠는 장부를 넘겨받으며 한숨을 쉬면서 이렇게 말했다.

잉글랜드 부인은 챙이 넓은 모자 아래로 나를 쳐다보고 있었다. 잉글랜드 부인의 목에는 작은 금 십자가 목걸이가 걸려 있었다.

"우리도 성당 안 다니면 진짜 좋겠다. 지겹고 냄새나."

사울의 혼잣말에 잉글랜드 씨의 콧수염이 실룩거렸다. 나와 눈이 마주쳤지만, 잉글랜드 씨는 눈을 피했다.

"유모를 실망하게 하지 말자꾸나. 그런데 메이는 전에 미사에 가 본 적이 있소?"

"없습니다."

"라틴어는 좀 할 줄 아시오?"

"죄송하지만 거의 모릅니다, 잉글랜드 씨."

"그러면 집중하기가 조금 어려울 수도 있소. 자, 다 왔다."

성당에 도착하자 사람들이 마차 쪽으로 고개를 돌리더니 창문 사이로 안을 들여다보았다. 성당은 먼지가 가득한 대로변에 있었다. 반대편의 작은 공원에는 단정하게 정리된 잔디와 꽃밭이 늘어졌고 그 너머로 하천이 흘렀다. 길을 따라 말들이 마차를 끌고 있었다. 성당은 서늘했고 퀴퀴한 냄새가 났다. 앞쪽에 의자 두 개가 있어서 우리는 그곳에 앉았다. 잉글랜드 부부와 사울이 첫 번째 의자에 앉고 나와 여자아이들, 그리고 찰리는 두 번째 의자에 앉았다. 아이들은 정말 훌륭하게 잘 앉아있었다. 심지어 밀리조차도 조용했다. 물론 신부님의 웅얼거리는 소리가 계속되자 조금은 지겨워했지만 말이다. 잉글랜드 가족은 성당에서 가장 좋은 옷을 입은 두세 가족 중 하나였다. 대부분은 평범한 노동자 집단인 것 같았는데, 이 사람들은 계속해서 나와 아이들을 쳐다보았다.

설교가 시작된 지 10분쯤 지났을 때 찰리가 울기 시작했다. 나는 찰리의 입에 손가락을 갖다 대어주었는데, 찰리가 손가락을 빨지 않으려고 해서 대신 내가 직접 만든 손수건 쥐를 주었다. 하지만 찰리는 손수건 쥐에 아무런 관심도 보이지 않고 몸을 비틀기 시작했다. 이러다가 곧 소리를 지르며 울 텐데. 내가 찰리를 밖으로 데리고 나가려고 안아 드는데 잉글랜드 부인이 고개를 돌렸다.

"내가 데리고 나갈게요."

잉글랜드 부인의 말에 너무 놀라서 나는 아무 말도 못했다. 다만 조용히 찰리를 잉글랜드 부인의 의자 쪽으로 넘겨주었다. 잉글랜드 부인에게서 희미한 탤컴 파우더 향이 풍겼다. 부인은 발을 끌면서 걸었고 사울과 잉글랜드 씨를 지나 복도를 따라 밖으로 나갔다.

나는 어깨너머로 잉글랜드 부인이 사라지는 모습을 지켜보았다. 하지만 많은 사람들의 시선이 나에게 집중되었고 나는 얼른 다시 앞을 바라보았다. 데카와 밀리는 멍하게 딴생각을 하는 것 같다. 데카가 하품을 했다. 몇 분쯤 지나자 성당 문이 끼익하고 열리더니 조용한 발걸음 소리가 들렸다. 잉글랜드 부인은 나에게 찰리를 넘겨주고는 자기 자리로 가서 앉았다. 찰리는 볼이 빨개진 채로 조용하게 있었다. 잉글랜드 부인은 실크 가방을 들고 있었는데, 가방을 옆에 내려놓더니 새하얀 장갑을 낀 손으로 찬송가를 펼쳤다.

성도들이 자리에서 일어나더니 의자를 나와 강단 앞으로 가서 줄을 서기 시작했다. 나는 데카에게 저 앞에서 신부님이 주시는 게 무엇인지 물어보았다. 데카는 성찬식이라고 알려주면서 어른에게는 빵과 포도주를, 아이들에게는 축복을 주는 의식이라고 말했다. 세 아이는 자동적으로 잉글랜드 부부를 따라 줄을 서고는 천천히 줄을 따라 움직이기 시작했다. 잉글랜드 씨는 여러 사람에게 고개를 끄덕이며 인사를 했고 내가 지나가자 많은 사람이 나에게 시선을 고정했다. 눈에 띄는 제복을 입고 있자니 동물원의 원숭이가 된 기분이었다. 그나마 어린 소녀 두엇은 나를 보며 슬며시 미소를 지어 주었지만 말이다. 잉글랜드 가족이 강단에 다다르기 전에 찰리가 징징거리기 시작했고 나는 오히려 안도의 한숨을 내쉬었다. 즉시 찰리를 데리고 나왔고 여전히 수많은 사람이 그런 나를 아래위로 훑어보았다. 마치 거미줄을 해치고 나오는 기분이었다. 걸어 나오면서 스스로 자연스러워지는 것이 묘한 쾌감을 주었다.

　나는 찰리를 데리고 길 건너 전쟁 기념비로 향하는 작은 공원에 갔다. 화단 가장자리로 이어지는 길에 찰리를 내려놓았다. 일요일 아침이라 그런지 공원에는 사람이 거의 없었다. 단 한 사람, 어떤 남자가 초록색으로 페인트칠 된 벤치에서 신문을 읽고 있었다. 찰리는 행복한 표정으로 아장아장 걸어 팬지와 메리골드 꽃이 만개한 화단을 향했다. 나는 찰리가 화단을 밟고 다니지 않도록 찰리의 손을 잡아 하천 쪽으로 이끌었다.

　벤치에 앉아있던 남자가 나에게 아침 인사를 건넸고 나도 같이 인사를 했다.

　"아주 고집 센 녀석이로구먼. 그렇지 않소?"

　벤치의 남자는 말을 이었다.

　"네, 맞아요."

　"유모 말씀을 잘 들어야지!"

　남자는 주먹을 쥐고 앞으로 엎어져 있는 찰리에게 말했다. 하지만 찰리는 말이 끝나기 무섭게 울음을 터뜨렸고 나는 찰리를 안아 올려 손수건 쥐로 손을 닦아주었다. 남자는 몸을 앞으로 기울여 무릎에 팔을 괴었다. 남자는 햇볕에 타서 검게 그을린 피부와 노동자의 손을 가졌다. 그의 손에 묻은 흙과 기름은 절대 씻어낼 수 없을 것 같았다. 손톱은 뿌리부터 시커멨다.

　"잉글랜드 가족의 유모로군요."

　"네, 그렇습니다."

　"다른 아이들은 잃어버린 거요?"

　"아닙니다, 선생님."

　남자가 농담을 하고 있다는 사실을 깨닫는 데까지는 시간이 좀 걸렸다.

"나보고 '선생님'이라고 할 필요는 없소."

남자는 피식 웃었다.

나는 찰리를 안고 남자에게 작별 인사를 건넸다.

미사가 끝나고 성당에서 사람들이 쏟아져나오기 시작했다. 잉글랜드 집안의 마차는 철책 근처에서 기다리고 있었고, 브로들리는 마차 앞에 앉아서 무언가 질긴 것을 씹으면서 아무 생각 없이 길을 바라보고 있었다. 그는 요크셔 사람으로, 세월의 풍파를 다 겪은 듯한 느낌을 주는 나이 많은 마부였다. 나는 다른 사람들을 바라보았다. 잉글랜드 씨는 커다란 모자를 쓰고 말쑥하게 차려입은 어떤 남자와 이야기하고 있었다. 하늘하늘한 가운을 입은 여자도 옆에 서있었다. 데카와 밀리는 아이들에게 한가득 둘러싸여 있었고, 사울은 초록색 모자를 쓰고 정장을 입고 있는 또래의 남자아이와 이야기했다. 잉글랜드 부인은 오른쪽에 서서 분명하게 나를 쏘아보고 있었다. 정확히 말해서 길 건너에 있는 나를 쳐다보고 있었다.

"부인, 기다리시게 해서 죄송합니다."

잉글랜드 부인의 시선은 내 어깨너머 공원으로 향하는 듯하더니 이내 시선을 돌려 마차에 올랐다. 나도 아이들을 따라 마차에 오르고 잠시 후 잉글랜드 씨가 마차 안으로 고개를 디밀었다.

"나는 라이더 홀에 가봐야겠소."

잉글랜드 부인은 남편의 말에 고개를 끄덕이고는 다시 창밖으로 시선을 옮겼다. 모자에 가려 부인의 얼굴은 보이지 않았다.

"안녕, 잘 가렴."

잉글랜드 씨는 아이들에게 부드러운 목소리로 인사를 건네고는 쾅 소리를 내며 마차 문을 닫았다.

그날 밤, 아이들이 모두 잠든 뒤 부츠를 벗고 내 침대에 앉았다. 아이들 침실 문을 잠그고 엘시에게 편지를 쓰기 시작했다. 등이 아팠다. 찰리를 안고 있으면 아무래도 근육에 무리가 간다. 나는 손으로 어깨를 문지른 뒤, 벽에 기대어 등을 쭉 폈다. 동생에게 편지를 쓰는 건 온종일 수고한 나에게 주는 상과 같다. 나는 소소한 이야기들을 머릿속에 기억해 두었다가 다시 꺼내 편지를 쓴다. 나는 엘시가 주방 식탁에 앉아서 손을 관자놀이에 괸 채 편지를 읽으며 웃는 모습을 상상한다. 나는 압지와 옥스브릿지 로드의 한 문구점에서 산, 담쟁이와 크리스마스 장식용 덩굴식물이 그려진 편지지를 꺼내서 펼쳤다. 크리스마스 재고여서 할인을 받아 샀는데, 종이가 두껍고 부드러워서 1년 내내 쓰고 있다.

'엘시에게.'

나는 글씨 위에 가볍게 바람이 불어 잉크가 마를 수 있도록 한 뒤 손을 뻗어 엘시의 곰 인형 '허비'를 집어 들었다. 허비는 내가 집을 떠날 때 엘시가 선물로 준 인형이다. 울퉁불퉁한 울로 만들어져 있는데 아직도 엘시의 냄새가 나는 것 같다. 장소에 대한 그리움이 아니라 사람에 대한 그리움을 표현하는 단어가 있을지 궁금해졌다. 나는 우리 집이나 침실이 그리운 게 아니라 나를 가장 잘 아는 사람들이 내 주변에 있는 그 따뜻하고 독특한 느낌이 그리운 것이다. 여기서는 아무도 나를 '루비'라고 부르지 않는다. 나를 잘 아는 사람은 아무도 없다.

아이들 침실의 벽은 액자에 넣은 사진들로 장식이 되어있는데, 내 침대 맞은편에는 금발 머리의 작은 소녀가 새끼고양이와 털실

뭉치와 있는 사진이 걸려 있다. 나도 어렸을 때 놀이방에서 통통한 아이들이 동물과 함께 있는 사진을 잘라서 스크랩북에 모아 붙여 놓은 적이 있었다. 정말이지 강아지나 고양이를 키우고 싶었지만 가게 위에 붙어 있는 우리 집에서 동물을 키우기란 불가능에 가까웠다. 대신 우리는 마당에서 닭을 키우면서 아침에 닭들이 낳은 달걀을 먹었다. 당나귀 댐슨은 초라한 철제 지붕이 달린 별채에서 살았다. 내가 10살 때이던가, 로비가 어느 날 아침 커튼을 열어젖히더니 별채가 텅 비어있는 것을 발견했다.

"댐슨이 사라졌어!"

침실에서부터 당황한 로비의 목소리가 들려왔다.

나는 베이컨을 튀기다가 주방에서 위를 올려다보았다. 계단은 연기를 밖으로 빼기 위해 활짝 열려 있었다.

"댐슨이 밖으로 나갔나 봐!"

로비는 소리를 지르며 한달음에 계단을 내려왔다. 엄마는 찬장 아래에서 고기를 썰고 있었는데, 로비를 쳐다도 보지 않았다. 나는 빠른 걸음으로 침실로 올라가 마당을, 페인트칠이 다 벗겨진 공중화장실을, 석탄 창고를, 쌓여 있는 배달 상자를 살펴보았다. 마치 댐슨이 어딘가에 숨어 있기라도 한 양 말이다. 닭들은 무심하게 닭장 안에서 돌아다니고 있었다. 밖으로 나가는 문은 빗장이 굳게 잠겨 있었다.

"당나귀가 없어졌어요."

나는 엄마의 등에 대고 똑같은 말을 반복했다. 하지만 엄마는 칼질을 멈추지 않았다.

"너희 아버지가 내다 팔았다."

"아버지가 어떻게 했다고요?"

"프라이팬 타는 거 아니니?"

나는 다시 베이컨을 구우러 자리로 돌아왔지만 내 머릿속은 충격으로 온통 하얗게 되어 버렸다. 로비를 따라서 테드가 계단을 한 걸음에 달려내려 와서는 신발을 신으며 물었다.

"아버지가 누구에게 파셨는지 아세요?"

"모른다."

"하지만 댐슨은 우리 건데……. 우리를 위해서 일했다고요."

나는 눈물을 삼키며 잠긴 목소리로 말했다.

"쉬잇. 자, 이제 아침을 차리자. 아버지가 곧 돌아오실 거야."

그 이후로 우리 가족이 댐슨에 대한 이야기를 한 적은 단 한 번도 없었다.

'편지가 잘 도착하기를 바라.'

엘시를 본 지 벌써 1년도 넘게 지났다. 마지막으로 본 건 어느 봄날의 토요일이었다. 기차를 타고 버밍엄에 엘시와 로비를 보러 갔었다. 우리는 1시에 호레이시오 넬슨 동상 옆에서 만나기로 했다. 엘시와 로비를 고급스러운 찻집에 데리고 가기로 약속했기 때문이다. 금박을 입힌 찻잔과 레이스가 달린 식탁보가 있는 그런 곳 말이다. 내 눈에 먼저 띈 건 엘시였다. 체크무늬 블라우스와 긴 어른 치마를 입고 로비 옆에 서 있는, 팔다리가 가는 소녀가 누구인지 처음에는 알아보지 못했다. 머리를 땋았는데, 블라우스와 같은 체크무늬의 리본으로 묶고 있었다. 나는 웃으면서 양 갈래머리 중 하나를 잡고 살짝 잡아당겼다. 그러자 엘시도 나를 보며 웃어주었다. 사실 우리끼리 장난처럼 하던 오래된 농담인데, 내가 엘시에게 '엘시의 머리에는 행운이 깃들어 있으니까 소원을 빌 때는 꼭 머리를 잡아당기라'고 이야기하곤 했었다. 로비도 완전히 달라졌다. 내 앞에 서 있는 로비는 아버지의 낡은 옷을 입은, 이제 막 콧수염이 자라기 시작한 청년이었다.

저녁이 점점 깊어졌다. 나는 전등 불빛에 의지해서 편지를 썼다. 창문이 살짝 열려 있었고 그 사이로 가벼운 바람이 새어 들어와 커튼이 살랑거렸다. 블라인드는 창문에 부딪혀 소리를 냈다. 나는 아이들이 깨지 않도록 창문을 닫으려고 일어났다. 어슴프레하게 남아 있는 이른 저녁의 빛을 나무들이 빨아들이는 듯했다. 하지만 아직 밖이 완전히 깜깜해지지는 않아서 사람의 실루엣이 보였다. 잉글랜드 씨가 땅이 움푹 파인 데에 서서 집을 등진 채 계곡을 바라보고 있었다. 저 멀리 마을에서 새어 나오는 노란색 작은 불빛들이 산비탈을 수놓으면서 하늘의 별처럼 빛나고 있었다. 잉글랜드 씨가 담배를 피울 때마다 호박으로 만든 담뱃대의 끝에서 불빛이 오르락내리락했다. 잉글랜드 씨는 담배꽁초를 아무 데나 버리는 버릇이 있다. 그래서 작은 갈색 꽁초들이 마치 빵조각처럼 여기저기 흩어져 있다. 나는 메이드들이 놓친 꽁초들이 혹시나 찰리의 손에 닿을까봐 종종 직접 줍기도 한다.

잉글랜드 씨는 담배꽁초를 버리더니 몸을 홱 돌려 집을 올려다보았다. 나는 깜짝 놀라 몸을 숨기면서 블라인드를 확 놓아버렸다. 그 바람에 블라인드가 창틀에 부딪혔다. 몇 초 후 나는 잉글랜드 씨가 조약돌을 밟는 소리를 들었고, 현관문이 열렸다 닫혔다. 나는 조용히 무릎을 꿇고 침대 밑에 넣어 뒀던 트렁크를 꺼냈다. 트렁크는 어제 아침에 도착했는데, 마치 옛 친구를 다시 만난 것 같은 기분이 들었다. 나는 손전등으로 트렁크를 비췄다. 그 안을 뒤져서 우표책을 찾고는 그중 한 장을 꺼내 봉투에 붙였다. 트렁크를 닫기 전에 나는 습관적으로 홍차 통을 집었다. 내가 가장 소중하게 생각하는 물건들만 모아놓은 것이다. 뚜껑을 열려고 손을 뻗다가 이내 멈추었다.

'오늘은 아니야.'

조그맣게 훌쩍이는 소리와 뒤척이는 소리가 들렸다. 고개를 돌려보니 밀리가 팔을 괴고 침대의 안전바 사이로 나를 보고 있었다.

"뭐 하세요?"

밀리가 물었다.

"아무것도 아니야. 어서 자렴."

나는 트렁크를 어둠 속으로 밀어 넣으며 속삭였다.

# 6

잉글랜드 집안의 방직공장 뒤에는 맑고 너른 호수가 하나 있다. 이제는 증기로 전기를 만드는 시대라 이 호수는 오리와 다른 야생조류들의 차지다. 어느 청명하게 맑은 오후, 나는 주방에 부탁해 상한 빵을 조금 얻었다. 전리품을 마른행주에 싸서 당당히 들고 오는 나를 아이들은 기쁨의 환호로 맞이했다. 아이들은 앞다투어 식사를 마쳤고 데카는 오리들이 버터를 좋아하는지 확인해 보고 싶다며 롤빵을 아껴두었다.

데카와 보내는 시간이 많아질수록 나는 데카가 점점 더 좋아진다. 사려 깊고 똑똑하고, 마음이 여려서 부끄러움을 잘 타지만 자연에 대한 애정이 누구보다 깊다. 내가 찰리의 기저귀를 갈아줄 때면 안전핀을 들고 옆에서 기다리고 있고 매일 저녁 나보다 먼저 전등에 불을 켠다. 어디에나 놀이의 흔적을 남겨두는 동생들과는 달리 데카는 무엇을 가지고 놀든 항상 깨끗이 치운다. 심지어 동생들이 가지고 놀던 장난감도 치워준다.

매일 밤 나는 아이들에게 『오즈의 마법사』를 읽어주는데, 모두 열심히 듣지만 이야기에 푹 빠져 있기로는 데카가 일등이다. 그럼에도 불구하고 데카는 책을 더 읽어달라고 조른 적이 단 한 번도 없었다. 그뿐 아니라 평소에도 주어진 것 이상으로 요구하지 않는다. 데카를 보면 종종 대단하다는 생각이 들곤 한다. 데카가 태어난 이후 지금까지 엄마가 제 역할을 하지 못하고 있는데도 불구하고 어쩌면 그런 테가 하나도 나지 않을 수 있을까.

우리는 오후 1시 45분에 집을 나섰다. 찰리를 유모차에 태우자 답답했는지 짜증을 부리기 시작했다. 그럼에도 유모차를 밀어 정문을 나가려고 했는데 그때 부스 선생님이 자전거를 밀며 나타났다.

"메이."

부스 선생님은 즉시 나를 도우러 왔다. 자전거를 나무에 기대어 세워 놓고 유모차를 들어 정문을 넘었다.

"감사합니다."

마음의 평정을 잃게 하는 친절이었다.

"어디 가세요?"

"오두막에 갔다가 돌아오려고요. 오는 길에 편지도 부치고요."

"그런데 제일 먼저 오리들에게 밥을 줄 거예요!"

밀리가 소리쳤다.

"그래?"

부스 선생님은 우리와 함께 길 아래로 걸어 내려가기 시작했다. 데카는 내 옆에 붙어서 갔지만 밀리와 사울은 이내 부스 선생님과 자전거의 양옆에 서서 걸었다. 사울의 수업은 1시에 끝나니까 부스 선생님은 45분 동안 주방에 있었다는 이야기다. 부스 선생님이 왔다 간 날은 블레이즈의 태도가 아주 살짝, 잠깐 좋아진다. 물론 이내 곧 냉랭함이 다시 감돌지만 말이다.

"메이가 '앵그리 그랜' 게임으로 맞춤법을 가르쳐주었어요."

밀리가 대담하게 부스 선생님의 손을 잡고는 자랑스럽게 말했다.

"그래? 어떤 '앵그리 그랜'이지?"

부스 선생님이 조금 당황한 듯 다시 물어보았다.

"단어 맞추기 게임을 말하는 거예요."

데카가 부스 선생님과 사울, 밀리를 따라잡으며 말했다.

"그것 참 재미있었겠구나. 어떤 단어를 배웠니?"

"나무, 다리, 리본, 그리고 고양이, 강아지, 공이요."

밀리가 자랑스럽게 대꾸했다.

"다 아기들이나 배우는 단어네. 인디언이나 해적 같은 건 어림도 없을걸."

사울이 이죽거렸다.

"모두 개인 교사에게 공부를 배우는 건 아니잖니."

내가 사울에게 말해주었다.

"유모도 개인 교사가 있었어요?

사울이 물었다.

"아니, 난 학교에 다녔어."

"우리도 학교에 가면 안 돼요? 학교에 가보고 싶어요."

밀리가 울상이 되었다.

부스 선생님과 눈이 마주쳤다.

"오늘은 안돼."

내가 대답했다.

"그러면 언제 돼요?"

"우리 아버지는 교사였어요. 많은 소년과 소녀들을 가르쳤고, 그 아이들은 일터로 떠났지요."

부스 선생님이 끼어들었다.

"일터가 어디인데요?"

밀리가 눈살을 찌푸렸다.

"방직공장 같은 곳이지. 너희 아버지가 운영하시는 그런 공장 말이야."

아이들은 부스 선생님의 말 속에 묘하게 박혀 있는 가시를 눈치채지 못했다.

"선생님도 학교에서 가르쳐요?"

밀리가 물었다.

"아니, 멍청하긴."

사울이 중얼거렸다.

"사울!"

나는 사울을 꾸짖었다.

"나는 집에서 학생들을 가르친단다. 그리고 멍청한 질문은 없으니 질문이 있으면 언제든지 하렴."

부스 선생님이 밀리에게 말했다.

"자 오늘 이야기는 여기까지 하자. 어서 호수로 달려가."

나는 아이들에게 외쳤다.

밀리는 전속력으로 사울과 함께 달렸다. 데카가 뒤따랐고, 아이들은 어느새 다리를 건너고 있었다.

"저 아이들을 학교에 안 보내는 건 부끄러운 일이에요. 신발 살 돈도 없는 가난한 소년, 소녀들이 저 아이들보다 더 나은 교육을 받고 있으니까요."

부스 선생님이 나와 나란히 걸으면서 입을 뗐다.

부스 선생님의 말에 동의하는 건 왜인지 주인에 대한 배신인 것처럼 느껴졌다. 그런데 부스 선생님도 딱히 나에게서 대답을 듣고 싶은 건 아닌 것 같았다. 사실 아이들 교육이 내 의무는 아니다. 그렇지만 나는 아이들에게 단어 퍼즐의 조각들로 맞춤법을 가르치고 있다. 사울이 아침 시간 거의 내내 놀이방에 없고 찰리가 자는 동안, 아침 식사를 하는 식탁에서 여분의 연습장으로 교실을 만든다. 특별히 공부하는 일을 비밀로 하라고 한 적은 없지만 데카는 자신의 부모에게 아무 말도 하지 않았고, 밀리는 미처 자랑할 새가 없는 것 같다. 잉글랜드 씨가 응접실에서 아이들의 혼을 쏙 빼놓을 정도로 즐겁게 놀아주기 때문이다. 물론 내가 이런 일을 하는 걸 교장 선생님이 안다면 언짢아할 게 분명하다. 유모로서 우리의 역할이 분명히 정해져있으니까 말이다. 유모는 예의범절을 가르치는 직업이지 수학을 가르치는 직업이 아니다.

"우리가 시간을 너무 빼앗은 게 아니길 바라요."

부스 선생님에게 말했다.

"전혀요. 어차피 오두막 쪽으로 가는 길인데 제가 편지를 부쳐드릴까요? 시간을 절약할 겸요."

"어머, 그러면 너무 감사하지요."

나는 망토에서 편지를 꺼내 부스 선생님에게 건넸다. 선생님은 편지 봉투 앞을 힐긋 보았고 내 실수를 깨달았을 때는 이미 너무 늦었을 뿐이다.

"집에 편지를 쓰시네요? 아, 죄송해요. 보려고 한 건 아니었어요."

부스 선생님은 편지를 가방에 넣으며 말했다.

"여자 형제에게 쓰는 거예요."

가슴이 쿵쾅거리기 시작해 애써 태연하게 대답했다.

"언니요, 아니면 동생이요?"

"동생이요."

조금 뜸을 들이다가 나는 다시 대답했다.

"그렇군요. 아, 그런데 조금 서둘러야겠어요. 라이더 홀에서 오후에 수업이 있거든요. 언덕만 넘으면 바로이긴 해요. 혹시 가본 적 있어요?"

"아니요, 하지만 이름은 들어봤어요. 잉글랜드 씨가 미사 후에 그곳에 가신다고 했거든요."

"잉글랜드 씨 손위처남네 집이에요. 아니지, 저택이라고 하는 편이 더 정확할 것 같아요. 주인은 마이클 그레이트렉스 씨이죠."

"그레이트렉스라……. 혹시 잉글랜드 부인과 관련이 있는 분이신가요?"

"잉글랜드 부인의 오빠세요."

"제가 주일에 본 그분인 것 같은데 잉글랜드 부인의 오빠신지 전혀 몰랐어요. 잉글랜드 부인은 그분과 거의 말도 하지 않던데요."

나는 눈살을 찌푸리며 말했다. 부스 선생님은 아무 대답 없이 다시 걷기 시작했다.

"그분이 혹시 따님이 두 분, 아드님이 한 분 계시나요?"

"앤과 에니드, 그리고 제 학생인 마이클, 이렇게 있어요."

"그렇다면 그분의 자제분들이 맞는 것 같아요. 그런데……, 참 이상하네요."

나는 이상하다는 생각이 들어 머리를 가로저었다.

"행복한 가족은 모두 똑같은 이유로 행복하지만, 불행한 가족은 저마다 불행한 이유가 다 다르다."

"네?" 내가 되묻자 부스 선생님이 말했다.

"톨스토이의 『안나 까레니나』 읽어봤어요?"

나는 고개를 가로저었다.

"제가 빌려줄 수 있어요. 주제가 놀이방에 어울리지 않게 너무 외설적이지만 않다면요."

부스 선생님은 장난기 어린 미소를 지었다.

"좋은 하루 보내요, 메이."

나는 부스 선생님이 자전거를 타고 방직공장 앞뜰을 오른쪽으로 돌아 시내를 향해 멀어져가는 모습을 지켜보았다. 부스 선생님은 똑똑하고, 확실히 나보다 날카롭다. 다만 성격이 좋고 원만해서 그런 부분이 좀 덜 두드러져 보일 뿐이다. 아이들에게도 친절해서 밀리의 손도 선뜻 잡아주었다. 하지만 부스 선생님에게는 보기보다 복잡한 무언가가 있는 듯하다. 잉글랜드와 그레이텍스 집안의 부유함에 대해서 이야기 할 때 풍기는 인상은 단순한 분노의 표출이 아니었다. 혹시 경멸이었을까? 내 볼이 빨갛게 달아오르는 게 느껴져 손으로 두 볼을 감싸고 아이들을 찾으러 갔다.

목화가 공기 중에 마치 재처럼 떠다니다가 내 망토에도 앉았다. 마치 내가 눈보라를 뚫고 유모차를 미는 것처럼 보였다. 수백 년 전에 지어진 방앗간이 그렇듯 잉글랜드 집안의 방직공장도 더 큰 시내나 도시의 요란 번쩍한 건축물에 비하면 소박한 정도였다. 3층 건물에 각 층 창문이 여섯 개씩 나 있고, 육중한 굴뚝이 하늘을 향해 마치 손가락처럼 뻗어 있었다. 공장만 보면 하드캐슬 하우스에 비해 그렇게 크다고는 할 수 없지만, 공장 주변으로 별채들이 펼쳐져 있다. 마구간이 있고 그 위에는 브로들리와 마부인 그의 손자, 벤이 함께 산다. 5층짜리 건물과 다리를 건널 때 통행료를 받는 징수장도 있다. 창고와 방직작업장까지 합치면 전체 공장이 완성된다.

그 밖에 서쪽 강둑에 있는 보일러실은 지금 나무를 모아두는 창고로 사용하고 있다.

아이들이 빵조각을 호수로 던지자 서너 마리에 불과했던 오리가 엄청나게 많아졌다. 나는 조금 떨어진 곳에서 찰리의 유모차를 밀며 호수를 바라보았다. 찰리도 일어나서 반짝이는 물을 보고는 즐거운 듯 손뼉을 쳤다.

"이 오리들은 너무 무거워서 날아갈 수가 없다오."

갑자기 어떤 목소리가 들렸다.

놀라서 뒤를 돌아보니 잉글랜드 씨가 길을 따라 걸어오고 있었다. 나는 망토 옷깃을 단단히 여몄다.

"안녕하세요, 잉글랜드 씨. 아이들이 이곳에 있어서 일에 방해가 되는 게 아닐지 걱정됩니다."

"물론 괜찮소. 나도 빵조각을 가지고 올 걸 후회가 되는구려."

잉글랜드 씨가 찰리의 턱밑을 간질이자 찰리는 신이 나서 끼익 소리를 질렀다.

"우리 엔진실에 가도 돼요?"

사울이 물었다.

"아빠는 지금 일하시는 중이야."

나는 사울을 타일렀다.

그러는 사이 오리에게 주던 빵조각의 가루가 날아와 찰리의 담요에 떨어졌고, 나는 찰리가 빵가루를 먹기 전에 얼른 담요를 털어내었다.

"안될 것 없지. 메이는 우리 공장을 아직 한 번도 제대로 보지 못하기도 했고."

잉글랜드 씨가 말했다.

"저 때문이라면 전혀 그러실 필요 없어요."

"한번 보고 싶지 않소?"

잉글랜드 씨가 부드럽게 물었다.

"오, 당연히 구경하고 싶지요. 하지만…… 아이들이 들어가도 안전한가요?"

물론 개인적으로는 무척 궁금했지만, 여자아이들을 공장에 데리고 간다고 했을 때 교장 선생님이 뭐라고 말할지 생각해 보았다.

"걱정해주어 고맙소. 하지만 매우 안전하오. 내가 보장하리다. 전에도 가본 적이 있소. 그렇지, 얘들아? 아이들은 일꾼들을 지켜보는 것을 즐긴다오."

"나는 눈 내리는 게 제일 좋았어요."

밀리가 말했다.

"목화란다."

잉글랜드 씨는 밀리의 말을 고쳐주면서 마치 신사가 하듯 밀리에게 팔을 내밀었다. 나는 유모차 방향을 바꾸어 그들을 따라갔다. 한편으로는 호기심이 생겼고, 다른 한편으로는 진흙과 새들을 잠시만이라도 벗어날 수 있다는 사실이 기뻤다.

잉글랜드 씨는 우리를 데리고 어둡고 좁은 방으로 들어갔다. 그리고 3층까지 계단이 이어져 있는 아주 거대한 현관으로 안내했다. 옆문에는 포대와 밧줄이 쌓여있었다. 목화가 자유롭게 흩날렸다. 한 소년이 바닥을 부지런히 쓸어 목화를 눈더미처럼 쌓아놓았지만, 또다시 목화가 새하얗게 내려앉았다. 몇 년 전에 발살 히스에서 종이공장이 불에 타면서 양피지 가루가 흩날렸던 적이 있었다. 하늘에서 떨어지는 가루를 잡으려고 동생들과 혀를 길게 빼고 다녔던 것이 생각났다.

우리는 전등이 켜진 복도를 따라, 아주 커다란 소리가 웅웅거리고 유독한 냄새가 코를 찌르는 쪽으로 걸어갔다. 사울이 콩콩 뛰어갔고 나는 유모차를 밀며 그 뒤를 따랐다.

"엔진실이다."

잉글랜드 씨가 말했다.

"들어가기는 싫어요. 어둡고 시끄러워요."

밀리가 말했다.

"내가 같이 있어 줄게."

데카가 말했다.

나는 유모차를 출입구 쪽으로 밀었다.

"먼저 가시죠, 메이."

잉글랜드 씨가 말했다.

"괜찮습니다, 잉글랜드 씨."

"아니요. 유모차도 들어갈 수 있을 거요. 내가 한 번 해 보겠소. 자, 가자, 얘들아."

잉글랜드 씨는 유모차 손잡이를 잡고 직접 밀었다. 엔진실은 빛과 공기가 완벽하게 차단된 듯 어두웠고, 두 개의 무시무시한 용광로를 땀 냄새에 전 조끼 차림의 남자 세 명이 지키고 있었다. 땀과 석탄 먼지 때문에 마치 물개처럼 온몸이 번들거렸다. 피부는 석탄과 같은 색이고, 눈의 흰자가 마치 손전등처럼 번뜩였다. 이들은 우리에게 말을 걸 새도 없이 바빠보였다. 벽 쪽의 석탄 더미에서 석탄을 삽으로 퍼서 게걸스럽게 입을 벌리고 있는 용광로에 퍼 날랐다. 만약 이 사람들이 말을 걸었다 해도 너무 시끄럽고 뜨거워서 알아듣기 어려웠을 것이다. 사울이 잉글랜드 씨에게 석탄을 퍼서 용광로에 넣어봐도 되냐고 물어보았고 잉글랜드 씨는 아들을 도왔다.

열기와 소리에 깜짝 놀란 찰리가 울기 시작했고 나는 안도의 한숨을 내쉬며 시원한 계단으로 나올 수 있었다. 데카와 밀리가 따라 나왔고, 몇 분쯤 지나자 잉글랜드 씨와 사울이 승리에 도취 된 의기양양한 표정을 지으며 밖으로 나왔다.

"오리들에게 빵을 던져주는 것보다 낫지?"

잉글랜드 씨가 물었다.

"나는 그렇게 생각 안 해요."

밀리가 말했다.

데카는 아무 말도 없었다. 데카는 부모님과 있을 때 말을 거의 안 하는 편이다. 하인들이나 부스 선생님 앞에서는 더욱 말이 없다.

"우리 눈이 내리는 방에 가도 돼요? 아빠, 제발, 제발요!"

밀리가 부탁했다.

"좋아. 앞장서렴. 아!"

잉글랜드 씨는 갑자기 유모차가 생각났다는 듯 말했다.

"찰리는 나와 함께 가도록 하지요."

잉글랜드 씨는 유모차에 기대어 아기를 꺼냈다. 나는 할 말을 잃은 채 따라가기 시작했고, 우리는 규칙적으로 쿵쿵거리는 소리가 들리는 위로 올라갔다. 2층에서 잉글랜드 씨는 파란색 페인트가 벗겨진 거대한 문을 밀어서 열었다. 정말 시끄러웠다. 공장을 길게 가로질러있고 철로 만든 기둥들이 지탱하는 이 작업장은 내가 지금껏 보아 온 방 중에 제일 컸다. 바닥에는 린트와 높은 창문에서 쏟아져 내리는 빛이 가득했고 어마어마한 양의 먼지와 보풀과 천이 빛에 반사되어 반짝였다. 엄청난 소음과 혼돈 속에서 마치 커다란 베개 아니면 뇌운 속에 들어와 있는 것 같았다. 좁은 복도를 따라 양쪽에 다섯 대씩 기계가 있었는데, 기계에 달린 서랍들이 너무 빨리 열리고 닫혀서 어지러울 지경이었다. 아홉 아니면 열 명 정도의 일꾼이 기계를 지키고 있었는데 너무 일에 정신이 팔린 나머지 우리가 지나가는지도 몰랐다. 우리를 빤히 쳐다보는 게 무례한 행동이니 하지 말라는 지시를 받은 것도 같았다.

아기를 안지도 않고 유모차를 밀지도 않는 지금이 너무 어색해서 나는 데카의 손을 꽉 잡았다. 창문은 습도를 유지하기 위해 꼭 닫혀 있었고 창문에는 물방울이 맺혀있었다. 소란 통에 잉글랜드 씨가 아무 말도 할 수 없는 동안 나는 베틀을 유심히 보았다. 하얀색 밀대 사이에서 끈끈한 밀가주 반죽처럼 실이 쫙 펼쳐졌다. 나는 배틀의 원리를 이해하기가 어려웠다. 어디선가 시선이 느껴져 뒤를 돌아보니 열댓 살 정도 되어 보이는 남자아이가 모자챙 밑으로 나를 바라보고 있었다. 아이는 꽤 대담해서 나와 눈이 마주쳤는데도 눈을 피하지 않았다. 나는 그 아이에게서 등을 돌려 계속 작업장을 걸어갔다.

아이들은 기계와 거리를 둘 줄 알았고 한 줄로 잘 걸어갔다. 가장 어린 일꾼은 데카 또래의 남자아이였다. 아이는 하얀색 바지를 입고 먼지를 뒤집어쓰고는 쏜살같이 기계 밑으로 들어가 눈앞에서 사라졌다. 베틀이 열리고 닫히기를 한번, 두 번, 세 번 반복하더니 마침내 아이가 베틀 밖으로 기어 나와서 자기 자리를 지켰다. 기름과 먼지에도 불구하고 아이는 맨발이었다. 아이의 발바닥은 검회색이었다. 옆에는 16살 정도 되어 보이는 여자아이가 있었는데, 기침 소리가 심상치 않았다. 여자아이가 기침을 참으려는 듯 입을 막고 속으로 삭이는 바람에 몸이 뒤틀릴 정도였다. 뺨에 붙어 있는 머리에서는 기름이 흘렀다. 나도 모르게 그 여자아이를 보고 있다는 것을 느끼고 얼른 시선을 돌렸다. 베틀의 바퀴에 관심을 가지려고 애를 쓰며 좋게 생각하려고 노력했다.

우리가 온 길을 반대로 돌아오면서 데카가 살짝 발을 헛디뎠다. 하지만 나와 손을 꼭 잡고 있어서 다치지 않았다. 나는 데카가 몸의 균형을 잡을 때까지 손을 더욱 꽉 잡아주었다. 잉글랜드 씨는 층계에 와서야 나에게 찰리를 넘겨주었다. 뭐라도 물어보는 것이 예의인 것 같아서 나는 베틀이 몇 대나 있는지 물어보았다.

"19대요. 내가 처음 이 공장을 맡을 때 16대였소. 아버지의 작업장에도 종종 가본 적이 있소?"

잉글랜드 씨는 나의 질문이 반가운 것 같았다.

"가게 위에서 살았어요. 그래서 사실 항상 같이 있었죠."

귀가 멍하게 울렸다.

"어떤 가게였소?"

"청과물 장사를 하셨어요. 지금은 잡화점을 하지만요."

"사업가시군. 나와 공통점이 있는 것 같소."

우리 아빠가 청과상 작업복을 입고 잉글랜드 씨의 넓은 마호가니 책상에 앉아있는 모습을, 흙이 묻은 손으로 크림색 종이를 더럽히는 모습을 상상해봤다. 하지만 우리 아빠와 잉글랜드 씨는 비교 대상이 아니었다. 아빠는 매일 하루 일과가 끝나면 싱크대의 물이 아주 짙은 갈색이 될 때까지 서 있었다. 나는 아빠가 잉글랜드 씨의 옷을 입고 브랜디를 한 잔 들고 전등 빛 사이로 담배 연기를 동그랗게 내뿜는 모습을 그려보았다. 아빠는 우리를 키우는 동안 담배를 피우지 않았고, 내가 태어나기도 전에 금연 선언을 했다.

"그래서 사업은 잘 되었소?"

잉글랜드 씨가 물었다.

"네. 감사합니다. 잉글랜드 씨."

우리는 3층에도 가보았는데 2층과 별반 다른 바 없었다. 잉글랜드 씨는 아이들에게 예를 갖춰 인사를 하고는 나를 무시한 감독관과 이야기를 나눴다. 감독관에게 가장 어린 일꾼이 몇 살이냐고 물어보고 싶었지만, 부스 선생님과의 대화를 생각해 보니 이렇게 물어보는 게 예의에 어긋날 수도 있겠다는 생각이 들었다. 대신 목화가 어디서 나는지를 물어보았다.

"로치데일 운하요."

잉글랜드 씨는 잠시 말을 멈추더니 빙긋이 웃었다. 나도 영문을 모른 채 따라 웃으면서 찰리를 유모차 안에 눕혔다.

"지금은 호주에서 주로 수입하오. 이 부근에서 나는 거의 마지막으로 남은 면 생산업자요. 대부분 울, 아니면 코듀로이, 트윌, 벨벳, 몰스킨 등으로 만드는 퍼스티안의 가공업으로 사업을 이전했소."

잉글랜드 씨는 내 망토의 솔기를 엄지손가락과 집게손가락 사이에 넣고 살펴보았다. 나는 심장이 빨리 뛰는 것을 느낄 수 있었다.

"이것은 서지요. 트윌의 일종이지. 아마도 이 계곡에서 생산한 천일거요."

우리는 공장의 앞마당으로 나왔다. 갑자기 피곤해진 듯 잉글랜드 씨는 앞주머니에서 휴대용 은색 담배 케이스에서 시가를 하나 꺼냈다. 나는 문득 공장 안의 여러 재료들이 걱정되었다. 불이 붙으면 순식간에 다 타버릴 텐데.

"공장에서는 금연이오. 사장인 나조차도 잘릴 수 있는 행위지."

내 마음을 읽기라도 한 듯 잉글랜드 씨가 말했다.

그러고 보니 잉글랜드 씨가 왜 집에서 그렇게 자주 담배를 피우는지 조금은 이해가 되었다. 나는 잉글랜드 씨에게 공장 견학이 아주 인상 깊었다고 말했고, 잉글랜드 씨는 보람을 느낀 듯 언제든지 와도 좋다고 이야기해주었다. 돌다리를 건너 언덕을 올라 집으로 돌아오면서 나는 좀 더 밝아지고 생기가 돋는 기분이었다. 잉글랜드 씨가 성공한 사업가로서 직원들에게도 잘 대해주는 것 같았기 때문이다. 바퀴가 끊임없이 돌아가고 기계가 들어갔다 나왔다 하며 용광로가 펄펄 끓고 기름에 전 사람들이 있는 그런 공장에서 일할 생각은 여전히 전혀 없지만, 모든 사람과 사물이 각자의 지위와 할 일을 가지고 있는 것과 커다란 체계 속에서 작지만 중요한 존재가 되는 것은 분명 매력 있는 일인 것 같았다.

매일 아침, 나는 일꾼들이 개미처럼 공장으로 들어가는 것을 놀이방 창문을 통해 본다. 나무에 가려져 잘 보이지 않지만, 여자들은 대부분 무늬가 없는 회색 또는 갈색 숄을 쓰고 있다. 아무도 하드캐슬 하우스를 지나가지는 않지만, 언덕 꼭대기에 마을이 있는 것을 알고 있다. 사람들이 다리를 건너 우리 쪽 숲으로 사라지는 모습을 봤다. 언덕은 특히 가파르고 오솔길조차 없으니 하루에 두 번, 아니 그 이상 언덕을 오르는 일은 힘든 일일 것이다. 특히 겨울에는 더더욱. 문득 기침하던 여자아이가 생각났다. 그 아이는 누구와 살고 있을까? 어떤 집에서 살고 있을까? 나는 통통한 찰리의 다리가 감싸고 있는 하얀색 장갑을 바라보면서, 그 여자아이가 나를 어떻게 생각했을까 궁금해졌다. 우리가 그다지 다르지 않다는 걸 그 여자아이도 알고 있었을지 궁금했다.

그날 저녁 나는 아이들 침실에 전등을 켜러 갔다가 내 베개 위에 놓여 있는 무언가를 발견했다. 꽃이 달린 잔가지였는데, 까만 줄기 끝에 토끼의 꼬리 아니면 먼지버섯을 닮은 하얗고 몽글몽글한 꽃송이가 달려있었다. 나는 마치 나쁜 짓을 하는 사람이 된 것 같았다. 이상하고 두려운 기분을 느끼면서 가지를 들고 가만히 살펴보았다.

복도에서 소리가 들렸다. 어느샌가 밀리가 와서 나를 빤히 보고 있길래 나는 꽃을 베개 아래 숨겼다. 아이들이 다 잠든 뒤 나는 책장에서 데카의 식물학 사전을 가져다가 꽃과 똑같이 생긴 그림을 찾았다. 꽃은 'G'에 있었다. 학명이 'gossypium hirsutum'이라. 목화다. 나는 불빛에 비친 줄기를 가만히 잡고 눈송이 같은 꽃봉오리를 살짝 건드려 보았다.

# 7

하드캐슬 하우스에서의 삶은 어느 정도 안정을 찾았
다. 새로웠던 것들도 이제는 익숙해졌다. 놀이방과 침실을 깨끗하
게 정리하고 나니 냉글 유모가 얼마나 정리에 소홀했는지, 아니면
얼마나 눈이 나빴는지 알 수 있었다. 어떤 물건이나 구석도 나를 피
해갈 수는 없었다. 장난감과 약통을 씻고 창문과 벽을 깨끗이 닦았
다. 옷가지를 말리고 수선했고 수납장을 아이마다 나눠서 정리했
다. 빗을 씻고 변기를 닦고 커튼을 세탁했다. 아이들은 자기가 도
울 수 있는 부분을 찾아서 정리했다. 너무 피곤해서 잠에 곯아떨어
져 있던 어느 밤, 사울이 나를 깨우더니 실수를 한 것 같다며 침대
가 젖었다고 말했다. 시계를 보니 벌써 일곱시였다. 무려 한 시간이
나 늦잠을 잔 것이다. 블레이즈가 가져다 놓은 물은 이미 식어 있었
다. 나는 사울의 말을 들으며 재빨리 옷을 갈아입고 사울의 침대보
를 세탁실로 가져갔다. 에밀리에게 세탁을 맡기면서 물을 좀 더 부
탁했다.

"사울이 실수를 했어요."

나는 침대보를 빨래통에 넣으면서 말했다.

"아이고, 또 그랬군요."

에밀리가 안타까운 듯 말했다.

"자주 그러나요?"

"종종 그래요."

에밀리는 어깨를 으쓱했다.

블레이즈는 한쪽 끝에서 다림질을 하고 있었다.

"블레이즈, 물을 좀 더 가져다줄 수 있어요?"

"이거 먼저 하고요."

"혹시 방수포가 있나요?"

"아기 것밖에 없어요."

블레이즈는 속치마 위로 다리미를 누르면서 나를 쳐다도 보지 않았다. 아무리 분위기가 좋은 때라도 무언가를 부탁하는 일은 어색한데, 블레이즈는 언제나 필요 이상으로 내 기분이 나빠지게 만든다. 주방의 매니언 부인과는 어느 정도 잘 지내게 되었지만, 블레이즈의 적대감은 여전하고 틸다와 에밀리도 나와 거의 말을 하지 않는다. 아마도 나와 어울리지 못하도록 블레이즈가 엄포를 놓은 것 같다. 주방에서 내 이야기를 하든 말든 신경 쓰지 않지만 분명히 나 없을 때 내 이야기를 할 것이다. 그렇게 확신하는 이유는 내가 주방으로 들어가는 순간 갑자기 조용해지기 때문이다. 내가 마음에 안 드는 건 블레이즈가 나로 하여금 다른 하인들을 공손하게 대하도록, 아주 작은 빵조각만 던져주어도 감사하도록 만드는 것이다.

나는 좀 외롭다. 늦은 오전 누군가 놀이방 문을 두드릴 때에서야 비로소 내가 얼마나 외로운지 새삼 느껴졌다. 문을 두드린 사람은 놀랍게도 잉글랜드 부인이었다. 부인은 손에 편지를 들고 있었다.

"메이에게 온 편지예요."

잉글랜드 부인이 말했다.

부인 또한 나에게 거의 말을 걸지 않는다. 집 안에서 서로를 지나칠 때 가끔 인사를 하거나 내가 아이들을 데리고 응접실에 갈 때 상냥하게 질문을 하는 정도다. 사람들은 이방인 같았고 나는 불안감을 느꼈다. 찰리는 절대 잉글랜드 부인에게 가지 않고 나에게 꼭 붙어 칭얼거렸다. 하루는 찰리가 엄마와 좀 친해질 수 있도록 잉글랜드 부인에게 아기를 넘겨주었다. 그런데 찰리가 몸부림을 치는 바람에 부인의 무릎에서 거의 떨어질 뻔했다. 잉글랜드 부인이 어쩔 줄 몰라 하며 나를 바라보아서 할 수 없이 찰리를 도로 데리고 왔다.

"감사합니다, 부인."

편지를 받아들었는데 익숙한 엘시의 글씨가 보이자 내 마음은 요동치기 시작했다. 봉투가 두툼해서 엘시가 평상시와 다르게 수십 장은 쓴 것 같은 느낌이었다. 나도 모르게 미소를 지었던 것 같다. 왜냐하면 잉글랜드 부인이 마치 무언가 말을 하고 싶은 듯 망설였기 때문이다.

"지내는 건 어때요?"

부인이 물었다.

"아주 좋아요. 감사합니다."

잉글랜드 부인은 식탁 쪽을 바라보았다.

"요즘 데카와 밀리가 우리 동네 식물에 대한 개요서를 만들고 있거든요."

"오, 그래요?"

사실은 내가 아이디어를 냈다. 우리는 산책길에 수십 종의 다른 식물을 모아왔다. 식탁 위에는 데카가 보고 그리고 있는 다양한 종류의 풀이 놓여 있었다. 데카는 풀에 대한 정리가 끝나면 새와 동물에 대해서도 똑같이 할 생각이었다. 나는 데카에게 공립 도서관의 회원증을 만들어 주기로 약속했고, 데카는 아주 기뻐했다. 데카는 정말 진심으로 작업에 몰두했다. 밀리도 데카를 도왔다. 밀리의 표는 알아보기 어려울 정도였지만 나는 데카와 함께 밀리를 많이 칭찬해주었다.

"얘들아, 어머니께 우리 작품을 보여드리자."

잉글랜드 부인이 부디 식탁 위의 흙에 대해 개의치 않기를 바랐다.

데카와 밀리는 앞다투어 각자의 연습장을 부인에게 내밀었다. 부인은 마지못해 연습장을 보면서 무언가 질문할 거리를 찾는 듯했다.

"이건 무엇이지?"

데카는 즐거워하며 설명을 시작했다.

"산사나무예요. 서양참산사나무라고도 하고요, 흰독말풀이라고도 해요. 아, 메이 나무라고도 한 대요! 메이 유모처럼요!"

데카가 환하게 웃었다.

"세상에, 산사나무에 내 이름이 들어가다니."

나는 웃으며 말했다.

데카는 다른 그림을 가리키며 말했다.

"이건 먼마 뿌리인데 이름에 '남성'이 들어가요. 어떻게 돌돌 말려있는지 보실래요?"

"글쎄, 오히려 여성스러운 것 같은데."

잉글랜드 부인은 데카를 바라보며 말했다.

"놀이방이 아주 말끔해졌네."

"우리가 어제 청소했어요."

밀리가 칭찬을 바라며 자랑스럽게 말했다.

"네가 직접 했다고?"

"저는 도왔어요."

잉글랜드 부인은 고개를 끄덕이며 희미하게 웃었다.

"부인?"

나는 벽난로 쪽으로 몸을 살짝 움직이며 부인을 불렀다.

"사울이 밤에 약간 실수를 한 것 같아요."

나는 작은 소리로 말했다.

잉글랜드 부인의 갈색 눈이 나를 쳐다보았다.

"자다가 침대에 소변을 봤어요, 부인."

"오."

"잉글랜드 씨께 여쭤봤어야 하는데 오늘 아침에 시간이 없어서
요. 혹시 사울이 종종 그러나요?"

"종종 있는 일이에요."

데카가 식탁에서 대답했다.

"혹시 아이들을 위한 방수포가 있을까요? 아니면 찰리 것만 있
나요? 블레이즈 말로는 아이들 것이 없는 것 같다고 하더라고요."

잉글랜드 부인은 입을 열었다가 다시 닫았다.

"나는⋯⋯, 글쎄 나는 잘 모르겠어요."

"방수포를 하나 사도 될까요? 침대보를 세탁해서 말리는 건 시
간이 너무 오래 걸려서요."

"어디서 살 수 있는지 잘 모르겠는걸요."

"제가 살 수 있어요. 몇 실링이면 충분할 거예요."

잉글랜드 부인이 다시 입을 열었다 닫았다.

"아니면 제가 만들 수도 있어요. 물론 시간이 며칠 정도 더 걸리기는 하겠지만요."

내가 재빨리 덧붙였다.

"잉글랜드 씨에게 물어보세요. 이만 실례하겠어요."

잉글랜드 부인은 급히 놀이방을 나갔고 일순간 우리는 정적에 빠졌다. 장난감 병정을 두드리고 놀던 찰리마저 어쩔 줄 모르는 것 같았다. 나는 앞치마를 펴고 아이들과 함께 자리에 앉았다. 조그만 의자에 몸을 구겨 넣고는 목을 길게 빼고 아이들을 바라보았다.

"자, 이게 무엇인지 누가 말해줄래?"

아이들이 개요서를 만드는 동안, 나는 고향의 소식이 궁금했다. 창문 쪽으로 가서 편지를 읽기 시작했다.


루비 언니에게,

요크셔가 어디 있는지 잘 모르겠지만 셀러스 선생님께 물어봐서 어디 있는지 보여달라고 할게. 다음에는 언제 학교에 갈 수 있게 될지 잘 모르겠어. 손이 한동안 더 안 좋아졌거든. 지난주에는 찻주전자를 떨어뜨렸어. 바닥에 떨어져서 산산조각이 났지 뭐야. 이번 주에 아빠 편지가 도착했어. 하나는 우리 모두에게 쓴 편지고 하나는 언니에게 쓴 거야. 언니 편지는 이 봉투에 넣어 같이 보낼게. 읽을지 말지는 언니가 결정해. 엄마는 언니가 아빠 편지를 읽어야 한다고 하지만 말이야. 아치 오빠는 축구팀에 들어갔어. 컬리플라워를 가지고 마당에서 연습하다가 엄마한테 엄청 혼났고. 테드 오빠는 내가 이름을 잘 모르겠는데, 아마도 '썽안경'을 사려고 돈을 모으는 중이야. 왜 멀리 볼 때 눈에다가 대는 안경 같은 것 있지? 요크셔에는 언니 침대가 따로 있어? 언니만 괜찮으면 한번 가보고 싶다. 답장 빨리 써줘야 해. 그 집 아이들은 좋은 장난감이 많아? 콘스탄스를 줄까 생각 중이거든. 인형을 가지고 놀기에 나는 이제 너무 컸으니까. 만약 그 집 아이들이 원한다면 줄 수 있어. 물론 콘스탄스 눈을 새로 붙이기는 해야 하지만 말이야.

사랑을 담아,
엘시가

엘시의 편지 옆에 벽돌같이 두꺼운 크기의 작은 봉투가 있고 거기에 내 이름이 쓰여 있었다. 나는 봉투를 꺼내서 엄지손가락과 집게손가락으로 잡아보았다. 편지의 무게가 느껴졌다. 나는 즉시 편지를 들고 놀이방을 나왔다. 침실로 돌아와서 내 침대 앞에 무릎을 꿇고 상자를 꺼냈다. 낡은 블라우스로 감싸놓은 작은 편지 더미를 찾았다. 나는 편지들을 함께 묶어놓은 신발 끈 사이로 새 편지를 끼워 넣고 다시 한번 상자를 닫아 어둠 속으로 밀어 넣었다.

"메이에게 우리의 놀이를 보여줄까?"
"좋아요!"
우리는 응접실에 있었고 잉글랜드 씨는 기분이 아주 좋았다. 업라이트 피아노로 노래를 두 곡이나 연주하더니 지금은 담배를 피우며 의자에 앉아있다. 담배꽁초가 카펫 위로 여기저기 흩어졌다. 잉글랜드 씨가 기분이 좋을 때는 아이들도 금방 그 기분에 전염된다. 아이들이 즐거워하며 여기저기 뛰어다녔고 찰리도 카펫 위에서 손뻑을 치며 좋아했다. 잉글랜드 씨는 마치 천하장사처럼 단단한 허벅지에 힘을 주고 무릎을 구부렸다. 꽉 쥔 주먹은 하늘로 향했다. 잉글랜드 씨의 양쪽 팔에는 밀리와 사울이 대롱대롱 매달렸고, 잉글랜드 씨는 이 둘을 공중으로 가뿐히 들어 올렸다. 밀리와 사울은 소리를 지르며 바닥에서 30센티미터쯤 떨어진 공중에서 매달려 있었다. 얼굴이 발그스레해진 잉글랜드 씨는 담배를 입에 꽉 물었다. 그리고 아이들을 위아래로 올렸다 내렸다 했다. 밀리가 잘못해서 손을 놓치면 발목을 삘 수도 있는 상황이었지만 나는 웃었다. 바닥에서 몇 센티미터 쯤 올라가 있는 사울도 혹시 떨어질까 하며 잉글랜드 씨의 팔을 꽉 잡고 있었다.

오래지 않아 잉글랜드 씨는 커다란 소리를 내며 항복을 외치고는 아이들을 바닥에 내려주었고, 아이들은 깔깔 웃으며 바닥으로 내려왔다.

"자, 어땠니?"

잉글랜드 씨는 누구를 특정하지 않고 모두에게 물어보았다. 데카는 자기가 대답을 하기에는 나이가 너무 많다는 듯 수줍게 웃기만 했다.

"엄청났습니다, 잉글랜드 씨."

보통 나는 눈에 잘 안 띄게 문 쪽에 있는 편이다. 잉글랜드 부인도 희미하게 웃음을 띠었다. 사실 사울의 방수포 문제로 불편하게 부딪힌 이후 오늘 처음 부인을 만났다. 잉글랜드 부인의 할아버지인 창업자 챔피언 그레이트렉스의 어마어마한 초상화가 벽난로 위 벽을 거의 다 차지하고 있었다. 잉글랜드 씨가 나에게 이 초상화에 대해 어떻게 생각하냐고 물었을 때 나는 대단한 것 같다고 답했다. 챔피언 그레이트렉스는 의자에 앉아서 스코틀랜드식의 격자무늬

바지와 버튼이 달린 드레스 코트를 걸쳤다. 은빛 수염은 옷깃에 닿을 정도였고 오른손으로는 은색으로 동물 그림이 새겨진 검은색 지팡이를 들고 있었다. 그림에 대해 물었을 때 잉글랜드 씨는 그레이트렉스 씨가 생산하는 울을 만들어내는 알파카라고 설명해 준 적이 있다.

"애들아, 좋은 소식이 있다."

잉글랜드 씨는 이렇게 말하고 잠시 기다렸고 나는 바닥에서 찰리를 들어 올렸다.

"'아픈 사람을 돕기 위한 방직공장 노동회'에서 나를 재무 담당으로 임명했단다."

"그럼 아빠에게 돈을 주는 거예요?"

사울이 말했다.

"그렇지는 않아. 돈을 맡아서 관리하는 거란다."

"아."

사울이 말했다.

"축하해요, 아빠."

데카가 말했다.

"고맙구나, 데카. 이번에 자리를 맡게 되면서 아주 중요한 누군가가 내일 우리 집에 오실 거란다. 누군지 맞춰 볼 사람?"

"'사나운 도둑'이요!"

밀리가 말했다.

"아니야. 바보같기는! 아빠가 돈을 가지고 오는 건 아니라고 했잖아."

"사울, 동생에게 그렇게 말하면 못쓰지. '사나운 도둑'도 아주 좋은 답이야. 비록 정답은 아니지만 말이다. 어쨌든 '시옷'으로 시작을 한단다."

"어……, 어……, '시시껄렁한 멋쟁이'?"

"아니 그런 말은 도대체 어디서 들었니?"

한바탕 웃음이 터졌다.

"매니언 부인이 칼을 갈아주러 오는 사람을 보고 그렇게 말했어요. 무슨 뜻인데요?"

"꼭 알지 않아도 된단다. '시시껄렁한 멋쟁이'도 아쉽지만 정답이 아니네."

"그럼 도대체 누가 오는 거예요, 아빠?"

아이들은 궁금해서 어쩔 줄을 몰라 했다.

"'사진사'가 우리 사진을 찍어주러 올 거란다."

잉글랜드 씨가 한 단어 한 단어 힘주어 말해주었다.

"우리 모두 사진에 나와요?"

밀리가 물었다.

"그럼. 우리 여섯 명 모두 나올 거야."

"오, 사촌 마이클도 어른이 되면 사진사가 되고 싶다고 했어요."

사울이 깊은 인상을 받은 듯 말했다.

"메이, 아이들을 아홉시까지 준비시켜주시오."

잉글랜드 씨가 말했다.

"네, 잉글랜드 씨."

"내일은 특별히 얌전히 행동해야 한다. 옷에 죽을 묻히고 나오거나 그러면 안 돼."

잉글랜드 씨가 엄한 얼굴을 하고 아이들을 쳐다보았다.

❖

사진사와 그의 조수는 아침 식사 직후에 도착했다. 아이들이 아침 식사를 할 동안 수건을 둘러주었는데 우스꽝스러운 로봇처럼 뻣뻣하게 팔을 폈고, 과장된 동작을 하며 입으로 음식을 가져갔다. 창문으로 보니 두 남자가 브로들리의 카트에서 장비를 내려서 카메라를 땅에 내려놓고 방수포로 덮고 있었다. 부유한 사람들은 보통 야외에서 사진을 찍어서 자기들의 집이 사진에 나오게끔 하는데, 오늘 날씨는 그런 사진을 찍기에 아주 적합한 것 같았다. 하늘은 아주 청명한 하늘색이니까 말이다. 아이들은 내 주위로 몰려와서 같이 밖을 내다보았다.

"저게 사진기에요?"

사울이 물었다.

"응, 맞아. 전에 본 적 있니?"

"네, 하지만 그 사진기는 작았어요."

"전에 사진을 찍어 본 적이 있니?"

내가 아이들에게 물었다.

"네, 하지만 그때는 제가 아기 때에요. 유모들도 사진을 찍나요?"

사울이 물었다.

"나도 사진을 찍어본 적이 있어. 그런데 집에서 너희들의 사진을 본 적은 없는 것 같은데."

내가 덧붙였다.

"그레이트렉스의 운동회 때 찍은 거예요."

데카가 말했다.

"그레이트렉스가 집을 말하는 거니?"

"그레이트렉스는 증조할아버지가 지은 마을이에요."

"마을을 지으셨다고?"

나는 데카를 가만히 처다보았다.

"네, 방직공장 주변으로 일꾼들을 위해 마을을 지으셨어요. 학교, 주일 학교, 공원, 목욕탕이 있고요. 심지어 병원도 있어요."

"30미터쯤 되는 높이의 아주 큰 동상도 있어요."

사울이 머리 위로 손을 높이 들어 올렸다.

"30미터까지는 안 될걸. 기차역도 있어요."

데카가 아닌 다른 사람이 말했다면 아마 나는 믿지 못했을 거다. '그레이트렉스 가문은 하얀색 체커와 같이 아주 자연스럽게 체커보드를 점령했구나'하는 생각이 들었다.

"나도 그레이트렉스 마을을 꼭 보고 싶구나."

아침 식사를 마친 후 그릇을 치우며 혼잣말로 중얼거렸다.

아이들의 얼굴과 손을 깨끗하게 씻긴 뒤 사진사들이 준비가 되었는지 물어보려고 찰리를 데리고 아래층으로 내려갔다. 잉글랜드 씨는 뒤를 돌아 집을 바라보고 서 있었는데, 연한 린넨 정장에 암적색 넥타이를 매고 단추를 잠그면서 사진사 조수와 화학 물질에 대한 토론을 하는 중이었다. 사진사들은 암실을 만들기 위해 대면에서 몇 발자국 떨어진 곳에 캔버스 텐트를 설치했다. 카메라는 평평한 나무판 위에 세워 집을 마주 보도록 했다. 카메라의 렌즈가 나를 향했다. 잉글랜드 부인은 어디에도 보이지 않았다.

나는 잉글랜드 씨 주위를 맴돌았고 조금 후 잉글랜드 씨가 뒤를 돌아보았다.

"메이, 이쪽은 클리브 씨요. 하펜던 씨의 조수이자 조카요. 클리브 씨, 이분은 우리 아이들의 유모요."

나는 젊은 남자에게 고개를 까닥여 인사를 했다.

"잉글랜드 씨, 아이들을 데리고 내려와도 될까요?"

"곧 준비가 다 될 겁니다."

클리브 씨가 텐트 쪽을 바라보는데 마침 그때 어떤 남자가 덮개를 열고 밖으로 나오고 있었다.

"로우든 씨, 편하게 있으세요. 오래 걸리지 않을 겁니다."

잉글랜드 씨가 남자에게 말했다.

"저는 여기 있겠습니다. 잉글랜드 씨께서만 괜찮으시다면 퍼시는 신경 쓰지 않을 겁니다."

로우든 씨가 텐트에서 머리를 빼꼼 내밀고 말했다.

"물론 괜찮소. 메이, 우리 아내 좀 데려와 주시오."

"네, 잉글랜드 씨."

"파우더룸에서 끌어내 오시오."

클리브 씨가 달래는 듯한 얼굴로 웃음 지었고 나는 찰리를 데리고 안으로 들어왔다. 잉글랜드 부인의 모습은 어디에도 없었다. 나는 현관 쪽으로 나아가 부인 방의 문을 두드렸다.

"네?"

긴장이 역력한 목소리가 안에서 들려왔다.

"사진사들이 준비가 다 되었다고 합니다, 부인."

방문을 열고 안으로 들어가보니 잉글랜드 부인은 어마어마한 양의 핀을 머리에 꽂고 있었다. 부인 뒤로는 정장을 맞추는 옷가게처럼 온 바닥마다 치마와 드레스, 보디스 스커트, 벨트가 늘어서 있었다. 잉글랜드 부인은 연보라색의 실크와 시폰으로 만든 레이스가 달린 아름다운 드레스를 입고 있었다.

"10시에 오는 줄 알았어요."

"9시입니다, 부인."

잉글랜드 부인은 빠르게 화장대에 앉아서는 자신을 살폈다. 몸을 돌려 침대에서 무언가를 찾기 시작하더니 크림색 실크 장갑 한쪽을 집어 들었다.

"다른 한쪽은 어디에 있지?"

"릴리안?"

잉글랜드 씨가 부인을 부르는 소리가 들렸다.

"금방 가요, 찰스."

"여기, 제가 도와드릴게요."

나는 즉시 침대를 훑어 다른 한쪽을 찾아보았다. 주름진 실크 벨트 밑에서 장갑을 찾았고 부인에게 건넸다. 부인은 손에 장갑을 끼고는 옷장으로 몸을 돌려 모자 상자를 내리고 휴지를 집었다.

"릴리안!"

잉글랜드 부인이 당황하는 바람에 나도 깜짝 놀랐다. 게다가 부인의 기억력이 이 정도라니. 분명 어제 응접실에서 잉글랜드 씨가 9시라고 이야기했는데, 벌써 15분이나 지난 게 아닌가.

잉글랜드 씨가 문 앞에 서 있었다.

"나는 당신이 하얀색 드레스를 입는 줄 알았지."

잉글랜드 부인은 줄무늬가 그려진 상자를 들고 옷장 옆에 얼어붙어서 서 있었다.

"당신 옷과 맞추려고 이 정장을 입었는데, 당신이 연보라색의 드레스를 입는다면 나는 검은색 울 정장을 입는 게 나을 것 같소."

"하얀색 실크 정장은 어디 있는지 모르겠어요. 에밀리가 가지고 있는 게 분명한데. 아무튼……."

잉글랜드 부인이 작은 목소리로 이야기했다.

"신경 쓰지 마시오. 내가 갈아입으면 되지. 1분이면 될 거요."

잉글랜드 씨는 한숨을 쉬면서 옷방으로 사라졌다. 세면대 뒤의 문이 방 두 개를 연결하는 역할을 했다. 잉글랜드 부인은 크림색 챙이 넓은 모자를 마치 접시처럼 두 손으로 받쳐 들고 문이 열리기만을 기다리고 있었다.

나는 갑자기 말벌에게 쏘이기라도 한 것처럼 짜증이 따끔하게 올라왔다. 아이들은 이미 30분이나 기다리고 있다. 곧 찰리의 턱받이를 갈아야 할 것 같다. 바닥을 두리번거리며 다니다가 이내 턱받이를 입에 넣고 빨기 시작했기 때문이다. 나는 찰리를 다시 들어 올려 안았다. 집사가 있다면 모든 일이 순조롭게 진행될 텐데. 이런 생각이 든 건 이번이 처음이 아니다. 집사만 있었어도 아마 지금쯤 사진은 다 찍었을 테고, 각자 자기 할 일을 하러 흩어졌을 것이다.

나는 아이들을 데리고 정원으로 나갔다. 가족들이 다 모였는데 하필이면 커튼이 평평하게 쳐져 있지 않은 게 잉글랜드 씨의 눈에 띄었고, 잉글랜드 씨는 직접 커튼을 펴고 돌아왔다. 잉글랜드 부인은 이제야 정신을 조금 차린 것 같았다. 사진사들에게 짧게 인사를 하고는 아이들 옆으로 가서 장갑 낀 손을 허리춤에 두고 섰다.

"엄마, 드레스가 예뻐요."

데카가 수줍게 말했다.

잉글랜드 부인은 보일 듯 말 듯 하게 고맙다는 뜻의 미소를 지은 후 데카의 어깨를 쓰다듬었다.

클리브 씨는 아이들의 위치를 정해줬다. 데카가 찰리를 안고 밀리와 사울의 가운데 섰다. 잉글랜드 부부는 식당에서 의자를 가져와 아이들 양옆에 앉기로 했다. 잉글랜드 씨는 의자를 여러 번 바꾼 뒤 서재에 있는 의자 높이가 좀 더 적당하다고 결론을 내렸다. 클리브 씨가 의자를 가지고 왔다 갔다 했고, 이 난리 통에 찰리가 울기 시작해서 나는 찰리를 안고 정원을 돌며 달랬다. 드디어 마침내 잉글랜드 가족의 준비가 끝났고, 촬영판도 준비가 되었다. 하펜던 씨는 뒤로 물러서서 콧수염을 쓰다듬으며 전체적인 조화를 살폈다. 짧지만 만족스러운 침묵이 흐른 후 잉글랜드 씨가 입을 열었다.

"그런데 메이는 어디에 있소?"

나는 사진을 찍을 동안 들어가 있으라는 이야기로 이해하고 집 안으로 들어가려고 했다.

"아니, 당연히 메이도 사진을 같이 찍어야지. 데카 뒤에 서는 게 어떻소, 하펜던 씨?"

"괜찮을 것 같네요."

사진사가 대답했다.

나는 발길이 떨어지지 않았다. 무례하지도 건방지지도 않을 이유를 생각해 내야 했다. 아주 짧은 찰나의 순간이 있었지만 아무 생각도 떠오르지 않았고 기회는 무참히 사라졌다.

"메이?"

잉글랜드 씨가 나를 불렀다.

그 순간 사람들이 나를 기다린다는 것을 깨달았고, 나는 주저하면서 마지못해 조약돌 길을 건넜다. 조수인 로우든 씨는 옆구리에 노트를 한 권 끼고 귀에 연필을 꽂은 채 조금 멀리서 지켜보고 있었다. 클리브 씨는 나를 아이들 뒤, 잉글랜드 부인의 오른쪽 어깨 옆으로 서게 했다. 마음이 요동치기 시작했다. 왜 나는 여기에 포함되는데 다른 하인들을 그렇지 못한가? 사진사와 조수 두 명은 고심하는 얼굴로 우리의 모습을 한참 살펴보았고 이내 하펜던 씨는 사진기 덮개 안으로 사라졌다.

사진을 찍은 후 클리브 씨가 촬영판을 챙겼고 내가 데카에게서 찰리를 받아들자 데카는 안도의 한숨을 쉬며 팔을 주물렀다. 그 순간 로우든 씨가 연필을 손가락 사이에 끼고는 이쪽으로 걸어왔다. 로우든 씨는 낡은 갈색 정장을 입고 있었고 손에는 반지 자국이 남아있었다. 보기 좋게 낡은 노트에 엄지손가락으로 침을 묻혀 넘겨가면서 새 페이지를 찾았다.

"노동회의 혜택이 무엇인지 말씀해주실 수 있을까요, 잉글랜드 씨? 왜 방직공장 노동자들이 노동회에 가입해야 하지요?"

얼음장같이 차가운 충격과 함께 나는 로우든 씨가 기자임을 알게 되었고, 얼른 아이들에게로 몸을 돌려 아이들의 옷깃을 만져주는 척했다.

잉글랜드 씨가 고개를 끄덕였다.

"노동회에 가입하는 날부터 병에 걸린 첫 6개월 동안 매주 15실링씩 받게 되고, 그다음 6개월 동안은 8실링씩 받을 수 있소."

로우든 씨가 노트에 받아적었다.

"남성 노동자들의 주급과 비교하면 어떻게 되나요?"

"이 혜택은 우리 계곡에서 일하는 모든 지위의 노동자 평균 주급을 반영한 것이오."

로우든 씨가 받아적었다.

"그럼 지원하려면 어떻게 하면 되지요?"

"언제까지 여기에 이렇게 서 있어야 해요?"

밀리가 투덜거렸다.

"하펜던 씨와 클리브 씨가 사진을 다 찍을 때까지 기다려야 해."

내가 조용히 말해주었다.

"그게 언젠데요?"

"아마 우리에게 끝났다고 알려줄 거야."

"나도 사진사가 되고 싶지만, 가족사진은 찍지 않을 거예요. 내 사촌, 크리스토퍼에게 '브라우니' 사진기가 있는데 엄청 작거든요. 내 사진기는 훨씬 더 클 거예요."

"처남들이 회장과 부회장직을 맡고 있지요. 성함을 알려주실 수 있을까요?"

로우든 씨의 질문이 이어졌다.

"헨리 그레이트렉스와 마이클 그레이트렉스요."

"그분들과도 인터뷰를 하고 싶었는데, 상당히 바쁘시더라고요."

"정말 바쁘오."

잉글랜드 씨는 넥타이를 바로잡았다.

"아이들 이름은……?"

"사울, 레베카, 밀리슨트, 그리고 이 아기는 찰스요."

잉글랜드 씨는 아이들의 머리를 각각 쓰다듬으며 로우든 씨에게 이름을 알려주었다.

"부인 성함은요?"

우리 모두 부인이 이 자리에 아직 있다는 사실을 까맣게 잊고 있었다. 어쨌든 다시 관심을 받게 된 부인은 조용히 대답했다.

"릴리안입니다."

"결혼 전의 성이 그레이트렉스지요?"

"네, 맞습니다."

"당신의 이름은 무엇인가요, 아가씨?"

그 순간 로우든 씨가 나에게 질문하고 있다는 걸 깨달았다.

"제…… 이름이요?"

로우든 씨는 받아쓸 준비를 하며 고개를 끄덕였다.

"죄송하지만 저는 환자를 위한 노동회와 아무 관련이 없습니다. 정식 명칭이 무엇이었는지도 생각나지 않아요. 죄송합니다."

"아니요, 아가씨. 신문기사에 들어갈 사진 때문에 물어보는 거요."

로우든 씨는 참을성이 별로 없는 게 분명하다.

어색한 침묵이 흘렀다.

"이 사진이 신문에 나가나요?"

"『헬리팩스 커리어』의 다음 주 판에 나갈 겁니다. 그래서 이름이 어떻게 되지요, 아가씨?"

팔에 소름이 쫙 끼치면서 내 심장이 뛰는 소리가 내 귀에까지 들리기 시작했다.

"오, 제 이름이 궁금한 사람은 하나도 없을걸요."

"우리 유모가 워낙 겸손한데, 아마 조금 부끄러운가 보오."

잉글랜드 씨가 나 대신 말을 했다.

"메이, 유모."

"기사에는 가족사진이 더 낫지 않을까요? 저 없이 말이에요."

"말도 안 되는 소리. 우리도 놀랜드 출신 유모가 있다는 걸 보여 줘야 하오. 받아적으시오, 로우든씨. 메이는 런던에 있는 놀랜드 유모 전문학교 출신이오. 그리스의 공주에게도 놀랜드 출신의 유모가 있다고 들었소."

로우든 씨는 그대로 받아적었고 잉글랜드 씨는 시가 케이스를 꺼냈다.

"한 대 피워도 괜찮겠소?"

"괜찮습니다, 잉글랜드 씨."

"시가 컷터를 안에 놓고 왔군. 잠시만요."

입이 바싹바싹 마르고 심장이 너무 크게 뛰어서 혹시나 다른 사람들에게까지 들릴까 걱정이 될 지경에 이르렀다. 애초에 왜 거절하지 못했지? 이미 사진도 찍었고 촬영판을 현상하고 있는 마당에 안된다고 할만한 방법이 거의 없었다. 그럼에도 불구하고 나는 무언가를 해야만 했다.

"부인, 찰리를 잠깐 안아주실 수 있을까요?"

나는 찰리를 부인에게 넘겨주었고 부인이 너무 놀라 거절도 못하는 사이 나는 서둘러 잉글랜드 씨를 따라 들어갔다.

"잉글랜드 씨, 제가 진작에 말씀을 드렸어야 했는데, 저희 교장 선생님인 심슨 선생님께서 만약에 졸업생 중 한 명이 제복을 제대로 갖춰 입지 않은 채 신문에 나온 걸 보면 엄청나게 화를 내실 것 같아요. 사진을 찍는 줄 알았으면 진작에 제 망토와 장갑을 챙겼을 텐데요."

"그러면 지금 가지고 오시오. 교장 선생님에게 혼이 나게 할 수는 없지 않소!"

"아이들만 둘 수 없어서요. 저 빼고 다시 사진을 찍으시면 안 될까요? 다 가지고 내려오는 것도 조금 번거롭고요."

"말도 안 되는 소리! 신문에 얼굴이 나올 기회가 어디 흔한 줄 아시오? 어서 망토와 장갑을 가지고 오시오. 하펜던 씨에게는 내가 말하겠소. 다녀올 동안 아이들은 엄마와 함께 있으면 되오."

나는 어깨너머로 잉글랜드 부인 주변에 모여있는 아이들을 바라보았다. 부인은 찰리를 어색하게 안고 있었고 밀리는 발을 톡톡 치고 있었다. 내가 쳐다보는 걸 느꼈는지 잉글랜드 부인도 나를 바라봤다. 이번에는 내 눈을 피하지 않았다.

# 8

이야기를 너무 많이 들어서인지 그레이트렉스 집안 사람들을 실제로 만난다는 게 실감 나지 않았다. 잉글랜드 부인의 친정 가족은 원래 자주 방문하는 것 같다. 그때마다 옷걸이에는 어른들과 사촌들의 망토, 양산이 가득 걸렸을 것이다. 하지만 그들은 이번 일요일에 점심을 먹으러 오기 전까지 적어도 지난 3주 동안 이곳을 방문하지 않았다.

놀이방 창문으로 살짝 엿보니 귀부인들은 스커트 차림으로 부산스럽게 저택을 향해 오고 있었다. 남자들은 지팡이로 조약돌을 탁탁 두드리며 걸어왔다. 잉글랜드 부인의 오빠들은 누가 봐도 한 배에서 나온 것처럼 똑같이 생겼다. 각자 키는 다 다르지만 모두 깨끗한 피부에 금발 머리, 금빛 콧수염과 밝고 총명한 눈을 가지고 있었다. 잉글랜드 부인의 어머니와 아버지인 헬렌과 콘래드도 나이는 많지만 아주 비싸 보이는 옷을 입고 저택으로 들어왔다. 내가 그레이트렉스 가족을 보며 가장 인상 깊었던 것은 목소리였다. 상류층과 같은 옷을 입고 있었는데 말투는 이 동네 사람들과 하나도 다르지 않았다. 그래서 묘하게 대조를 이루면서도 이상한 기분이 들었다. 응접실에 모여서 이야기하는 모습은 흡사 마을의 회관에서 연극을 하는 연기자들 같았기 때문이다.

아침부터 아이들은 분주하게 왔다 갔다 하면서 친척들이 언제 오는지 계속 물었다. 나는 아이들이 사진 찍는 날 입었던 옷으로 갈아입을 수 있게 했다. 로우든 씨의 기사가 실린 신문은 손님들이 볼 수 있도록 액자에 넣어 전시했다. 신문이 나온 날, 잉글랜드 씨는 당당하게 놀이방에 와서는 자랑스럽게 신문을 내려놓고 손가락으로 사진을 가리켰다. 하인들에게 돌릴 신문도 샀다. 나는 사진의 크기가 생각보다 많이 작아서 안심할 수 있었다. 비록 내 이름이 '메이 유모, 놀랜드 유모 전문학교의 졸업생'이라고 검은 잉크로 단단하게 박혀 있었지만 말이다. 나는 신문을 아이들 놀이방 책장 뒤에 깊숙이 박아 넣었다.

큰아이들 셋은 친척들과 점심식사를 하고 찰리는 나와 함께 놀이방에 있기로 했다. 점심식사 전에 어른들에게 찰리를 보여주기 위해 잠깐 데리고 내려가기는 해야 하지만 말이다. 틸다와 블레이즈는 가장 좋은 식기로 테이블을 차렸고 매니언 부인은 여러 종류의 새를 구웠다. 주방에서 나오는 말소리로 미루어 짐작하건대 이런 모임이 아주 자주 있는 건 아닌 것 같았다.

"당신이 새로 온 유모군요."

잉글랜드 부인의 어머니가 나에게 말을 걸었다. 부인은 키가 크고 우아했으며 푸른색 눈 위로 은빛 머리가 눈처럼 소복하게 내려와 있었다. 나는 공손하게 웃어 보였다. 아이들은 외할머니 주변을 마치 망아지처럼 뛰어다녔다.

"말을 할 줄 아시오?"

"네, 부인."

문득 래들렛 부인이 손님을 대하는 나의 태도에 대해 매겼던 점수가 생각났다. 아주 훌륭하지만 최상은 아니라…….

"만나 뵙게 되어 반갑습니다."

"이름이 무엇인가요?"

"메이입니다, 부인."

"멋진 곳에서 왔다고 하던데, 맞나요?"

"버밍엄입니다."

"아니, 버밍엄 말고. 유모 학교라나."

부인이 내뱉듯이 말을 했다.

"놀랜드 전문학교입니다."

"전문학교, 그래요. 아주 거창해. 내가 찰스에게 이 동네 아이를 1/3값에 구하자고 했더니 찰스가 꼭 거기 출신이어야 한다고 우겼어. 그래서 그 전문학교에서는 무엇을 가르치오?"

"아이들을 돌보는 데 필요한 기본적인 내용을 가르칩니다. 강의와 실습이 섞여 있어요. 학구적이기도 하고 실질적이기도 하지요."

"학구적이라!"

잉글랜드 부인의 어머니는 비웃는 듯 높은 톤으로 쌀쌀맞게 웃었다. 그리고 나는 그 즉시 어머니가 싫어졌다.

"이곳 북쪽의 생활은 어떻소?"

"아주 좋습니다. 아름다운 곳이에요."

"아름답다! 하, 정말 그렇게 생각하오?"

나는 도망갈 방법을 궁리했지만, 찰리는 주변을 바라보며 아주 평온하게 잘 있었다. 데카는 여자 사촌들과 이야기를 나누는 듯 멀리 떨어져 있었고 사울은 눈에 보이지 않았다. 밀리만 내 발밑에서 데카가 빌려준 산호 목걸이를 만지작거리고 있었다. 잉글랜드 씨는 남자 친척들과 사업 이야기를 하고 있었고, 잉글랜드 부인은 보이지 않았다. 그레이트렉스 부인도 나와 똑같이 생각한 것 같다.

"그런데 릴리안은 어디에 있소?"

"아마도 조금 늦으시는 것 같습니다."

나는 잉글랜드 부인을 찾는 척 하면서 말했다.

"내 여성이지 기차가 아니오. 어서 가서 데리고 오시오."

"네, 부인."

그레이트렉스 부인은 찰리를 들어 무릎에 놓았다. 할머니의 무릎에서 얼어붙은 찰리는 깜짝 놀라서 할머니를 가만히 쳐다보았다. 곧 찰리가 울음을 터뜨릴 것이 분명해서 나는 얼른 응접실 문을 닫고 나왔다. 웅성거리는 목소리와 와인 잔이 부딪히는 청명한 소리가 들려왔다. 나는 잠시나마 평온한 시간을 갖기 위해 눈을 감고 문에 기대어 숨을 내쉬었다. 그때 블레이즈가 물잔이 올려진 쟁반을 들고 주방으로 들어왔다. 틸다가 물 주전자를 들고 뒤를 따랐다. 나는 그들과 눈을 맞추지 않고 계단 쪽으로 향했다.

"쟤는 참 별로야. 별 볼 일 없이 작은 암퇘지 같으니라고."

블레이즈가 중얼거리는 소리가 내 귀에 들렸다.

둘은 깔깔거리고 웃었고, 나는 눈물이 앞을 가렸다. 소매로 눈물을 닦고 잉글랜드 부인의 방문을 두드렸더니 기다리고 있었다는 듯 바로 문이 열렸다. 부인은 소매의 단추를 채우고 있었다.

"지금 몇 시죠?"

부인이 물었다.

"12시 25분입니다, 부인."

나는 손목의 시계를 확인하고 시간을 알려주었다.

"무슨 일 있어요?"

"아니요, 부인."

나는 눈을 깜빡이며 침을 꿀꺽 삼켰다.

"기분이 나쁜 것 같은데요."

"아니에요. 저는……, 제가 살짝 감기 기운이 있어서요."

잉글랜드 부인은 실크 손수건을 꺼내 나에게 내밀었다.

"아, 저도 있습니다. 부인, 감사합니다. 괜찮아요."

부인은 손수건을 다시 집어넣었다.

"모두 다 왔나요?"

"네, 그런 것 같습니다, 부인."

방 안에서는 텔컴 파우더의 향기와 함께 다 타버린 성냥에서 나는 냄새처럼 날카로운 향기가 났다.

"다시 내려갈 건가요?"

"네 부인. 아이들이 응접실에 있어서요."

"그럼 나와 같이 가요."

나는 부인의 뒤에 서서 내려갔다. 부인은 문을 열기 전에 스스로 단련이라도 하듯 깊은숨을 쉬며 안으로 침잠했다. 마치 낯선 사람이 꽉 차 있는 방에 들어가기라도 해야 하는 듯 문 앞에서 서성였다. 나는 잉글랜드 부인 어머니의 눈이 자연스럽게 잉글랜드 부인에게로 가서 집중되는 것을 느꼈다. 마치 가게의 마네킹을 보듯 부인의 보디스 스커트를 평가하는 것 같았다. 부스 선생님이 불행한 가족은 뭐라고 했었지? 어쨌든 사람이 행복하지 않을 이유는 너무나 많다.

햄 샌드위치로 점심을 먹었다. 나는 찰리에게 비스킷을 주고는 낮잠을 재우기 위해 침대에 눕혔다. 다른 아이들이 없는 놀이방은 조용했다. 나는 흔들의자에 앉아서 스타킹을 수선하고 있었다. 바로 그때 복도에서 마룻바닥이 삐걱대는 소리가 들렸다. 하지만 아무도 놀이방 문을 두드리지 않았다. 나는 몸을 일으켜 누가 왔는지 돌아보기로 했다. 잉글랜드 부인이 아기 침대 앞에 서 있는 모습을 발견했다.

"부인?"

잉글랜드 부인은 찰리를 바라보고 있었는데 피곤해 보였다. 나는 바느질하던 스타킹을 사울의 침대 옆에 내려놓았다.

"무슨 일 있으세요?"

저 아래에서는 희미하게 사람들이 웃고 떠드는 소리가 들렸다. 식당 바로 위가 놀이방이기 때문이다.

"제가 내려갈까요, 부인?"

그제야 부인은 정신을 차렸고 내 목소리를 처음 듣는 듯했다.

"아니, 아니요. 찰리가 잘 있나 보러 왔어요."

보통의 엄마들이라면 하나도 이상할 게 없는 상황이었지만 잉글랜드 부인의 평소 모습을 생각하면 정말이지 이상하기 짝이 없는 일이었다. 나는 부인에게 가까이 다가갔고 찰리가 깊게 잠든 모습을 지켜보았다.

"10분 전에 눕혔어요."

잉글랜드 부인은 창가에 서서 블라인드 사이로 마치 손님이 더 올 것을 기대하는 듯이, 아니, 더 올까 봐 불안해하는 듯이 밖을 내

다보았다. 그러다가 내 베개 위에 앉아있는 허비를 보고는 표정이
이내 부드러워졌다.

"메이의 것인가요?"

"네, 사실은 제 여동생 것인데, 제가 집을 떠날 때 가지고 가라고
준 것이랍니다. 이 인형이 저를 돌봐줄 거라고 말했어요."

잉글랜드 부인은 허비를 집어 들고 잠시 멍하게 있더니 유리같
이 투명한 눈을 비볐다.

"참 착한 동생이네요. 나도 여동생이 있으면 좋겠어요."

"남자 형제들도 좋지요. 남자 형제들이 여자 형제처럼 느껴질 수
도 있고요."

나는 무슨 말을 해야 할지 몰라 이렇게 말했다.

"사실은 여기가 나의 놀이방이었어요."

부인은 즐거움과 슬픔이 섞인 복잡한 표정으로 침대와 사진들을
바라보았다. 나는 깜짝 놀랐다. 이 집은 전혀 부인의 것 같지 않았는
데. 부인은 이 집에서 이방인이었다.

"이곳에서 좋은 추억이 많으시겠어요."

"네."

부인은 무미건조하게 대답했다.

나는 가만히 서서 잠시 기다렸고, 이내 부인이 한숨을 쉬었다.

"자, 나는 이제 다시 내려가 봐야겠어요."

실크가 바스락거리는 소리가 났다. 부인은 조용히 마룻바닥을
딛고는 문을 살짝 닫고 나갔다.

2시 반쯤 나는 아이들을 데리러 아래로 내려갔다. 점심 식사는 이미 끝났고 사울은 식당에서 남자 친척들과 함께 있었다. 시가 연기가 방안을 가득 메워서 마치 회색 구름에 들어가 있는 것처럼 보였다. 내가 들어갔을 때 사울은 기침을 하고 있었고, 나와 함께 방을 나왔다. 주방에서 그릇을 닦는 소리와 달가닥거리는 소리가 크게 들렸다. 현관을 가로질러 나는 데카가 응접실에서 다른 여자 친척들과 함께, 사촌 옆 쿠션 위에 앉아있는 걸 보았다. 그 사촌이 앤 인지 에니드 인지 구분하는 게 좀 어려웠는데 아무튼 그 자리에 있던 친척은 나보다 한 두어 살 어려 보였고 내가 들어가자 나를 위아래로 훑어보았다.

"그렇지 않아도 어디 갔는지 궁금해하고 있던 참이었어요."

그레이트렉스 부인이 말했다.

잉글랜드 부인은 그레이트렉스 부인 옆에 앉아있었고, 며느리 셋도 모두 주변에 있었다. 한 명은 창문 옆에, 한 명은 피아노 의자에 앉아 악보를 보고 있었고, 다른 한 명은 자신의 딸들 옆에 앉아 있었다. 잉글랜드 부인은 찻잔 없이 두 손을 무릎에 가지런히 모으고 있었다. 나는 잉글랜드 부인이 오른손에 밴드를 붙이고 왼손으로 오른손을 가리고 있는 것을 발견했다.

"레베카는 여기서 우리와 함께 있을 거예요. 그렇지, 레베카?"

그레이트렉스 부인이 말했다.

데카는 그다지 있고 싶지 않은 눈치였다. 마치 연꽃잎에 앉아있는 개구리처럼 쿠션을 꽉 움켜쥐었다.

"알겠습니다. 부인. 그런데 밀리 양은 어디에 있지요?"

"메이가 모르나요?"

"또래 사촌들과 놀고 있을 거예요."

잉글랜드 부인이 말했다.

부인은 지금 당장이라도 혼자 쉬고 싶은 듯 지치고 피곤해 보였다. 나는 늘 부인만의 조용한 침실과 오랫동안 혼자 즐길 수 있는 목욕 시간이 부러웠다.

"감사합니다, 부인. 제가 찾아보겠습니다."

사울과 나는 아래층 방에서 밀리를 찾다가 마침 현관 쪽으로 내려가고 있던 프랭크 그레이트렉스를 만났다. 그레이트렉스 세 형제 중 가장 어린 프랭크는 얼굴도 성격도 둥글둥글했다. 아이들과도 잘 어울려 지낼 것 같은 성격이었다. 프랭크 그레이트렉스가 사울의 머리를 마구 헝클었다.

"프랭크 삼촌, 메이를 위해서 꿩 흉내를 내 봐요!"

프랭크 그레이트렉스는 그 말에 당장 꽥꽥하는 소리를 질렀고 나는 너무 놀라서 입이 다물어지지 않았다.

"이번에는 마도요 흉내요!"

그러자 이번에는 손가락을 입에 넣고 신기하게도 삐익 우는 소리를 냈다.

"이번엔 뇌조요!"

그러자 프랭크 그레이트렉스는 아주 우스꽝스럽게 울컥거리는 소리를 냈고 나는 너무 재미있는 나머지 참을 수 없어 입을 가리고 쿡쿡 웃었다.

"프랭크!"

말투가 너무 차갑고 경직되어 있어서 나는 마치 내 뒤에 체커보드의 말이 나타난 줄 알았다. 프랭크 그레이트렉스의 눈이 내 어깨 너머로 깜빡이더니 미소가 사라졌다.

"아이들과 놀고 있었어요, 아버지."

"그러라고 유모 하녀가 있는 것 아니냐."

의도적으로 그랬을 가능성은 희박하지만 나는 그레이트렉스 씨의 모욕에 얼굴이 빨개졌다. 콘래드 그레이트렉스는 유모 세계의 상하 관계에 대해서 잘 모르는 것 같았다. 내가 길을 비켜야 할지 프랭크가 비켜야 할지 잘 모르겠어서 내가 먼저 자리를 피하기로 했다.

"사울, 가자."

우리는 집 뒤로 밀리를 찾으러 나섰다. 프랭크는 어색하게 미안하다는 듯이 미소를 지어 보이고는 남자들 무리에 합류했다.

사울과 나는 집 밖을 계속해서 찾아봤지만, 정원에도 저택을 둘러싸고 있는 숲에도 밀리의 모습은 보이지 않았다. 점점 불안해지기 시작했다. 주방에 가서 밀리를 보았냐고 물어보았지만 아무도 보지 못했다고 했다. 더욱 불안한 마음을 안고 2층으로 올라와서 침실과 욕실을 찾아보았다.

"숨바꼭질 놀이를 하고 있을 거예요."

사울이 말했다.

이불장도 텅 비어있었는데, 바로 그때 놀이방 쪽에서 웃음소리가 들려왔다. 찰리 때문에 문을 조금 열어놓았는데, 가보니 아이들 침실에서 밀리와 사촌 두 명이 내 침대 밑에 웅크리고 있었다.

"밀리, 온통 밀리 양을 찾으러 다니는 중이었어. 자 이리로 오렴. 봐, 찰리를 깨웠잖니. 여기서 무엇을 하고 있었지?"

밀리의 뺨이 빨개졌고 나는 아이들이 무엇을 하고 놀았는지 가까이 가서 살펴보았다. 내 트렁크 가방이 열려 있었고, 트렁크 안의 물건들이 온통 바닥에 쏟아져 나와 있었다.

"메이 가방을 봐도 된다고 했어요! 봐도 된다고 했잖아요!"

밀리가 울기 시작했다.

충격과 분노로 반쯤 정신이 나간 나는 손에 집히는 것을 닥치는 대로 트렁크 안에 쑤셔 넣었다.

"이 사람은 누구예요?"

못된 사촌 중 한 명이 사진을 들고 물었다. 내 사진이었다. 이 아이들은 내 홍차 통도 열고 그 안에 있는 아주 사적인 것들을 다 꺼낸 참이었다.

"이리 줘! 밀리, 당장 놀이방으로 가. 너희들은 아래로 내려가고. 어서!"

사촌 두 명은 페티코트 차림으로 살금살금 움직였고 밀리는 서러운 듯 울기 시작했다.

"나는 볼 생각이 없었어요. 언니들이 그렇게 하자고 했어요!"

"놀이방으로 가, 제발. 사울, 동생을 데리고 가렴"

고소하다는 듯 사울은 밀리의 팔을 잡고 방을 나갔다. 밀리의 울음소리가 복도에 울려 퍼졌다.

내가 흔들리고 있는 게 느껴졌다. 사진은 구겨졌고, 심지어 한쪽에 끈적한 손가락으로 남겨놓은 얼룩 자국도 있었다. 나는 앞치마로 얼룩을 닦으며 다시 눈물이 차오르는 것을 느꼈다. 신문기사 스크랩은 허름한 카펫 위에 여기저기 널려 있었고, 엘시의 편지도, 그리고…… '루밥'이라는 단어를 보고야 말았다. 나는 편지 뭉치를 트렁크 저 뒤쪽으로 던져버렸다.

문 쪽에서 작은 소리가 났다.

"저리 가."

나는 소매로 눈물을 닦으며 말했다.

하지만 계속해서 조용했고 이내 데카가 문손잡이 열고 들어오는 것이 보였다. 데카의 갈색 눈이 휘둥그레졌다.

"데카, 미안해. 나는……."

"사울이 무슨 일이 있었는지 말해줬어요. 밀리가 그런 짓을 할 리는 없고 아마 파멜라와 사라가 시켰을 거예요."

데카가 말했다.

데카는 내 옆으로 와서 무릎을 꿇고 정리하는 것을 도와주었다. 데카는 내 물건을 살펴보거나 어떤 질문도 하지 않고 조용히 내 빗과 단추 걸이와 잡지 뭉치를 안에 넣었다.

"고마워."

나는 트렁크를 닫고 자물쇠로 잠갔다.

"가방을 열어 둔 내 잘못이지 뭐."

"아니에요."

데카가 대답했다.

"이번 일로 교훈을 얻었어. 절대로 밀리가 내 눈앞에서 사라지게 하지 말아야지."

"밀리는 왜 이렇게 장난꾸러기인지 모르겠어요."

비로소 미소가 피어났다.

"만약에 내가 동생이 없었으면 자매가 이렇게 다르다는 걸 믿기 어려웠을 거야."

"메이의 동생도 장난꾸러기예요?"

데카가 물었다.

"아니. 하지만 내 남자 동생들은 그래. 어릴 때는 그랬지. 이웃집의 석탄 보관 창고에 숨어 들어가서는 그 위에서 뛰어내리곤 했어. 걔네가 소리를 지르면 길 저쪽에서도 들릴 정도였다니까. 고물상 아니면 카트 같은 데서 떨어진 것을 항상 집에 가져 왔어. 맹세컨대 운전사가 안 볼 때 훔친 게 분명해. 심지어 한번은 죽은 고양이도 데리고 온 적이 있어. 엄마는 거의 기절하다시피 했지. 엄마는 그래서 내 동생들을 망나니라고 불렀어. 큰 남동생은 이름이 로비인데 자기들이 가지고 온 걸 고치곤 했단다. 금속이나 깡통이나 부서진 것들 이것저것을 말이야. 전등도 있었고, 시계 같은 것들 뭐 그런 것들이었지. 다 분리해서 다시 조립했어."

"휴가 때 동생들을 만나요? 매니언 부인도 1년에 한 번 스카보로우에 있는 남동생을 만나러 가서 우리는 3일 동안 차가운 음식만 먹어야 했거든요."

나는 열쇠를 주머니 안에 넣고 찰리를 침대에서 안아 올렸다.

"아마도 그럴거야. 자, 이제 밀리가 더 울어서 온 집이 홍수가 나기 전에 밀리에게 가보자."

그때 문득 마음속에 떠오르는 생각이 있었다.

"그런데 데카, 엄마가 손에 밴드를 붙이고 계시던데. 혹시 손 다치셨니?"

"아, 네. 아빠가 피우던 시가에 데었대요."

데카가 말했다.

더위는 예고 없이 찾아왔다. 나는 아이들을 데리고 시내에 나가 아이스크림을 사 먹기로 했다. 한참동안 먼지가 풀풀 날리는 길을 걸으면서, 겨울에 잼과 크림을 밤새 밖에 놔두면 아이스크림이 된다고 아이들에게 이야기해주었다.

"여우들 먹으라고요?"

사울이 못 믿겠다는 듯 되물었다.

나는 웃음을 지을 수밖에 없었지만, 사울은 뿌듯해 보였다.

아이스크림을 사러 가게에 들른김에 크랙이 그려진 그림엽서를 샀다. 엘시를 위한 것이었다. 나를 위해서는 산책길에 들렀던 폭포가 그려진 엽서를 샀는데, 이 폭포는 바위에서 물이 떨어지는 모습이 마치 레이스 커튼을 친 것 같았다. 이름도 아주 예쁜 '말발굽 편자 폭포'인데, 그림엽서에 안개가 자욱한 어두운 숲에 둘러싸여 있는 모습이 인상적이었다. 데카도 가지고 싶은 듯 엽서를 바라보길래 엽서를 한 장 사 주었다. 마을을 지나 가게 창문들을 들여다보기도 하면서 강을 따라 걸었다. 집으로 돌아오는 길이었는데, 클럽에서 열리고 있는 크리켓 게임을 보게 됐다. 나는 유모차를 한쪽에 대고 아이들과 같이 벤치에 앉았다. 모두 크리켓 게임을 보면서 아이스크림을 핥아먹었다. 사울은 게임에 너무 몰입한 나머지 점점 더 경기장에 가까이 다가가 선수들 코앞에서 경기를 보고 있었다.

나는 혹시나 경기에 방해가 될 까봐 사울을 불렀다. 그때 한 선수가 내 목소리를 듣고 뒤를 돌아보았다. 나는 그 사람을 단박에 알아보았지만 누구인지 생각해 내는 데에는 시간이 좀 걸렸다. 선수는 저번에 교회 밖 공원에서 만났던 그 남자였다. 그 사람도 나를 알아보고 까딱 인사를 했다.

"사울, 여기 와서 앉으렴."

"괜찮습니다."

그 남자가 말했다.

경기 중간 쯤, 휴식 시간이 되자 남자는 사울에게 보라색 크리켓 공을 가져다주었다. 그리고는 사울에게 어떻게 던지는지 둥근 원을 그리듯 팔을 크게 휘두르며 알려주었다. 사울은 그대로 따라서 연습하기 시작했고 오래지 않아 땀이 나서 점퍼를 벗어야 할 지경에 이르렀다. 찰리는 잠이 들었다. 나는 유모차의 가리개를 조절해주면서 햇빛을 살짝 쐬었다. 경기장 가에서는 구경꾼 두어 명이 모자로 얼굴을 반쯤 가린 채 졸고 있었다. 밀리는 아이스크림을 온통 턱과 볼에 묻혀놓았다. 나는 손수건을 꺼내 밀리의 얼굴을 닦아주었다.

"다시 보네요."

연습 중인 사울을 뒤로 하고 그 남자가 다가왔다.

"안녕하세요."

나는 햇빛에 손 그늘을 만들어 눈을 가리며 말했다.

"결국 찾았군요."

"누구를 찾아요?"

"나머지 아이들을 말이에요."

나는 웃지 않았다. 그 남자는 뒷목을 긁었는데 팔과 마찬가지로 붉은빛이 도는 갈색이었다. 하얀색의 크리켓 선수 복장을 해서인지 더 검어 보였는데, 이번에는 손이 깨끗하다는 걸 알았다. 남자도 내 눈길을 의식한 듯 손을 모아 비볐다.

"크리켓 좋아하니?"

남자가 데카와 밀리에게 물었다.

둘은 쑥스러운 듯 아무 말도 하지 않았다.

"본 적이 없을 수도 있어요."

"아니에요, 그레이트렉스에서 봤어요."

밀리가 말했다.

"아, 그레이트렉스 가문의 아이들이로구나."

"잉글랜드입니다."

내가 정정했다.

"뭐라구요?"

"아이들의 성이 그레이트렉스가 아니라 잉글랜드라고 말씀드렸습니다."

"아, 네, 알지요. 그런데 아기는 숨은 건가요?"

"지금 잠이 들어서요."

남자는 눈을 가늘게 뜨고 그늘에서 레모네이드를 마시고 있는 선수들을 바라보았다.

"그런데 손에 있는 게 뭐니?"

남자는 데카에게 가까이 다가갔다. 데카는 마치 그림엽서가 바람에 날아가기라도 할 것처럼 꽉 움켜쥐었다.

"그림엽서예요."

데카가 작은 소리로 말했다.

"말발굽 편자 폭포로구나. 내가 제일 좋아하는 곳 중 하나지."

남자는 엽서를 거꾸로 휙 보았다.

"우리도 거기 갔었어요."

데카가 말했다.

"하지만 그 폭포에서 수영해 본 적은 없을걸. 내가 장담하지. 별로 추천은 하지 않아. 깊이가 목욕탕만큼 얕거든."

남자는 '얕다'는 말을 '얇다'와 비슷하게 발음했다.

데카는 마지못해서 미소를 지었다.

"그 폭포 이름이 우리 할아버지와 관련이 있단다. 내 할아버지께서는 나처럼 평생 편자를 만드셨거든."

데카와 밀리가 남자를 바라보았고 밀리는 인상을 찌푸렸다.

"그런데 편자가 뭐예요?"

"편자는 말이 발에 신는 신발과 같은 건데, 아마 발밑에 있어서 못 봤을 거야."

남자가 웃었다.

"말이 신발을 왜 신는데요?"

"길을 다니는 말의 발굽을 보호하기 위해서지. 너희 집에도 말이 있지?"

아이들이 고개를 끄덕였다.

"다음에 말의 발을 잘 보면 편자를 찾을 수 있을 거야. 편자를 어떻게 만드는지 보고 싶니?"

"뭐를 만드는 걸 봐요?"

사울이 헉헉거리며 달려왔다.

"말발굽 편자 만드는 것 말이야. 나는 대장장이란다. 대장간에 가본 적 있니?"

"아니요. 한 번도 없어요. 가도 돼요, 메이?"

"글쎄, 잘 모르겠네."

"오늘은 말고, 시간이 될 때 아무 때나 오렴. 나는 저쪽 황무지 쪽에 산단다. 너희 집에서 멀지 않지. 폭포와도 가까워. 아, 혹시 케일리 로드라고 아시나요?"

"아니요. 잘 모르겠습니다. 그리고 대장간이 아이들에게 적합한 장소일지도 잘 모르겠네요."

"가정집만큼 안전해요. 놀러 오면 편자를 선물로 주도록 하겠습니다. 행운을 상징하거든요."

남자는 나를 향해서 이렇게 말했다.

"제발요, 메이."

밀리가 졸랐다.

"아이가 정말 가보고 싶은가 보네요. 그럼 이렇게 하면 어때요? 내일 오후에 방문하시는 걸로요."

"아이들 부모님께 여쭈어보겠습니다."

남자는 알았다는 듯이 고개를 까딱했다.

"아 참, 저는 토미입니다. 성은 쉘드레이크예요. 대장간에 와보시고 마음에 드시면 댁 마부에게 사거리의 오래된 '트래비스'네 가지 말고 저에게 오라고 이야기 좀 해주세요. 싸게 잘해드리겠다고 전해주시고요."

나는 토미 쉘드레이크를 찬찬히 살펴보면서 어떤 사람인지 파악하려고 애를 썼다. 나쁜 사람 같지는 않았고 30대 중반 쯤으로 보였다. 결혼반지는 끼고 있지 않았다. 머리는 햇빛에 보기 좋게 그을렸고 눈은 검은색인데, 눈을 가늘게 뜨고 나를 쳐다보는 눈을 보면 도무지 진심이 무엇인지 가늠할 수가 없었다. 나한테 잘 보이려고 그러나. 남자는 충분히 친절했지만, 내가 마굿간에 놀러가서 브로들리와 편자에 대해 이야기를 나누는 상황을 그려보았을 때 친한 척이 지나쳤다. 조금 주제넘은 면도 없지 않아 있었다.

"자, 이제 가자. 좋은 하루 보내세요, 쉘드레이크 씨."

나는 아이들에게 말하면서 자리에서 일어났다.

"좋은 하루 되세요."

쉘드레이크 씨는 손을 들어 인사했고 우리가 길을 따라 내려가는 모습을 지켜보았다.

그날 저녁 사울은 벽난로 위에서 포세린 도자기로 만든 양치기 소녀를 크리켓 공으로 삼아 시범을 보였다. 그리고 쉘드레이크 씨의 초대에 대해 아버지에게 이야기했다.

"좋은 생각인 것 같구나."

잉글랜드 씨가 이렇게 말할 거라는 건 충분히 짐작이 가능했다. 잉글랜드 부인은 두통이 와서 혼자 침실에 있겠다고 했다. 한 이틀 정도 부인을 보지 못한 것 같은데, 오늘 아침에 욕실에서 물소리가 조용히 나기는 했다. 잉글랜드 부인은 종종 아침 식사 후에 욕실에서 한 시간 정도 목욕을 한다.

"폭포 이름이 그 아저씨네 할아버지랑 관련이 있대요."

밀리가 자랑스럽게 말했다.

"그래? 다섯 명 모두 다 가는 거요?"

잉글랜드 씨가 눈썹을 치켜뜨며 나에게 물었다.

"아기를 데리고 가도 괜찮을지 잘 모르겠습니다. 혹시 부인께서 한 시간 정도만 찰리를 봐주실 수 있을까요?"

지난번 그레이트렉스 사람들이 점심을 먹으러 왔을 때, 부인이 찰리와 얼마나 잘 지냈는지를 기억하면서 조심스럽게 물어보았다.

잉글랜드 씨는 짧지만 강하게 고개를 저었다. 당연히 찰나에 이루어진 일이라 아이들은 아무도 보지 못했다.

"그러면 제가 유모차로 데리고 가도록 하겠습니다."

이 제안이 얼마나 말도 안 되는지 잉글랜드 씨도 깨닫고 동의하기를 바라며 말했다.

"좋소. 그럼 다 해결이 되었네. 내일 티타임 때 자세한 이야기를 기대하겠소."

잉글랜드 씨는 새로운 시가를 꺼냈다.

"그런데 죄송하지만 잉글랜드 씨, 제가 그곳이 어디인지를 잘 몰라서요. 케일리 로드에 있다고 하시긴 했는데…….."

잉글랜드 씨는 손을 들어 기다리라고 하더니 방을 나갔다가 돌아왔다. 작은 식탁보정도 되는 크기의 지도를 피아노 위에 쫙 펼쳤다. 나는 가까이 다가가 지도를 보았다.

"여기, 여기가 케일리 로드요. 이곳이 우리 집이고요."

잉글랜드 씨는 집게손가락으로 동그랗게 원을 만들며 나에게 더 가까이 다가와서 볼 것을 요구했다. 마지못해 가까이 다가간 나는 잉글랜드 씨의 손가락이 가리키는 곳을 따라 시내 외곽의 북쪽으로 시선을 옮겼다.

잉글랜드 씨가 시가에 불을 붙인 것도 아닌데 담배 냄새가 강했다. 갑자기 답답함이 느껴져 시원한 바람을 쐬고 싶어졌다.

"여기서 왼쪽으로 틀어서 쭉 위로 올라가면 되오. 나도 그 대장간을 알 것 같은데. 내가 생각하는 그곳이 맞다면 말이오. 브로들리를 같이 보내면 좋은데 내일 내가 리즈에서 일이 있어서."

잉글랜드 씨와 가까이 있으면서 나는 몇 가지를 알아차렸다. 잉글랜드 씨의 숨소리에 내 머리카락이 살짝 날렸다. 그의 가슴은 넓었고 강해 보였다. 손이 매우 컸고, 담배 냄새 속에 아주 강하고 깔끔한 향의 향수 향기가 느껴졌다. 나는 계속 지도를 바라보았다.

"여기서 길이 이렇게 구부러지는 것 보이시오? 이쯤일 거요."

잉글랜드 씨는 마을을 나타내는 작은 사각형을 가리켰다.

"네, 알겠습니다, 잉글랜드 씨."

나는 자리에서 일어났다.

"좋소."

놀랍게도 잉글랜드 씨가 나에게 윙크를 했다. 그리고는 담배를 입에 물고 아이들 쪽으로 몸을 돌렸다.

"'프로이센의 장군들' 게임 할 사람?"

# 9

잉글랜드 씨의 말이 맞았다. 대장간은 황무지를 가로 지른 도로가 구부러지는 곳에 있었다. 우리는 0.5킬로미터 정도를 남겨두고 언덕의 등성이에 쪼그리고 앉았다. 광활한 해저에 불뚝 튀어나온 바위처럼 생긴 언덕이었다. 물이 당장이라도 뚝뚝 떨어질 것 같이 파란 하늘 아래에서 대장간을 바라보았다. 땅은 척박했다. 눈을 돌려 바라보거나 바람을 피할 수 있는 흔한 나무 한 그루도 보이지 않았다. 우리는 모자가 바람에 날리지 않도록 꽉 잡아야 했다. 아이들은 프록코트를 휘날리며 신이 나서 먼저 달려갔다. 농가가 몇 채 여기저기에 흩어져 있었지만, 도저히 생명이 환영받을 수 없는 곳인 것처럼 황무지에는 사람의 기척이 거의 없었다. 이상하고 자연스럽지 않은 장소라는 생각이 들었고, 이걸 엘시에게 어떻게 설명해줄지 고민이 됐다.

대장간의 마당은 바퀴와 철책으로 가득 차 있었다. 아이들이 깨끗한 상태를 유지하기는 어렵겠다는 생각이 들었다. 쉘드레이크 씨

가 밖으로 나와 우리를 맞이했다. 하얀색 크리켓 선수 복장일 때와
는 다른 차림이었다. 기름이 묻은 머리에 옷 위로 가죽 앞치마를 두
르고 있는 모습이 알아보기 힘들 정도였다. 대장간 옆에는 오래된
오두막이 붙어 있었는데, 바람을 막기 위한 창문이 화살 구멍과 같
이 뚫려 있었다. 오두막은 고립되어 있고, 취약하게 노출되어 있었
다. 어느 방향으로 눈을 돌려보아도 다른 집은 보이지 않았다. 큰 길
이 대장간 바로 앞을 지나가는데도 말이다.

"안녕하세요."

쉘드레이크 씨가 인사하는 사이, 길을 잃은 듯한 양 한마리가 우
리에게 다가왔다.

"안녕하세요, 쉘드레이크 씨."

아이들이 합창하듯이 인사했다.

바로 그때 양치기 개가 마당에서 나와 우리를 향해 돌진했다.

"이 아이는 샘이라고 해요."

샘은 내 앞치마에 진흙 묻은 발자국 두 개를 남기고 나서야 쉘드
레이크 씨에게 목덜미를 잡혔다.

"죄송합니다. 부디 개를 별로 싫어하시지 않길요."

실제로 나는 개를 싫어하지 않기 때문에 괜찮다고 말했다. 샘은
왈왈 짖으며 놀자고 했고 아이들은 샘 주위를 둥글게 에워쌌다.

"안으로 들어가기 전에 여기서 잠깐만 기다리세요."

쉘드레이크 씨는 대장간 옆을 돌아 잠깐 사라졌다가 면 앞치마
를 몇 벌 들고 다시 나타났는데, 앞치마가 모두 어른용이어서 아이
들에게는 너무 컸다. 특히 밀리에게는 포댓자루나 다름 없었는데
쉘드레이크 씨가 그걸 보더니 껄껄 웃었다.

"내 이럴 줄 알았다니까. 자, 이리로 오세요. 손을 좀 봐 드리죠."

쉘드레이크 씨가 호탕하게 말했다.

우리는 쉘드레이크 씨를 따라 마당 안으로 들어갔다. 마당에는 온통 비계 막대와 녹슨 쟁기, 움푹 들어간 기계까지 다양한 모양과 크기의 고철로 가득했다. 우리는 문 앞에서 쉘드레이크 씨를 기다 렸다. 조금 뒤 쉘드레이크 씨는 바늘과 실을 이빨 사이에 물고 다시 나타났다. 그리고는 순식간에 밀리가 입고 있는 앞치마의 단을 엉 성하게나마 줄여주었다. 사울은 자기가 다음 차례이기를 바랐지만, 데카의 앞치마가 거의 땅에 질질 끌렸다. 쉘드레이크 씨는 작업을 다 마친 뒤 허리춤의 공구벨트에 바늘을 찔러넣었다.

"대장장이는 재봉사이기도 하답니다. 알고 있었나요?"

쉘드레이크 씨의 억양에는 요크셔 사투리야 다른 억양이 섞였는 데, 문장의 끝을 기분 좋게 올려서 이야기하는 습관이었다. 나는 앞 치마를 부드럽게 편 뒤 유모차를 밀고 안으로 들어갔다.

대장간은 어두웠다. 좁은 구멍처럼 보이는 기다란 틈이 창문처 럼 바깥쪽으로 나 있었다. 그와 별개로 입구에서 가장 멀리 떨어져 있는 벽에 있는 굴뚝에서 검붉은색 불꽃이 활활 타고 있었다. 빛이 라고는 기다란 틈에서 들어오는 바깥의 빛과 안에서 타고 있는 불 꽃이 전부였다. 고철들은 대부분 구석에 쌓여 있었다. 나머지 벽에 는 도저히 용도를 알기 어려운 장비들이 수십 개씩 있었다. 흙바닥 에는 의자 두 개와 식탁 하나가 밝은색 천에 쌓인 채 가정용 벽난로 앞에 놓여 있었다. 쉘드레이크 씨는 우리에게 앉으라고 이야기해주 었다. 대장간 안으로 햇빛이 전혀 들어오지 않아서 동굴이나 동화 에 나오는 집 같았다. 아이들은 여기저기를 돌아다니며 물건을 관 찰했고, 순식간에 손이 시커메졌다. 쉘드레이크 씨는 풀무로 바람 을 불어 넣어 석탄에 불을 붙이는 방법을 알려주었다. 사울이 먼저

해 보았고, 그다음은 데카 차례였다. 불꽃이 날아 데카의 앞치마에 앉았지만 데카는 호들갑을 떨지 않았고 불꽃이 스스로 꺼질 때까지 조용히 지켜봤다.

찰리는 가는 길에 잠이 들어서 우리가 지금 어디에 있는지도 전혀 몰랐다. 나는 유모차를 앞뒤로 흔들며 쉘드레이크 씨가 편자를 만드는 모습을 지켜보았다. 쉘드레이크 씨는 긴 철을 집어 용광로에 넣고는 철의 모루 양쪽 끝을 잡았다. 그리고 밀가루 반죽처럼 구부렸다. 편자가 불타는 빨간색에서 빛나는 호박색으로 바뀌었다가 마침내 회색이 될 동안, 아이들은 가만히 지켜보고 있었다. 샘은 아이들의 발밑에서 끙끙거렸다. 쉘드레이크 씨는 엄청나게 빠른 속도로 작업을 했고 귀가 먹먹할 정도로 세게 망치를 내리쳤다. 이제껏 아이들이 지금처럼 집중한 모습을 본 적이 없었다. 심지어 밀리까지도 집중해서 입을 모으고 있었다. 쉘드레이크 씨는 편자를 다시 불에 넣었다가 끌로 정리를 하고 정확하게 망치질을 했다. 열기는 아무것도 아니라는 듯이 말이다. 쉘드레이크 씨의 손은 가죽 같았고 팔뚝은 말의 근육질 허벅지 같았다.

"메이, 어서 와서 보세요!"

사울이 외쳤다.

나는 아이들과 같이 서서 편자를 마지막으로 굽는 모습을 지켜보았다. 쉘드레이크 씨는 데카에게 편자를 빗물을 받는 통에 넣으라고 했고, 편자는 기분 좋은 쉬익 소리를 내었다.

"만져도 괜찮은가요?"

쉘드레이크 씨가 편자를 모루로 다시 가지고 왔을 때 내가 물어보았다.

쉘드레이크 씨는 그렇다고 이야기했고, 우리 다섯 명은 모두 편자를 두들겨 보았다. 마치 갓 나온 빵처럼 따뜻했다.

"가지고 가렴."

쉘드레이크 씨는 작은 편자를 밀리에게 주었고, 밀리는 편자를 가슴에 꼭 안았다.

"다른 걸 또 만들어봐도 돼요?"

사울이 물었다.

"물론이지."

"그런데 여기는 왜 이렇게 어두워요? 창문이 더 있으면 좋지 않을까요?"

"편자가 어떻게 빛나는지를 봐야 하거든. 햇빛이 있어 봐야 별 도움이 안 된단다."

"나도 어두운 게 좋아요. 환하면 신경 쓸 게 너무 많다니까요."

사울이 잘난 척하며 이야기했다.

쉘드레이크 씨가 철로 된 막대기 하나를 부지깽이로 집어 들었다.

"금속도 자기 마음이 있단다. 그래서 대장장이 마음대로 무엇을 만들려고 하면 안 되고 살살 달래서 원하는 걸 만들어야 해. 너희들이 만들고 싶은 것을 만들도록 할 수는 있지만 그렇게 할 수 있는 시간은 매우 짧단다. 그래서 나는 손님을 맞이하거나 코를 긁을 시간이 없어. 안 그러면 다 망쳐버리니까. 타이밍과 정확성의 문제야. 이 철 막대기는 나사가 될 수 있어. 부지깽이가 될 수도 있고 나이프가 될 수도 있지. 숟가락이 될 수도 있을 거야. 무엇이든 될 수 있지. 하지만 이 막대기가 하인일지언정 노예는 아니기 때문에 쇠의 의지에 반하는 일을 해서는 안 돼."

쉘드레이크 씨가 부지깽이를 들고 말했다.

찰리가 방 저쪽에서 울기 시작했고 나는 딸랑이를 주러 갔다. 찰리는 앉은 채로 나를 바라보면서 유모차에서 내려달라는 듯 손을 뻗었다.

"안돼. 여기 있어야 해."

찰리는 내 말에 화가 났는지 얼굴이 빨개져서는 바닥이 떠나갈 듯 고래고래 소리를 질렀다.

나는 데카를 불렀고, 어둠 속에서 데카가 다가왔다.

"데카, 찰리를 유모차에서 꺼내서 밖에 좀 데리고 나가줄래? 내가 해도 되는데, 너희 모두를 두고 나갈 수가 없어서."

"네."

데카의 얼굴에 실망한 기색이 역력했다.

햇살에 눈이 부셨다. 나는 데카 뒤로 문을 닫고 다시 다른 아이들에게로 갔다.

"사울이 기사의 투구를 만들어 달라고 하네요. 하지만 투구는 반나절 동안 만들기는 힘들 것 같은데."

쉘드레이크 씨가 정색을 하며 말했다.

"그러면 칼이요!"

"나는 무기를 만들지 않아."

용광로의 불이 뿜어내는 열기가 조금 지나치다 싶었는데, 쉘드레이크 씨도 그 정도의 에너지를 뿜어내고 있었다. 나는 얼굴에 시원한 수건을 대었으면 좋겠다는 생각을 했다.

"내가 고칠 걸 가져와 보는 건 어때? 아, 잠깐만."

쉘드레이크 씨가 주변을 돌아보더니 말했다.

쉘드레이크 씨는 방을 가로질러 문을 열고 나갔다. 밖에서 들어오는 빛에 다시 한번 눈이 부셨고, 눈을 깜빡이자 쉘드레이크 씨의 등 뒤로 직사각형의 밝은 자국이 남았다.

"우리는 곧 돌아가야 해."

아이들에게 말했다.

"싫어요. 여기 있을 거예요!"

사울이 말했다.

"예의 바르게 말해야지."

"여기 있게 해주시면 안 돼요?"

"쉘드레이크 씨가 우리에게 하나 더 보여주고 나면 우리는 차를 마시러 집에 돌아갈 거야. 벌써 3시란다."

"그럼 내일 또 오면 안 돼요?"

"쉘드레이크 씨도 일을 하셔야지."

"제가 도와드릴 수 있어요."

"글쎄, 쉘드레이크 씨는 조수는 필요 없을 것 같은데."

나는 웃으며 말했다.

마침내 쉘드레이크 씨가 부서진 갈퀴를 들고 돌아왔다.

"이게 무엇인지 아는 사람?"

쉘드레이크 씨가 물었다.

"거인이 쓰는 포크요."

밀리가 대답했다.

"아주 좋은 대답이야. 하지만 사실은 좀 더러운 거란다. 퇴비용 갈퀴지."

아이들은 메스꺼워하며 소리를 질렀다.

"호주에서 가지고 온건데 계속 고치려고 생각만 하고 있었어."

"호주에서 살다가 오셨어요?"

나는 아무 생각 없이 물었다.

"거의 10년 가까이 살았지요."

"이걸로 오물을 펐다는 거죠?"

사울이 물었다.

"양, 소, 말, 코끼리 등등."

아이들이 웃음을 터뜨렸다.

"아이들에게 소개하기에 적절한지 잘 모르겠어요."

내가 말했다.

"죄송합니다."

쉘드레이크 씨가 미안하다는 듯이 표정을 지었고 아이들은 다시 깔깔거리며 웃었다.

"아이들이 부모님께 이야기하기 좀 더 적절한 게 있을까요?"

"있을 거요. 한 번 찾아봅시다."

쉘드레이크 씨는 굴뚝 옆 더미를 손으로 더듬어 찾더니 요리용 철판을 찾아냈다.

"이건 재미없어. 나는 퇴비용 갈퀴를 고치고 싶어요."

"이 요리용 철판을 고치는 걸 도와주면 이 철판을 집으로 가져가서 너희 집 요리사에게 전해주마. 호주에서는 여기에 무얼 구워 먹는지 아니? 마시멜로야."

아이들이 일순간 얼어붙었다.

"말을 잘 들으면 보조 유모께서 너희에게 마시멜로를 사 주실 거야. 그러면 놀이방 벽난로에서 캠핑온 것처럼 마시멜로를 구워 먹어도 되겠지?"

"유모입니다."

쉘드레이크 씨가 말을 마치자마자 내가 말했다.

"네?"

"저는 보조 유모가 아니라 정식 유모라고요."

저번에 콘래드 그레이트렉스가 했던 실수에 대해 화가 아직 안 풀려서인지 나는 생각보다 더 날카롭게 이야기하고 말았다. 쉘드레이크 씨는 의아해했다.

"죄송합니다."

그는 조금 지나치다 싶게 오랫동안 내 얼굴을 바라보았다.

앞치마를 임시로 만들어 입었음에도 불구하고 아이들의 옷은 흙과 먼지로 더러워졌다. 집에 도착한 후에는 아이들을 씻기고 옷을 갈아입힐 시간이 고작 15분 밖에 없었다. 나는 아이들이 직접 물을 가지고 와 순순히 옷을 벗어주기를 바랐다. 하지만 아이들은 고친 요리용 철판을 빈 벽난로에 넣으며 장난을 쳤다. 특히 밀리는 편자를 가지고 서랍장 위에서 전속력으로 달리는 놀이를 했다. 나는 밀리에게 프록코트를 머리 위로 벗으라고 이야기하고 사울의 부츠를 벗겼다. 데카는 침대 옆에 인형처럼 서 있었다. 나는 데카에게 스폰지를 건네달라고 부탁했다. 아이들의 손과 얼굴을 씻기자 물이 시커메졌고, 나는 응접실에서 들리는 찻잔 부딪히는 소리에 화가 절로 났다.

"데카, 네 옷도 이리 주렴."

나는 손을 뻗었다.

"저도 옷을 갈아입으면 차가 다 식을 텐데요."

데카가 말했다.

"그렇게 더러운 옷차림으로 차를 마실 수 없어. 1분이면 충분한데 뭘."

"저는 이렇게 입고 있어도 괜찮아요."

"아니야. 먼지를 잔뜩 뒤집어쓰고 있잖니. 자, 이리로 오렴. 내가 도와줄게."

나는 무릎을 꿇고 데카의 긴 피나포어 앞치마의 매듭을 푼 뒤 문 앞의 옷더미에 던졌다. 원피스의 단추를 풀어주니 데카는 스스로 옷을 벗은 뒤 다른 옷들 위에 원피스를 개어서 올려놨다. 그리고 내가 내놓은 깨끗한 원피스로 갈아입었다.

"빨래 바구니에 넣을까요?"

데카가 물었다.

"그래 주면 고맙지."

"아래 내려가서 에밀리에게 직접 전해줄까요?"

"그러면 더 고맙지. 고마워."

나는 어느새 데카의 도움에 익숙해졌다. 가끔은 데카의 도움이 당연하게 느껴질 정도다. 나는 데카의 드레스 단추를 채워주었고, 데카는 빨래 바구니를 흔들며 서둘러 밖으로 나갔다.

놀이방에서 나는 사울과 밀리를 앉히고 찰리는 하이 체어에 앉힌 뒤 차를 주었다. 찰리의 턱받이를 깜빡한 걸 깨닫고 나는 아이들 침실로 갔다. 데카가 이미 돌아와서 베개 밑에 무언가를 넣고 있었다.

"엄청나게 빠르구나! 뭐하고 있었니?"

나는 옷장에서 턱받이를 꺼내며 데카에게 물었다.

데카는 무언가 걱정스러워 보이기도 하고 죄책감을 느끼는 것 같기도 했다. 데카는 마치 물에 덴 듯 손을 확 뺐다.

"별일 없는 거지?"

내가 물었다.

"네."

데카의 귀가 빨개졌다.

"침대 밑에 넣은 건 무엇이니?"

"아무것도 아니에요."

침묵이 흐르고 나는 손을 뺐다.

"왜 이렇게 수상하지? 나에게 주렴."

이상한 기류가 우리 사이에 흘렀고 나는 지금 벌어진 상황이 심각하다는 것을 깨달았다.

"나에게 줘."

나는 다시 말했다.

데카는 째려보거나 쏘아붙이는 아이는 아니었지만, 그 반대도 아니었다. 데카가 내 말을 듣지 않은 건 이번이 처음이다. 우리는 동시에 침대로 갔고 데카가 먼저 그것을 꺼내서는 번개와 같은 속도로 집었다. 바스락거리는 종이 소리와 함께 데카는 그것을 등 뒤로 숨기고는 침대에 등을 대고 앉았다.

"도대체 무엇을 가지고 이러는 거니?"

"아무것도 아니에요."

데카는 놀란 것 같기도 하고 내가 원망스러운 것 같기도 했다. 나는 데카 앞에 무릎을 꿇고 앉았다.

"네 거니?"

데카는 입술을 깨물며 고개를 저었다.

"그럼 도대체 누구 거야? 내 거니?"

데카는 다시 고개를 저었다.

"데카, 나에게 말해줘야 해."

"말할 수 없어요."

나는 데카의 등 뒤로 손을 뻗어 데카가 가지고 있던 봉투를 집었다. 데카는 내가 가져가도록 가만히 두었고 봉투에는 아무것도 쓰여있지 않았다.

"누가 이걸 너에게 준 거니?"

"쉘드레이크 씨요."

데카가 침을 꿀꺽 삼켰다.

"쉘드레이크 씨?"

저절로 인상이 찌푸려졌다.

데카는 아무 말도 하지 않았지만 데카의 갈색 눈은 동그래졌다.

"쉘드레이크 씨가 이걸 왜 너에게 준 거지? 이게 뭔데? 뭐라고 말했니?"

나는 마치 봉투를 당장 열 것 같은 자세를 취했고 데카의 손이 나를 제지했다.

"안 돼요. 보면 안 된다고 했어요."

"왜?"

"제 것이 아니에요."

데카는 작은 목소리로 말했다.

"그럼 누구 건데?"

"엄마요."

방은 일순간에 조용해졌다. 옆 놀이방에서 아이들이 떠드는 소리와 그릇의 달그락거리는 소리가 들렸고 주머니에서 내 시계가 똑딱거렸다. 나는 입술을 축이고 침을 꿀꺽 삼켰다.

"쉘드레이크씨가 정확히 뭐라고 말했니? 데카, 뭐라고 한 거야?"

"이걸 엄마에게 전해달라고 했어요."

"언제? 언제 그랬는데?"

"제가 밖에 있을 때요."

"왜 나한테 주지 않았을까?"

나는 데카에게 되물었다.

데카는 아무 말도 하지 않았고, 내 손에서 종이가 바스락거렸다.

"일단 너희 아버지께 말씀드려야겠다."

나는 데카에게 말했다.

하지만 그러지 않을 생각이었다. 편지는 사적인 거니까. 나는 이 사실을 누구보다 잘 알고 있다.

"그러면 안 돼요. 제발요. 쉘드레이크 씨가 아무도 모르게 해달라고 부탁했어요."

데카가 애원했다.

내 마음 속에서는 여러 개의 가능성이 떠올랐지만 결국 하나로 귀결되었다. 잉글랜드 부인이 대장장이 쉘드레이크 씨로부터의 편지를 전혀 예상하지 못했거나, 아니면 오히려 기다리고 있었거나. 둘 중 하나다. 어느 경우든 둘은 편지를 주고받는 사이다. 이것은……. 이것은 무엇을 의미할까?

나는 편지를 내 주머니에 집어넣고 데카의 손을 잡았다.

"나한테 맡겨 둬. 너희 어머니와 이야기해 볼게. 그리고 다른 누구에게도 말하지 않을게."

나는 데카를 안심시켰다.

잉글랜드 부인은 그날 저녁 컨디션이 회복되었는지 응접실에 나와 있었다. 피곤한 얼굴로 장밋빛 소파에 힘없이 기대어 있다가 아이들이 들어오는 것을 보고 이내 밝아지더니 하품을 참으며 몸을 일으켰다. 나는 언제 이야기하는 게 가장 좋을지 고심했다. 잉글랜드 씨가 엿들을지도 모를 집에서 이 편지를 전해주는 것이 좋은 일인지 계속 생각했다. 그런데 나는 누구를 보호하고 싶은 거지? 내 주머니 속에서 봉투가 불에 타는 것처럼 느껴졌고 나는 무언가를 공모한다는 느낌에 죄책감이 들었다. 아이들 중 한 명이 내 앞치마 주머니에서 편지를 찾아 꺼낼지도 모른다는 생각이 들었고, 표정 관리를 하기가 어려웠다.

"자, 여러분."

잉글랜드 씨는 시가를 꺼내 들었다. 담뱃재가 일부는 카펫에 떨어졌고 일부는 잉글랜드 부인의 치마로 옮겨갔다. 잉글랜드 씨는 성냥을 입으로 가져가 불을 붙였다. 온종일 이 시간만 기다렸다는 듯 만족스러운 표정으로 시가를 한 모금 깊이 빨아들였다.

"오늘 외출에 대해서 이야기해주련?"

연기 사이로 잉글랜드 씨가 말했다.

잉글랜드 부인은 아이들을 한 명 한 명 바라보았고, 밀리가 등 뒤에서 작은 편자를 꺼냈다. 사울은 요리용 철판을 마치 칼처럼 자랑스럽게 꺼내 들었다.

"그게 다 무엇이니?"

잉글랜드 부인이 물었다.

밀리가 의기양양하게 편자를 들어보였다. 데카는 문가에 있는 내 옆에 가만히 서 있었다.

"편자잖아! 어디서 났니?"

"쉘드레이크 씨가 만들어 줬어요."

잠시 정적이 흐르고 잉글랜드 부인의 얼굴에서 미소가 사라졌다. 잉글랜드 부인은 밀리를 보며 다시 물었다.

"누구라고, 얘야?"

"쉘드레이크 씨요. 대장장이에요."

나는 부인을 자세히 보았다. 마치 무언가를 삼키려는 듯한 목의 움직임이 있었지만, 부인은 이내 마음을 바꾼 것 같았다.

"그게 누구지?"

"아이들이 어제 만났다고 하오. 그렇지 얘들아? 그분이 아이들을 자기 대장간에 불러서 여러 가지를 만드는 것을 보여주겠다고 했소."

잉글랜드 씨가 피아노에 기대어 설명했다. 그의 뒤에 있는 액자 속에서 챔피언 그레이트렉스가 온화하게 방을 내려다보고 있었다. 잉글랜드 씨는 입을 가려 기침을 하고는 시가를 하나 더 꺼냈다.

"정말 친절하지 않소. 자, 어땠니?"

"아주 재미있었어요. 아저씨가 저에게 이걸 고쳐보라고 했어요."

사울이 말했다.

"그게 뭔데?"

"칼이요!"

"요리용 철판이잖아. 사울 오빠가 칼을 만들어 달랬는데, 쉘드레이크 씨는 무기를 만들지 않는댔어요."

밀리가 말했다.

"하! 평화주의자로군."

잉글랜드 씨는 집에서 자주 보이는 커다란 크리스털 재떨이에 재를 털었다.

"그래서 무엇을 배웠니?"

"이 금속은 노예라기보다는 하인에 가깝다는 걸 배웠어요."

사울이 말했다.

"어떻게 그렇지?"

"철을 길들일 수는 있지만 철에게 강요는 할 수 없으니까요."

"메이는 어떻게 생각하시오?"

잉글랜드 씨의 턱수염이 움찔했다.

"저도 아주 흥미롭다고 생각했습니다, 잉글랜드 씨."

나는 침을 꿀꺽 삼켰다.

잉글랜드 씨는 고개를 끄덕였다.

"데카, 그런데 너는 조용하구나. 오늘 나들이에 대해서 나에게 해줄 말 없니?"

잉글랜드 씨가 참을성 있게 웃었다. 데카는 죄가 없는 피나포어 앞치마만 비틀었고 잉글랜드 부인은 가만히 그 모습을 보고 있었다.

"재밌었어요."

데카가 가까스로 입을 열었다.

"좋아! 집에 선물을 가지고 왔니?"

"저에게는 아무것도 주시지 않았어요, 아빠."

데카는 잉글랜드 부인을 바라보았고, 잉글랜드 부인의 얼굴에는 말로 설명할 수 없는 표정이 스치고 지나갔다. 잉글랜드 부인은 소파에 푹 파묻혀 마치 다시 두통이 시작되기라도 한 듯 눈을 감았다.

"이건 매니언 부인에게 드릴게요."

사울이 기분이 별로 좋지 않은 듯 말했다.

"사내라면 자연에서 캠핑을 하기 위한 요리용 철판이 필요하다고 생각하는데. 매니언 부인은 이미 좋은 게 있단다."

잉글랜드 씨가 말했다.

그제야 사울의 표정이 밝아졌다. 그리고 곧 철판을 품에 넣었다. 바로 그때 찰리가 빛의 속도로 카펫을 가로질러 기어가 담배꽁초를 집었다. 나는 얼른 찰리를 따라가서 꼭 쥔 주먹에서 담배꽁초를 빼앗았다. 잉글랜드 씨는 담뱃재가 수북이 쌓인 재떨이를 멀리 치웠다. 나는 감사를 표시한 뒤 잉글랜드 씨에게로 가까이 갔다. 그때 우리 사이의 거리가 느껴졌다. 내 주머니 안에 있는 편지는 잉글랜드 씨의 다리에서 불과 몇 센티미터 밖에 떨어져 있지 않았다. 나의 이중성에 얼굴이 빨개졌지만 미소를 잃지 않았다. 침착하게 편지를 주머니 속으로 깊숙이 넣었다.

그날 저녁, 잉글랜드 씨가 밖에서 담배를 피우고 있을 때 나는 잉글랜드 부인의 방문을 두드렸다. 응접실에서 잉글랜드 부인은 저녁 식사를 침대에서 하겠다고 말했다. 두통이 다시 시작되었다는 것이다. 나는 하인들이 찻잔 등을 치우는 소리와 서재 문이 열렸다 닫히는 소리에 귀를 기울이며 복도를 가로질렀다. 잉글랜드 부인은 어두운 금발의 허리까지 닿는 긴 머리를 늘어뜨린 채 가운 차림으로 문을 열었다.

"잉글랜드 부인, 잠시 실례해도 될까요?"

순간 부인의 이마가 살짝 일그러진 것 같았는데 금세 다시 원래대로 돌아왔다. 부인은 문을 활짝 열었고, 나는 부인을 따라 안으로 들어갔다. 부인은 마치 어린아이처럼 침대 한쪽 끝에 앉았다.

부드럽게 문을 닫은 뒤 나는 구깃구깃한 봉투를 전했다. 종이에 따뜻한 온기가 남아있었다.

"데카가 이걸 가지고 있더라고요, 부인."

부인은 봉투를 받아서 이리저리 돌리며 살펴보았다.

"이게 무엇이죠?"

"쉘드레이크 씨가 주신 것입니다."

"누구요?"

"대장장이 말입니다, 부인."

잉글랜드 부인의 까만 눈동자가 마치 석탄처럼 이글이글 타기 시작했다.

"쉘드레이크 씨께서 데카에게 저 몰래 이 편지를 주고는 부인께 전해드리라고 했대요. 아무한테도 알리지 말아 달라고 당부했다고 합니다. 데카가 저에게 보여주는 것도 많이 꺼려했어요."

"글쎄요. 그 사람이 원하는 게 무엇인지 모르겠네요. 혹시 읽어 봤어요?"

잉글랜드 부인이 물었다.

"아니요, 물론 아닙니다."

"음, 아마도 대장장이 서비스를 홍보하는 게 아닐까 싶어요. 하지만 우리는 이미 완벽한 대장장이가 있는걸요."

잉글랜드 부인은 한결 가벼워진 목소리로 편지를 아무렇게나 던져 놓았다.

"부인, 제가 주제넘게 끼어드는 건 아닌지 모르겠지만, 만약 쉘드레이크 씨의 편지를 받고 싶지 않으시다면 제가 쉘드레이크 씨께 말씀드리겠습니다. 적절한 행동이 아닌 것 같아서요."

잉글랜드 부인의 표정이 매우 조심스러워 나는 주저하면서 이야기를 꺼냈다.

"토미 쉘드레이크를 어떻게 알지요?"

"잘 모릅니다, 부인. 아이들과 함께 두어 번 봤을 뿐이에요. 그분이 저희를 대장간에 초대해서 일하는 걸 보여주겠다고 하셨고, 잉글랜드 씨께서 그렇게 해도 좋다고 하셨습니다."

"아이들이 그곳에 다시 가는 일이 없도록 해주세요. 그 사람 근처에는 아무 데도 안 돼요. 알겠요? 메이도 마찬가지예요."

"네, 부인."

잉글랜드 부인은 봉투를 내려다보고는 입술을 축였다.

"이번 일에 대해서 아무에게도 말하지 말았으면 좋겠요. 뭐 어찌 됐건 별일은 아니지만요."

잉글랜드 부인의 목이 빨개졌다.

"네, 부인."

나는 말했다.

문을 닫고 나오면서 문득 깨달았다. 우리가 이야기를 나누는 중에 한 명이 쉘드레이크 씨를 '토미'라고 불렀는데, 나는 아니었다.

나는 찰리를 침대에 눕히고 다른 아이들을 씻겼다. 너무 피곤해서 물통을 들 기운도 없을 지경이었다. 데카는 오후의 그 일 이후 말이 거의 없었고 욕조 한쪽에 쭈그리고 앉아서 손톱으로 비누 껍질을 벗기고 있었다. 사실 데카는 목욕할 때마다 쑥스러워했다. 무릎을 한껏 끌어당기고 발목을 꼭 붙잡고 앉아서 몸을 가능한 한 가리려고 하는 것이다. 나는 그 나이 때의 내가 얼마나 예민했는지를 생각하며 다음부터 데카는 따로 목욕을 시켜야겠다고 다짐했다.

"그런데 이게 무슨 냄새예요?"

사울이 물었다.

정말 무언가 타는 냄새가 살짝 코를 스쳤다.

"램프의 심지를 갈아줘야겠구나."

나는 잠들기 직전, 목욕 시간에 들리는 조용한 물소리에 스스로를 진정시켰다. 조용히 밀리의 머리를 감기고 나서 세면대에 있는 빗을 가지고 오려고 일어났다. 세면대에는 잉글랜드 씨의 면도 그릇이 아직 정리가 되지 않은 채 놓여 있었다. 포세린 그릇 속 물은 회색으로 더러운 거품이 떠 있었고, 면도날은 뭉툭했다. 나는 빗을 가지고 다시 욕실로 돌아왔다.

"아얏, 엉켰어요. 메이!"

밀리가 소리쳤다.

"미안해."

한편 저쪽 방에서는 남자와 여자의 고성이 오가고 있었다. 욕실 바로 옆이 잉글랜드 씨의 옷방이고 다른 쪽이 잉글랜드 부인의 방이었다. 둘의 대화에서 분이 느껴졌다. 동시에 기름이나 석탄이 타는 냄새와는 다른 나무 냄새, 아니면 연기 냄새 같은 걸 맡을 수 있었다.

나는 일어나서 문밖을 살펴보았다. 복도에는 안개가 자욱했다. 내가 기침을 하자 연기가 조금 물러난 느낌이었다. 잉글랜드 부인의 침실 문은 열려 있었고, 블레이즈가 계단 위에서 들통을 들고 내려오고 있었다.

"왜 하인들에게 말하지 않은 것이오? 불을 이렇게 붙이면 어떡하오. 도대체 이 나무는 어디서 났소?"

잉글랜드 씨의 목소리가 들렸다.

"무슨 일 있나요, 잉글랜드 씨?"

내가 물었다.

"부인이 불이 필요했는지 혼자 불을 피우려고 했소. 신경 쓰지 마시오. 이제 다 정리되었소. 그런데 저건 뭐지?"

잉글랜드 씨는 문틀에 기대어 이야기했다. 뜨거운 나무에 물이 닿아 지글거리는 소리가 들렸고, 잉글랜드 씨는 다시 사라졌다.

나는 복도에 서서 귀를 기울였다. 이 소리가 대장간에서 빗물을 받는 물통에서 철을 식힐 때 나는 쉭 소리와 비슷하다는 생각을 했다.

"고맙소, 블레이즈."

잉글랜드 씨의 목소리가 다시 들렸다.

잉글랜드 씨는 다소 차갑게 말을 하고는 블레이즈 등 뒤로 문을 닫았다. 블레이즈는 나에게 눈을 한번 굴려보고 싶었다는 듯 아주 비밀스러운 눈길로 쳐다보고는 이내 빈 들통을 들고 아래층으로 내려갔다. 나는 조금 더 기다려 보았지만 아무 소리도 들리지 않았다.

아이들이 욕조 안에서 마치 꽃처럼 얼굴을 내밀고 있었다.

"무슨 일이었어요?"

데카가 말했다.

"어머니께서 불을 피우고 싶으셨나봐."

"나 불 피울 줄 알아요. 아빠가 가르쳐줬어요."

사울이 말했다.

"추워요."

나는 아이들을 욕조에서 하나씩 꺼내서 몸을 닦아준 후 잠옷을 입도록 했다. 아이들에게 침실로 가도록 일러둔 다음 아래층으로 내려갔다. 블레이즈가 커다란 식탁에서 버터를 잔뜩 바른 페이스트리 빵을 먹고 있었다. 매니언 부인은 벽난로를 검게 닦느라 손과 손목이 온통 숯으로 시커멨다.

"아이들 목욕이 끝났어요."

나는 블레이즈에게 말했다.

블레이즈가 빵을 먹는 동안 빵가루가 식탁 사방에 떨어졌다.

"조금 있다가 정리할게요."

"잉글랜드 씨의 면도 그릇도 치워야 하겠더라고요."

나는 블레이즈가 나를 보기를 기다리며 말을 이었다.

"내가 놀이방에 가서 '이거 해라, 저거 해라' 하면 좋겠어요?"

"블레이즈! 내 식탁에 빵가루 좀 그만 흘리고 가서 욕실이나 치워. 부인 방의 문을 꼭 닫아서 냄새가 다른 방으로 번지지 않게 하라고!"

매니언 부인이 짜증스럽다는 듯 소리쳤다.

블레이즈는 떨어뜨린 빵가루를 주워서 쓰레기통에 버렸다. 그리고 느릿느릿 식탁 주위를 돌아 가스레인지에서 주전자를 내렸다.

"일단 차 좀 한 잔 마시고요. 그 어떤 것으로도 방해받기를 원치 않을 테니까요."

"무슨 뜻이에요?"

내가 물었다.

블레이즈는 기가 찼다는 듯 천정을 바라보았다.

"언성을 높이며 싸웠잖아요. 그다음에 무슨 일이 있을지는 뻔한 거 아니에요? 발정 난 개들처럼 그 짓에 열중하고 있겠죠."

블레이즈는 비웃으며 나를 쏘아보았다.

## 10

나는 엘시에게 엽서를 썼다. 찰리는 유모차에 태우고 데카, 밀리와 함께 걸었다. 숲속에서 나온 다람쥐를 숫자로 세면서 우체통에 엽서를 넣으러 갔다. 땅은 온통 낙엽과 도토리로 뒤덮여 있었고 공기는 확연하게 차졌다. 겨울에는 밖에서 노는 낮시간이 짧아지기 때문에 살짝 두려워졌다.

집으로 돌아와, 따뜻하고 익숙한 현관으로 아이들을 들여보냈다. 마침 잉글랜드 씨가 서재의 문 앞에 나와 있었다.

"안녕하시오."

"안녕하세요, 잉글랜드 씨."

사울과 부스 선생님은 식당에 있었다. 문을 통해서 웅웅거리는 낮은 목소리가 들렸다. 편지 사건으로부터 벌써 1주일이 지났다. 날씨가 갑자기 바뀌면서 그 일은 마치 반쯤 잊힌 꿈처럼 느껴졌다.

"또 숲을 걸어갔다 오셨군."

잉글랜드 씨가 말했다.

"우체통까지 걸어서 다녀왔습니다, 잉글랜드 씨."

"우체통이라면 여기에 있소."

잉글랜드 씨는 금박을 입힌 현관의 우체통을 가리켰다.

"저도 쓸 수 있는지 몰랐습니다."

"물론 쓸 수 있지요. 굳이 걸어갈 필요 없소."

"감사합니다."

"메이, 11시에 데카를 응접실로 데려다줄 수 있겠소?"

"네, 잉글랜드 씨."

잠시 침묵이 흐른 후 나는 대답했다.

"고맙소."

데카는 조용히 내 옆에 서 있었다. 잉글랜드 씨가 서재 문을 닫자 비로소 데카는 얼굴을 나에게 돌렸다.

"얘들아, 우리 오늘은 신발을 여기서 벗자. 2층 카펫 청소를 다 하고 나왔거든."

내가 말했다.

나는 아이들을 데리고 집의 뒤쪽에 있는 작은 신발장으로 향했다. 냉기가 도는 그곳에는 주로 잉글랜드 씨의 사냥복을 보관했다. 벽에는 코트가 걸려 있었는데, 한 번도 제대로 말린 적이 없는지 축축한 이끼 냄새가 났다.

"아빠가 왜 나를 보자고 하실까요?"

데카가 부츠를 벗는 걸 돕는 나에게 물었다.

"글쎄, 나도 잘 모르겠네."

나는 애써 밝게 말했다.

"왜 밀리도 같이 부르지 않으셨을까요?"

"이따 가보면 알게 될 거야. 걱정할 건 하나도 없어."

데카는 식물에 대한 백과사전을 거의 다 만들었는데, 종이에 구멍을 뚫어 빨간색 머리끈으로 묶어놓았다. 사실 얼마 전에 찰리가 책상에서 풀 한 통을 다 쏟아서 백과사전을 거의 망칠 뻔한 일이 있었다. 대부분은 털어내고 나머지 풀이 묻은 면은 잘라냈다.

10시 45분, 나는 낮잠시간이 되어 나는 찰리를 재우기 위해 눕혔다. 밀리는 책상에서 감자로 만든 도장을 가지고 놀게 했다. 잉글랜드 씨가 사울의 방수포를 살 돈을 주었고, 시장에서 아주 커다란 방수포를 구매했다. 방수포를 두 개로 잘라서 반쪽은 사울의 침대에, 다른 한쪽은 나무를 보호하기 위해 식탁보 아래 깔아두었다. 사울은 두 번이나 같은 실수를 반복했지만 이제 침대보를 가는 일은 5분도 채 걸리지 않았고 사울도 좀 덜 당황스러워할 수 있게 되었다.

데카와 나는 아래층으로 같이 내려갔다. 데카는 자신이 만든 도감을 가슴에 꼭 안고 다른 한 팔은 계단 난간 아래로 부드럽게 흔들며 따라왔다. 데카는 잉글랜드 부인이 열 번째 생일 선물로 준 산호 목걸이를 하고 있었는데, 진주가 박힌 아주 예쁜 목걸이였다.

"다 완성한 다음에 보여드리면 안 돼요?"

데카는 놀이방에서 리본의 주름을 누르며 물어보았다.

"아직 완성된 게 아니라고 알려드리면 되지. 읽어보고 데카가 얼마나 열심히 했는지 보시면 좋아하실 게 분명해. 도서관에서처럼 표를 만들어서 서명해달라고 부탁드려보자."

우울하던 데카의 얼굴이 살짝 밝아졌고 나는 응접실 문을 한 번 두드린 후 문을 열었다.

잉글랜드 씨는 챔피언의 초상화 앞에 서서 시계를 보고 있다가 우리가 도착하자 맵시 있게 시계를 밀어 넣었다. 잉글랜드 부인은 응접실의 반대쪽, 커다란 전망창 아래 앉아있었다. 부인은 통이 넓은 실크 치마 아래에 손을 넣고 시선을 바닥을 향해 두었다. 우리를 쳐다도 보지 않았다.

"앉으렴."

잉글랜드 씨가 문 옆의 작은 의자를 가리키며 말했다.

데카는 페티코트를 만지작거리며 잉글랜드 씨의 말대로 의자에 가서 앉았다.

"메이, 유모도 앉으시지요."

나는 조금 뻣뻣하게 잉글랜드 씨의 말에 응했다.

"데카야, 학교에 가게 될 거다."

잉글랜드 씨는 마치 말싸움에서 진 사람처럼 양보의 한숨을 작게 내쉬며 말했다.

"준비는 다 끝났단다. 이번 주말에 브로들리와 메이가 너를 리펀에 있는 세인트 힐다 학교에 데려다줄 거야. 할머니의 지인이 계셔서 이렇게 바로 갈 수 있게 되었구나. 학기는 몇 주 전에 시작했지만, 곧 따라잡을 수 있을 거라 믿는다."

잉글랜드 씨는 안심시키려는 듯 미소를 지었지만, 정확히 누구를 안심시키려는지 알 수 없었다.

백과사전의 표지에 데카는 이렇게 써 놓았다. 『요크셔 서쪽 지방의 식물 도감』, 레베카 잉글랜드 지음. 글씨 밑에 데카는 수선화를 그리고 노란색과 초록색으로 세심하게 색칠했다. 나는 수선화를 뚫어져라 바라보면서 잉글랜드 씨의 말에 집중해보려고 애를 썼고 순간 두 가지가 분명해졌다. 데카는 학교에 가서 아주 불행할 것이라는 점, 그리고 무언가 내가 완벽하게 이해하지 못하는 어떤 일의 결과로 데카가 멀리 보내지게 되었다는 점. 잉글랜드 부인을 힐끗 보았는데, 부인은 마치 가면을 쓰고 있는 듯한 얼굴로 앉아있었다.

어색한 침묵이 흘렀다. 그리고서 작은 목소리가 들렸다. 데카였다.

"저는 언제 집에 올 수 있나요?"

"크리스마스 때 올 수 있을 거다."

"그다음에는요?"

잉글랜드 씨가 머리를 한쪽으로 기울였다.

"세상에, 데카. 아직 학교에 가지도 않았는데 벌써 집에 올 생각을 하니. 나는 네가 학교에 가게 되어 좋아할 줄 알았다. 네가 사귈 친구들을, 네가 배울 새로운 것들을 생각해 보렴. 아주 많은 것을 이룬 숙녀가 되어 돌아올 거야."

"집에 그냥 있으면 안 돼요? 학교에 가고 싶지 않아요."

데카가 감정이 충만해진 목소리로 말했다.

"아이들은 누구나 학교에 가야 해! 메이도 그렇게 생각한단다. 그렇지 않소? 유모가 나에게 제일 처음 물어본 질문이 너희들 교육이었다. 그때 내가 얼마나 부끄러웠다고."

데카는 할 말을 잃고 배신감에 휩싸여 나를 바라보았다. 데카의 얼굴을 볼 수가 없었다.

"너희 엄마와 내가 너희들의 교육에 대해 너무 손을 놓고 있었어. 우리 때만 해도 여자아이들은 학교에 보내지 않았는데, 지금은 세상이 많이 바뀌었지. 사실 이건 너희 엄마의 의견이다. 나는 아주 훌륭하다고 생각했어."

잉글랜드 씨는 주머니에서 성냥갑을 꺼냈고 그다음에는 당연하게도 시가를 꺼냈다. 잉글랜드 부인은 여전히 땅만 보고 있었다.

"릴리안, 당신이 나에게 한 말을 좀 해보시오."

처음으로 잉글랜드 부인이 딸을 바라보았다.

"나도 어렸을 때 학교를 다녔으면 좋았겠다고 말했어."

어색한 침묵이 계속 이어졌고 괘종시계의 바늘 소리만이 째깍째깍 울려퍼졌다.

"그런데 그건 뭐니?"

잉글랜드 씨가 데카의 무릎을 가리키며 물었다.

"책이에요, 아빠."

데카가 속삭이듯이 말했다.

"보여줄 수 있을까?"

데카는 꿈쩍도 하지 않았다. 나는 데카의 손에 내 손을 얹고 부드럽게 잡았다. 데카는 마지못해 잉글랜드 씨에게 책을 주었다.

"『요크셔 서쪽 지방의 식물 도감』이라고? 멋지구나."

잉글랜드 씨는 책장을 휘리릭 넘겨 보더니 책을 잉글랜드 부인에게 건네주었다.

"릴리안, 이것 좀 보시오."

잉글랜드 씨는 긴장이 되는지 시가를 연신 피워댔다. 나는 그런 그가 불쌍해 보였다. 잉글랜드 씨는 좋은 아빠가 딸을 위해 할 수 있는 일을 최선을 다해서 하고 있다. 딸을 학교에 보냄으로써 어떤 보석이나 지참금보다도 소중한 선물을 주는 것이다. 딸이 떠나고 싶지 않을 정도로 행복한 집에서 살고있는 것도 잉글랜드 씨의 노력 덕분이다. 내가 이렇게 허망하게 느껴지는 건 단지 나의 이기심 때문일 거라고 스스로를 설득했다. 데카와 잉글랜드 씨 모두를 위로할 수 있다면 좋을 텐데. 나는 그저 데카가 다른 아이들에 비해 얼마나 뒤처져 있을지만을 걱정하며 조용히 앉아있었다.

잉글랜드 부인은 방을 가로질러 책을 집어 들었다. 신기할 정도로 아무 생각 없이 책을 들여다봤다. 부인을 볼 때면 어떻게 저렇게 아무 느낌이 없을 수 있을까, 어떻게 저렇게 아이들과 거리가 멀 수 있을까를 생각하게 된다. '딸을 한 번 안아주었으면' 하고 생각하는 내가 너무 많은 것을 바라는 걸까? 아무것도 걱정하지 않아도 괜찮다고 말해주는 게 그렇게 큰일인가? 함부로 판단하지 않으려고 노력했지만 온갖 생각들이 쏟아져 나왔다. 잉글랜드 부인도 나의 마음을 느꼈는지 나를 휙 바라보고는 이내 눈길을 돌렸다.

"일요일 오후에 출발할 거란다. 리펀까지는 날씨에 따라 몇 시간 정도 걸릴 거야."

자신의 계획대로 돌아오자 잉글랜드 씨는 안심한 것처럼 보였다.

"하지만 아직 『오즈의 마법사』도 다 못 읽었는걸요. 블레이즈와 부스 선생님의 결혼식도 있고요."

데카가 말했다.

"케이크 한 조각이라도 남겨놓을 테니 걱정하지 말렴."

눈물을 참자니 코가 메어와서 나는 눈을 깜빡였다. 엘시가 생각났다. 그리고 그동안 엘시의 교육에 대해서 엄마와 언쟁했던 모든 순간이 생각났다. 엘시의 편지에서 그 애가 외롭고 의욕이 없다는 것이 느껴질 때마다, 나는 하고 싶은 말을 다 편지에 쏟아붓고 싶은 충동을 가까스로 눌렀다. 가스레인지를 닦거나 과일의 껍질을 벗기며 엘시의 미래가 암울해지는 것을 느꼈다. 맵시 좋은 책상의 타자기 앞에 앉아있는. 본인의 말마따나 '솜씨 좋은 손가락'으로 자판을 누르는 엘시를 떠올리려고 하지만 이내 울고 싶어지곤 했다.

일요일이면 이제 5일밖에 남지 않았다. 데카의 트렁크를 잠가주고 작별 인사를 하는 모습을 상상하면서 나의 내면이 위축되는 느낌이 들었다. 나는 마음을 강하게 먹고 자세를 바꿨다. 허리를 곧추세웠다.

잉글랜드 부인이 데카에게 책을 돌려주었다.

"아주 잘했네."

이게 다였다.

데카는 책을 받았고 내 옆에서 살짝 흔들렸다. 나는 좀 더 가까이 다가가 팔을 데카의 어깨에 둘렀다.

"거봐, 좋아하실 거라고 했지?"

우울해하는 데카를 달랬다.

"나는 공장에 가봐야 하오."

잉글랜드 씨는 무거운 침묵과 함께 연기를 날리며 우리를 지나갔다. 잉글랜드 부인은 피아노 옆에서 서성이며 문이 닫히기만을 기다리고 있었다.

"학교에 가면 행복한 시간을 보낼 거야. 그곳에서 아주 많은 걸 배우게 될 거란다."

잉글랜드 부인이 말했다.

데카는 훌쩍였고 나는 데카의 등을 쓰다듬어 주었다.

"메이와 함께 위층으로 올라가렴."

나는 일어나서 손을 내밀었고, 데카는 자동적으로 내 손을 잡았다. 데카의 손은 얼음장처럼 차가워서 나는 데카의 손을 꼭 쥐고 같이 방을 나왔다. 계단을 올라가려던 참에 데카가 말했다.

"도록을 깜빡했어요."

"내가 가져올게. 올라가고 있으렴."

잉글랜드 부인은 피아노 의자에 앉아서 몸을 앞으로 숙였다. 무릎 위에 팔꿈치를 괴고 손으로 얼굴을 감싸고 있었다. 그때 나는 부인이 손에서 밴드를 떼었음을 알아챘다. 오른 손 새끼손가락 아래 동그랗고 하얀 밴드 자국이 남아있었다.

나는 입구에서 조금 서성였다. 데카의 책은 딱딱하고 작은 의자

옆의 바닥에 놓여 있었다.

천천히 잉글랜드 부인은 얼굴에서 손을 뗐다. 얼굴을 붉게 울긋불긋했으며 뺨은 젖어 있었고 입은 살짝 아래로 쳐져 있었다. 그 모습이 데카와 같이 너무 순진해 보여 본능적으로 부인을 위로해주고 싶었다. 서둘러 부인에게로 가서 발밑에 무릎을 꿇었다. 부인은 아무 소리도 내지 않은 채 간신히 몸을 가누고 있었고 눈물이 다시 들어가게라도 하려는 듯 손바닥으로 뺨을 지긋이 누르고 있었다.

"부인, 울지 마세요."

도대체 왜 부인의 기분이 이런지 도통 알 수 없었지만 어쨌든 깨끗한 손수건을 건넸다. 부인의 생각이라면서? 부인은 손수건을 받아서 눈물을 찍어 내고는 코를 훌쩍였다. 부인은 일어서서 머리를 매만지고 치마를 다듬었다. 갑자기 방을 휙 나가버리는 바람에 나는 비틀거렸다.

데카는 완전히 제정신이 아니었다. 침대에 앉아서 한 시간 째 울고 있었고 나는 같이 앉아서 눈물을 닦으며 머리를 쓰다듬어 주었다. 너무 심하게 울어서 혹시 병이 나지는 않을까 걱정됐다. 밀리는 걱정스러운 듯 우리 곁을 지키고 있었고 찰리는 아기 침대에 앉아있었다. 밀리는 뭔가 엄청나게 심각한 문제가 생겼다고 생각해서 이유를 물어봤는데, 데카가 왜 우는지 알려주자 조금 당황한 듯 얼굴을 찌푸렸다.

"가기 싫어! 가기 싫어!"

데카는 쉬지 않고 흐느끼며 소리를 질렀다.

나는 울고 있는 데카를 달래며 손수건으로 눈물을 닦아주었다.

"처음 몇 주는 엄청나게 빨리 지나갈 거야. 그리고 곧 아마 집에 오고 싶지 않을 거야! 너무 재미있어서 우리는 다 잊어버릴걸. 그림도 가지고 가고 '테다'도 가지고 가자. 테다도 다른 친구들의 곰 인형과 친구가 될 거야. 얼마나 재밌을 텐데. 그리고 내가 매주 편지도 쓰고 데카가 좋아하는 사르사파릴라나 설탕 체리, 아몬드, 그리고 잡지도 보내줄게. 내일 문방구에 가서 필요한 책이랑 연필을 사자. 어때?"

마침내 데카의 울음이 잦아들었고 마침 그때 사울이 수업을 끝내고 올라왔다. 데카는 침대에 앉아있었다.

"도대체 무슨 난리예요? 부스 선생님 목소리를 거의 들을 수가 없을 지경이었어요"

사울이 책을 내려놓으며 말했다.

"데카가 리펀에 있는 학교에 가게 되었어."

"학교요? 내가 제일 먼저 가야 하는데!"

"데카가 누나잖니."

"나 대신 누나가 가는 거예요?"

"물론 아니지. 너도 10살이 되면 학교에 갈 거야."

이렇게 말을 주거니 받거니 하지만 사울이 물어보는 질문에 나는 다 대답할 수가 없었다. 그 학교에는 학생이 몇 명이에요? 어떤 수업을 들어요? 교복 입어요? 이런 질문들이었다.

아, 정말 침대에 들어가서 눕고 싶었다.

내가 데카의 나이쯤 일 때 파이크 의사 선생님이 처음 우리 집에 왔다. 겨울 저녁이었다. 가게는 문을 닫았고, 저녁상도 치웠을 때였다. 어린 세 동생은 이미 자러 들어갔고 나는 아치의 바지 단을 내고 있었다. 남동생들은 내가 바느질하는 속도보다 훨씬 빨리 자랐다. 주방은 가스레인지에서 나온 열기로 따뜻했고 내 팔꿈치 쪽에서 양초가 탔다. 로비는 식탁의 반대쪽 끝에 앉아서 고철 더미에서 찾아온 시계를 이리저리 들어보면서 고치려 하고 있었다. 현관에서 문을 두드리는 소리가 났고, 엄마가 내려갔다. 파이크 선생님이 계단을 올라와서는 모자를 벗고 우리에게 인사를 했는데, 금색 걸쇠가 달린 크고 빛나는 가방을 한 손으로 들고 있었다. 마룻바닥이 삐걱거렸고 아빠가 목을 가다듬으며 침실에서 나왔다. 아빠는 깨끗한 셔츠를 입고 젖은 빗으로 머리를 정리했다.

"안녕하세요, 의사 선생님."

아빠가 말했다.

나는 그제야 바늘을 내려놓았다. 그 전까지 의사 선생님이 우리 집에 온 건 딱 한 번, 테드가 볼거리를 앓았을 때다. 엄마가 테드를 간호할 동안 나는 엘시를 돌봐야 해서 학교에 가지 않고 집에 있었다. 볼거리약은 엄청나게 비싸서 엄마는 우리가 약을 함부로 만지지 못하도록 옷장 위에 보관했다.

파이크 선생님은 반짝거리는 가방을 식탁 위에 올려놓았다.

"루비, 로비, 침실로 가거라."

엄마가 말했다.

"하지만 아치 바지를 아직……."

"내일 아침에 하렴."

침실은 어두웠다. 나는 그 당시 아기였던, 별 모양으로 웅크린 채 잠든 엘시 옆에 누웠다. 나는 깨어 있었고 두려움에 사로잡혀 어른들의 낮은 목소리에 귀를 기울였다. 아치에게 살짝 감기 기운이 있기는 하지만 전에 감기에 걸렸을 때보다 더 심한 것 같지는 않았다. 우리 남매는 건강했고, 또 모두 침실에 있었다. 그래서 나는 파이크 선생님이 부모님 때문에 온 게 분명하다고 확신했다. 하지만 부모님도 건강하기는 마찬가지였다. 눈이 안 보이는 병이거나, 전염병처럼 소리 없이 퍼지는 병일 수도 있겠다고 생각했다. 아니면 학교에서 성경을 읽으며 배운 나병일 수도 있겠다고 생각했다. 꽤 시간이 지나서야 비로소 의자를 끄는 소리, 마룻바닥이 삐걱거리는 소리, 그리고 아래층 현관문이 닫히는 소리가 났다. 어둠 속에서 가슴이 두근거렸다. 엄마와 아빠는 더이상 말을 하지 않았고, 나는 엄마와 아빠가 자러 가는 소리를 들었다. 엄마는 신발을 벗었고, 아빠는 협탁에 시계를 올려놓았다.

파이크 선생님은 몇 달 후 다시 왔다. 그때는 봄이었고, 나는 길거리에서 사방치기 놀이를 하고 있었다. 선생님이 집으로 들어가는 건 못 봤지만, 선생님이 우리 집에서 나오는 걸 보았다. 내 눈에 처음 띈 건 선생님의 가방이었다. 최악을 상상하며 나는 한달음에 집으로 올라가 무슨 일이 있었는지 살폈다. 아빠는 식탁에 앉아있었고, 엄마는 팔짱을 낀 채 옷장에 기대어 있었다. 둘은 계단을 올라오는 내 발소리를 들은 것 같았다.

"의사 선생님이 왜 오신 거예요?"

엄마도, 아빠도 답하지 않았다. 나를 쳐다보지조차 않았다.

"커피를 드시겠소?"

데카가 떠나기 전날, 잉글랜드 씨와 나는 서재에 앉아있었다. 일주일은 짐을 싸고 정리하느라 정신없이 지나가 버렸고, 바느질을 하도 많이 해서 손끝이 아팠다. 나는 커피를 좋아하지 않지만 그럼에도 불구하고 커피를 청했다. 잉글랜드 씨는 아침에 분주한 일이 끝나면 자신을 보러 와줄 수 있겠냐고 했다. 데카가 찰리를 보고 있었고, 나는 정말 2층으로 돌아가고 싶었다. 데카가 벌써 그리웠다. 아직 떠나지도 않았는데 말이다.

"크림은?"

"아니요. 괜찮습니다."

나는 고개를 저었다.

서재는 작고 멋진 공간이었다. 짙은 보라색과 진홍색으로 꾸며져 있었다. 마치 점쟁이 집처럼 작은 초록색 등만 켜져 있어 어둡고 향기로웠다. 벽난로 맞은편에는 앞면이 유리로 되어있는 책장이 벽을 가득 채우고 있었다. 창문 아래, 피아노 크기의 호두나무 책상이 있는데, 바람 한 점 불지 않는데도 책상 위의 종이와 문진이 어지럽게 흩어져 있었다. 창문은 닫혀 있었고 공기는 담배 연기로 무거웠다. 남성적인 공간이라 잉글랜드 씨가 자연스럽게 잘 어울렸다.

"메이. 벌써 우리 집에 온 지도 한 달이 되었소. 놀랜드 교장 선생님께서 평가가 채용 절차의 일부라고 하시더군요. 지난주에 교장 선생님께서 잉글랜드 부인에게 편지를 보냈소."

잉글랜드 씨는 팔을 의자에 걸치고 있었다.

펨브릿지 스퀘어의 웨딩케이크 가게와, 뻐꾸기시계가 정각을 알리듯 10시가 되면 이리저리 한 줄로 분주하게 움직이던 유모들이 생각났다. 너무나 먼 옛날의 일 같다. 조지나 한 명만 돌보다가 네 명은 너무 많을 것 같다고 생각했었다. 그런데 이제 그중 한 명이 떠나게 되었고, 셋은 왜인지 충분하게 느껴지지 않았다.

"우선 우리는 메이에게 아주 만족하오. 심슨 선생님께도 그대로 평가를 드렸소."

"감사합니다, 잉글랜드 씨."

"놀랜드와 관련해서 질문 하나 해도 괜찮겠소?"

"놀랜드요? 네, 물론입니다."

"봉급에서 어느 정도 수수료를 떼는지 혹시 아시오?"

"아주 적다고 알고 있습니다. 정확한 비율은 잘 모릅니다."

"월급을 다 가져가는 게 더 좋을 텐데. 그렇지 않소? 말하자면, 중간 에이전시를 빼고 말이요."

"놀랜드에서 나오라는 말씀이신지요, 잉글랜드 씨?"

나는 놀라서 눈을 깜빡였다.

"나는 사업가요. 메이도 사업가의 딸이지요. 그래서 말인데 나는 항상 어떻게 하면 주머니를 불릴 수 있을지 생각하오. 나쁜 습관 중의 하나지요. 하지만 어쩔 수 없이 그리 된다오. 메이도 매달 좀 더 많이 받으면 더 낫지 않겠소?"

"제가 그렇게 할 수 있는지 잘 모르겠습니다, 잉글랜드 씨."

"할 수 없는 거요, 하기 싫은 거요? 한번 생각해 보시오. 메이의 입장을 생각해 제안한 것일 뿐이니."

잉글랜드 씨는 콧수염을 올리며 빙긋이 미소지었다.

나는 고개를 끄덕였다.

"메이, 너무 그렇게 사색이 될 필요는 없소. 유모의 의지에 반해서까지 하라고 강요하는 건 아니니 말이요. 메이가 괜찮다면 놀랜드에 속해있어도 좋소. 그런데 저번에 여동생이 있다고 말한 게 생각이 났소. 몇 살이오?"

"11살입니다."

"정확히 어디가 안 좋은 거요?"

"척추입니다, 잉글랜드 씨. 척추를 다쳐서 손과 다리를 움직이는데 제한이 있어요. 걷거나 물건을 집거나 하는 일이 어렵습니다."

"아픈 거요?"

불쌍하다는 듯 잉글랜드 씨가 눈을 가늘게 떴다.

"네, 하지만 잘 참고 있습니다."

잉글랜드 씨는 한숨을 쉬며 커피잔을 오른쪽으로 조금 밀었다.

"이건 좀 예민한 질문인데…… 혹시 내가 무례하다면 용서하시오. 저…… 그래서 집에 얼마나 도움을 주고 있소? 병원비, 그런 것들도 다 챙기는 거요?"

"네, 잉글랜드 씨."

"월급의 얼마를 보내고 있소?"

"절반입니다."

나는 얼굴이 빨개져서 손가락을 바라보았다.

잉글랜드 씨는 책상 저쪽에서 고개를 끄덕였고 나는 내 커피잔을 무릎에 놓았다.

"그래서 메이의 첫 번째 월급 지불일이……."

"다음 주입니다, 잉글랜드 씨."

잉글랜드 씨는 손목을 반질반질한 나무 위에 대고 생각에 잠긴 듯 턱을 손으로 쓰다듬었다.

"아직 우편환을 발행하지는 않았는데 말이오. 혹시 한 달에 5실링씩 월급을 올려주면 도움이 되겠소?"

나는 입이 떡 벌어졌고 커피잔이 무릎에서 휘청했다. 커피가 앞치마에 튀어서 나는 책상에 커피잔을 놓고 커피가 튄 곳을 꾹꾹 눌렀다.

"죄송합니다……. 저는……."

"그리 알고 계시오."

"잉글랜드 씨, 저는……."

"이 문제는 의논하자는 게 아니었소."

잉글랜드 씨는 빙그레 웃었다.

"감사합니다, 잉글랜드 씨. 너무 감사합니다."

"감사 인사면 되었소."

나는 몸을 일으켰다. 그러자 내가 앉아있던 의자의 보라색 실크 쿠션이 바닥으로 떨어져서 다시 올려놓았다. 하지만 다시 떨어졌고, 나는 다시 쿠션을 올려놓았다. 하지만 또다시 쿠션이 떨어져서 어쩔 줄을 몰랐다. 얼굴이 빨개진 것 같았다. 몇 번을 다시 올려놓으면서 쿠션이 벽에 붙어버렸으면 좋겠다고 생각했다. 그러는 동안 책상 너머에서 잉글랜드 씨가 이 모습을 즐거운 듯이 바라보고 있었다. 아홉 번의 시도 끝에 정말 다행히도 쿠션은 제자리에 가만히 놓은 대로 놓여 있었다.

"좋았어, 착한 쿠션."

잉글랜드 씨가 빙그레 웃었다. 잉글랜드 씨의 치아가 진주처럼 하얗게 빛났다.

잉글랜드 부부와 하인들이 다같이 마차 보관소로 걸어 내려갔다. 브로들리가 데카의 트렁크를 카트에 넣어 밀면서 내 뒤로 걸었다. 나는 'R. 잉글랜드'라는 글씨를 데카의 가방에 새겨 넣었다. 데카가 보지 않을 때 나는 허비를 베개에서 꺼내서 트렁크 안, 잠옷 밑에 넣었다. 아침 내내 마음이 좋지 않았고, 아무리 아이들에게 즐거운 표정을 지어 보아도 아이들은 얼굴 너머 내 기분을 아는 것만 같았다.

잉글랜드 부부가 데카에게 작별 인사를 했다. 잉글랜드 씨는 위엄있고 침착하게 데카의 검은 머리칼에 키스를 했다. 잉글랜드 부인은 마치 이런 이별을 100번쯤 해본 듯 지겹고 피곤해 보였다. 브로들리가 데카의 트렁크를 마차에 실었고 나도 마차에 올라 데카 옆에 앉았다. 밀리와 사울은 즐겁게 인사했고 블레이즈는 찰리를 안고 찰리의 손을 흔들어주었다. 아이들이 저녁까지 나 없이 있어야 하기 때문에 잉글랜드 부부에게 아이들을 어떻게 재우면 되는지 알려주었다.

데카에게는 점심을 다 먹지 말라고 주의를 주었는데, 그렇게 하길 잘한 것 같다. 데카는 리펀으로 가는 길에 무려 세 번이나 게워내고는 하얗게 질린 얼굴로 말없이 앉아있었다. 만약 내가 멀미에 대해 몰랐다면 혹시 데카가 무언가 잘못 먹고 탈이 난 게 아닌가 걱정했을 것이다. 데카는 리펀으로 가는 내내 머리를 마차의 가죽 창틀에 대고 창밖을 조용히 바라봤다. 흐리고 비가 부슬부슬 내리는 날이었다. 황무지 쪽으로는 날씨가 점점 더 안 좋아지는 것 같았다. 데카는 황무지에 눈길도 주지 않고 날이 어두워지는 것만 보고 있었다. 정말로 하늘을 보는 것 같지도 않았다. 내가 풀밭의 양 떼도 가리켜 보고 머리 위를 빙글빙글 도는 연도 가리켜 보았지만 아무 반응도 하지 않았다. 위로의 말을 해줄 수 있으면 좋으련만, 언제쯤 다시 볼 수 있을 거라고 말해줄 수 있으면 좋으련만, 나 역시도 쓸

데없는 긍정의 말에 피로함을 느끼고 있었다. 뿐만 아니라 지키지 못할 약속은 하고 싶지 않았다. 다음번에 볼 때는 데카가 분명 달라져 있을 것이고 나는 그게 벌써 두려웠다. 다른 여자아이들에 의해 데카는 변할 것이다. 밀가루 반죽처럼 순수한 데카는 이제 더이상 없을 것이다.

세인트 힐다 여자 학교의 건물에는 멋진 문이 달려있고, 높은 벽 뒤로 회색의 종탑이 있었다. 교장인 모리스 선생님이 정문에서 우리를 맞이했다. 모리스 선생님은 50~60대 정도로, 유행이 지난 검은색 가운을 걸치고 목에는 십자가 브로치를 달고 있었다. 현관은 조용하고 어두웠다. 백합과 가구의 광택제 향이 강하게 났다. 돌로 만든 천사가 중앙의 넓은 계단에 새겨져 있었으며, 천정에는 성경의 여러 장면을 묘사한 스테인드글라스가 엄청나게 크게 전시되어 있었다. 어두컴컴한 문은 모든 방향으로 갈 수 있도록 되어 있고, 멀리서 벨이 울리는 소리가 들렸다.

"세인트 힐다에 오신 것을 환영합니다."

모리스 선생님이 말했다.

선생님은 마치 우리가 교회에 온 듯 조용조용히 말했다.

"잉글랜드 부인의 유모로군요. 맞지요? 차를 한잔 하시겠어요?"

나는 어둠 속에서 눈만 반짝이는 데카를 바라보았다. 다행히 데카의 피나포어 스커트는 깨끗했다. 아까 마차에서 창문에 얼굴을 내밀고 토한 덕이다.

"아니요, 괜찮습니다, 선생님. 바로 돌아가야지요."

"잘 알겠습니다. 학생은 우리 중 가장 어린 축이어서, 모두가 '언니'라고 부르는 나이 많은 학생과 짝지어줄 예정입니다. 자, 학생. 나와 함께 가면 돼요. 그런데 짐은 이게 다인가요?"

브로들리가 데카의 짐을 이미 현관에 다 옮겨 놓았다. 트렁크뿐만 아니라 작은 여행 가방과 일요일의 복장을 위한 모자 상자가 있었다. 나는 허비뿐만 아니라 폭포 엽서와 사르사파릴라 한 봉지, 그리고 잡지, 『여자아이들의 세계』의 최신판도 가방에 같이 넣어두었다.

내가 더 있을 이유가 없었다. 나는 데카를 꼭 안아주었다.

"언제든지 원할 때마다 나에게 편지를 쓰렴. 나도 편지를 쓸게. 그리고 『오즈의 마법사』는 네가 크리스마스에 오면 같이 읽자."

데카는 쉽게 수긍했지만 지금 자기에게 일어나는 일에 너무나 놀란 나머지 나를 안아줄 정신도 없어 보였다. 나는 데카의 머리를 정리해주고 망토의 제일 윗단추를 풀어서 데카를 좀 편하게 해주었다. 이렇게 해줄 사람이 언제 나타날지 모르니 말이다.

"여기 주소 알아요?"

데카가 속삭였다.

나는 그렇다고 대답했다. 그리고 최소한 일주일에 한 번은, 그리고 잉글랜드 부부와는 다른 때에 편지를 써서 편지가 각각 도착할 수 있도록 하겠다고 다짐했다. 그런 뒤 모리스 선생님께 감사 인사를 하고 회색빛이 우중충한 밖으로 나왔다. 브로들리는 이미 자리에 앉아서 고삐를 잡고 있었다.

"출발해도 되겠소, 메이?"

"네, 감사합니다, 브로들리."

"비가 오고 있소. 아마 돌아가는 길은 좀 더 걸릴 것이오."

나는 시큼한 냄새가 나는 마차에 올랐고, 생각보다 더 감정이 북받쳐 올라왔다. 어린 소녀들은 언제나 학교에 간다. 피아노를 연주하는 법과 꽃꽂이를 배우고 프랑스어를 비롯해 좋은 아내, 좋은 딸이 되기 위한 것들을 배운다. 그것은 잉글랜드 씨가 말했듯이 성취다. 데카는 친구들을 사귈 것이고, 친구들은 여름이 되면 별장으로 데카를 초대할 것이고, 그것은 데카에게 또 다른 세상을 열어줄 것이다. 롱모어 스트리트의, 성냥갑처럼 다닥다닥 붙어 있는 가게 위 집에 사는 부모들은 세인트 힐다 같은 학교에 보낼 수만 있다면 가장 좋은 촛대라도 바칠 것이다. 아마 그들은 데카의 눈물과 가기 싫어하는 마음을 이해하지 못할 것이다. 나는 데카가 앉았던 자리의 온기를 느끼며 마차의 가죽에 머리를 기대고 집으로 가는 내내 하늘을 바라보았다.

# 11

사고는 아침 식사 시간 층계참에서 일어났다. 내가 찰리에게 포도를 까주고 있을 때, 아주 높은 곳에서 보관장이 떨어지는 것처럼 큰 소리가 나서 모두 깜짝 놀랐다. 사울과 밀리와 나는 서로를 쳐다보았고, 밖으로 나오지 말라고 주의를 주었는데도 아이들은 나를 따라 문 앞까지 나왔다. 층계참은 엉망진창이었다. 바닥에는 깨진 도자기가 널려 있었다. 찻주전자 뚜껑에서 김이 모락모락 올라왔고, 유리 조각은 반짝였다. 계란은 마치 진주 조각처럼 흔들리고 있었다. 이 모든 난리의 가운데에 블레이즈가 있었고 블레이즈는 떨어뜨린 은색 쟁반에 음식들을 주워 담고 있었다.

"망할 문이 잠겨 있지 뭐예요! 옆문은 열렸겠지 싶어서 옆으로 들어가려다가 균형을 잃고 말았어요."

블레이즈가 소리쳤다.

나는 블레이즈의 옆에 앉아서 깨진 조각과 음식물을 치우는 것을 도왔다. 당황한 블레이즈는 볼이 빨개졌고, 오른손에서 피가 나고 있었다.

"그만해요. 내가 할게요. 그런데 문이 왜 잠겨 있어요?"

"블레이즈?"

문 안쪽에서 잉글랜드 부인의 목소리가 들렸다.

"들어갈 수가 없어요, 부인. 문을 열어주셔야 할 것 같아요."

블레이즈가 눈을 굴리며 큰 소리로 말했다.

"문을 잠근 건 내가 아니에요."

부인은 문을 잠근 사람이 자기가 아니라는 걸 강조했다.

"하지만 부인 방을 열 수 있는 열쇠가 없어요."

놀이방에서 창백한 얼굴 둘이 우리를 지켜보고 있었다.

"사울, 내려가서 아버지가 집에 계시는지 확인 좀 해줄래?"

"왜요?"

"시키는 대로 하렴."

사울은 번개처럼 계단을 내려갔고 블레이즈와 나는 깨진 도자기 조각을 앞치마에 담았다.

"베인 데는 괜찮아요?"

내가 물었다.

"괜찮아요."

"약 상자에서 약을 좀 가져와야겠어요."

"고마워요." 블레이즈는 나를 한쪽 눈으로 쳐다보았다.

"그런데 그 학교에서는 의료 교육도 해요?"

조금 후에 블레이즈가 다시 입을 열었다.

"세달 동안 어린이 병동에서 교육을 받아요. 그 나머지는 『커셀스』에 나오는 이론이나 다른 잡지 같은 것들에서 배우는 거죠."

"약에 대해서 배우려면 글을 잘 읽어야겠네요."

블레이즈는 퉁명스럽게 말했지만, 일상적인 것이지 평소에 나에게만 유독 그렇던 퉁명스러움은 아니었다.

우리는 어질러진 것들을 치우고 블레이즈가 세탁실에서 가지고 온 수건에 모아둔 유리 조각을 쏟았다. 도자기가 쨍그랑거리는 소리를 내는 와중에 나는 조용히 물어보았다.

"왜 부인의 방문이 잠겨 있는 거예요?"

블레이즈는 심기가 불편해 보였다. 잠시 침묵한 뒤 블레이즈가 말했다.

"잉글랜드 씨가 밤에 부인 방문을 잠가요."

"왜요?"

"잉글랜드 씨가 밤에 부인이 혼자 돌아다니는 걸 발견했대요."

블레이즈가 침실 문 쪽으로 눈짓하더니 작은 목소리로 속삭이듯 말했다.

"그게 뭐 어때서요?"

"한번은 주방에 불을 낼 뻔한 적 있대요. 냉글 유모가 잘 때 찰리를 아래층으로 데리고 내려오기도 하고요. 또 한 번은 잉글랜드 씨가…… 잉글랜드 씨가 숲에서 부인을 찾았대요. 혹시 잘못될까봐 걱정하는 거죠."

나는 잉글랜드 부인의 새끼손가락 아래 있던 동전 모양의 화상 흉터를 생각했다.

바로 그때 사울이 계단을 한 번에 두 개씩 뛰어 올라왔다.

"아버지는 공장에 계신대요."

"고마워. 이제 식사를 마저 하렴."

"배 안 고파요."

"사울."

사울은 한숨을 쉬며 사라졌다.

"그래서 부인이 숲에서 무엇을 하고 있었는데요?"

나도 속삭이듯 물었다.

블레이즈가 인상을 찌푸렸다.

"누가 알겠어요? 부인은 한참을 헤매고 다닌 것처럼 보였대요. 드레스는 진흙투성이었고요. 부인이 나한테는 아무 말도 하지 않았고 나도 따로 물어보지는 않았어요."

우리는 잉글랜드 씨의 옷방 옆에 서 있었다. 문이 살짝 열려 있었고, 문 사이로 나는 커튼이 단정하게 묶인 것이 보였다. 좁은 침대가 잘 정돈되어 있었다. 잉글랜드 부인의 침실로 가는 문은 창문 옆에 있었다. 침대 옆의 의자에는 책이 쌓여 있었다. 그 위에 크리스털 컵이 마치 문진처럼 균형을 잡고 책더미 제일 위에 올려져 있었다. 내가 무슨 일을 하고 있는지 미처 깨닫기도 전에 나는 안으로 들어가서 브랜디 향이 나는 컵을 들어 올렸다.

"지금 뭐 하는 거예요?"

"열쇠가 여기 있을지도 모르잖아요."

카펫에는 시커메져서 닦아야 할 것 같은 등이 놓여 있었다. 프록코트는 프레스 도어에 걸려 있었다.

"잉글랜드 씨의 방에 들어가면 안 돼요."

"왜 안 되는 거죠? 부인이 갇혀 있어요. 열쇠는 분명히 여기 어딘가에 있을 거라고요."

"우리 둘 중 한 명이 공장에 가서 잉글랜드 씨에게 이야기를 하는 게 좋을 것 같아요."

"나는 아이들만 두고 갈 수가 없어요."

우리는 서로를 바라보았고, 블레이즈가 한숨을 쉬며 앞치마를 풀었다.

"듣자 하니 내가 가야 할 것 같네요."

블레이즈가 가고 나는 마지막으로 좁은 방을 둘러보았다. 발밑에서 유리가 버석거리면서 밟혔다. 나는 벽에 걸린 초상화들과 함께 잠시 혼자 서 있었다. 잉글랜드 부인의 방문은 조용한 벽 같았다.

"잉글랜드 부인?"

내가 물었다.

"네?"

목소리가 생각했던 것보다 너무 가깝게 들렸다. 나는 화들짝 놀라 한 발 뒤로 물러섰다.

"블레이즈가 잉글랜드 씨를 모시러 갔어요."

나무문 사이로 치마가 바스락거리는 소리가 났다. 열쇠 구멍을 통해 바람이 휙 불어와 깃털처럼 내 손을 간질였다. 그리고 나서 마치 강이 흐르듯 무거운 침묵이 흘렀다.

블레이즈의 마지막 근무일, 매니언 부인은 레몬 스펀지 케이크를 만들었고 온 가족이 주방에 모여 작별 인사를 했다. 우리는 작은 크리스탈 그릇을 들고 서 있었고, 매니언 부인이 어른들에게 셰리 주를 따라주었다. 나는 한 잔을 받았지만 마시지는 않았다. 잉글랜드 씨는 칭찬 일색의 작별 인사를 했다. 그러면서 블레이즈가 메이드보다는 가정교사의 아내가 훨씬 잘 어울린다며 놀렸고, 모두 다 웃었다. 블레이즈도 같이 말이다. 블레이즈는 모두의 주목을 받아 얼굴이 빨개졌고, 냅킨으로 연신 부채질을 했다. 나는 아이들의 얼굴에 묻은 아이스크림을 닦아주면서 더 이상 먹지 말라고 주의를 주었지만, 잉글랜드 씨가 계속 아이들의 그릇에 작고 동그란 아이스크림 덩어리를 얹어주면서 눈을 찡긋했다. 잉글랜드 부인은 먼 곳을 보는 듯 희미한 미소를 지으며 매니언 부인의 이야기를 듣고 있었다. 그 옆에는 에밀리가 서서 브로들리의 손자인 마부 벤을 안절부절못하며 쳐다보고 있었다. 벤은 에밀리보다 한 두어 살 많고, 말할 때 끽 소리를 내며, 마굿간에서 할아버지와 함께 산다. 이 집에서 벤의 존재란 마치 연기 나는 불에 던져진 한 조각 석탄과 같았다. 에밀리는 벤을 쳐다보면서 눈을 깜빡였고 벤은 어디를 봐야 좋을지 어쩔 줄 몰라 하고 있었다.

"메이, 아이들이 만든 선물을 가지고 오는 거 어때요?"

매니언 부인이 말했다.

"내가 가지고 올 건데!"

밀리가 울 듯이 말해서 모두 깔깔 웃었다.

나는 찰리를 데리고 포세린 화병에 꽃다발을 넣어놓은 놀이방으로 향했다. 아이들과 내가 오후 내내 찾으러 다니며 모은 꽃이다. 난초와 조팝나무꽃, 양치식물의 빛나는 길고 큰 잎사귀와 도금양의 잔가지들로 꾸며 아주 예뻤다. 나는 찰리의 아기 옷에서 뗀 레이스로 꽃다발을 길게 묶었다. 밀리가 꽃다발을 블레이즈에게 주었고, 블레이즈는 기쁨에 얼굴이 상기되었다. 온종일 블레이즈의 얼굴에서 웃음이 끊이질 않았다. 그래서인지 오늘만큼은 사과 모양의 볼과 반짝이는 검은 눈을 가진 블레이즈가 퍽 달라 보이는 것 같기도 했다.

"오래오래 행복한 결혼 생활하길 바라요, 블레이즈. 우리 모두를 위해서 열심히 일해주어 고마워요."

잉글랜드 부인이 말했다.

"고맙습니다, 부인."

"내일 결혼식 잘하고요. 괜찮으면 나는 이만 일어날게요."

"물론이죠. 내일 교회에서 뵙겠습니다. 부인의 옷은 잘 다려서 옷장에 걸어 놓았어요."

블레이즈가 말했다.

잉글랜드 부인은 입을 열었다가 닫고는 미소를 지었다.

"고마워요. 그런데 내일 갈 수 있을지 잘 모르겠어요. 몸 상태가 별로 좋지 않아서요."

"오, 제 결혼식에 꼭 오셔야죠."

"당연히 꼭 갈 거요. 우리 온 가족이 가서 축하해줘야지."

잉글랜드 씨가 말했다.

"데카 양만 없네요. 학교에서 잘 지내고 있대요?"

블레이즈가 마치 연극을 하듯이 뿌루퉁하게 말했다.

"아주 잘 지내고 있다고 하오."

"데카가 편지를 보냈나요, 잉글랜드 씨?"

데카는 아직 나에게 편지를 쓰지 않았다. 데카가 떠나고 바로 다음 날 편지를 보냈는데도 말이다.

"아직이오. 대신 교장 선생님이 편지를 보내주셨소."

왠지 모를 불안감이 들어 나는 데카의 트렁크에 싸준 물건들을 생각해 보았다. 새 펜과 문구류를 넣어줬고, 우표책도 넣었다. 5일이 지나긴 했지만, 내 생각에 아마도 정해진 시간에만 편지를 쓸 수 있는 게 아닐까 싶다.

부인이 방을 떠나면서 문이 소리 없이 열리고 닫혔다.

"자, 이제 정리를 하고 '랜턴스'로 갑시다."

매니언 부인이 말했다.

다른 사람들은 그릇과 셰리 주 잔을 치우고 있었고, 매니언 부인은 세제가 들어있는 통을 꺼내 싱크대에 조금 부었다. 나는 아이들을 위해 물통을 채우고 밀리의 끈적끈적한 손을 잡고 2층으로 향했다.

"올 거죠, 메이?"

매니언 부인이 주방 저쪽에서 외쳤다.

잉글랜드 씨가 우리가 나갈 수 있도록 문을 잡고 있었고, 나는 잉글랜드 씨의 팔 바로 앞에서 멈추어 섰다.

"어디를요?"

"'쓰리 랜턴스'요. 내일 결혼식 전에 샌디 한 잔씩 하면서 축하하려고요. 딱 한 잔만 마실 거예요."

"아, 아니에요, 저는 가지 않겠습니다. 물어봐 주셔서 감사해요."

"아이들이 잠들고 나면 샌디 주 한잔 정도는 괜찮지 않나요, 메이. 매니언 부인이 나도 초대해줬으면 좋겠는데."

잉글랜드 씨가 말했다.

"어후, 그만해요. 블레이즈가 메이를 초대하겠다고 말했답니다."

매니언 부인이 바닥에 떨어진 비누 거품을 훔치며 말했다. 놀랍게도 나에게 한 말이었다.

"블레이즈가요?"

나는 블레이즈를 바라보았다. 블레이즈는 8년 동안의 짐이 다 들어가 있을 낡은 짐가방 옆의 카운터에 기대어 있었다. 블레이즈는 틸다와 이야기하느라 우리 대화를 못 들은 것 같았다.

"렌턴스에 가시오. 아이들을 재워놓고 가 있으면 브로들리가 메이와 틸다를 데리러 갈 것이오."

잉글랜드 씨가 말했다.

이건 명령이었다. 반쯤 권유처럼 들리기도 했지만, 명령이었다. 나는 고개를 끄덕였다.

"몇 시에 출발하세요?"

"20분쯤 후에 설거지 다 끝내고 갈 거예요."

매니언 부인이 말했다.

매니언 부인은 시내 끄트머리의 오두막집에서 살면서 매일 저택까지 걸어서 왔다 갔다 했다. 에밀리도 집에서 사니까 결국 오늘부터 틸다는 혼자 부엌 위에서 자야 한다는 거다. 틸다가 괜찮은지 궁금했지만 전혀 알 길이 없었다.

블레이즈는 나와 눈이 마주치자 살짝 웃더니 다시 대화에 몰두했다. 나는 아이들을 침대에 눕혔다. 찰리는 아이스크림으로 배가 불렀는지 금세 잠이 들었고, 사울은 내가 밀리를 씻길 동안 혼자 옷을 갈아입었다.

"어디 가요?"

밀리가 물었다.

밀리는 데카가 떠난 뒤로 질문이 많아졌다. 데카가 떠난 첫날, 언니의 온기를 그리워하는 밀리를 내 침대에서 데리고 잤다.

"주점에."

내가 말했다.

"그게 뭐하는 덴데요?"

"사람들이 일을 마치고 만나는 곳이야."

"그리고 맥주도 마시고."

사울이 말했다.

"나는 마시지 않아."

내가 말했다.

"맥주가 뭐예요?"

밀리가 물었다.

"어른들이 마시는 음료수야."

"저도 먹어봐도 돼요?"

"숙녀는 맥주를 마시지 않지만 조금 더 나이가 들면 아버지께서 한 입 정도 마시게 해 줄지도 몰라."

"저 마셔봤어요. 완전히 끔찍해요."

사울이 끼어들었다.

"정말?"

"네. 완전히 흙 맛이더라고요."

나는 아이들 이야기를 한쪽 귀로 듣고 한쪽 귀로 흘렸다. 저녁에 하인들 사이에서 일어날 일을 생각하느라 정신이 없었다. 두통이 있다거나 찰리가 잠이 잘 들지 않는다고 말해볼까 생각했지만 지금 이 시점에서는 어떤 이유를 대든 핑계인 게 뻔할 뿐이었다. 술집에 는 블레이즈의 친구나 지인과 같이 아는 다른 사람들도 있을 거고, 수다를 떨고 싶어할 것이다. 나는 틸다와 함께 마차를 타고 집으로 돌아와야 할 것이다. 도대체 우리가 무엇에 대해서 이야기할 수 있을까? 그리고 만약에 틸다가 나보다 더 오래 있고 싶어 한다면 브로들리가 두 번이나 왔다 갔다 할 리 만무할 뿐만 아니라 틸다만 혼자 술집에 두고 나올 수도 없는 노릇이었다. 그렇다고 술집에 다니기에는 너무 어린, 조용하고 무뚝뚝한 에밀리 옆에 조용히 앉아만 있을 수도 없는 노릇 아닌가. 아, 도대체 왜 매니언 부인은 나를 초대하려고 했을까? 놀랜드에서는 상황이 훨씬 간단했다. 학생들끼리만 어울리면 되고 학생들 사이에 이렇다 할 어떤 위계질서 따위는 없었으니까. 페리베일 가든스에서는 요리사와 엘렌 뿐이었고, 둘 다 밤에 나가자거나 어떤 사교적인 모임을 제안한 적이 없었다. 둘 다 쉬는 날 쇼핑을 했고, 기껏 해봐야 코너 하우스에서 차를 마시는 정도가 전부였다.

아이들은 내가 하나밖에 없는 맵시 좋은 외출복으로 갈아입는 모습을 지켜봤다. 하얀색 블라우스는 다림질이 필요해 보였다. 남색의 울 치마에는 검은색 장식과 단추가 달려있었다. 사복을 입는 것이 어색하게 느껴졌다. 잉글랜드 씨 집에 온 이후로 매일 제복을 입었고, 일요일 휴가를 쓰지 않았기 때문이다. 물론 심 교장 선생님이 알면 화를 낼 것이다. 하지만 여기는 런던과 달라서 아무도 나를 알아보지 못하는 곳에서 한가롭게 걸을 수 있는 상황이 아니다. 시내의 찻집에 혼자 앉아서 서빙 하는 사람이나 가게 주인과 수다를 떨고 싶지는 않다. 이곳 사람들은 지나치게 친절해서 적당히 남의 일에 참견하지 않는 법을 익히지 못한 것 같다. 하드캐슬 하우스에서는 아무도 내가 휴가를 쓰지 않았는지 모른다. 만약 알았다 해도 굳이 말하지 않았을 것이다. 어쩌면 아이들이 다섯 시간쯤 자기들끼리 노는 동안 나는 책을 읽는 방식으로 휴가를 썼다고 생각할 수도 있다.

잉글랜드 씨는 주방에 앉아있었다. 재킷을 벗고 조끼와 셔츠의 팔을 걷어 올린 채 말이다.

"나가서 즐길 준비가 되었나요?"

잉글랜드 씨는 시가를 물고 말했다.

하지만 눈은 웃고 있지 않았고 마치 나를 땅에 찍어 누르듯이 바라보았다. 나는 허리춤에 손을 얹고 주춤거리다가 사복으로 갈아입은 다른 하인들과 같이 섰다. 벌써부터 모자를 벗고 2층 아이들 침실로 올라가 깜빡이는 불빛 아래 책을 읽으며 아이들을 재우고 싶었다.

블레이즈는 셰리 주 한 잔에 취해서 머리에 꽃을 꽂고 나타났다.

"자, 우리 갈까요?"

다른 하인들을 따라 보조 주방을 지나는데 잉글랜드 씨가 나를 불렀다.

"아이들 놀이방과 침실의 문은 잘 잠갔소?"

잉글랜드 씨는 시가의 재를 털며 물었다.

"네, 잉글랜드 씨."

잉글랜드 씨는 내 대답에 고개를 끄덕였다.

"그럼 즐겁게 다녀오시오."

'쓰리 랜턴스'는 돌계단과 회반죽을 바른 벽으로 소박하게 장식돼있는, 시내 중심의 오래된 돌다리 옆의 술집이었다. 매년 홍수가 나면 강이 불어 가게들과 길이 모두 차가운 흙탕물에 잠기기 때문에 인테리어를 요란하게 할 이유가 없는 것 같았다. 노동자들이 소박하게 즐기는 술집이라 광고에 나오는 비싼 와인이나 양주를 시키는 사람도 거의 없었다.

가운데 바를 중심으로 양쪽으로 두 개의 방이, 뒤쪽으로 당구대가 있고 그 너머에 창고와 마당이 있었다. 술집에 처음 온 건 아니지만 '쓰리 랜턴스'는 특히 천정이 낮고 벽에 그림이 걸려 있어서인지 더욱 아늑하고 익숙한 분위기였다. 오른쪽 방에서는 한 무리의 남자들이 작은 탁자를 둘러싸고 앉아서 웃고 떠들고 있었다. 블레이즈의 지인들인지 블레이즈를 큰 소리로 불렀고 블레이즈는 짐가방과 꽃다발을 들고는 모자와 재킷 사이를 헤치고 걸어갔다. 그리고 긴 의자에 앉아있는 어떤 남자의 무릎에 앉았다. 나는 그 사람이 부스 선생님인 것을 알아차렸다. 그 둘이 진하게 입맞추는 것을 보고 놀라움에 사로잡혔다. 블레이즈는 자신의 모자를 들고 있었고, 꽃다발이 둘 사이를 살포시 덮었다.

우레와 같은 환호성과 박수 소리와 함께 한 두어 명이 일어났다. 그들은 우리가 지나갈 자리를 만들어 주고 구석에서 스툴과 의자를 가지고 왔다. 납작한 모자를 쓰고 소매를 걷어 올린 젊은 남자 한 사람이 나에게 다가왔다. 그는 내게 자기 옆의 스툴에 앉기를 권했다. 매니언 부인과 틸다는 다른 사람들 옆에 자리를 잡았는데, 주위 사람들은 당황해하며 미소를 짓고는 재킷의 옷깃을 가다듬으며 모자를 바로 썼다. 나는 남자들과, 그것도 술을 마시고 있는 남자들과 같이 앉아야 한다고는 꿈에도 생각지 못했다. 소매를 걷어 올린 사람이 자기는 앨런 쇼크로스라고 소개했다. 앨런 쇼크로스는 밝고 볼이 발그스레했다. 지푸라기처럼 밝은 갈색 머리를 하고 있고 앞니가 벌어져 있었다.

"저는 루비라고 해요."

나도 내 소개를 했다.

"블레이즈와 같은 메이드이신가요? 거기 일하는 메이드가 몇 명이나 되나요?"

"아니오. 저는 아이들의 유모입니다."

"유모요!"

앨런 쇼크로스는 상당히 놀란 듯했다. 바로 그때 부스 선생님이 여성들에게 술을 한 잔씩 돌리려는 듯 사람들과 의자를 뚫고 걸어왔다. 그리고 불이 꺼진 벽난로 옆에 앉아있는 쇼크로스 씨와 내 쪽으로 다가왔다.

"메이, 이곳에서 보리라고는 생각지 못했는데요."

부스 선생님은 기분이 좋아 보였다.

"저도요."

부스 선생님은 맥주잔을 들고 있었다.

"한잔하실래요?"

"아니에요, 저는 괜찮습니다."

"뭐라도 마셔야죠. 와인? 샌디 주?"

"아까 집에서 이미 셰리 주를 마셔서요."

"그럼 셰리 주로 한 잔 더 해요."

블레이즈는 무언가를 보며 웃고 있었다.

"매니언 부인, 브랜디 한 잔 하실래요?"

부스 선생님이 매니언 부인의 어깨에 손을 얹었다.

"오, 브랜디라뇨, 부스 선생님. 저는 아주 약한 샌디 주 정도나 먹을 수 있어요."

매니언 부인이 깜짝 놀란 듯 말했다.

"틸다는?"

"저는 맥주 한 잔 주세요."

"바로 그거지."

부스 선생님은 매니언 부인의 등을 두드리고는 출입구 쪽으로 사라졌다. 나는 쇼크로스 씨 쪽으로 몸을 돌리면서 벽난로 위 굴뚝 아랫부분에 있는 시계를 바라보았다. 브로들리는 두 시간쯤 지나서 10시에나 데리러 올 것이다. 이 긴 시간을 어떻게 버틴다지. 기름 등이 천장에 매달려 흔들리고 있었고 담배 냄새와 에일에서 올라오는 연기가 공간을 가득 채웠다. 게다가 가까이에 있는 남자들은 모두 술을 마시고 있다. 나는 마치 배 한가운데에 있는 것 같은 기분이 들었다. 어지러운 탓에 나는 쇼크로스 씨가 뭐라고 말했는지 제대로 듣지 못했고 계속 되묻기만 했다.

"제가 드린 말씀은 '유모가 하는 일이 무엇이죠?' 였어요."

"아이 있으세요, 쇼크로스 씨?"

나는 쇼크로스 씨가 결혼반지를 끼고 있는 걸 보았다.

"네, 아주 작은 녀석이요. 다음 주 화요일이면 7개월이에요."

"그렇다면 제가 하는 일은 사모님께서 하시는 일과 별반 다르지 않을 거예요."

"누가 돈을 준다면 말이죠."

쇼크로스 씨는 씁쓸한 듯 말했다.

"그나저나 억양이 신기한데요. 고향이 어디에요?"

"버밍엄이요."

"'검은 도시'요! 오래전에 그쪽 신문사에 지원한 적이 있어요."

"『버밍엄 포스트』 말씀하시나봐요?"

"네, 그렇죠."

"기자이신가요?"

"존과 같이 『핼리팩스 커리어』에서 기자로 일하고 있습니다."

쇼크로스 씨는 두세 자리 떨어진 곳에 앉은 남자를 가리켰고, 그 사람은 다름 아닌 로우든 씨였다.

"여기서 다시 보네요."

로우든 씨가 말했다.

"안녕하세요."

내가 대답했다.

"메이, 맞지요? 이름을 절대 가르쳐 주지 않으셨죠."

"제가 그랬나요?"

"나한테는 말씀해주시던데. 아주 귀한 정보였구먼."

쇼크로스 씨가 말했다.

"기사 봤어요?"

로우든 씨가 나에게 물었다.

"네, 봤어요."

"그레이트렉스 가문은 『커리어』에서 항상 귀찮게 해야 해요. 언제 필요할지 모르니까요."

쇼크로스 씨가 말했다.

"그 반대일 수도 있지. 월요일에 '콜든 공장'에서 일어난 일 들었나? 한 청년이 방직실에서 팔이 끼었다지 뭔가. 4년 동안 그레이트렉스 공장에서 벌써 네 번째 죽음일세."

"실례합니다. 세리 주 한 잔, 샌디 주 한 잔, 맥주 한 잔, 브랜디 한 잔 왔습니다."

부스 선생님은 우리 앞에 잔 네 개를 내려놓고는 하인들에게 나누어주었다.

"루비, 당신은 뭘 마신다고 했지요?"

로우든 씨의 시선이 나에게 고정되었고 눈빛 속의 말할 수 없는 무언가가 나를 오싹하게 했다. 내 기분이 고스란히 전해졌는지 로우든 씨가 시선을 다른 데로 돌렸다. 로우든 씨의 얼굴에 내가 익히 알고 있는 감정이 고스란히 비춰졌다. 나는 당장이라도 자리를 박차고 나가고 싶어졌다. 하천을 따라 5분만 걸어가면 기차역이 나올 것이고 그 앞에 택시 승강장이 있다. 벽에 걸린 시계는 이제 고작 8시 15분을 가리키고 있었다.

"벌써 가면 안 되죠!"

모자를 벗은 블레이즈의 볼이 빨개져 있었다.

"아무래도 아이스크림을 너무 많이 먹은 것 같아요."

내가 들어도 참 없어 보이는 변명이었다.

블레이즈는 내가 거짓말을 하는 걸 알아차렸다. 블레이즈의 까만 눈이 의심스럽다는 듯 가늘어졌지만 다른 말을 덧붙이지는 않았다. 틸다는 같이 이야기하던 남자와 어딘가로 사라졌고 매니언 부인은 나에게서 등을 돌리고 다른 사람과의 대화에 깊이 빠져 있었다. 나는 조용히 방을 빠져나왔다. 바를 지나 쌀쌀한 밤공기를 맞으며 바깥으로 향했다.

나는 빠른 속도로 역을 향해 걸어가다가, 경적을 울리며 지나가는 트램을 보고는 한쪽으로 비켜서 길을 터주었다.

"메이! 루비!"

어떤 남자의 목소리가 다시 들렸고 나는 더욱 빠르게 걸음을 재촉했다. 그나마 밖이 어두워 내 모습이 잘 보이지 않는 게 다행이었다. 발걸음 소리는 점점 가까워졌고 부스 선생님이 내 오른쪽에 나타났다. 부스 선생님은 주머니에 손을 찔러 넣고 있었다.

"무슨 일이에요?"

"아이들한테 돌아가 봐야 해요."

"나온 지 한 시간밖에 되지 않았어요. 그리고 아까 집에서 나와 있어도 된다고 하지 않았나요?"

"사실은 그러면 안 돼요. 정말이에요. 아이들을 재우고 나서도 할 일이 있거든요."

"그럼 내가 같이 걸어가 줄게요."

부스 선생님은 길을 건너기 시작했다.

"괜찮아요. 기차역으로 가서 택시를 타려고요."

"지금 택시 없어요. 7시에 리즈에서 오는 열차가 도착하고 나면 택시 기사들도 모두 퇴근해요."

"부스 선생님, 제발요. 돌아가 주세요."

"돌아가야 할 건 당신이에요. 너무 성급히 나왔어요."

가로등 아래서 부스 선생님은 나를 뚫어지게 쳐다보았다.

"몸이 별로 좋지 않아요."

"내가 데려다줄게요. 길만 올라가면 되는데요 뭐."

"1.5킬로미터가 넘어요!"

"이 밤중에 당신 혼자서 숲을 걸어가게 둘 수는 없잖아요."

"들어가세요."

"그럼 나랑 같이 돌아가서 브로들리가 올 때까지 기다립시다."

나는 꼼짝도 하지 않았다.

"서울의 고집이 어디서 왔는지 알겠네요. 그럼 가봅시다."

부스 선생님이 말했다.

오르막길을 오르기 시작하자 부스 선생님은 내 옆에서 나란히 걸었다. 도로는 계곡의 가장자리를 따라 굽이지게 나 있었고, 도로의 가장자리는 낮은 돌담을 쌓아 단을 만들어 놓았다. 돌담 아래는 저 아래 강으로 떨어지는 깎아지른 듯한 절벽이었다. 밤에는 물소리가 더욱 거세게 들렸다. 나는 부스 선생님이 나를 집까지 데려다줄지 궁금해졌다. 밤에 이 다리를 건너본 건 딱 한 번, 여기 온 첫날 잉글랜드 씨와 함께였다. 그리고 그때는 손전등도 있었다.

부스 선생님은 자연스럽게 자리를 바꿔 자신이 길 쪽에 섰고 나는 자리를 바꿔도 괜찮다고 말했다.

"높은 데 있으면 무섭지 않아요?"

부스 선생님이 물었다.

"괜찮아요."

"나는 어렸을 때, 이 돌담에 앉아서 낚시도 했었어요."

"10미터는 족히 되는 높인데요! 까딱하면 죽을 수 있어요."

부스 선생님은 웃음을 터뜨렸고 우리는 계속해서 길을 걸었다.

"내일 기대되시겠어요."

내가 말했다.

"내일 무슨 일 있나요?"

"꼭 말을 해줘야 알겠어요? 무슨 뜻인지 아시잖아요. 결혼식이요."

내가 말했다.

"여기 사랑의 금빛 종결이 있고, 나의 모든 구애는 끝이 났도다."

"그렇게 되길 바라요."

내가 말했다.

"테니슨 경의 시예요. 제가 제일 좋아하는 구절이지요."

부스 선생님이 웃었다.

"처음 들어봐요."

"테니슨 경을 들어본 적이 없다고요? 아, 정말 부럽네요. 세상에서 가장 위대한 시인의 작품을 아직 읽어보지 않았다니 앞으로 읽을 게 너무나 많잖아요."

"나는 언제쯤 시를 읽을 수 있을까요?"

황색 가로등이 발아래 놓였고 우리가 계속 올라갈수록 마을은 미니어처처럼 보였다.

"수줍은 신부가 되고 싶은 마음이 있어요, 메이?"

"저도 언젠가 결혼을 하기는 하겠지요."

당황스럽게도 내 얼굴이 달아올랐다. 부디 부스 선생님의 눈에 띄지 않기를 바랐다.

"그런데 로우든 씨는 어떻게 아세요?"

"아, 로우든과 결혼하고 싶은 거군요."

부스 선생님이 놀렸다.

"아니에요."

"혹시 로우든이 무언가 당신의 기분을 나쁘게 해서 이렇게 빨리 가려고 하는 게 아닌가 생각했어요. 기분이 별로 좋지 않은 게 로우든 때문은 아니지요?"

"아니에요, 당연히 아니에요. 물론 로우든 씨가 질문을 아주 많이 하기는 했지만요."

"당연하죠. 직업병이에요. 로우든은 학교 때부터 친구랍니다."

"잉글랜드 가문의 친구이기도 한가요?"

"제가 알기로 잉글랜드 가문은 친구가 없어요."

"무슨 뜻이에요?"

"'아지'는 친구가 없지요. 우리 같은 '프롤'들이나 친구가 있는 거예요."

"'아지'는 뭐고, '프롤'은 뭐예요?"

"부르주아지와 프롤레타리아를 모른단 말이에요? 정말 순진하군요, 메이. 그렇지 않아도 블레이즈에게 사람을 잘못 보았다고 이야기하기는 했어요."

부스 선생님이 웃었다.

"왜요? 블레이즈가 뭐라고 말했는데요?"

부스 선생님은 후회라도 하는 듯 침묵에 빠져서는 지나가던 집의 벽면에 새겨진 거북이 등껍질의 고양이 그림에 손을 올렸다.

"당신에게 말한 걸 알면 블레이즈가 날 죽이려고 할 거예요. 하지만 뭐 이제 그만뒀으니까 상관없겠네요. 사실, 블레이즈는 당신이 우리보다 낫다고 생각해요."

"전혀 아니에요."

나는 화가 나서 얼굴이 붉어졌다.

"제 말이 그 말이에요. 아마 당신이 런던 출신이라 반감을 가진 것 같아요. 블레이즈는 당신이 런던의 기품과 우아함을 갖추고 있다고 말했거든요."

"그런 게 있을 리가요. 저는 런던이 고향도 아니에요. 런던에서 일을 했을 뿐이죠."

우리는 한동안 침묵했다.

"블레이즈는 저를 만나기 전부터 저를 싫어하기로 다짐한 것 같았어요."

나는 침묵을 깨고 덧붙였다.

"블레이즈는 친해지는 데 시간이 좀 걸리는 편이에요. 하지만 마음은 따뜻하답니다. 좋은 사람이에요."

블레이즈에 대한 부스 선생님의 믿음이 좀 마음아프게 다가왔다. 나에게도, 이렇게 나를 보호해 줄 누군가가 있을까.

"사실 블레이즈는 보조 유모가 되고 싶어 했어요."

"블레이즈가요?"

부스 선생님이 고개를 끄덕였다.

"하지만 잉글랜드 씨가 거절했지요. 경험이 없다고요. 하지만 블레이즈는 씩씩했어요. 하우스 메이드로 지내는 것에도 만족하더라고요, 아니 만족했었어요."

부스 선생님이 정정했다.

"많은 것을 설명해주네요."

나는 씁쓸하게 대답했다.

"최소한 블레이즈는 이름과 성격이 아주 잘 어울리지 않아요? 맹렬하게 타는 불길이라."

부스 선생님이 말을 이었다.

"그렇긴 하네요."

나는 웃을 수밖에 없었다.

"우리 집은 저기 짐 나르는 말이 다니는 다리 옆 저 아래에 있어요. 스프링 그로브라는 곳이죠. 월요일에 이사를 들어갈 예정이에요. 블레이즈는 나보고 현관문을 빨간색으로 칠하라고 했어요."

부스 선생님이 저 아래 불빛이 반짝이는 창문들을 가리키면서 말했다.

"그래서 그렇게 하실 건가요?"

나는 미소를 지었다.

"어떻게 생각하세요? 마치 거대한 체리 속으로 들어가는 기분이 들 것 같은데요."

"당분간은 블레이즈가 일을 하지 않는 게 좀 어색하게 느껴질 것 같아요."

내가 말했다.

"사실 블레이즈는 계속 일을 하기를 원했지만⋯⋯."

"하지만요?"

"적절하지 않은 것 같아서요."

부스 선생님이 어깨를 으쓱했다.

"하지만 매니언 부인도 결혼하셨잖아요."

"그렇긴 하지요."

"음, 저는 결혼해서 부인이 되는 것도 일종의 일을 하는 거라고 생각해요."

나는 놀라움에 눈을 깜빡이며 말했다.

"무슨 뜻이죠?"

"어머니와 하녀의 중간 어디쯤이지 않을까요?"

"맙소사, 그럼 내가 우리 엄마와 결혼을 한다는 것이오?"

부스 선생님은 발걸음을 멈추고 주위를 둘러보았다.

나는 웃었다. 우리는 이미 절반 이상을 걸어왔다. 길가의 불빛이 반짝이던 창문들을 뒤로하고 어두운 숲의 입구를 향하고 있었다.

"미안한데 나는 이만 가봐야 할 것 같아요."

부스 선생님이 말했다.

"아!"

내가 말했다.

"농담이오."

부스 선생님이 내 팔을 잡자 전기가 찌릿 오르는 것 같았다.

"괜찮아요, 메이?"

"괜찮아요. 고맙습니다. 저 때문에 다른 사람들을 두고 나오게 해서 미안해요."

"내가 돌아가도 아마 다 있을 거예요. 갈 때는 브로들리에게 부탁을 해보죠."

승마길 한쪽으로 숲이 막고 있었고, 나는 짙은 어두움 속에서 계곡을 건너 사울, 밀리, 찰리가 잠들어 있는 집 쪽을 바라보았다.

"데카가 그립군요."

마치 내 생각을 꿰뚫어 보기라도 한 듯 부스 선생님이 말했다.

"아주 많이요."

"둘은 정말 쌍둥이처럼 똑같아요."

"데카에게서 아직 소식을 듣지 못했어요. 그렇다고 교장 선생님께 얼마나 자주 편지를 쓰도록 해 주는지 물어볼 수도 없고요."

"아직은 할 말이 그리 많지 않을 수 있어요."

나는 고개를 끄덕이고 우리는 잠시 침묵 속에서 길을 걸었다.

"좀 전에……, 잉글랜드 씨는 친구가 없다고 하셨잖아요……."

나는 천천히 다시 입을 열었다.

"네?"

"왜 잉글랜드 씨는 마차 관리인을 두지 않을까요? 심지어 남자 하인도요. 집에 남자 하인이 한 명도 없어요."

"왜 그렇게 생각했어요?"

"지금 갑자기 그런 생각이 들어서요."

"잉글랜드 씨는 닭장의 유일한 수탉이 되고 싶은 거죠."

"무슨 뜻이에요?"

"아, 저도 잘 몰라요. 블레이즈가 몇 가지 말해줬을 뿐이에요."

나는 계속해서 지난번에 잉글랜드 부인이 갔혔던 날 아침 이야기를 하고 싶었지만 조금 더 생각해 보니 그건 아닌 것 같았다. 이미 우리의 대화는 수위를 넘어섰고, 나는 우리 대화를 다시 안전한 영역으로 이끌었다. 하지만 아주 오랜만에 솔직한 대화를 했고, 나는 이 대화가 영원히 지속되기를 바랐다. 이제 나는 밤에 남자와 단둘이 나란히 걸으면서 이야기를 나누어 본 사람이 되었다. 항상 남동생들과만 같이 있다 보니 영 어색했다.

거의 다 왔고 우리는 함께 돌다리를 건넜다.

"여기서부터는 혼자 갈 수 있어요."

나는 부스 선생님에게 얼굴을 돌리고 말했다.

"집까지 데려다 드릴게요."

"그러실 필요 없어요."

우리는 가까이 마주 보고 섰다.

"내일 아침에 행운이 깃들길요."

내가 말했다.

"그랬으면 좋겠어요."

"잘하실 거예요."

부스 선생님의 얼굴이 그늘에 가려져 있지만 나는 선생님이 웃고 있다는 것을 알았다.

"교회에서 봐요, 메이, 아니 루비."

"데려다줘서 고마워요, 부스 선생님. 블레이즈에게도 감사 인사를 전해주세요."

"편하게 엘리라고 불러요. 다들 그렇게 부른답니다. 그리고 당연한 일을요."

나는 부스 선생님이 가는 걸 지켜봤는데, 마치 그 사람이 휴대용 전등에서 나오는 빛까지 가지고 가는 것처럼 느껴졌다. 어둠이 스멀스멀 더욱 가깝게 올라왔다. 어둠과 함께, 로우든 씨가 술집에서 다른 사람들과 함께 있을 것이라는 생각이 들었다. 로우든 씨가 나의 정체를 알고 있다는 확신도 생겼다. 더 걱정되어야 마땅한데 정작 머리에 떠오른 생각은 사실 블레이즈가 그만두어서 기쁘고, 부스 선생님이 계속 올 거라 즐겁다는 것이었다.

# 12

결혼하기에 완벽한 날이었다. 10월의 공기는 바스락
거렸고, 하늘은 아주 선명한 파란색이었다. 하지만 하드캐슬 하우
스 하인들의 신경은 날카로워질 대로 날카로워져 있었다. 그야말로
혼돈의 중심이었다. 신발을 미친듯이 닦고, 실크넥타이를 찾았다가
바닥에 버리기도 했다. 하필이면 오늘같은 날 밀리가 아침 식사를
쏟아버려 옷을 갈아입혀야 했다. 틸다는 회전목마처럼 이 방, 저 방
을 돌아다녔다. 지나보니 블레이즈는 생각했던 것보다 훨씬 더 유
능한 메이드였다. 잉글랜드 부부가 블레이즈를 대체할 메이드를 뽑
지 않고 틸다를 하우스 메이드 총괄로 임명했는데 틸다가 어쩔 줄
을 몰라 했던 것이다.

아이들의 아침 식사 쟁반을 직접 주방에 돌려주고 층계참을 지
나는데, 잉글랜드 부인의 방에서 큰 소리가 들렸다. 잠시 후 방문이
활짝 열리고 잉글랜드 씨가 밖으로 나왔다.

"…… 아이들과 혼자 가겠소."

내가 마지막으로 들은 잉글랜드 씨의 말이었다.

잉글랜드 씨는 화난 듯이 나를 쳐다보았으나 왠지 무언가 일을 공모하는 사람의 표정이었다.

"틸다? 틸다!"

잉글랜드 씨는 아래층을 향해 소리를 질렀다.

나는 제일 좋은 드레스를 입고 불룩해진 틸다를 스쳐 지났다. 틸다는 금빛 머리를 헤어롤로 감았는데, 멋진 곱슬머리가 나오도록 아주 잘 감았다.

"틸다, 잉글랜드 부인이 옷 입는 것을 도와주시오. 30분 이내에 출발해야 하오. 브로들리는 준비가 되었지요?"

"그런 것 같습니다, 잉글랜드 씨."

틸다는 잉글랜드 부인의 방으로 사라졌다.

나는 쟁반을 들고 주방으로 갔다. 매니언 부인은 아침 먹은 설거지를 하고 있었다. 부인은 딱 맞는 검정색 재킷에 치마를 입고 있었으며 목에는 황색 브로치를 하고 있었다. 나만 유일하게 제복을 입은 하인이었다.

"이게 무슨 난리랍니까. 틸다는 와야 하는지, 가야 하는지도 모르고 에밀리는 머리를 다듬겠다고 사라지고 내 치마에는 온통 세제 투성이이니 말이에요."

"나중에 같이 해요. 찰리가 낮잠 잘 때 제가 도와드릴게요."

서둘러 위층으로 올라가 아이들을 준비시킨 덕분에 10시 반에는 모두 현관에 나와있었다. 찰리에게는 하얀색 긴 원피스를 입혔다. 찰리를 안고 있으면서 최대한 먼지가 묻지 않았으면 좋겠다고 생각했다. 다음에 내려온 사람은 잉글랜드 씨였다. 짙은 색 정장에 은색으로 꼭대기를 장식한 지팡이를 들고 있었고 콧수염은 맵시 있게 정리되어 있었다. 하인들은 마구간에서 만나기로 했으므로 당연히 가장 늦게 내려온 사람은 잉글랜드 부인이었다. 부인은 휘청휘청하며 계단을 내려왔는데 연보라색 프릴이 달린 외출복을 입고 있었다. 팔에는 실크 핸드백을 걸고 있었다.

놀랍게도 잉글랜드 부인은 나에게 편지를 건네주었다.

"어제 도착했는데 메이 앞으로 온 편지예요."

잉글랜드 부인이 말했다.

나는 한눈에 엘시의 글씨임을 알아챘다. 잉글랜드 부인은 왜 이 편지를 지금 나에게 주는지 설명하지 않았다. 나는 편지를 받아 주머니 안에 쑤셔 넣은 뒤 아이들을 데리고 집을 나섰다.

우리는 가장 늦게 교회에 도착했는데, 이곳은 잉글랜드 가족이 원래 다니는 성당이 아닌 다른 교파의 교회였다. 나는 아이들을 데리고 잉글랜드 부부를 따라 앞줄의 지정석으로 향했다. 대부분 자리는 차 있었고 하객들은 우리가 복도를 따라 앞으로 가는 것을 지켜보았다. 부스 선생님은 제일 앞에 가족과 함께 앉아서 여기저기를 둘러보며 손을 흔들었다. 나와 눈이 마주치자 웃어주었는데, 금세 내 얼굴이 빨개지는 게 느껴졌다.

잉글랜드 부인은 내 옆에 앉았다. 얼굴을 거의 다 가리는 아주 커다란 모자를 쓴 채 하얀색 장갑만 보고 있었다. 잉글랜드 씨는 찰리를 무릎에 앉혔는데, 찰리가 잉글랜드 씨의 콧수염에 아주 큰 관심을 보이며 잡아당기는 바람에 다른 하객들이 큰 소리로 웃었다. 오래지 않아 오르간 연주가 시작되었고, 블레이즈가 두 명의 들러리와 함께 복도를 따라 걸어 내려오자 모두 일어섰다. 블레이즈는 장식이 거의 없는 크림색 반팔 드레스를 입고 있었고 팔뚝까지 오는 긴 장갑을 끼고 하얀색 헬레보어 꽃으로 만든 부케를 들었다. 단정하게 말아놓은 검은 머리 위로 베일이 덮여 있었다. 얼마나 활짝 웃던지 입만 보일 지경이었다. 나는 블레이즈와 부스 선생님이 서약을 주고받는 것을 보기가 힘들었다. 그래서 분홍색 장미 장식과 앞에 있는 사람들의 뒤통수를 보려고 안간힘을 썼다. 잉글랜드 부인도 내 신경을 거스른 사람이었다. 산만하게 들떠서 아이들보다도 더 가만히 있지 못하고 있었다. 잉글랜드 부인은 찬송가 책을 열었다 닫았다 하더니, 자리에서 안절부절못하다가 결국 우리가 일어나서 찬송가를 부를 때 함께 일어나지 못했다.

30분 즈음 지나자 부스 선생님과 블레이즈는 부스 씨와 부스 부인으로 선언되었다. 우리는 천천히 움직이는 줄을 따라 밖으로 나가기 시작했다. 잉글랜드 씨는 많은 사람들에게 말을 걸고 악수를 청했다. 문으로 나가는 데 5분이 족히 걸린 것 같았다. 몸에 딱 붙는 검은색 코트를 입은 목사님이 다가올 즈음에 잉글랜드 부인은 사라지고 말았다.

"우리가 만나다니 기쁘기 그지없습니다, 존 블랙리 목사입니다."

목사님은 잉글랜드 씨와 악수했다.

목사님은 작고 온순해 보였으며 금색 테의 안경을 쓰고 있었다.

"찰스 잉글랜드라고 합니다. 만나서 반갑습니다, 목사님."

둘이 이야기를 나눌 동안 나는 갈색과 검은색의 물결 속에서 잉글랜드 부인의 눈에 띄는 모자를 계속 찾았다.

"부스 선생님 보러 가도 돼요?"

사울이 물었다.

"물론이지. 저쪽에 계신 것 같은데. 축하 인사를 전해드리는 것도 좋을 것 같아."

"메이도 같이 가요."

밀리가 말했다.

로우든 씨가 왔는지 주시하면서, 나는 아이들을 데리고 신랑과 신부를 둘러싸고 있는 작은 무리에게로 다가갔다. 누군가 밀리와 사울에게 각각 한 줌의 쌀을 주었고, 모두 쌀을 신혼부부에게 던지면서 웃었다. 부스 선생님이 총을 맞은 사람처럼 쓰러져서 아이들이 더욱 크게 웃었다. 찰리는 날이 갈수록 무거워졌다. 나는 찰리가 울기라도 해서 조금 조용한 데로 가면 좋겠다고 생각했지만, 찰리는 오히려 기쁨에 들떠 행복해하고 있었다.

"축하드려요."

나는 애써 밝게 인사했다.

"고마워요."

부스 선생님이 답했다.

블레이즈는 어떤 나이가 지긋한 여성과 이야기를 나누고 있다가 아주 잠깐 무시하는 듯한 표정으로 나에게 미소지었다. 나의 시선은 블레이즈의 손가락에 있는 금색 결혼반지로 향했다. 다시 부스 선생님에게 고개를 돌렸지만, 어젯밤 이후 우리 둘 사이에 할 말이 거의 바닥난 것 같은 기분이었다. 나는 볼이 붉어지는 것을 다시 느끼며 물을 한 잔 마시고 싶어졌다.

"결혼식 '아침 식사'는 어디에서 하나요?"

부스 선생님에게 물었다.

"크로슬리에서요. 대단한 건 없고 스무 명 남짓 분의 햄과 달걀, 그리고 차를 준비했어요."

"좋아요."

내가 대답했다.

"그나저나 점심때도 이미 지났는데, 결혼 피로연을 '아침'이라고 부르는 건 도대체 어디서 나온 걸까요?"

"남편과 부인이 되어 처음 같이 하는 식사라는 뜻 아닐까요?"

"그렇군요."

나는 부스 선생님도 우리 사이에 할 말이 없다는 것을 느끼고는 할 말을 찾고 있다고 생각했다. 지난밤 부스 선생님의 팔짱을 끼고 숲을 산책하던 기억을 떠올렸다. 그때는 선생님과의 대화가 끝나지 않기를 바랐는데 지금은 찰리가 내려달라고 칭얼거려서 오히려 다행이라는 생각이 들었다.

"이제 선생님을 다른 손님들께 양보할게요."

내가 말했다.

"꼬마야, 너의 유모를 산책시켜주렴. 와줘서 고마워요, 루비."

부스 선생님이 찰리에게 말했다.

나는 찰리를 데리고 묘지를 가로지르는 길을 따라 데리고 가서 묘비 사이에서 아장아장 걷도록 했다.

"안녕하세요."

등 뒤에서 남자 목소리가 들려왔다. 뒤를 돌아보니 세상에 전혀 생각지도 못한 사람의 얼굴이 있었다.

"쉘드레이크 씨."

쉘드레이크 씨는 교회의 돌벽에 등을 대고 서서 담배를 피우는 중이었다. 갈색 정장에 모자를 쓴 모습이 내가 지금껏 본 중 가장 깔끔해 보였다.

"마치 귀신을 본 것 같은 표정이군요."

쉘드레이크 씨가 말했다.

나는 찰리를 안고서 쉘드레이크 씨를 마주 보았다.

"대체 무슨 일을 하신 거죠? 작은 소녀에게 비밀 심부름을 시키

다니요?"

쉘드레이크 씨는 나를 가만히 쳐다보더니 이내 땅으로 시선을 옮기고 담배를 비벼 껐다.

"네, 제가 다 알고 있어요. 걱정마세요. 데카가 약속을 어긴 건 아니니까요. 데카는 저에게 말하지 않았는데 제가 발견한 거예요."

"그래서 데카가 잉글랜드 부인에게 그 편지를 전달하였소?"

"제가 드렸어요."

쉘드레이크 씨는 공기를 힘껏 들이키더니 안도의 한숨을 내쉬었다.

"잉글랜드 부인께 무슨 부탁을 드렸는지 모르겠지만, 무슨 일이건 간에 저나 아이들을 이용하지 말아 주셨으면 해요. 잉글랜드 씨의 주소를 알고 있잖아요. 잉글랜드 씨나 부인께 편지를 쓰려면 우표를 사세요."

"메이. 다른 아이들이 찾고 있어요."

잉글랜드 부인이 길 위의 내 뒤에 서 있었다.

"네, 부인."

나는 빠르게 부인을 지나쳤다. 부인이 조금 더 머물면서 쉘드레이크 씨에게 경고를 할 줄 알았는데, 잠시 후 부인의 발소리가 등 뒤에서 들렸고 어느새 내 옆에 서 있었다. 우리 사이에서 부인의 작은 가방이 흔들렸다. 구름이 몰려오면서 교회 밖의 하객들이 점점 줄어들기 시작했다. 이 지역의 날씨는 변화무쌍하기 때문에 아침에 맑다고 해서 오후에도 맑으리라는 법은 없었다.

"브로들리를 찾아볼게요."

잉글랜드 부인이 말했다.

부인은 속을 알 수 없는 표정으로 침착하게 행동했다. 두 시간 전에 집에서 나올 때 정신없이 허둥지둥하던 부인이 떠올랐다. 우리는 마차를 찾아서 마차에 올랐고, 찰리는 내 무릎에 앉혔다. 주머니에 있는 엘시의 편지가 느껴졌다.

"데카도 있었으면 좋았을 텐데요. 혹시 소식 들으셨나요?"

내 말에도 부인은 지긋이 창밖을 응시하고 있었다.

"아직이요."

부인이 대답했다.

"곧 연락이 올 거라 믿어요. 블레이즈도 좋아 보이더라고요. 부케에 우리가 만들어 준 도금양도 있었어요."

나는 분위기를 띄우려고 애써 밝게 말했다.

"조금 태가 나는 것 같아요."

잉글랜드 부인이 말했다.

"무슨 태가요, 부인?"

나는 부인을 쳐다보았다.

"블레이즈의 예정일이 얼마 남지 않았거든요."

나는 처음으로 잉글랜드 부인이 웃는 모습을 보았고 부인은 나를 아주 친절하게 바라보았다.

나는 충격을 받고 당황해서 아무 말도 할 수가 없었다.

"무슨 예정일이요?"

아무것도 놓치고 싶지 않은 사울이 물었다.

"오후 내내 맑을 날을 기다리는 거야."

나는 잠시 후 사울에게 답해주었다.

잉글랜드 부인은 다시 창문으로 등을 돌렸다. 부인은 마치 결혼반지를 빼고 싶은 듯 오른손 엄지손가락과 검지손가락으로 장갑 속의 결혼반지를 앞으로 뒤로 뺐다 넣었다 했다.

루비 언니에게,

언니 엽서 잘 받았어. 요크셔에 폭포가 있는지 몰랐네. 언니 엽서는 거실 벽에 놓아두었어. 테드 오빠가 캐나다에 있는 나이아가라 폭포랑 비교하면 얼마나 큰지 알려달래. 그리고 언젠가 꼭 가보고 싶다고도 하더라. 엄마는 언니가 아빠 편지를 읽었는지 궁금해하셔. 그리고 곧 월급날일 텐데, 라고 하시더라. 의사 선생님은 나에게 다시 자기 전자 기계를 쓰고 싶어 하셔. 나는 여전히 그 기계가 너무 싫지만, 이제는 익숙해져야 할 것 같아. 정원에 심은 내 자두나무는 아직 나올 기미가 없는데, 아마도 흙이 더 필요한 것 같아. 돈이 남아있으면 또 엽서를 보내줘.

사랑을 담아서,
엘시가.

바로 그때 놀이방 문을 두드리는 소리가 나더니 잉글랜드 씨가 문을 열고 들어왔다. 아이들 방에만 오면 잉글랜드 씨는 언제나 훨씬 더 커 보인다. 아니면 방의 모든 것들이 상대적으로 작아 보이거나.

찰리는 밀리의 침대에 기대어 서서 통통한 다리로 마룻바닥을 짚고 있었다. 아빠의 목소리를 듣더니 손을 뻗었다.

"아무리 생각해도 장군감이야. 메이, 다음 주에 잉글랜드 부인의 할아버지 저택인 '크로우 네스트'에서 파티가 있소. 그레이트렉스 공장의 50주년을 축하하는 자리요. 6~8킬로미터 거리인지라 자고 오지는 않을 것 같소."

"네, 잉글랜드 씨. 아이들도 가나요?"

"그렇소. 아마 그레이트렉스 가족들도 만나게 될 거요. 그런데 주의를 하나만 하겠소. 아마 신경 써야 할 아이들이 좀 더 있을 거요. 그중 몇몇은 아주 장난꾸러기요. 이런 행사가 있으면 더 소란을 피우더라고요."

"네, 잉글랜드 씨."

"결혼식은 어땠소?"

"즐거웠습니다. 정말 아름다운 결혼식이었어요."

"집에서 연락이 온 거요?"

잉글랜드 씨는 침대에 놓인 엘시의 편지를 가리키며 물었다.

고개를 끄덕이는 데 괜히 심장이 두근거렸다.

"애인이 있을 것 같지는 않은데."

잉글랜드 씨가 씩 웃었다.

"네, 없습니다."

"유모의 사생활에 내가 관여할 바는 아니지만, 당분간은 결혼이라는 제도 때문에 메이를 잃게 되지 않기를 바랄 뿐이오. 오늘 들른 건 아침에 잉글랜드 부인을 잘 데리고 나가줘서 고맙다는 말을 하고 싶었소. 당신은 우리 모두에게 매우 친절하오, 메이."

잉글랜드 씨는 한숨을 쉬며 손을 사울의 침대 기둥에 올려놓았다.

"감사합니다, 잉글랜드 씨."

"고민이 있으면 언제든지 나에게 오시오."

잉글랜드 씨는 나를 가까이 바라보며 말했다.

"네, 알겠습니다."

약간의 침묵 후 내가 대답했다.

"퍼즐하고 놀기로 했잖아요."

밀리가 다가와서 외쳤다.

"그러자, 밀리."

"어른들 말씀하시는데 끼어드는 게 무례한 걸 몰랐나, 우리 딸?"

잉글랜드 씨가 밀리의 머리를 헝클었다. 그리고는 밀리를 번쩍 들어 침대에 눕히고 마구 간지럼을 태웠다. 밀리가 깔깔 웃으면서 아빠에게 그만하라고 소리쳤다. 그 모습에 슬며시 미소가 지어졌다.

하드캐슬 하우스에서 6~8킬로미터 정도 떨어져 있는 '크로우 네스트'는 숲으로 둘러싸인 언덕의 꼭대기에 있었는데, 하드캐슬 하우스와 비교하면 궁전 수준이었다. 본채 자체도 굉장히 넓었고 양옆으로 별채가 두 채 있었다. 창문은 기차가 지나는 터널의 크기였고 정문은 벨벳으로 만든 밧줄로 장식되어 있었다. 사람들이 거주하는 건물 외에도 강과 잔디밭, 테라스, 정원, 포도밭, 포도주 양조장이 있었다. 바나나 하우스가 온실 서쪽으로 있고, 알파카와 라마가 이 흐린 요크셔 하늘 아래 마치 다른 세상의 피조물처럼 이리저리 돌아다니고 있었다. 셀 수 없이 많은 그레이트렉스 가문의 일가 외에도 관리인, 사원, 바느질 메이드, 양털 관리인, 실 잣는 사람, 엔진 보조원, 메신저 등 하인들이 수백 명이나 있었다. 그들 모두 여름에 두꺼운 크림색 카드로 초대를 받았고, 지금은 '크로우 네스트'의 우아한 점심식사 테이블에 앉았다. 하얀 캔버스 텐트 아래 수 제곱미터에 이르는 테이블 위에는 소고기, 양고기, 비둘기 파이, 구운 오리, 뇌전, 자고새, 자두 푸딩, 타르트와 젤리, 그리고 아이들을 위한 아이스크림으로 가득 차 있었다.

아이들도 수십 명 있었다. 너무 많아서 셀 수 조차 없는 사촌들을 보고 있으니 잉글랜드 부인 친정 가족의 크기와 영향력이 가늠되었다. 그 중심에는 스코틀랜드식 체크무늬에 금색 버튼이 달린 옷을 입고 은색 턱수염을 기른 80대의 챔피언 그레이트렉스가 있었다. 챔피언 그레이트렉스는 지난 50년간 부와 명예를 마치 실크 잠옷과 같이 당연하게 가지고 있었다. 최소 20~30명이 언제나 챔피언 그레이트렉스를 지켜보고 있었을 것이다. 그 누구도, 9명의 아이를 낳고 40개의 방직공장을 가지고 있으며 온갖 부침에도 불구하고 단 한 곳의 공장도 폐업시키지 않은 챔피언 그레이텍스를 '우리 같은 사람'이라고 감히 생각지 못할 것이다. 챔피언 그레이트렉스는 은색 알파카로 장식된 얇은 검은색 지팡이를 가느다란 손가락으로 짚고는 잔디밭 위의 작은 무리들 사이를 돌아다녔다.

오늘 아침에 집을 떠날 때만 해도 이 웅장함의 1/10도 상상하지 못했고 그저 커다란 정원에서 열리는 피크닉 정도를 생각했었다. 잉글랜드 아이들이 가장 좋은 옷을 입었음에도, 요크셔에서 가장 부유한 가족이 입은 눈처럼 하얀 드레스와 해군 복장에 비하면 평범하고 소박하기 그지없었다. 보조 유모들과 여자 가정 교사들이 그레이트렉스 아이들을 따라다니며 사소한 예의범절로 주의를 주었고, 그 중 한 두어 명이 내 제복에 관심을 가지고 놀랜드에 대해 물어 보았다. 그들은 서로는 물론이고 다른 사람들이 돌보는 아이들에게도 익숙한 듯 편하게 다가왔다. 울로 만든 담요 위에 모여 이야기를 나누며 케이크 조각을 입으로 가져갔다. 아기들이 잔디 위를 뛰어다니는 모습을 보면서 심 교장 선생님이라면 어떻게 했을까 생각해 보았다. 아마도 교장 선생님은 작고 하얀 손으로 박수를 치며 아이들을 모아 한 줄 기차를 만들었을 것이다. 이 난리에도 불구하고 경관의 변화는 이 모든 상황을 더 재미있게 만들었다. 시원하게 뚫린 공간에서 공기를 들이쉬니 계곡이 얼마나 답답하고 우울했는지가 새삼 느껴졌다.

　이날 나는 계속 잉글랜드 부인을 관찰했다. 잉글랜드 부인은 나비처럼 하늘하늘한 엷은 장미색의 린넨 드레스를 입었다. 그에 어울리는 재킷을 입고 목에는 검은색 새틴 나비 모양 리본을 했다. 그렇게 대화의 주변에서 맴돌 뿐 어떠한 대화에도 적극적으로 참여하지 않았다. 잉글랜드 부인은 오빠들과 함께 잔디밭 위의 작은 언덕 위에 앉아있었는데 잉글랜드 부인의 부모님이 먼저 다가왔다. 잉글랜드 부인의 아버지는 거무죽죽한 검은색의 정장을 입고 있었고 어머니는 비둘기색의 차림에 긴 장갑을 끼고 거위 털로 뒤덮인 모자를 쓰고 있었다. 얼마 지나지 않아 잉글랜드 부인은 무리에서 떨어져 나와 빈 식탁에 있는 자신의 자리에 와서 앉았다. 부인은 다소 쌀쌀맞은 얼굴로 팔짱을 끼고는 발을 까딱거렸다. 내 쪽을 보고 있는 것 같았지만 전혀 웃음기 없는 얼굴이었다. 부인의 시선은 나를 지나 강으로 향했다.

　사울이 얼굴이 상기된 채 숨을 헐떡이며 나에게 다가와서는 레모네이드를 한 잔 달라고 했다. 나는 사울에게 레모네이드를 한 잔 따라주고는 잔디를 한주먹 뜯고 있는 찰리 옆에 앉으라고 했다. 나도 사울과 찰리 옆에 앉았다. 피곤하고 머리가 아파서 조금 앉아서 쉬고 싶었다. 사울은 어젯밤에 또 오줌을 쌌고 한밤중에 침대 이불을 갈다가 밀리와 찰리가 깨 버렸다. 아이들은 다시 쉽게 잠들지 않았다. 나는 놀이방에서 몇 시간을 서성이며 찰리를 달랬다. 그저 찰리가 빨리 잠 들기를 바랐다.

　우리는 언덕 아래에서 한창인 '포대 뛰기'를 지켜보았고, 밀리가 곱슬머리를 손으로 돌돌 꼬면서 사촌들과 함께 있는 모습을 보았다.

　"이제 가서 놀아도 돼요?"

사울이 물었다.

"그래. 하지만 너무 빨리 다니지는 마. 사람이 너무 많구나."

"안 그럴게요."

사울은 마치 사냥개처럼 달려나갔고 나는 찰리의 통통한 손을 잡고 찰리를 잉글랜드 부인이 앉아있는 곳으로 데리고 갔다. 식탁은 사람들이 먹다가 버리고 간 파이들과 녹은 아이스크림으로 엉망이었다. 파이와 아이스크림의 단내가 공중에 멀미를 일으킬 것처럼 맴돌았다.

"아이들은 자기들끼리 잘 놀고 있지요?"

잉글랜드 부인이 물었다.

부인의 눈 아래에 다크서클이 진하게 내려와 있었다. 부인도 잠을 거의 자지 못한 것 같았다.

"네."

나는 하품을 참으며 잔디 위에서 노는 찰리를 내 발등 위에 올려놓았다. 찰리도 피곤해서 짜증을 부리기 직전인 게 분명했다.

"할아버님의 연설이 정말 좋았어요."

"그래요?"

"방직공장 사람들에 대해서 말씀하신 부분과 각각이 하나의 마을과 같다는 부분이 특히 인상적이었답니다."

"그래서 '시장님'으로 불리기도 하지요."

잉글랜드 부인은 어딘지 모르게 공허한 경멸의 미소를 지었다.

우리는 흥청거리는 사람들을 지켜보았다. 잔디밭 저 아래 두 남자가 팔을 걷어붙이고 레슬링 시합을 시작했다. 진달래꽃 더미 옆에서는 줄다리기가 한창이었고, 아이들은 마치 한 무리의 강아지들처럼 목줄을 한 모래 색깔의 라마를 만지고 있었다.

"정말 살기 좋은 곳인 것 같아요. 마치 놀이공원에 온 것 같은 기분이에요. 아버님도 '크로우 네스트'에서 자라셨나요, 부인?"

내가 물었다.

"네. 나는 '독사의 네스트'라고 부르지만요."

나는 깜짝 놀라서 치켜 올라가는 눈썹을 간신히 진정시켰다. 찰리는 어디선가 떨어진 숟가락을 찾았는지, 손으로 잡고 잔디를 두들겼다. 우리는 그 모습을 바라보고 있었고, 그 중 누구도 헬렌 그레이트렉스가 다가오는 것을 알아채지 못했다.

"잘 지냈니, 릴리안?"

"잘 지내셨어요, 엄마."

잉글랜드 부인은 일어서서 입을 맞추지 않았고, 헬렌 그레이트렉스는 안경 너머로 나를 노려보았다.

"안녕하세요, 그레이트렉스 부인."

내가 말했다.

헬렌 그레이트렉스는 나를 무시하고 자신의 딸 옆에 앉았다.

"옛 시절이 돌아온 것 같구나. 아이들도 다 모였고."

그레이트렉스 부인이 말했다.

잉글랜드 부인은 아무 말도 하지 않았다.

"찰스에게 어떻게 너를 이러한 행사에 데리고 올 수 있었냐고 물어보았다. 네가 레디클리프에 엄마와 아빠를 마지막으로 보러 온게 언제인지 당최 기억도 할 수 없구나."

"아이들이 있어서 움직이기가 힘들어요."

잉글랜드 부인이 말했다.

"놔두고 다니지도 못할 거면 뭐 하러 저 여자를 들였니?"

그레이트렉스 부인이 모자 아래로 나를 쏘아보았다.

"나도 이제 거의 60살이다, 릴리안. 온종일 마차에 실려 흔들리면서 움직이기에는 너무 나이가 많단다."

그때 잔디밭에 모여있던 사람들 무리에서 큰 웃음소리가 새어 나왔다. 잉글랜드 씨였다. 얼마나 사람들 무리에 잘 어울리는지 짙은 머리 색깔만 아니라면 그레이트렉스 가문의 일원이라고 해도 믿을 지경이었다. 몇몇은 챔피언 그레이트렉스와 같은 지팡이를 들고 있었고, 그중 두 명은 어떤 두 아이가 싸우는 바람에 긴급히 불려갔다.

"찰스가 나중에 너희 아빠랑 이야기하고 싶다고 하더구나."

그레이트렉스 부인이 말했다.

"지금 이야기하고 있는 것 아닌가요?"

잉글랜드 부인이 대답했다.

"둘이서만 말이다."

"뭐에 대해서죠?"

"사업 이야기지. 무슨 말을 할지 훤하구나. 돈을 더 빌려달라고 할 것 같아."

"아빠가 다른 사람들에게는 돈을 빌려주고 이자를 받지 않나요? 도대체 왜 이자도 안 받고 돈을 빌려주겠다는 건지 모르겠어요."

"남자들 일은 남자들에게 맡겨두거라."

엄중한 침묵이 흘렀다. 조금 뒤에 그레이트렉스 부인은 다시 말을 이었다.

"너희 할머니가 지금 이 모습을 보시면 얼마나 좋아했겠니?"

"할머니 잔디밭에 사람들이 맥주를 쏟은 거요? 할머니가 좋아할 만한 게 대체 뭐가 있죠?"

"좀 더 적극적으로 다른 사람들과 어울리도록 해보렴. 왜 여기 이러고 앉아있니? 마치 꾸어다 놓은 보릿자루 같구나."

"이게 훨씬 안전하니까요."

"너 오늘 무슨 일 있니? 왜 이렇게 까칠하게 구니."

"별일 없는데요."

그레이트렉스 부인은 잉글랜드 부인의 모자 아래로 안색을 살피더니 이내 차가운 눈초리로 나를 쏘아보았다.

"그래서 네 유모는 지금 쉬는 중이니?"

나는 마치 무엇에라도 찔린 듯 벌떡 일어났다.

"앉으세요, 메이. 보시다시피 찰리는 잘 놀고 있잖아요."

"옷에 흙이 묻을 것 같아서요."

"그럼 옷을 하나 더 사면 되지요."

나는 잉글랜드 부인의 퉁명스러움에 깜짝 놀랐다. 그레이트렉스 부인이 어려운 존재라면 잉글랜드 부인은 완전히 무례했는데, 식초처럼 아주 신 무언가가 톡 쏘듯이 쏘아붙였다.

"레베카는 학교에 잘 적응하고 있다니? 돈값을 해야 할 텐데. 사실 내 개인적인 생각을 물어본다면 여자아이들을 공교육 체계에 집어넣는 건 아무 쓸데가 없어. 돈 낭비란다. 이렇게 빨리 갈 수 있는 학교를 찾은 게 얼마나 다행인지 내가 찰스에게 여러 번 말했다. 오들리 교장 선생에게 감사 편지를 보냈겠지?"

"아니, 아직이요."

데카는 아직 나에게 편지를 쓰지 않고 있다. 벌써 세인트 힐다에 간 지 2주나 지났는데 말이다. 나는 두 번째 편지를 복도에 있는 금색 상자에 넣었고, 벤이 매일 오후 4시 반에 상자를 비워 편지들을 우편함에 넣었다. 나는 검은 머리를 마치 커튼처럼 드리운 채 허리를 구부리고 책상 앞에 앉아있는 데카를 그려본다. 데카의 머리는 누가 빗겨줄까, 손톱은 누가 잘라줄까. 다른 친구들이 데카에게 친절하기를 바라지만 현실이 내 바람대로만 되지는 않는다는 걸 나도 잘 안다. 순한 아이들에게 천성적으로 못되게 구는 아이들이 있기 마련이니까.

"캐롤린이 곧 아이를 낳는단다. 당연히 이번이 마지막 아이일 거야. 12월이면 개도 마흔네 살인데."

잉글랜드 부인은 아무 말도 하지 않았다. 공기는 무거웠고 어떻게 하면 찰리와 내가 이 상황에서 잘 빠져나갈 수 있을까 고민하던 차에 포대 뛰기 옆에 사람들이 몇 명 모여있는 것을 보았다. 무리 중 한 아이가 자리를 박차고 뛰어나가 잔디밭 훨씬 위쪽에 있는 잉글랜드 씨에게로 달려갔고, 곧 잉글랜드 씨는 아이와 함께 잔디를 성큼성큼 가로질러 서둘러 뛰어갔다. 나는 즉시 일어섰다.

"잉글랜드 씨께서 저기로 달려가고 계세요."

"어디요?"

잉글랜드 부인이 인상을 찌푸리며 사람들 무리를 바라보았다.

"저기 아래쪽, 포대 뛰기 옆이요."

잉글랜드 부인은 일어서서 내가 가리키는 곳을 보았고, 그레이트렉스 부인은 안경 너머로 시선을 좇았다.

"나는 아무것도 안 보이는데. 무슨 일이니, 릴리안?"

"찰리 좀 부탁해요, 엄마."

우리는 모자를 꼭 쥐고 서둘러 언덕 아래로 달려갔다.

십여 명의 사람들이 사울을 동그랗게 둘러싸고 있었고, 사울은 다리 사이에 머리를 묻은 채 잔디에 앉아있었다. 나는 처음에 사울이 울고 있다고 생각했다.

"사울?"

잉글랜드 부인의 목소리에는 진심 어린 걱정이 깃들여 있었고,

주위의 사람들은 잉글랜드 부인이 사울에게 갈 수 있도록 길을 비켜주었다.

"숨을 잘 못 쉬고 있소. 천식이 또 도진 것 같아. 여기 의사 없소?"

잉글랜드 씨는 사울 옆에 무릎을 꿇고 앉아있었다. 모자는 잔디 위에 아무렇게나 놓여 있었다. 나도 잉글랜드 씨 옆에 쭈그리고 앉았다. 사울의 금빛 머리 정수리만 보였고 작은 어깨는 위아래로 들썩거리고 있었다.

"사울, 숨을 좀 더 편하게 쉴 수 있도록 자세를 바꿔 줄 거야. 너무 당황할 필요 없어. 머리를 나에게 기대렴. 그러면 내가 재킷을 벗겨줄게. 착하다, 아기야."

내가 하는 걸 보더니 잉글랜드 씨가 다른 쪽 팔을 벗기는 걸 도왔다. 나는 옷깃을 느슨하게 했다. 사울은 마치 물 밖에 나온 물고기처럼 숨을 헐떡였다.

"여기 있는 사람만 천 명 가까이 되니 분명히 의사가 있을 거예요. 누가 좀 찾아줘요. 부탁이에요!"

잉글랜드 부인이 큰소리로 외쳤다.

여러 사람이 여러 방향에서 서둘러 달려왔다. 레슬링을 하던 사람들은 벗은 가슴에 땀이 번들거린 채 야단법석을 보러 왔고, 그 외에도 많은 사람들이 맥주병이나 뷔페에서 가져온 과일을 들고 달려왔다. 사울은 두 팔로 머리를 감싸 안았다.

잉글랜드 부인은 아들을 지키려는 듯 옆에 무릎을 꿇고 앉았다. 부인의 치마에는 진흙이 자국을 남겼고, 모자는 바닥에 떨어졌다.

"좀 더 조용한 곳으로 사울 군을 옮기는 게 낫겠어요."

내가 제안했다.

저택은 최소 100미터는 떨어져 보였지만 잉글랜드 씨는 사울을 가뿐히 들고 잔디밭을 걸어갔다. 하녀 한 명이 벨벳 줄을 풀어주었고, 나는 잉글랜드 씨와 사울을 따라 안으로 들어갔다.

# 13

"위로요."

잉글랜드 부인이 말했다.

부인은 우리를 타일이 깔린 어두운 복도로 이끌었다. 하얀 문을 여럿 지나 세 개의 저택 중 가장 높은 중앙홀에 다다랐다. 햇빛이 원형의 유리 천정을 통해 쏟아져 들어왔고, 계단이 나머지 세 개의 벽을 오르고 있었다. 1층은 기둥이 있는 갤러리로 수십 개의 출입문과 끝도 없는 복도로 이어졌다. 잉글랜드 부인은 꼭대기에서 잠시 망설이며 모든 방향을 둘러보더니 어디로 갈지 결정했다. 부인은 우리를 데리고 좁은 홀을 지나갔다. 벽에 그림이 걸려있었다. 뒷마당이 내려다보이는 밝고 널찍한 방으로 들어갔다. 방에는 캐노피가 달린 구식 침대가 있었고 공기는 퀴퀴했다. 환기한 지가 꽤 된 것 같았고, 도대체 언제 마지막으로 이 방을 청소했는지는 상상조차 할 수 없었다.

"철제 침대가 있는 방은 없을까요? 지금 이 방은 먼지가 많아서요. 하인들이 사용하는 계단과 가까운 방이면 더 좋을 것 같아요."

내가 부탁했다.

우리는 미로처럼 복잡한 복도로 다시 나와서 싱글 침대와 마호가니 책장이 있는 좁은 방으로 움직였다. 잉글랜드 씨는 사울을 이불 위에 내려놓았고, 나는 사울의 신발을 벗기고 베개를 정리해서 사울이 똑바로 앉을 수 있도록 했다. 신경 쓰이는 게 한둘이 아니었다. 사울이 숨을 쉬기 힘들어하는 걸 보는 건 말할 것도 없었다. 사울의 목에서는 째질듯한 높은 휘슬 소리가 새어 나왔고, 사울의 얼굴에도 체념의 기운이 언뜻 비쳐 마음이 불편했다. 잉글랜드 부인은 창문을 열었고, 나는 침대 가장자리에 앉았다.

"사울, 할 수 있으면 숨을 조금 천천히 쉬어보렴. 물론 어려운 일이야. 나도 잘 알아. 하지만 조금 더 오래 들이마시고 오래 내쉬는 연습을 해보자."

나는 사울에게 말한 뒤 잉글랜드 부부에게 고개를 돌렸다.

"이런 일이 있을 때 보통 어떻게 하지요?"

"사울을 쉬게 하오. 의사는 목과 가슴을 마사지해주었소. 한동안 이렇게 심한 적이 없었는데. 무엇 때문에 이러는지 모르겠소."

잉글랜드 씨가 대답했다.

"저…… 숨을…… 못 쉬겠어요."

"쉿, 사울. 말하지 말고. 숨 쉬는 데 집중해보자. 들이쉬고…… 내쉬고……. 천천히……. 그렇지. 자, 들이쉬고…… 내쉬고……."

잉글랜드 씨와 잉글랜드 부인에게는 한 가지 부탁을 했다.

"끓는 물이 담긴 그릇이 필요해요. 여러 개가 있으면 좋아요. 수증기 때문에요. 사울 군이 앓고 있는 병이 기관지 천식 맞지요?"

"그렇소."

"물그릇을 가져다가 방안 곳곳에 두어야 해요."

"수증기 말이오?"

잉글랜드 씨가 말했다.

머리를 쓸어내리는 모습이 적잖이 당황한 듯 보였다.

"네. 수증기가 공기의 습도를 높여서 기도를 열어줄 거예요. 제가 주방에 가서 물을 끓여달라고 부탁할게요."

내가 말했다.

"내가 갈게요. 내가 어딘지 알아요. 얼마나 필요하죠?"

잉글랜드 부인이 말했다.

"가능하면 많을수록 좋아요."

"열 개? 스무 개?"

"당장은 다섯 개나 여섯 개 정도면 충분할 것 같아요. 꼭 끓는 물이어야 해요."

잉글랜드 부인이 문을 닫고 사라졌다. 잉글랜드 씨는 내 옆에 서서 함께 사울을 바라보았다. 사울은 침대보를 움켜쥐고 있었고 손가락의 마디는 뼈가 비칠 정도로 질려있었다. 억지로 숨을 쉬려고 한 탓에 볼에는 열꽃이 피었고 입은 힘없이 벌어졌다. 나는 아무 말도 하지 않고 나의 차가운 손으로 사울의 손을 꼭 쥐고 있었다. 몇분 후, 복도에서 발소리와 지팡이 두드리는 소리가 들렸다. 그리고는 챔피언 그레이트렉스가 노인 한 사람과 함께 직접 방 안으로 들어왔다. 노인의 은빛 턱수염은 짧았지만 구렛나루는 엄청났다.

"파월이 봐줄걸세, 찰스."

챔피언 그레이트렉스는 두 손을 지팡이에 얹은 채 말했다.

나는 챔피언 그레이트렉스를 쳐다보았고, 그는 생각보다 키가작았다. 소년처럼 말랐고, 긴 턱수염 때문에 마법사처럼 보였다.

의사가 검버섯이 핀 손으로 사울의 손목을 잡고는 인상을 찌푸렸다. 의사는 의심스럽다는 듯 입을 오므렸다.

"케이크를 너무 많이 먹어서 그런 것 같소. 역류성식도염 천식에는 이렇게 발작성 호흡곤란이 일반적인 증상이지."

"이 아이는 기관지 천식입니다, 선생님."

내가 말했다.

의사는 나를 완전히 무시했다.

"푹 쉬게. 달리해 줄 게 없구먼. 소화가 잘되도록 누워있게."

"시가를 피워도 될까요?"

잉글랜드 씨가 물어봤다.

"해가 될 건 없지만, 오감을 자극할 수 있네. 안 피는 게 좋겠어."

잉글랜드 씨는 은색 담뱃갑을 재킷 안에 다시 넣었다.

"저희 유모가 제 아내에게 뜨거운 물그릇을 가져와 달라고 부탁했는데요."

의사는 마치 내가 그 자리에 없는 사람인 듯 잉글랜드 씨를 안경 너머로 찬찬히 살폈다.

"뭐 하러?"

"수증기가 숨을 들이마시는 걸 좀 더 쉽게 도와주고 기도를 열어줍니다, 선생님."

내가 대답했다.

"말도 안 되는 소리. 수증기는 지금 이 아이는 나지도 않는 열을 내릴 뿐이야. 위산이 문제란 말이오. 이렇게 유혹이 많은데 이 아이만 유독 이러는 것도 아닐 것이오."

의사는 단호하게 창문을 쾅 닫았다.

"내가 지금 왕진 가방이 없으니 집에 갔다가 한 시간 내에 다시 돌아오겠소."

챔피언 그레이트렉스는 방문 앞에 조용히 서 있다가 의사가 나갈 수 있도록 길을 비켜주었고 그를 따라 방을 나갔다.

"잉글랜드 씨, 역류성식도염이 아니라는 것 아시잖아요. 소화불량은 이런 종류의 천식 증상을 일으키지 않습니다."

내가 작은 소리로 말했다.

"의사가 사울을 눕히는 게 좋다고 하지 않았소."

잉글랜드 씨가 말했다.

"잉글랜드 씨, 의사 선생님이 잘못 말씀하신 것 같습니다. 사울 군은 앉아있어야 해요. 그래야 공기가 기도로 들어가지요."

"틀렸다고?"

잉글랜드 씨는 놀라움을 감추지 못했다.

"파월 선생님은 챔피언 그레이트렉스의 주치의요. 40년간 그레이트렉스 집안을 위해서 일해왔소."

"선생님의 의견에 반대하려는 건 아닙니다, 잉글랜드 씨······."

"하지만 지금 그러고 있지 않소. 메이, 어디서 의학 교육을 받은 것이오?"

잉글랜드 씨의 콧수염 아래로 희미하게 미소의 흔적이 남았다.

나는 침을 꿀꺽 삼켰다.

"저는 채링 크로스 병원의 어린이 병동에서 3개월간 일했습니다, 잉글랜드 씨."

"석 달이라."

잉글랜드 씨는 내 말을 반복하며 사울을 주의 깊게 바라보았다.

"그런데 지금 이 병의 원인이 중요하오?"

"네, 잉글랜드 씨. 사울 군은 똑바로 앉아서 산소가 순환할 수 있도록 해야 합니다. 수증기가 숨을 쉬는 데 도움이 될 거예요. 물이 올 때까지 방은 잘 환기가 되어야 해요. 이 모든 조건이 충족되었을 때, 한 시간에서 두 시간 정도면 지나갈 것입니다."

이 정도로 파월 선생님과 반대로 이야기하다니 나 스스로 말하면서도 놀랄 지경이었다. 고작 이런 문제로 잉글랜드 씨를 반박했으니 말이다. 사울이 계속 힘들어하는 동안 잉글랜드 씨는 내가 사울 뒤로 베개를 받치는 모습을 지켜보았다. 내 가슴은 인정사정없이 뛰기 시작했다. 바로 그때 잉글랜드 부인이 생쥐처럼 피곤에 지친 얼굴로 소리 없이 돌아왔다.

"파월 선생은 수증기는 필요 없다고 하시오."

잉글랜드 씨가 부인에게 말했다.

잉글랜드 부인은 문가에 얼어붙은 듯 서 있었다.

"하지만 유모의 생각은 다르오."

잉글랜드 부인은 잉글랜드 씨와 나를 번갈아 바라보았다.

"파월 선생은 사울이 누워있어야 한다고 했소. 하지만 메이는 자신이 더 잘 안다고 이야기하는구려."

상황이 매우 진지했음에도 불구하고 잉글랜드 씨는 유감스러운 듯 씩 웃었다.

"어떻게 생각하오, 릴리안? 40년 경력의 의사 말을 듣는 게 좋겠소? 아니면 고작 한 달 경력의 유모 말을 듣는 게 낫겠소?"

여러 가지 표정이 잉글랜드 부인의 얼굴을 스쳐 지나갔고, 나는 조용히 침대 머리맡에 서 있었다. 부인은 입을 열었으나 아무 말도 하지 않고 공허하고 절실한 눈빛으로 사울을 바라보았다.

"아들아, 유모와 엄마와 함께 있으렴. 빨리 낫길 바란다."

잉글랜드 씨는 머리를 긁적이며 말했다.

잉글랜드 씨의 발소리가 멀어지자 잉글랜드 부인과 나는 침묵 속에 서 있게 되었다. 내가 일자리를 잃더라도 최소한 사울의 목숨을 지켜야 한다고 생각했다. 활짝 열어놓은 창문 사이로 아이들이 즐겁게 노는 소리가 저 멀리서 들려왔다.

"내가 상황을 오해한 걸 수도 있겠어요."

잉글랜드 부인이 말했다.

"무슨 말씀이시지요, 부인?"

부인은 방을 가로질러 들어와서는 사울 옆에 앉았다. 부인은 아들의 손을 잡았다. 지금껏 부인과 사울이 함께 있었던 장면 중에 가장 친밀해 보였다.

"왜 파월 선생님의 의견에 반대했지요?"

"부인, 물론 저도 선생님께서 훨씬 경력이 많으시다는 걸 잘 알고 있습니다. 하지만 선생님은 사울의 증상이 너무 많이 먹어서 그런 것이라고 하셨어요. 그런데 제가 사울이 점심 먹는 걸 봤을 때는 소고기 약간과 감자 조금 뿐이었어요. 너무 흥분해서 밥을 거의 먹지 않은 거죠."

"파월 선생님은 내 할아버지의 의사였어요. 우리를 수십 년간 봐 왔고요. 파월 선생님의 의견을 따르는 게 나을 것 같은데요."

나는 눈을 감았다.

"만약에 사울을 눕히면 숨을 쉬지 못할 거예요."

"어떻게 알지요?"

"파월 선생님만큼은 아니지만요, 부인. 제가 수련을 받았던 병원에서는 호흡기 질환이 있는 아이들을 치료했답니다. 거기서 사용한 게 수증기와 신선한 공기예요. 심지어 일종의 찜질방 같은 요양원이 있어서 상태가 나빠질 경우, 그곳으로 보내기도 했습니다."

잉글랜드 부인은 마치 내가 외국어를 하는 듯이 쳐다보았다. 잠시 후 방문을 두드리는 소리가 들리고 하인 한 명이 물을 들고 왔다.

"돌려보내지 마세요. 수증기가 더 많이 필요합니다. 정말로 도움이 될 거예요. 여기는 석탄 연기 때문에 더욱 심각해요. 사람들이 숨을 쉰다는 것 자체가 기적이지요."

내가 잉글랜드 부인에게 부탁했다.

여자 하인 두 명이 끓는 물이 담긴 세숫대야와 여러 가지 그릇들을 내려놓았다. 아마 다른 그릇들은 다 파티에 쓰고 있어서 침실과 보조 주방에서 할 수 있는 한 다 모아 온 것 같았다. 나는 창문을 닫았고 수증기로 금세 창문이 뿌옇게 흐려졌다. 근처 침실에서 나와 잉글랜드 부인이 쓸 수 있도록 의자를 두 개 가지고 왔다. 우리는 사울의 양 옆에 앉았다. 잉글랜드 부인은 아들의 손을 꼭 잡고 말없이 사울의 금빛 머리를 이마에서부터 부드럽게 쓸어내렸다. 사울의 상태는 좋아지지도 않았지만 나빠지지도 않아서 파월 선생님이 왕진 가방을 들고 잉글랜드 씨를 대동하고 올 때까지 시간이 거의 흐르지 않은 것 같은 기분이었다. 파월 선생님은 하인들이 이미 한 번 갈아놓은 물그릇을 보자마자 심각해졌다. 콧수염 아래 입이 사라졌다.

"당장 치우시오."

파월 선생님이 말했다.

나는 주저했고, 잉글랜드 씨가 눈치를 챘다.

"메이, 즉시 이 물그릇들을 치우시오."

나는 쏟아져나오려는 눈물을 참으며 내 근처에 있던 물그릇을 하나씩 집어 복도로 내놓았고, 마침 하인들의 계단을 올라오는 주전자를 든 주방 메이드를 만났다. 메이드에게 요강을 건네주면서 다른 물그릇들도 모두 치워달라고 부탁했다. 메이드는 혼란스러운 듯 눈을 깜빡였지만 시키는 대로 해주었다. 그동안 파월 선생님은 가방을 뒤지고 있었다. 나는 나머지 물그릇들을 침실 문 밖에 한 줄로 나란히 세워 놓았다. 사울은 침대에 똑바로 누워서 숨 쉴 수 없는 고통에 몸부림쳤다. 잉글랜드 씨가 사울의 팔을 잡고 있었다. 내가 마지막 들통을 들 때 파월 선생님은 아주 커다란 주사기의 바늘을 사울의 하얀 목에 대고 있었다.

"안 돼요!"

나는 생각할 새도 없이 외쳤다.

파월 선생님은 놀라서 뒤를 돌아봤고 처음으로 나와 눈이 마주쳤다.

"메이, 즉시 방을 나가시오."

잉글랜드 씨가 한 번도 들어본 적 없는 말투로 명령했다. 잉글랜드 씨는 나를 쏘아보았고, 나는 침대로 한 걸음 더 가까이 갔다.

"잉글랜드 씨, 제가 있을 곳은 아이들이 있는 곳입니다."

"당신이 있을 곳은 내가 있으라고 한 곳이오. 어서 계단을 내려가시오."

잉글랜드 씨가 소리를 질렀다.

나는 사울 옆에 서서 불신과 두려움의 표정을 말없이 짓고 있는 잉글랜드 부인을 바라보았다.

"부인을 보지 말고, 어서 가시오!"

"나는…… 메이…… 유모를…… 원해요."

사울이 헐떡거리며 힘겹게 말했다.

"제발요, 잉글랜드 씨."

"집중이 필요하오!"

파월 선생님이 외쳤다.

"지금 무엇을 주사로 놓으시는 거죠?"

내가 간청했다.

"유모!"

파월 선생님은 주사기를 캑캑거리는 사울의 목에 찔렀고 구멍이라도 뚫린 듯 끔찍한 소리에 우리 모두 일 순간 조용해졌다. 불뚝 튀어나온 사울의 눈은 천정을 향하고 있었고, 아이는 숨을 헐떡였다. 시간이 꽤 흐르고 나서야 파월 선생님은 검붉은 피가 흐르는 바늘을 뽑았다. 나는 갑자기 어지러워서 옷장에 몸을 간신히 기댔다.

"효과는 곧 나타날 것이오. 주사로 놓은 것은 코카인을 희석한 용액으로, 폐의 고통을 완화해주고 두뇌를 자극해서 산소를 더 만들어낼 수 있도록 하는 것이오."

파월 선생님은 손수건으로 바늘을 닦았다.

사울은 목을 움켜잡고 침을 삼키려고 했지만 아무 소리도 내지 못했다. 마치 숨 쉬는 방법을 잊어버린 것 같았다. 파월 선생님은 주삿바늘이 들어갔던 자리에 압박 붕대를 대고는 잉글랜드 부인에게 감는 법을 알려주었다. 선생님의 왕진 가방은 바닥에 열린 채 여러 가지 병과 기구들로 반짝이고 있었다. 파월 선생님은 찰칵 소리와 함께 가방을 닫았다.

"효과가 완전히 나타나는 한 시간 안에 다시 올 것이오. 그동안 환자가 편해지는지 잘 살펴보시오."

"감사합니다, 선생님."

잉글랜드 씨가 말했다.

다른 말은 없었다. 나나 잉글랜드 부인을 쳐다보지도 않았다. 잉글랜드 부인은 파월 선생님이 나가도록 길을 비켜주었고, 잉글랜드 씨는 선생님 등 뒤로 문을 쾅 닫고 나가버렸다.

침묵이 찾아왔고, 바깥의 즐거운 분위기가 다시 고스란히 전해졌다. 밖에서 파티가 열리고 있다는 사실도 잊고 있었다. 나는 손을 사울의 팔 밑에 넣어 조심스럽게 사울을 앉혔다. 사울은 어떠한 저항도 하지 않았고 아주 작게 숨을 몰아쉬고 있었다.

"의사 선생님이……."

"잉글랜드 부인, 저는 단 한 번도 어린이의 목에 코카인을 주사하는 걸 들어본 적이 없습니다. 코카인은 통증 완화와 열에는 효과가 있을지 모르지만, 천식은 아닙니다."

눈물이 흐르는 걸 간신히 참았다. 그리고 잉글랜드 부인은 조용히 나를 지켜보았다. 나는 의자를 침대 쪽으로 좀 더 가까이 끌고 가서 사울을 주의 깊게 살폈다.

"그럼 병원에서는 천식을 어떻게 치료하지요?"

"수증기요, 부인. 제가 말씀드린 대로요."

"그럼 다시 해봅시다."

나는 부인을 가만히 바라보았다.

"하지만 잉글랜드 씨께서……."

"망할 잉글랜드 씨! 문을 잠그면 되니 하인들에게 물을 당장 다시 가져오라고 하세요."

나는 잉글랜드 부인의 말을 주방에 전하면서 당황스러워하는 메이드에게 사과했다. 주방 계단은 긴 복도의 끝에 있었는데, 챔피언 그레이트렉스의 흉상이 정원이 내려다보이는 창문 아래 놓여 있었다. 파티에 참석한 손님들은 초록색 바탕에 있는 갈색 작은 얼룩 같이 보였다. 문득 나는 밀리와 찰리를 못 본 지 오래되었다는 생각이 들었다. 나는 서둘러 위로 올라가서 잉글랜드 부인에게 내가 다른 아이들을 돌보기를 원하는지 물었다. 하지만 잉글랜드 부인은 고개를 저었다. 주방 메이드가 또 다른 메이드와 함께 커다란 프라이팬을 들고 왔고 그중 한 명은 뜨거운 물을 팔에 살짝 엎지르기도 했다. 나는 메이드를 도와 프라이팬을 내려놓았고, 두 메이드는 두어 번 더 물을 들고 왔다 갔다 했다. 메이드들이 마지막으로 왔다 가고 나서는 공기가 따뜻한 수증기로 충분히 습해졌고, 나는 다시 내 자리로 돌아갔다. 잉글랜드 부인이 문 쪽을 힐끗 보는 모습을 바라보았다. 잉글랜드 부인은 일어나서 자신의 의자를 문고리 밑에 놓고는 문에 등을 대고 앉았다.

"저…… 의사 선생님이…… 또…… 주사를…… 가지고 오지는…… 않겠지요?"

사울이 헐떡거렸다.

"아니. 그럴 일은 없을 거야."

내가 단호하게 말했다.

사울의 축축한 이마를 닦아주니 곧 잠이 들었다. 하늘은 어둑어둑해지고 있었고, 방에는 전등이 없었다. 하지만 나는 잉글랜드 부인에게 이제 그만 일어나자고 할 수 없었다. 밖은 점점 어두워지고 우리의 간호는 계속되었다.

"사실 오늘 오고 싶지 않았어요."

잉글랜드 부인이 잠시 후 입을 열었다.

"이런 일이 일어날 줄 모르셨잖아요."

나는 자세를 조금 바꾸었다.

"무슨 일이든 반드시 일어나지요."

"제가 사울을 좀 더 철저하게 봤어야 했어요."

"내 잘못일 거예요. 때론 내가 저주를 받은 게 아닌가 싶어요."

자기연민이라고는 눈곱만큼도 없이 잉글랜드 부인이 말했다.

왜 이번 일이 부인의 잘못인지 의아했다. 잉글랜드 씨가 이유도 없이 부인을 비난하는 모습은 상상하기도 어려웠다. 사실 부인에게 묻고 싶은 게 참 많았다. 쉘드레이크 씨가 편지에 뭐라고 썼는지, 왜 잉글랜드 씨는 부인을 밤마다 방에 가두는지와 같은 것을 말이다. 왜 부인은 자신의 가족을 이렇게 경멸할까. 잉글랜드 부인의 어머니가 말했듯, 부인은 왜 '한쪽으로 치워놓은 보풀'처럼 불안정하고 외롭게 있을까. 왜 아무도 잉글랜드 부인의 집을 찾지 않을까. 왜 부인은 집을 절대로 떠나지 않을까.

"부인, 저는 저주를 믿지 않습니다."

내가 말했다.

"그를 거슬렀지요."

"의사 선생님이요?"

"아니요."

부인이 말했다.

"죄송합니다. 하지만 옳은 일을 해야 한다고 생각했어요."

부인은 눈을 가늘게 떴지만, 기분이 나쁜 표정은 아니었다. 부인은 마치 내가 풀기 어려운 퍼즐인 양 신기한 눈으로 나를 바라보았다.

사람들이 돌아가기 시작하고 엄청난 파티의 끝이 보이기 시작했다. 손님들은 지친 아이들을 이끌며 돌아갔다. 집의 침대와 팬트리를 생각하며 정원에서 트램으로, 그리고 기차로 이동했다.

파월 선생님은 이른 저녁 다시 돌아와서 방이 잠긴 걸 알게 됐다. 선생님은 방으로 들어오기를 원했지만, 나는 선생님에게 사울이 좀 나아져서 자고 있으니 30분쯤 후에 다시 오시라고 부탁했다. 파월 선생님은 내 말에 따랐고 질질 끄는 듯한 발소리가 멀어져 갔다.

사울이 깊은 숨을 내쉬자 잉글랜드 부인이 사울에게서 눈을 떼지 않은 채 말했다.

"나는 이곳에서 사울과 함께 있어야겠어요."

"제가 밖으로 나갈까요, 부인?"

"아니, 그런 뜻이 아니라, 여기 '크로우 네스트'에서 당분간 지내고 싶어요. 사울이랑 같이요."

"아, 그렇군요. 저는 다른 아이들과 '하드캐슬 하우스'로 돌아가기를 원하시는 거죠?"

부인은 입술을 깨물며 꿈을 꾸는지 눈썹이 파르르 떨리는 사울을 바라보면서 고개를 끄덕였다. 부인은 낮은 목소리로 말을 이었다.

"이미 데카를 잃었어요. 같은 일이 또 일어나게 할 수는 없지요."

"하지만 부인, 잉글랜드 씨께서는 데카를 학교에 보내는 게 부인의 뜻이라고 했는데요."

"그 말을 믿어요?"

부인은 나를 쏘아보았다.

"다른 아이들을 찾아보겠습니다."

나는 일어서서 등 뒤로 앞치마 끈을 묶었다.

"메이가 말하면 찰스가 들을 거예요. 파월 선생님의 생각인 것처럼 말해주세요."

"부인?"

잉글랜드 부인은 더는 아무 말도 하지 않았다.

전등과 횃불이 텐트를 비추면서 텐트가 기괴하게 보였다. 나는 사촌들과 손 그림자놀이를 하는 밀리와 외숙모의 품에 안겨 잠든 찰리를 찾았다. 내가 의자 사이를 지나 잉글랜드 씨를 찾아가는 동안 많은 사람들이 사울에 대해 물었다. 잉글랜드 씨는 대여섯 명의 남자들과 함께 앉아 있었다. 그들 앞에는 와인 병과 브랜디 병이 열린 채 놓여 있었다. 식탁보에는 와인과 브랜디 얼룩이 짙은 빨간색으로 물들어 있었다.

"잉글랜드 씨."

나는 잉글랜드 씨 옆에 서서 주저주저했다.

"아, 메이 유모. 여러분, 루비 메이요. 우리 유모죠."

잉글랜드 씨가 외쳤다.

사람들은 나를 쳐다보았고, 그중 몇몇은 고개를 까딱했다. 대부분 눈을 내리깔고 모르는 척하려는 태세였다.

"런던에 있는 놀랜드 학교에서 왔소. 유모를 전문적으로 양성하는 여자대학인데, 들어들 보았소? 메이 덕분에 우리 모두 아주 깔끔하다오, 그렇지 않소?"

"잉글랜드 씨, 잠시 드릴 말씀이 있는데요."

"우리 아들은 지금 좀 어떻소?"

"사울 군은 조금씩 회복 중입니다."

나는 무리의 다른 사람들 시선을 의식하며 대답했다.

"그런데 잉글랜드 부인께서 오늘 밤에 집으로 돌아가는 건 위험하다고 걱정하십니다."

"파월 선생님은 뭐라고 했소?"

"선생님도 역시 위험하다고 말씀하셨습니다."

나는 거짓말을 했다.

잉글랜드 씨는 콧수염을 씰룩이며 생각에 빠졌다.

'파월 선생님의 생각인 것처럼 말해 달라……'

"여기서 일, 이 주일 정도 머무르게 하는 건 어떻겠소? 여러분 생각은 어떻소?"

"괜찮은 것 같은데요."

무리 중 한 명이 대답했다.

"잉글랜드 부인은 어떻게 하실까요?"

내가 물었다.

"글쎄, 릴리안도 당분간 사울과 함께 있어야 하지 않겠소."

"그렇다면 잉글랜드 씨, 제가 부인과 사울의 짐을 챙겨보도록 하겠습니다."

잉글랜드 씨는 와인이 조금 남아있는 잔에 담뱃재를 털었다.

"그러면 나는 아내가 없으니 영락없는 홀아비 신세로군. 메이는 밀리, 찰리와 함께 '하드캐슬 하우스'로 같이 돌아가는 거요."

잉글랜드 씨가 말했다.

"네, 잉글랜드 씨."

"그래서, 수증기 효과를 좀 보았소?"

나는 눈을 깜빡이며 잉글랜드 씨의 눈을 바라보았다. 부드럽고 중립적인 눈빛이었다.

"그런 것 같습니다."

"아이들을 데리고 오시오, 메이. 마차를 부르겠소."

# 14

내가 아홉 살 때 발살 히스에 박람회가 온 적이 있는데, 그때 아빠가 나와 내 동생들을 데리고 갔다. 날이 쌀쌀했는데, 늦은 가을 아니면 겨울이었는지 우리가 집을 나설 때 이미 어둑어둑해지고 있었다. 엄마는 엘시의 출산일이 얼마 남지 않아 집에 있기로 했다. 박람회는 철길 다리 옆 크리켓 경기장에서 열렸고, 활활 타는 횃불이 사람들이 모여있는 가판대와 놀이기구를 밝게 비춰주었다. 우리가 다 같이 한 바퀴를 돈 후, 아빠는 우리에게 1페니씩 나눠주며 하고 싶은 것을 하라고 했다. 나는 '토피 사과'를 사 먹었고, 내 동생들은 순식간에 게임을 하러 바람처럼 사라지고 없었다.

난로 불빛 아래에는 반짝반짝 빛나면서 돌고 있는 회전목마도 있었는데, 무지개색 옷을 입은 목마들이 정말이지 황홀하기 그지없었다. 아빠와 나는 오래도록 서서 회전목마를 바라보았다. 나는 손을 뻗어 아빠의 손을 잡았다. 아빠를 올려다보며 회전목마 따위 안 타도 괜찮다고, 보기만 해도 충분하다고 아빠를 안심시키기 위해 미소를 지어 보였다. 아빠는 내 손을 힘없이 잡고 있었다. 웃는 법을 잊어버렸다는 듯 무표정한 얼굴로 회전목마를 바라봤다. 아빠의 반짝이는 눈 속에서 회전목마가 끊임없이 빙글빙글 돌았다.

내가 잠에서 깨어났을 때는 이미 마차가 멈춰 서 있었다. 찰리는 내 무릎에서 잠들어 있었고, 밀리는 내 어깨에 기댄 채 잠에 빠져 있었다. 내가 정신을 차리자 잉글랜드 씨가 빙긋이 웃어 보였다.

"죄송합니다, 잉글랜드 씨."

"그럴 필요 없소. 이미 너무 늦은 시간이지 않소."

잉글랜드 씨는 마차 안의 등을 껐고 우리는 밖으로 나왔다.

"제가 손전등을 들고 집까지 안내해드릴까요?"

브로들리가 물었다.

"내가 하겠소, 브로들리. 고맙소. 안녕히 주무시오."

"안녕히 주무십시오."

잉글랜드 씨는 다시 깊은 잠 속으로 빠져들어 양쪽으로 팔을 축 늘어뜨린 밀리를 안았고 브로들리로부터 손전등을 받아 들었다. 나는 잉글랜드 씨를 따라 강을 건너 어두운 언덕을 오르면서 하품을 했다. 찰리를 안고 있는 팔이 저렸다. 틸다는 현관에 야간등만 하나 켜 놓고 퇴근했다. 가족이 점점 줄어드는 것 같다. 처음에는 데카가 학교에 갔고, 그다음에는 블레이즈, 그리고 이번에는 사울과 잉글랜드 부인이다. 찰리를 안고 위로 올라가면서 무언가 잊어버린 게 있지 않나 싶은 불안한 생각이 들었다. 문득, 네 명이 아니라 두 명을 돌보는 일에 익숙해지기까지 시간이 얼마나 걸릴지 궁금해졌다.

잉글랜드 씨는 나보다 앞서 아이들의 침실로 향했고, 밀리를 침대에 눕혔다. 잉글랜드 씨는 밀리의 신발을 벗겼고, 나는 찰리의 옷을 벗겨주었다. 찰리는 조금 칭얼거리더니 이내 곧 다시 잠이 들었다. 나는 찰리의 침대 위 커튼을 내려주고 사울의 침대로 향했다. 사울의 갈색 울 곰 인형이 한쪽으로 기울어 있어, 나는 인형을 다시 똑바로 세워주었다.

내가 이불을 정리하는 동안 잉글랜드 씨는 이불 위에 앉아있었다. 잉글랜드 씨는 크로우 네스트를 떠나고 몇 분 지나지 않아 마차를 타자마자 곯아떨어졌다. 어쩌다 보니 잠이 든 잉글랜드 씨를 보게 되었는데, 콧수염 아래로 입은 조금 벌리고, 얼굴은 마치 아이처럼 긴장감 없이 편안했다.

"지금부터는 제가 할 수 있습니다, 잉글랜드 씨."

내가 말했다.

"사울 오빠는 언제 돌아와요?"

밀리가 잠이 가득한 목소리로 긴 양말을 벗으며 물었다.

"아주 금방 올 거야."

나는 밀리를 도와주러 가면서 말했다.

"데카 언니랑 똑같은 데 간 거예요?"

"아니. 데카는 학교에 갔잖아, 그렇지? 사울과 어머니는 사울 군의 상태가 나아질 때까지 할아버지 댁에 있을 거란다."

나는 밀리의 머리 위로 잠옷을 입히고 침대에 눕도록 했다.

"근데 왜 아빠가 여기 있어요?"

"너희들에게 잘 자라고 인사하러 오셨지."

나는 담요를 밀리의 턱까지 끌어올려 덮어주었다.

"안녕히 주무세요, 아빠."

"잘 자렴, 밀리."

만족한 듯 밀리는 몸을 돌려 벽 쪽을 보고 누웠다.

"매우 세심하군요, 메이. 아이들이 냉글 유모를 완전히 잊어버릴

까봐 걱정이 될 지경이오"

잉글랜드 씨가 낮은 목소리로 말했다.

또 다른 피곤함이 확 몰려왔다. 나는 미소 지으며 앞치마를 폈다. 잉글랜드 씨가 자기 방으로 돌아가야 내 옷을 걸어놓고 잠을 잘 수 있을 텐데.

"메이?"

"네, 잉글랜드 씨?"

"내가 좋은 주인이오?"

너무나 음울한 목소리에 나는 깜짝 놀랐다. 나는 밀리를 슬쩍 보면서 부드럽게 대답했다.

"네, 잉글랜드 씨."

잉글랜드 씨는 사울의 곰을 집어 들었다.

"내가 좋은 아버지요?"

"물론입니다."

"메이의 아버지는 좋은 아버지였소?"

잠시 침묵이 흘렀다.

"네, 그렇습니다. 잉글랜드 씨."

잉글랜드 씨는 지친 얼굴로 한숨을 푹 쉬었다.

"나의 아버지는 나를 싫어했소."

"그렇지 않을 것입니다."

"나의 어머니는 내가 태어난 다음 날 돌아가셨소. 그래서 내 생일에 우리 아버지는 언제나 슬퍼하셨지. 내가 열 살 때 아버지가 재혼을 하셨소. 그때 새어머니의 나이가 고작 18살이었으니, 아이나 다름없었지. 나에게 어떻게 엄마 노릇을 해야 할지도 모르는 사람이 자기 아이들을 낳기 시작했소."

나는 밀리의 숨소리가 깊고, 느리고, 안정적이어서 다행이라고 생각했다.

"학교에 다녀오면 새어머니는 나를 이복동생들과 놀지 못하게 했소. 자기 집에서 환영받지 못하는 기분이라니, 참 불행한 일이지요. 짐이 된다는 느낌이랄까. 한 번은 남동생인 제임스에게 휘슬을 생일 선물로 준 적이 있는데, 새어머니가 휘슬을 벽난로에 던져버렸소. 휘슬은 개들이나 가지고 노는 거라고 하면서 말이오. 새어머니는 내가 스무 살 때 아이를 낳다가 돌아가셨소. 아버지는 그때 이후 충격에서 벗어나지 못했고 말이오."

잉글랜드 씨는 인상을 찌푸렸다. 검은 눈으로 벽을 가만히 응시하고 있었다.

"참 안된 일이네요, 잉글랜드 씨. 그래서 아버님은 어떻게 지내고 계시나요?"

내가 물었다.

"아버지는 세 번째 결혼을 했소. 이번에는 좀 더 나이 든 여자였지. 과부였소. 나는 우리 집에 아이들을 보러 오시라고 초대했지만, 아버지는 단 한 번도 오지 않았소."

밀리가 몸을 뒤척이면서 한숨을 쉬었다.

"아이들을 보시오. 아, 얼마나 평화롭소. 아이들 침실에서 유모와 함께 안전하고."

잉글랜드 씨가 말했다.

"저도 이제 자야 할 것 같습니다."

나는 하품을 참으며 말했다.

"내 부탁을 하나만 들어줄 수 있겠소, 메이? 나를 재워주시오."

하품이 나오다가 목 안으로 사라졌다. 내가 제대로 들은 게 맞는지 의심스러웠다.

"네? 뭐라고요, 잉글랜드 씨?"

나는 침을 꿀꺽 삼켰다.

"저, 무슨 말씀이신지 잘 모르겠습니다."

나는 작은 목소리로 말했다.

잉글랜드 씨의 눈은 강렬하게 이글이글 불타고 있었으며 야간등의 불빛이 눈 안에 비추었다.

"유모가 나를 재워주었으면 하오. 아이들에게 하듯이 말이오. 두려워할 건 없소. 다만 보살핌을 받고 싶은 것뿐이오. 메이가 아주 잘하는 것 같소."

침묵의 시간이 흐르고 잉글랜드 씨가 진심이라는 것을 깨달으면서 공포가 천천히 나의 온몸을 감쌌다.

"제발 부탁이오."

잉글랜드 씨의 목소리는 피아노의 제일 낮은 음처럼 낮고 깊었다.

꽤 긴 시간 동안 우리는 서로를 쳐다보았다. 잉글랜드 씨가 술을 마신 건 알고 있지만 그렇다고 취한 건 아닌 것 같았다. 나는 수 킬로미터 떨어진 크로우 네스트에 있을 잉글랜드 부인과 보조 주방 윗방에서 잠이 들었을 틸다를 생각했다. 하인들의 방은 저택의 본채에 속해있지 않았다.

잉글랜드 씨는 천천히 야간등을 나에게 넘겨주었고 나는 떨리는 손으로 등을 받았다. 더이상 피곤하지 않았다. 아이들 침실에서 빠져나와 어두운 복도를 지났다. 잉글랜드 씨를 그의 침실로 안내하면서 정신을 똑바로 차려야겠다는 생각이 가득했다.

나는 문 입구에 서서 물었다.

"주방에서 가져다드릴 게 있을까요, 잉글랜드 씨?"

심장이 이리 쿵쾅거리는데 이렇게 침착하게 말할 수 있다니.

"뜨거운 물과 위스키를 부탁하오. 아주 소량이면 되오."

"위스키는 어디에 두시나요, 잉글랜드 씨?"

"내 서재에 있소. 오른쪽 장을 보면 되오."

나는 야간등을 들고 아래로 내려가 어두운 주방에 들어섰다. 매니언 부인이 한쪽에 밀가루 반죽을 해놓고 천을 덮어 부풀어 오르도록 해놓고 간 것이 보였다. 부인이 매일 사용하는 요리책은 식탁 한쪽에 놓여 있었는데, 여러 군데 얼룩이 묻어 있었다. 나는 이를 덜덜 떨며 서서 물이 끓기를 기다렸다. 가슴이 쿵쾅거려 양팔로 내 몸을 감쌌다. 집은 고요했고, 마룻바닥도 조용했다. 나는 어두운 보조 주방으로 몸을 숙여 들어갔다. 보조 주방 위에서는 틸다가 혼자 자고 있을 것이다. 가파른 계단이 뒤쪽 벽을 통해 나 있었고, 나는 조용히 계단을 올라가 문을 두드렸다. 이 저택의 모든 문이 그렇듯, 틸다의 방도 문이 잠겨 있었다. 나는 조용히 문을 두드리며 아주 작은 목소리로 틸다의 이름을 불렀지만 아무 대답도 들리지 않았다. 나는 다시 방문을 톡톡 두드리고 조금 기다려 보았다. 틸다는 깊게 잠이 들었거나 아니면 몰래 밖으로 나간 것 같았다. 나는 다시 주방으로 돌아왔다. 주전자에서 물이 끓고 있어서 나는 끓는 물을 주석 잔에 따랐다. 그리고 위스키를 찾으러 옆의 서재로 향했다. 전등이 크림색 종이와 반짝이는 마호가니 가구, 그리고 크리스털로 만든 재떨이에 아무도 보지 않는 빛을 비추고 있었다. 나는 가장 안쪽에 있는 책장으로 몸을 옮겼다. 자물쇠에 열쇠가 얌전히 꽂혀 있었는데, 어차피 문이 열려 있었다. 나는 디캔터를 찾아서 아주 적은 양만 잔에 따랐다. 독한 냄새에 코를 찡긋했다. 야간등 주위로 그림자가 졌고, 나는 과연 엘시에게 오늘 일을 설명할 수 있을 것인지에 대해 생각해 보았다.

'물과 위스키를 침실 밖에 두고 단호하게 안녕히 주무시라고 인사를 해야지. 그러고 나서 아이들 침실로 가서 문을 잠그는 거야.'

나 스스로의 침착함에, 조금 안심이 되었다.

커다랗고 반짝이는 책상을 지나는 데 무언가 눈에 띄는 바람에 잠시 움직임을 멈췄다. 나는 정리가 안 된 종이 뭉치 위를 살피면서 그 위로 빛을 비추어 보았다. 한 줄의 빽빽한 글씨가 커다랗고 검은 책 밑에 깔린 채 빼꼼히 나와 있었다. 나는 좀 더 가까이 보기 위해 몸을 기울였다. 그 순간 누가 내 등에 찬물을 쏟아부은 것처럼 정신이 번쩍 들었다. 뜨거운 물이 든 잔을 내려놓고 책을 치워서 글씨를 좀 더 자세히 보려고 하는 순간, 머리 위에서 들리는 삐걱 소리에 나는 몸이 얼어붙고 말았다. 2초, 3초, 4초가 지나고 귀가 윙윙 울리자 나는 서둘러 서재에서 복도로 나왔다.

"메이?"

잉글랜드 씨가 전등을 들고 계단 꼭대기에 서 있었다.

"지금 가고 있습니다, 잉글랜드 씨."

잉글랜드 씨는 이미 잠옷 가운으로 갈아입었다. 내가 계단을 오르는 것을 지켜보더니 나를 데리고 복도를 지나 침실로 향했다. 입구에서 나는 멈춰 서고 말았다.

"여기 있습니다, 잉글랜드 씨."

"거기에 두시오."

잉글랜드 씨는 침대 옆 작은 협탁을 가리켰다. 나는 조심히 물잔을 내려놓고 야간 등과 함께 뒤로 물러섰다.

"다른 필요한 게 있으실까요, 잉글랜드 씨?"

"아까 나에게 파월 선생님이 사울을 집에 데리고 가는 게 위험할 거라고 말했다고 했소."

나는 침을 꿀꺽 삼키면서도 미소를 잃지 않았다.

"파월 선생님은 그렇게 말하지 않았소. 파월 선생님 말로는 유모가 방에 들어오지 못하도록 했다고 하오. 사울이 자고 있고, 자는 사울을 깨우고 싶지 않다고 말이오. 내 아내가 메이에게 그렇게 말해 달라고 부탁했소?"

나는 아무 말도 하지 않았다. 야간등이 불빛을 반짝이며 벽에 그림자를 그렸다.

"내 아내가 종종 거짓말을 하도록 부탁하오, 메이?"

"아닙니다, 잉글랜드 씨."

잉글랜드 씨는 침대 머리맡에 앉아서 다리를 침대 위로 올렸다.

"앉으시오."

잉글랜드 씨는 침대 발치를 가리켰다. 나는 침대에 앉았고, 우리는 마치 간호사와 환자와 같은 모습이었다.

"제 생각에 부인은 사울 군을 걱정하는 것 같았습니다."

"그거 아시오. 나는 사울의 이름을 이스라엘 왕에게서 따서 지었소. 이름이 사울에게 힘을 줄 거라고 생각 했었지."

잉글랜드 씨가 고개를 끄덕이며 말했다.

"사울 군은 분명히 잘 회복할 것입니다, 잉글랜드 씨."

잉글랜드 씨는 나를 뚫어져라 쳐다보았다.

"오늘 메이는 나를 배신했소."

다시 몇 초간 침묵이 흘렀고, 늑골 아래로 심장이 미친 듯이 뛰기 했다. 도대체 어디에 눈을 두어야 할지 모르겠을 정도로 혼란스러웠다.

'그를 거슬렀지요.'

잉글랜드 부인의 목소리가 귀에 맴돌았다.

심 교장 선생님의 얼굴이 마음속에 떠올랐다. 교장 선생님은 내 편을 들어줄 것이다. 나는 교장 선생님을 잘 안다.

"다른 무엇보다도 아이들이 살아있게 하는 게 유모의 일입니다."

교장 선생님의 목소리가 들리는 듯했다.

"그렇게 해주어 고맙소. 내가 졌지만, 기분이 나쁘지는 않소. 메이가 사울의 목숨을 구했소. 우리 아이들에게 메이가 있어서 감사하오."

순식간에 안도가 밀려왔고 나는 전등을 두 손으로 꼭 잡았다.

"오늘 메이의 근성을 보았소. 어디서 난 것인지 궁금하오."

"저도 잘 모르겠습니다, 잉글랜드 씨."

나는 침대 옆 의자 위의 책더미 위에 컵을 올려놓았다. 잉글랜드 씨는 컵을 바로 들어 한 입 마시면서 책더미의 제일 위에 있던 책을 살짝 밀었고 다 마신 뒤 컵을 다시 책더미 위에 올려놓았다.

"첫날 우리가 이야기를 나눌 때 말이오. 유모가 아이들을 좋은 사람으로 만드는 데 관심이 있다고 하면서 대리석에 대해 말했소. 캔버스였나?"

"둘 다에 대해 말씀드렸습니다."

"다시 한번 말해 줄 수 있겠소?"

"저희 교장 선생님의 말씀에 따르면 아이들의 마음은 캔버스보다 훨씬 더 소중하고 대리석보다 훨씬 더 아름다운 것이라고 하였습니다."

"훌륭하오. 나도 그 마음과 관련해서 관심이 많소. 그러니까 본성 대 양육을 둘러싼 논란 말이오. 혹시 위대한 대학자인 윌리엄 달버그에 대해 들어본 것 있소?"

잉글랜드 씨는 미소를 지으며 책 한 권을 높이 들어 올려 보였다.

"아니요, 잉글랜드 씨."

"딜버그의 연구가 사람 성격의 근원을 탐구하는 것이오. 우리가 태어날 때부터 주위의 환경에 영향을 잘 받는가, 그러니까 유모가 말한 캔버스와 같은가, 아니면 우리가 태어날 때부터 어떤…… 행동을 하는 성향을 보이는가에 대해서 말이오. 범죄자들을 예로 들어보겠소. 딜버그는 '본성'이 우리가 태어나서 발달하는 모든 단계에 영향을 미치는 중요한 동인이라고 믿었소. 그래서 어떤 사람들은 다른 사람들보다 좀 더 범죄에 취약하오. 딜버그의 연구에 따르면, 부모는 아이에게 각각 1/4만큼 영향을 미치고, 조부모는 1/16씩 영향을 미친다고 하오."

나는 가만히 듣고 있었다.

"이 말인즉, 범죄자는 범죄자를 낳는다는 말이오. 이해되오?"

"그럴 것 같네요."

"그래서 범죄자의 자식이 범죄와 상관없는 삶을 살기 위해서는 자기 존재의 3/4를 …… 나머지 1/4의 영향을 받지 않도록 바꿀 필요가 있소. 부모에게 받은 나쁜 1/4 말이오."

잉글랜드 씨는 마지막 말을 속삭이듯이 말했고, 나는 등 뒤로 소름이 확 끼쳤다.

"분명히 힘든 일이오. 불가능하지는 않지만 힘들 것이오."

잉글랜드 씨는 위스키를 홀짝였다.

"당혹스러운 것으로 보이오, 메이."

"죄송합니다, 잉글랜드 씨. 제가 과학 쪽은 잘하지 못해서요."

"사과하겠소. 아무래도 나 때문에 지겨운 것 같소."

"전혀 아닙니다, 잉글랜드 씨."

"내가 이 문제를 꺼낸 건 메이가 '고립감'에 대해서 어떻게 생각하는지 궁금하기 때문이오. '크로우 네스트'는 어땠소?"

"굉장한 곳이라고 생각했습니다."

"그런 곳에 가본 적 있소?"

"없습니다."

"처음 그곳에 갔을 때 내 나이가 사울 정도였을 것이오."

"어렸을 때도 그레이트렉스 가문과 친분이 있으셨군요?"

"우리 아버지가 그레이트렉스 집안의 변호사요. 나는 그 집 형제들에게 사촌과도 같았지. 잔디밭 위를 달리며 즐거운 오후를 보낸 날이 많았소."

잉글랜드 씨는 일종의 몽상에 빠진 듯했고, 내 시선은 서재의 어질러진 책상으로 흘러가고 있었다.

"피곤하군요. 계속 붙잡고 있어서 미안하오."

잉글랜드 씨가 말했다.

"괜찮습니다, 잉글랜드 씨."

몇 분간 느낀 공포와 두려움이 싹 사라졌다. 아무래도 내가 지나치게 경계를 했던 것 같다. 잉글랜드 씨가 아빠에게 편지를 쓸 일은 당연히 없을 것이다. 내가 아래층에서 본 편지는 누군가 다른 사람이 보낸 편지다. 물론 1/10, 아니 1/1000의 확률로 그 다른 사람과 아빠의 필체가 비슷할 수 있다. 내 마음이 실제로 그곳에 없었던 것을 있는 것처럼 보게 만들었을 수 있다. 잉글랜드 씨가 나에게 요구한 건 밤에 마실 물을 가져다주고 잠시 함께 앉아있어달라는 것이었다. 틸다를 깨울 이유가 없었다. 만약에 틸다가 방문 앞에 왔다고 생각해 보라! 틸다에게 뭐라고 말할 것인가? 잉글랜드 씨가 밤에 잠자리에서 마실 술을 가져다 달라고 했다고? 나는 피곤함에 의식이 혼미하여 어서 일어나서 방을 나가고 싶었다.

"나에게 굿나잇 키스를 해주지 않겠소?"

나는 잉글랜드 씨가 나를 놀린다고 생각하고 싱긋 웃었으나 잉글랜드 씨의 검은 눈동자가 내 얼굴을 가만히 바라보고 있었다. 나는 마차에서 잠이 들었던 잉글랜드 씨의 모습을, 아내는 옆방에서 자는데 혼자 침대에 앉아 책을 읽는 잉글랜드 씨의 모습을, 책에 대해 이야기 나눌 사람이 없는 잉글랜드 씨의 모습을 생각했다. 소년 시절의 잉글랜드 씨가 크로우 네스트의 잔디밭을 뛰어다니다가, 조금 피곤하면서도 행복한 상태로 집에 돌아왔을 때를 상상했다. 그때 그의 새엄마가 잔인한 말과 날카로운 눈초리로 그를 산산조각 내는 모습도 그려보았다. 그러다가, 내가 무슨 행동을 하는지 깨닫기도 전에 방을 가로질러 잉글랜드 씨의 이마에 굿나잇 키스를 했다. 머릿기름이나 시가 냄새와 같은 것들이 내 비위를 상하게 했다. 잉글랜드 씨는 움직이지 않았고, 심지어 숨도 쉬지 않는 것 같았고, 나는 내가 한 행동에 스스로 놀라 뻣뻣해진 자세로 천천히 물러섰다. 이해할 수 없이 생기있고 에너지가 가득 찬 잉글랜드 씨의 검은 눈이 계속 나를 쳐다보고 있는 게 느껴졌다. 하지만 나는 감히 잉글랜드 씨를 쳐다볼 수 없었다.

"안녕히 주무세요, 잉글랜드 씨."

나는 서둘러 허둥지둥 아이들 침실로 돌아와 문을 잠궜다. 열쇠를 삼켜버리고 싶다는 생각을 했다.

"틸다, 잠을 푹 자는 편이에요?"

다음 날 아침, 식사를 가지고 온 틸다에게 물어보았다.

"세상 모르고 자는 편이에요. 왜요? 혹시 문을 두드렸어요?"

"네. 제가…… 주방에서 뭘 좀 찾고 있었거든요."

나는 찰리의 토스트를 자르며 말했다.

틸다가 엉덩이로 아침 식사 쟁반을 살짝 쳤다.

"죄송해요. 내 방 창문을 두드리는 사람들은 아마도 대망치로 두들겨야 할거예요."

틸다가 나에게 처음으로 농담을 했지만 나는 웃지 않았다.

"매니언 부인이 사울 군에 대해 말해줬어요. 어서 낫길요."

틸다가 덧붙여 말했다.

"나아질 거예요. 말하니까 생각났는데, 혹시 잉글랜드 부인의 짐을 좀 싸줄 수 있을까요? 내가 사울의 짐을 싸고요. 브로들리가 오늘 아침에 크로우 네스트에 가져다줄 수 있을 것 같아요."

"네, 지금 당장 쌀게요. 그런데 그건 찾았어요?"

"뭘 찾아요?"

"주방에서 찾았다는 것 말이에요."

"네, 고마워요."

"그럼 어서 서둘러 짐을 싸 볼게요."

틸다는 조금 뜸을 들인 후 말했다.

나는 아이들이 깨기 전에 어슴프레한 새벽빛 아래에서 트렁크를 열었다. 홍차통에 든 편지들을 찾았는데, 모두 제자리에 잘 봉해져서 신발 끈으로 얌전히 묶여 있었다.

소인이 봉투 한쪽에 핏자국처럼 번져 있었다. 다음으로 나는 깨끗한 편지지를 꺼내서 다시 침대 안으로 들어갔다. 아이들 침실이 추웠지만 불을 피우려면 앞으로 10분은 더 기다려야 했다.

'심슨 교장 선생님께.'

나는 편지를 쓰기 시작했다. 하지만 펜촉에 잉크가 스며들 때까지 조금 기다려야 했다.

"메이, 나 쉬가 조금 마려워요."

밀리가 침대에서 말했다.

나는 편지지를 구겨 벽난로에 던져 놓은 뒤 요강을 가지고 갔다.

아침 식사 후에 나는 집 밖으로 나가고 싶었다. 현관문이 열리고 닫히는 소리가 들리기를 기대하며, 블라인드 사이로 잉글랜드 씨가 모자와 코트를 입고 정원을 성큼성큼 걸어가는 모습을 엿보았다. 사실은 '오늘 아침에 잉글랜드 씨가 놀이방에 들르지 않을까.' 반쯤 기대했고 한편으로는 두려웠다. 조그맣게 들리는 삐걱 소리와 말소리에까지 신경을 곤두세우다 보니 재떨이를 난로에 떨어뜨렸다. 찰리가 아기 침대에서 짜증을 부리며 울 동안 쏟아진 재를 치워야 했다.

나는 아이들과 야외활동을 하러 가기로 하고 찰리에게는 유모차 안에 아기용 비스킷을 넣어주었다. 언제나처럼 정문을 빠져나가려고 낑낑대고 있는데 정원 저쪽에서 목소리가 들렸다.

"뒷문으로 가보는 게 어때요?"

"부스 선생님, 깜짝 놀랐잖아요."

나는 펄쩍 뛰었다.

부스 선생님은 유모차가 좁은 공간을 통과해 나갈 수 있도록 들어 주었다.

"아이들은 정문을 사용해요."

내가 말했다.

"누가 그랬는데요?"

"내가요. 그나저나, 사울 군이 오늘 집에 없어요."

"오, 그래요? 어디 갔어요?"

나는 갑자기 울음이 터졌다.

"왜 그래요?"

밀리가 내 옆으로 와서 걱정스러운 눈으로 나를 바라보았다.

"죄송해요."

나는 주섬주섬 손수건을 찾았다. 부스 선생님이 자기 손수건을 건네주었고, 나는 고맙다는 인사를 한 뒤 눈물을 닦았다. 손수건에서는 콜타르 비누 냄새가 났고, 블레이즈가 햇빛이 잘 드는 주방에서 콧노래를 부르며 빨래하는 모습이 그려졌다.

"천식 때문에요. 어제 파티에서 증상이 심해져서, 크로우 네스트에 한 두어 주 정도 있다 오기로 했어요. 죄송해요. 제가 말씀을 미리 드렸어야 했는데."

"의사는 왔다 간 거죠?"

"네, 네. 그럼요. 다시 오시지는 않을 것 같지만요. 사울은 곧 나을 거예요. 죄송해요. 아이들 앞에서는 울면 안 되는데요."

나는 손수건을 접으며 거듭 사과를 했다.

"왜 울면 안 되죠? 아이들은 누구보다도 많이 우는데요."

선생님은 고개를 돌리더니 쾌활한 목소리로 밀리에게 물었다.

"밀리 양, 우리 메이의 기분이 좋아지도록 같이 산책을 떠나볼까요?"

"더 중요한 할 일이 많으실 것 같아요."

"땡, 틀렸어요. 자, 숙녀님?"

부스 선생님은 밀리에게 팔을 내밀었고, 밀리는 깔깔 웃으며 부스 선생님의 팔을 잡았다. 우리는 다 같이 산책에 나섰다.

"어디에 갈까?"

부스 선생님이 물었다.

"폭포요!"

밀리가 대답했다.

"오, 폭포는 꽤 먼데."

내가 말했다.

"폭포, 좋아."

우리는 공장 앞마당을 가로질렀고 나는 걸으면서 창문을 힐끔 들여다보았다.

"파티는 어땠어요?"

부스 선생님이 물었다.

"음, 그러니까……."

"오늘 아침에 갑자기 말을 잊어버리기라도 한 거예요?"

"제가 지금까지 가본 파티와는 정말 달랐어요. 규모가 굉장해서요. 음식을 얼마나 많이 주문했는지 상상도 안 되더라고요."

나는 슬며시 미소를 지었다.

"그런데, 사울 군에게 무슨 일이 있었다고요?"

"무슨 의미예요?"

나는 걸음을 멈추었다.

"천식이 있었다면서요."

"아."

나는 부스 선생님에게 간단히 있었던 일을 전했다. 단, 주사 이야기는 빼고 그 이후에 어떻게 되었는지만 말이다.

우리는 북적거리는 방직공장을 뒤로 한 채 걸었다. 오리 몇 쌍이 한가롭게 노니는 호수를 건넜다.

"오리에게 먹이를 줘도 돼요?"

밀리가 물었다.

"오늘은 빵을 가지고 오지 않았네. 다음 주에 주도록 하자."

내가 밀리를 달랬다.

이제 우리는 석탄 연기로부터 멀어져 공기가 맑고 신선한 숲의 안식처로 들어왔다.

"사울 군이 아마 바퀴 달린 의자를 가지고 가지 않았을 거예요. 제가 크로우 네스트에 전해드리죠."

부스 선생님이 말했다.

"감사해요. 사울이 정말 좋아할 것 같아요."

밀리는 버섯을 찾아 앞으로 뛰어갔다. 부스 선생님은 찰리의 턱을 간질였다.

"곧 아빠가 되신다고 들었어요."

부스 선생님은 고개를 들어서 나와 눈을 맞추고는 이내 다른 쪽으로 시선을 옮겼다.

"네, 맞아요."

"축하드려요."

내 목소리는 공허하기 그지없었다.

"고맙습니다."

"부스 부인은 좀 어떤가요?"

"부스 부인이라. 부스 부인이라고 했을 때 제일 먼저 떠오른 건 우리 엄마예요. 블레이즈는 잘 지내고 있답니다."

햇볕이 잘 드는 곳에 널린 빨래와 주방을 상상했다. 나는 부스 선생님이 가방을 메고 집에 돌아와서 손을 블레이즈의 배에 얹고 블레이즈와 입 맞추는 모습도 떠올려보았다.

"예정일이 언제예요?"

"2월이요."

"얼마 안 남았네요."

나는 깜짝 놀랐다.

결혼식 전날 파티에서 뭐라고 했더라?

'정말 순진하군요, 메이 유모.'

우리는 강둑의 평평한 부분을 따라 걸었다. 우리 주변으로 숲의 색깔이 바뀌고 있었고, 나뭇잎이 땅에 떨어져 유모차 바퀴에 들러붙었다. 산책 후 집으로 돌아오면 나는 늘 아이들의 신발을 털어주곤 했다. 신발 밑창에 붙은 흙을 털어내면 희한하게도 만족감이 느껴졌다.

이제 우리는 강의 거대한 입속에 있는, 커다랗고 납작한 이빨처럼 생긴 돌다리에 도착했다. 경쟁할 사울이 없자 밀리는 한가로이 돌 사이를 돌아다녔고 조금 후에 부스 선생님이 밀리의 놀이에 동참했다. 부스 선생님은 밀리를 뒤쫓는 척했고, 밀리는 소리를 지르며 이 돌에서 저 돌로 뛰어다녔다.

"조심해."

내가 외쳤다.

"메이, 와서 같이 뛰어놀아요."

밀리가 외쳤다.

밀리는 온전히 나를 혼자 소유할 수 있어서 좋고, 나 역시 밀리에게 좀 더 많이 신경 써 줄 수 있음에 감사한 것이 마땅했다. 하지만 왜인지 모르게 데카와 사울의 부재가 내 실수인 것처럼 느껴졌다. 초조하고 화가 났다. 나는 강둑에 서서 유모차를 움직였다.

"제발 당장 돌아와, 밀리."

"그렇게 깊지 않아요!"

부스 선생님은 건너편에 갔다가 뒤를 돌아서 경중경중 뛰었다. 그리고 우리가 종종 피라미를 찾는 작은 모래사장에 착지했다.

"밀리, 돌아와, 제발."

밀리는 뛰어다니며 소리를 질렀지만 떨어지지 않았고, 부스 선생님이 순식간에 밀리 옆으로 갔다. 선생님은 밀리를 번쩍 들고 물 위에 있는 돌다리를 건너왔다. 그리고 강가에 밀리를 내려놓았다.

"돌아오라고 했지. 물에 빠질 수도 있어."

하나도 젖지 않은 외투를 털며 나는 내 볼이 빨갛게 달아오르는 걸 느꼈다.

"하지만 안 빠졌는걸요."

밀리가 투덜거렸다.

"알아, 하지만 빠질 수도 있다고."

"다치지는 않았죠, 그렇죠?"

부스 선생님이 밀리에게 윙크하며 물었다.

나는 부스 선생님과 밀리를 두고 강 상류로 유모차를 밀었다. 말 발굽 편자 폭포는 끊임없이 흐르는 강물 소리를 능가했다. 엄청난 소리를 내며 험한 바위와 삐죽삐죽한 돌 위로 굴러 내려와 저 아래에서 다시 강과 합류하였다. 폭포를 둘러싸고 있는 땅에는 부서진 돌들이 많이 있었는데, 마치 누군가 엄청나게 큰 망치를 들고 와서 바위를 부순 것 같은 느낌이 들었다. 나는 그 순간 토미 쉘드레이크 생각이 났다.

"선생님, 대장장이인 토미 쉘드레이크 씨를 어떻게 아세요?"

밀리가 저쪽의 바위 사이에 있는 작은 웅덩이로 향하는 모습을 보면서 나는 물어보았다.

"나도 사실은 잘 몰라요. 블레이즈의 사촌들에게 잘 보이려고 온

게 아닐까 했지요. 그런데 왜요?"

부스 선생님이 입을 오므리고 작은 소리로 말했다.

"그냥요. 몇 주 전에 쉘드레이크 씨가 아이들을 대장간에 초대했
었거든요."

"사람 좋네요."

"근데 블레이즈의 사촌 누구요?"

"루시라는 여자예요. 은행에서 창구를 담당하고 있지요."

나는 이 문제에 대해 그만 이야기하기로 했다. 그리고 수심 어린
침묵에 빠졌다.

"오늘 좀 이상해요, 루비."

부스 선생님은 밀리가 좀 더 멀리 가기를 기다렸다가 내 이름을
불렀고, 그 순간 내 안의 무언가가 무너지는 듯한 느낌이 들었다.

"그냥 좀 혼란스러워요."

나는 한숨을 쉬었다.

"뭐가요?"

"많은 것들이요."

"이야기해 보세요."

"데카가 걱정돼요. 아직까지도 편지 한 통 없답니다. 그리고 사
울요. 제가 좀 더 주의 깊게 지켜봤어야 했는데, 사건이 일어났을 때
저는 멀리 떨어져 있었거든요. 너무 흥분해서 놀지 않도록 말려야
했나 싶어요. 사울과 떨어지지 말고 함께 있었으면 괜찮았을까 하
는 생각도 들고요."

"메이가 할 수 있었던 일은 아무것도 없어요. 등 뒤에 눈이 달린
것도 아니잖아요. 그리고 사울은 괜찮을 거라고 말했어요. 걱정되
는 것뿐이에요. 그게 다예요."

부스 선생님이 강하게 주장했다.

"그냥 느낌이…… 아무것도 아니에요."

나는 밀리가 팔을 날개처럼 펴고 바위 사이를 폴짝 뛰어다니는 모습을 지켜보았다.

"느낌이 어떤데요?"

"무언가 잘못되고 있는 것 같아요."

나는 부스 선생님이 나를 뚫어지게 쳐다보는 것을 느꼈다. 부스 선생님은 숨을 참고 있는 것 같았다.

"무슨 뜻이에요?"

"집에서 말이에요. 가족들에게요."

"아."

부스 선생님의 탄식이 마치 돌처럼 무겁게 내려앉았다.

"내 말을 어떻게 생각해요?"

부스 선생님이 나를 매우 진지하게 쳐다봐서 나는 문득 나를 도망치게 했던 그 날 밤의 잉글랜드 씨 생각이 났다.

"괜찮은 거예요, 루비?"

"아니요. 하지만 내가 이 상황에 대해서 무엇을 할 수 있을지 잘 모르겠어요. 사표를 낼 수는 없거든요."

"왜 안 돼요? 내가 가지 말라고 해서 그런 건 당연히 아닐 거고."

어색한 침묵이 흘렀다.

"교장 선생님께 무슨 일이 있어도 여기에 남겠다고 약속했어요. 이 자리에 오기 위해 선생님과 싸웠거든요. 사실 교장 선생님은 저를 이곳으로 보내고 싶지 않다고 했어요. 제가 아이 넷을 돌보는 건 무리라고 생각하신 거죠. 하지만 제가, 말 그대로 '빌어서' 이곳에 오게 된 거예요. 그런데 지금 그중 두 명은 심지어 여기에 없네요……. 그리고 정말 솔직히 말하자면 이 아이들을 떠날 자신이 없어요."

"왜 그런 말을 해요?"

"개구리다! 메이, 개구리를 찾았어요!"

기쁨에 들뜬 밀리의 목소리 덕분에 제정신으로 돌아온 것 같았다.

"제가 한 말은 잊어주세요."

"루비, 저는……."

부스 선생님이 나에게 한 발 앞으로 다가왔다.

"메이!"

"지금 갈게."

내가 소리쳤다.

나는 부스 선생님과 유모차를 두고 웅덩이 쪽으로 두어 발 내딛고는 잠시 후 등을 돌렸다.

"죄송해요. 뭐라고 하셨죠?"

형용할 수 없는 표정이 부스 선생님의 얼굴을 스치고 순식간에 사라졌다.

"아무것도 아니에요."

부스 선생님은 나만큼이나 가식적인 미소를 지었다.

# 15

우리는 응접실에서 기다렸다. 하지만 다섯 시 반쯤 되자 잉글랜드 씨가 아이들을 보러 오지 않을 것이라는 사실이 분명해졌다. 창가에 서서 내다보았지만, 정원에는 불빛이 하나도 없었고 길을 따라 깜빡거리는 손전등도 없었다. 나는 찰리의 손을 잡고 주방으로 내려갔다.

"매니언 부인, 잉글랜드 씨께서 어디 계신지 아시나요?"

"오늘 저녁에 좀 늦는다고 하셨어요. 그래서 돌아오면 드실 저녁을 간단히 준비 중이랍니다."

가스레인지에서는 수프가 보글보글 끓고 있었고 매니언 부인은 수프에 후추를 뿌렸다. 그런 뒤 손을 앞치마에 닦고 비스킷 통을 내렸다. 아이들에게 생강 쿠키를 하나씩 주었고 밀리는 고맙다고 인사를 했다.

"저한테는 늦게 오신다고 말을 안 하셔서요. 아이들을 데리고 기다리고 있었거든요."

나는 실망스러운 기색이 드러나지 않도록 담담하게 말했다.

"내가 아는 건 늦으신다는 게 전부예요. 자 여기 있다. 하나씩들 더 가지고 가렴."

매니언 부인은 아이들에게 비스킷을 하나씩 더 집어준 뒤 다시 가스레인지 앞으로 돌아갔다. 나는 찰리가 아장아장 걸을 수 있도록 손을 잡고 계단으로 향하다가, 문득 생각나는 게 있어 다시 찰리를 데리고 주방으로 돌아왔다.

"매니언 부인, 오늘 편지 온 것 있나요?"

"내가 알기로는 없는데. 잉글랜드 부인이 챙기는 일이에요. 뭐가 온 게 있는지 틸다에게 물어봐요. 있으면 아마 틸다가 탁자에 올려놓았을 거예요."

말린 뱅크셔가 꽂혀 있는 화병 옆에 놓인 거실 탁자는 텅 비어있었다. 서재를 지나다가 문득 어젯밤에 본 게 생각났다.

"밀리, 잠깐만 찰리를 데리고 응접실에 가 있어 줄래?"

밀리는 찰리의 손을 마치 꼭두각시 인형처럼 잡고는 응접실 쪽으로 갔다. 밀리가 모퉁이를 도는 순간, 나는 서재의 부드러운 청동 손잡이를 돌렸다. 문이 열렸다.

숲에서 초록빛이 스며드는 서재는 우울해 보였다. 입구에서 보니 책상은 깨끗이 치워져 있었고 책상 위에는 종이 한 장도 없었다. 검은색 책은 어디를 보아도 보이지 않았다. 내가 주저하며 안으로 들어가려 할 때 옆방에서 쿵 소리가 들리더니 이내 커다란 울음소리가 났다.

"찰리가 가만히 있지를 않아요! 계속 내려가려고 해요!"

밀리가 울먹거렸다.

"괜찮아. 자, 자, 내가 왔어."

나는 찰리를 안고 달랬다.

그때 현관문이 쾅 하고 닫혔다.

"아빠 오셨나 보다."

아이들에게 말하면서 내가 서재에 들어갔던 것을 잉글랜드 씨가 보지 못한 것에 안도의 한숨을 내쉬었다. 간발의 차이였다. 그런데 발자국 소리나 가벼운 휘파람 소리도 들리지 않았다. 현관으로 나와보았더니 잉글랜드 씨가 모자를 손에 들고 현관에 서 있었다. 잉글랜드 씨의 검은 눈동자는 무언가 괴롭다고 이야기하는 것 같았고 복잡한 감정이 내 마음에 일었다.

"안녕히 다녀오셨어요, 잉글랜드 씨."

내가 말했다.

"안녕하시오."

잉글랜드 씨는 계단 위를 올려다보았고 그의 시선을 따라가 보니 부인이 계단을 오르고 있었다. 잠시 침묵이 흘렀다.

"저희가 짐을 싸다가 놓친 게 있나요, 잉글랜드 씨?"

잉글랜드 씨는 고개를 저었다.

"아빠!"

밀리가 잉글랜드 씨에게 매달렸다.

"사울 군은요?"

나는 갑자기 등골이 서늘해졌다.

"사울은 오지 않았소. 메이, 아이들을 침실로 데려가 주겠소? 오늘 저녁 약속은 아무래도 못 지킬 것 같소."

"알겠습니다, 잉글랜드 씨. 바로 데리고 가겠습니다."

그때 주방 문이 열리면서 브로들리가 어깨에 트렁크를 지고 나타났다.

"이건 위층에 가져다 놓을까요, 잉글랜드 씨?"

"그래 주면 고맙겠소, 브로들리."

나는 밀리를 잉글랜드 씨에게서 떼어냈다. 아이들을 데리고 침실로 가 찰리를 아기 침대에 눕혔다. 벽난로 앞에 앉아 재를 휘저어보았더니 석탄통이 거의 비어있었다. 나는 밀리에게 자기 전에 할일을 하고 있으라고 이르고는 아래층으로 내려왔다. 층계참에서 보니 잉글랜드 부인의 방문이 열려 있었다.

"틸다에요?"

잉글랜드 부인의 부드러운 목소리가 들려왔다.

"메이입니다, 부인."

"틸다에게 목욕물을 받아달라고 좀 전해줄래요?"

"네, 부인."

"고마워요."

나는 종종걸음으로 아래층에 내려갔다. 주방으로 가는 길에 잉글랜드 씨의 서재를 지났다. 서재 문은 열려 있었고 나는 나도 모르게 발걸음을 멈췄다. 잉글랜드 씨는 책상에 앉아서 머리를 손으로 감싸 쥐고 있었다. 내 인기척을 못 들은 것 같았다. 나는 석탄 통을 한 손에 느슨하게 잡은 채 꼼짝하지 않고 잉글랜드 씨를 바라보았다.

잉글랜드 씨는 종일 묻은 먼지와 더께를 털어내듯이 얼굴을 손으로 쓸었다. 하지만 나는 여전히 꼼짝도 할 수 없었고 결국 잉글랜드 씨와 눈이 마주쳤다. 잉글랜드 씨는 간신히 미소를 지어 보였는데, 엄청난 노력을 들이는 것 같았다.

"뭐라도 좀 가져다드릴까요, 잉글랜드 씨?"

잉글랜드 씨는 고개를 저으며 책상에서 일어나 내 앞으로 걸어왔다.

"나에게 잘해줘서 고맙소."

잉글랜드 씨는 부드럽게 문을 닫았다.

나는 울고 싶었다. 무엇 때문에 저렇게 힘들어하는 걸까. 가까스로 몸을 추슬러서 지하 창고로 내려갔고, 석탄을 얻기 위해 틸다를 찾아보았다. 틸다는 주방에서 은식기들을 닦고 있었다. 얼마나 집중해서 닦는지 콧노래까지 부르느라 내가 들어오는 소리도 못 들었다. 나는 틸다를 방해하지 않기로 했다. 대신 내가 잉글랜드 부인의 목욕물을 받기로 했다.

나는 밀리에게 침대에서 그림책을 읽으라고 하고는 큰 구리 솥에서 물을 받아서 2층으로 올라와 욕조에 옮기는 힘든 일을 시작했다. 아이들에게 해주듯이 내 팔꿈치로 물의 온도를 확인했고, 새 비누 하나와 깨끗한 수건을 꺼내놓았다. 마지막으로 잉글랜드 씨의 면도 도구를 세면대 위에 깨끗하게 정리했다. 벽의 전등 머리를 낮추어 빛이 은은하게 비추도록 한 뒤 잉글랜드 부인의 방으로 갔다.

문은 여전히 열려 있었고, 나는 문을 두드린 후 잉글랜드 부인에게 준비가 되었다고 말했다.

"고마워요, 메이."

잉글랜드 부인이 부드럽게 답했다.

왜 집에 온 건지, 왜 사울은 같이 오지 않았는지 묻고 싶어서 주저했다. 사울이 아팠던 그날 이후 우리 사이에 무언가 변화가 있다는 생각이 들었다. 아니, 그냥 환경만 변한 건가. 하지만 묻지 못했다. 왜냐면 잉글랜드 부인이 자기 자신을 굳게 닫았기 때문이다. 내 옆으로는 잉글랜드 씨의 옷방으로 가는 문이 닫혀 있었다. 어젯밤에 있었던 일을 잉글랜드 부인이 안다면 어떨까 생각해 보았다. 얼마나 상처를 받을까. 나는 죄책감에 소름이 돋았다. 내 몸속 깊숙한 곳에서 이전에 결코 느껴본 적이 없는 무언가가 느껴졌다. 익숙하지 않았고, 위험하게 느껴졌다.

"부인, 사울 군은 좀 어떤가요?"

나는 철로 된 침대 틀 사이로 크림색 이불을 보았다.

'발정 난 개들처럼 그 짓에 열중하고 있겠죠.'

나는 고개를 저었다.

"많이 좋아졌어요. 2주 정도면 집에 올 수 있을 것 같아요."

"좋아졌다니 다행이에요. 만약 필요한 게 있으면 저에게 말씀해주세요."

"고마워요."

밀리는 침실에서 앉은 채로 잠이 들어있었다. 나는 밀리의 무릎에서 책을 치워 침대 아래 넣다가 불이 거의 꺼져가는 것을 발견했다. 그리고 석탄을 보조 주방에 놓고 온 것을 깨달았다. 지금 석탄을 가져오는 게 내일 아침에 하는 것보다는 나을 것이다.

계단참에서 나는 잉글랜드 부인이 욕실로 들어가는 것을 보았다. 잉글랜드 부인은 다도 레일을 마치 의지라도 하듯이 꽉 잡고는 다른 한 손으로는 배를 움켜쥐고 있었다. 나도 모르게 나는 잉글랜드 부인을 도우러 달려가 팔을 내밀었다.

"부인, 괜찮으세요?"

"괜찮아요. 매달 이렇게 아프답니다."

잉글랜드 부인은 기운이 하나도 없었다, 나는 부인이 얼마나 말랐는지 새삼 깨달았다.

"매니언 부인이 수프를 만들고 있는데, 수프라도 좀 드시면 좋을 것 같아요."

"나중에요. 고마워요."

잉글랜드 부인은 희미하게 미소를 지었다.

부인은 문을 닫았고 나는 층계참에 서 있었다. 틸다가 숟가락을 닦으면서 숟가락끼리 부딪치는 소리가 멀리서 들려왔다. 나는 석탄을 가지고 와서 아이들 방의 문을 잠그고 들어가려고 하다가 계단 제일 위에서 멈춰 섰다.

무언가 잘못되었다. 떠도는 공기조차도 그렇게 이야기하고 있다. 나는 까치발로 걸어서 욕실로 향했고 몸을 숙여 오른쪽 눈을 열쇠 구멍에 대고 왼쪽 눈을 감았다. 욕조의 둥그런 꼭대기와 수건과 비누가 올려져 있는 작은 의자가 보였다. 잉글랜드 부인이 파티에서 입었던 분홍색 드레스는 바닥에 널브러져 있었고, 부인은 하얀색 발 한쪽을, 그리고 또 다른 발 한쪽을 바닥 타일에서 떼었다.

나는 뒤를 힐끗 돌아본 뒤 무릎을 꿇었다. 석탄이 통 안에서 덜그럭거렸고 나는 숨을 참았다. 부드럽게 물이 튀기는 소리가 들렸다. 나는 부인의 다리를, 하체를, 등을 보았다. 잉글랜드 부인은 힘겹게 욕조의 양쪽을 잡고는 욕조 안으로 몸을 넣었다. 잉글랜드 부인은 우윳빛 피부에 긴 머리를 마치 금빛 커튼처럼 등으로 길게 늘어뜨리고 있었다. 마치 폭포처럼 말이다. 나는 몸을 떼었다. 살금살금 돌아다니면서 열쇠 구멍으로 몰래 엿보고 있다니 대체 내가 무슨 짓을 하는 거지? 심 교장 선생님이 나를 보았다면 뭐라고 했을지 생각하니 저절로 부끄러워졌다.

엘시에게,

저번 내 편지 받았어? 엄마가 우편환을 잘 받았는지 물어봐 줘.

분명히 도착했을 텐데. 우체국 직원이 잘 도착했을 거라고 했거든. 만약에 아직 도착하지 않았으면 내가 우체국에 가서 다시 물어볼게. 그리고 약속한 대로 '하드캐슬 크랙' 엽서에 편지를 적어서 보내. 아마 내 생각에는 이 저택의 이름을 '하드캐슬 크랙'에서 따서 지은 것 같아. 사진에 분명하게 나타나 있지는 않지만, 크랙은 짙은 캐러멜 색깔이고 매우 높단다. 아이들은 크랙에서 노는 걸 좋아하고 큰 구멍에 숨기도 해. 때로는 갑자기 튀어나와서 나를 놀라게 하기도 하지! 아직 아빠의 편지를 열어보지는 않았는데, 만약 중요한 내용이 있다면 나에게 알려줘. 그래 줄 수 있지? 그리고 편지 받자마자 바로 답장을 써 줘. 돈을 잘 받았는지 내가 바로 알 수 있도록 말이야.

주말에는 파티에 갔었어. 내가 일하는 집의 가족들이 참석하는 파티였어. 파티에는 아이들이 만지고 놀 수 있는 알파카가 있었단다. 알파카는 아주 웃기게 생긴 동물이야. 아주 부드럽고 복실복실한데 목은 길고 몸은 땅딸막해. 페루에서 온 것 같아. 어서 학교에 갈 수 있을 만큼 건강이 좋아지면 좋겠다. 다른 애들에 비해서 뒤떨어지면 너무 슬플 것 같아.


너와 로비, 테드, 아치에게 내 사랑을 전하며,

루비 언니가


찰리가 우는 바람에 현실로 돌아올 수 있었다. 나는 어두운 꿈을 꾸고 있었다. 바람 한 점 불지 않아 커튼은 꼼짝도 하지 않았고, 저 아래에 있는 강물만 졸졸 소리를 내며 흐르고 있었다. 찰리는 이내 다시 조용해지더니 잠에 빠져들었다. 나는 똑바로 누워서 깊은 잠을 방해하는 자잘한 생각과 기억을 밀어내려고 애썼다.

'나에게 잘해줘서 고맙소.'

나는 등불에 비친 잉글랜드 씨의 옷방을, 연기가 솔솔 오르는 협탁 위의 머그잔을, 그리고 바스락거리는 잉글랜드 씨의 가운과 포마드 냄새를 생각했다. 나는 베개에 얼굴을 파묻었고 베개 면의 차가운 온도가 내 볼에 전해졌다. 잉글랜드 씨가 내 손을 잡았다.

'루비, 나는⋯⋯'

아니, 그건 강가의 엘리였다. 무슨 말을 하려던 거였을까?

찰리가 기침을 했다. 나는 벽을 마주 보고 눈을 떴는데, 가스관이 열려 있는 것처럼 유황 냄새가 느껴졌다. 냄새는 희미했고, 창문으로 들어오는 시원한 바람과 섞여서 내가 침대에서 일어나 앉을 때즈음에는 모두 사라졌다. 나는 얼굴을 찌푸리며 무릎을 꿇고 침대 머리 위에 벽 브래킷을 살펴보기 위해 창문에 코를 가져다 대었다. 냄새가 더 강해지지는 않았다. 그렇다고 확실하게 쉭쉭 소리가 나는 것도 아니었다. 나는 문을 열고 복도와 아이들 놀이방의 전등을 확인했다. 밸브는 모두 잠겨 있었고, 가스관은 조용했으나 냄새는 확실했다. 나는 서둘러 본채로 향했다.

층계참에서 유황 냄새가 내 얼굴을 정면으로 강타했다. 나는 서둘러 벽 등과 천장 등을 하나씩 확인해 보았다. 등은 모두 꺼져 있었고, 욕실의 등도 마찬가지였다. 나는 잉글랜드 씨의 옷방 문을 쾅쾅 두드리면서 소리쳤고, 다음으로는 잉글랜드 부인의 침실 문을 두드렸다. 잉글랜드 씨가 제일 먼저 잠옷 차림으로 가운을 서둘러 입으며 뛰어나왔다. 잉글랜드 씨의 손에는 불을 켜지 않은 손전등이 들려 있었다.

"안 돼요, 잉글랜드 씨!"

나는 잉글랜드 씨의 손에서 전등을 낚아채 옆의 탁자에 두었다.

"부인?"

나는 다시 침실 문을 두드렸다.

"도대체 무슨 일이오?"

"가스요. 가스 냄새나죠? 어디서 시작된 건지 모르겠어요."

"이런."

잉글랜드 씨는 서둘러 자신의 방으로 들어갔고, 나는 방 입구에서 지켜보고 있었다. 나는 방 입구에서 잉글랜드 씨가 천장 등에 손을 뻗어 스위치를 껐다 켰다 했다.

"여기는 아닌 것 같소."

"그렇다면 부인의 방일 겁니다. 아니면 아래층일 수도 있어요."

나는 서둘러 저택 앞쪽의 비어있는 침실로 향했다. 방은 어둡고 추웠으며 난로에는 작은 재들이 떨어져 있었다. 열린 커튼 사이로 달빛이 은은하게 새어 들어왔다.

나는 층계참으로 다시 달려나가서 부인의 방문을 두드렸다.

"잉글랜드 부인, 일어나세요! 전등을 켜시면 절대 안 돼요."

잉글랜드 씨 앞에서 잠옷 차림으로 머리는 온통 헝클어진 채 미친 여자처럼 소리를 치고 있는데도 전혀 신경이 쓰이지 않았다.

"문을 열어주셔야 할 것 같아요, 잉글랜드 씨."

잉글랜드 씨는 알았다는 듯 옷방으로 서둘러 들어갔다. 냄새는 점점 더 강해지고 있었다. 나는 무릎을 꿇고 문 사이의 틈에 코를 대보았고 즉시 얼굴이 찌푸려졌다.

"부인!"

나는 기침을 하며 가능한 숨을 들이쉬지 않으려고 애썼다.

잠시 후 잉글랜드 씨가 작은 청동 열쇠를 구멍에 넣고 돌려 문을 열었다. 방은 가스 냄새로 가득 차서 속이 울렁거리고 어지러워졌다. 머리를 가누기 어려운 상황에서 나는 손으로 입을 막았다. 부인은 잠들어 있었고 부인의 작은 몸은 이불 위로 거의 드러나지 않았다.

"릴리안, 릴리안. 일어나시오."

잉글랜드 씨가 부인을 흔들어 깨웠지만, 부인은 마치 헝겊 인형처럼 아무 힘이 없었다.

내가 벽 브래킷으로 서둘러 달려가는 동안 잉글랜드 씨는 이불을 걷고 부인을 들었다. 침대 반대쪽 벽의 이음새에서 조용히 쉭쉭거리는 소리가 들렸는데, 강물이 흐르는 소리와 거의 구분이 되지 않았다. 다행히도 잉글랜드 부인은 창문을 열고 자고 있었다. 나는 밸브를 잠그고 창문을 더욱 활짝 열었다.

잉글랜드 씨는 부인을 안고 방을 나갔고 나는 뒤따라 나온 뒤 침실 문을 닫았다. 그리고 옆의 린넨 보관실에 가서 침대보를 한 아름 가져다가 잉글랜드 부인 방문의 바닥 틈을 막았다. 그리고 나서 2층의 모든 창문을 다 열었다.

밀리는 창문이 끼익 열리는 소리에 깨서 앉아있었다. 밀리는 졸음과 당황스러움이 섞인 얼굴로 찡그리고 있었다.

"뭐해요?"

밀리가 물었다.

나는 찰리를 확인했다. 평화로운 꿈을 꾸는 듯 두 주먹을 머리 위로 올리고 있었다.

"쉬. 어서 자렴."

"메이는 맨날 나보고 자라고만 해요."

"지금은 밤이니까 그래."

"그런데 왜 창문을 이렇게 다 활짝 열었어요? 추워요. 불을 피우면 안 돼요?"

"오늘은 안돼. 창문은 곧 닫을 테니 어서 자렴."

나는 사울의 침대에서 이불을 가져다가 밀리에게 더 덮어주었다. 잉글랜드 부인의 헝겊 인형 같은 몸이 머릿속을 떠나지 않았다. 가스관이 새는데 어떻게 몇 시간을 잘 수 있었을까. 발을 내디딜 때마다 통증이 느껴지는 듯 힘겹게 욕실로 향하던 저녁 때의 잉글랜드 부인이 생각났다.

내 시계는 벽의 못에 걸려 있는 앞치마 주머니에 들어있었다. 시계를 보니 11시 반이었다. 이곳의 밤은 아주 길고 깊었다. 전에 있던 래들렛 저택은 기계식 장난감 같았는데 광장의 창문들에서 하나씩 불이 꺼지면 째깍째깍 천천히 잠들 준비를 했다. 그러나 요크셔에서는 침묵이 단번에 찾아왔고 어둠은 매번 아주 짙었다.

밀리는 내 옆에 자리를 잡았고 나는 다시 한번 수십 킬로미터 떨어진 곳에 있을 데카가 생각났다. 침대가 익숙하지 않을 텐데 잠을 안 자고 깨어 있을까? 우리 생각을 하고 있을까? 기숙사까지 가서 짐 푸는 것을 도와주지 않은 게 줄곧 후회되었다.

밀리의 숨소리가 고르게 깊어졌다. 이미 냄새는 다 사라졌고, 나는 만약 찰리가 잠에서 깨지 않았다면 무슨 일이 일어났을지 생각하며 몸서리를 쳤다. 나는 밀리의 이불을 잘 덮어주고 다시 층계참으로 나왔다. 집안 어디에서도 소리가 들리지 않았고, 잉글랜드 씨가 부인을 어디로 데리고 갔는지 전혀 종잡을 수 없었다.

부인은 응접실에 있었다. 잠옷 차림으로 소파에 누워있었다. 멍한 눈으로 희미한 달빛 아래 눈을 깜빡이며 나를 보는 모습이 마치 지하세계의 생명체와 같았다. 복도 끝에서 발소리가 들리더니 잉글랜드 씨가 주방에서 물 한 컵을 들고 나타났다.

"괜찮으세요, 부인? 틸다를 깨울까요?"

"아니오, 그럴 필요 없소. 내일 아침에 의사를 부를 것이오."

잉글랜드 씨가 물을 부인에게 건네며 말했다.

잉글랜드 부인은 위태롭게 물을 한 모금 마셨다.

"아이들은 괜찮소?"

"네."

내가 대답했다.

머릿속 질문이 방 안에 피어오르는 시가 연기처럼 꼬리를 물고 떠올랐다. 누가 가스를 켰을까? 틸다가 밤에 전등을 켜는데, 우리 중 누구도 잉글랜드 부인이 틸다가 불을 켜기 전에 방으로 들어갔을 거라고는 상상도 하지 못했다. 나는 방에 들어가지 않았고 층계참에서 말한 게 전부다. 그때부터 가스가 이미 새고 있었던 걸까? 아마도 잉글랜드 부인이 목욕을 할 동안 틸다가 불을 켰을 텐데 깜빡하고 밸브를 안 잠근 걸까? 브로들리가 잉글랜드 부인의 트렁크를 위층에 올려두었는데, 그때 브로들리가 불을 켠 걸까?

잉글랜드 씨는 꼼짝도 안 하고 카펫 위에 서 있었다. 아무것도 들지 않은 손이 어색해 보였다. 당장이라도 성냥을 꺼내고 시가를 입에 물고 싶어 한다는 걸 알 수 있었다. 크로우 네스트에서 온 이후로 가장 평정심을 잃은 잉글랜드 씨의 모습이었다.

"2층의 창문은 다 열어두었습니다."

내가 말했다.

"고맙소."

잉글랜드 씨가 몸을 돌리다가 움찔하고 놀랐다.

"아래에서 주무실 수 있도록 침실을 준비할까요, 부인?"

"내가 하면 되오. 대신 부인의 가운과 슬리퍼를 좀 가져다주겠소?"

"네, 잉글랜드 씨."

나는 침대 기둥에 걸쳐져 있는 부인의 살구색 가운을 들고 몸을 떨었다. 부인의 슬리퍼를 찾아보았지만, 바닥에는 슬리퍼가 보이지 않았다. 틸다가 그날 아침에 싼 트렁크가 창문 아래 놓여 있었다. 나는 무릎을 꿇고 트렁크를 열었다. 옷가지 대부분은 가지런히 접혀 있었고, 나는 한쪽 구석에 갖가지 색깔의 직사각형으로 뒤덮여 있는 종이를 찾았다. 그리고 그 아래 쑤셔 넣어져 있는 침실용 슬리퍼를 찾았다. 나는 형형색색의 종이들을 달빛에 비춰보았다. 직사각형 종이는 우표였는데, 하나가 없었다. 틸다가 우표를 짐에 쌌을 리는 없는데. 나는 우표들을 다시 가방에 넣고 손잡이를 잡았다. 부인의 물건들을 모두 깜깜한 트렁크 안에 넣은 뒤 트렁크를 닫았다.

잉글랜드 부인은 이후 며칠 동안 아팠다. 의사가 저택을 방문하여 가스 중독이라는 진단을 내렸다. 의사 선생님은 치료할 다른 방법은 없으니 푹 쉬고 맑은 공기를 많이 마시라고 했다. 부인은 많이 아파보였고, 계속 어지러워했다. 틸다가 천으로 덮인 요강을 들고 보조 주방을 왔다 갔다 했다. 우리는 저택을 24시간 환기했다. 정비공이 가스관이 이상이 있는지 와서 확인했지만 아무 이상도 발견하지 못했다. 그다음 날 저녁 불을 피우고 전등을 켤 때까지 아이들과 나는 옷을 평상시보다 두 겹 더 껴입고 있었다.

엘시에게서도, 데카에게서도 편지는 오지 않았고 나는 나까지 가스에 중독된 것처럼 불안하고 속이 메슥거렸다. 의사가 나와 아이들을 진찰하기 위해 다시 방문했다. 그는 차가운 청진기를 내 시프트 원피스 위에 대어보았고, 만약 우리 중 누구라도 상태가 더 안 좋아지면 자신을 부르라고 잉글랜드 씨에게 말했다.

3일째 되는 날, 나는 잉글랜드 씨가 집을 나서기를 기다렸다가 찰리를 안고 잉글랜드 부인의 방으로 갔다. 문을 두드리자 부인이 대답했다. 부인은 침대에 앉아있었고, 옆에는 손도 안 댄 아침 쟁반이 놓여 있었다.

"좋은 아침이에요, 부인."

내가 먼저 인사를 건넸다.

"좋은 아침이에요."

부인은 온종일 잠만 자는데도 창백하고 피곤해 보였다. 나는 래들렛 부인이 임신 초기에 보였던 증상을 떠올렸다. 예민했고, 조리된 음식을 극도로 싫어했다. 만약 부인이 다섯 번째 아이를 임신한다면 어떻게 되는 걸까 생각해 보았다. 단기 유모를 구해야 할 텐데, 어디서 자라고 하지? 이미 아이들 침실은 꽉 차서 다른 침대를 더 들여놓을 공간이 없다. 하지만 부인이 매달 생리 때마다 아프다고 했으니 임신은 아닐 테다.

"뭐 필요한 거 있어요?"

부인이 물었다.

"괜찮으시면 오늘 아이들 놀이방에 놀러 오실래요, 부인?"

"무슨 일 있나요?"

"풍경이 변하는 모습을 좋아하실 것 같아서요."

부인은 잠시 생각하는 듯하면서 방을 둘러보았다.

"괜찮을 것 같네요."

"몸만 괜찮으시다면요."

"좀 있다가 갈게요. 틸다에게 목욕물 받아달라고 전해줄래요?"

"네, 부인."

11시 15분, 잉글랜드 부인이 실크 가운 끈을 만지작거리며 놀이방에 나타났다. 밀리는 갑자기 쑥스러움을 타더니 내가 그려놓은 엉성한 그림 아래 '곰'을 12번 쓴 연습장을 닫아버렸다.

"이야기보따리 놀이를 해볼까 해요."

흔들의자에 앉은 잉글랜드 부인에게 말을 건넸다.

"그게 뭐지요?"

부인이 물었다.

"내가 엄마한테 보여줄래요!"

밀리는 베갯잇을 가져다가 놀이방에 있는 여러 물건을 집어넣었다. 밀리는 물건들을 넣으면서 나에게는 눈을 꼭 감고 있으라고 했고, 혹시라도 내가 엿보는 기색이라도 보이면 소리를 질렀다.

"아무 물건이나 이렇게 집어넣고 흔든 다음에 물건들을 모두 꺼내서 이야기를 만드는 거예요. 밀리, 자 시작해 볼까?"

나는 설명과 함께 놀이를 시작했다.

밀리는 첫 번째로 나무로 만든 병사를 꺼냈다. 나는 벽난로 앞에 자리를 잡고 벽난로를 등지고 앉아서 두 손을 모았다.

"옛날에 레드 칙스 병장이라는 군인이 살았어요."

나의 시작에 밀리는 웃으며 손을 베갯잇 속으로 넣었다. 그리고 이번에는 부지깽이를 꺼냈다.

"레드 칙스 병장은 아주 무시무시한 결투를 하게 되었는데요……."

이번에는 작은 찻잔이 나왔다.

"바로 찻잔 여왕과의 결투였어요! 여왕은 도자기로 만들어져서 쉽게 부서지기 때문에 아주 조심해야 했답니다. 그래서 여왕은 자신의 가장 용맹스러운 찻잔들에게 끓는 물을 가득 채우라고 명령하고는 성곽에서 레드 칙스 병장이 가까이 오기를 기다리고 있었어요. 레드 칙스 병장은 부지깽이를 들고 언덕을 올랐는데……."

나는 밀리를 향해서 하나를 더 뽑으라는 모양새를 취했다. 밀리는 신이 나서 하나를 더 뽑았는데 바로…….

"퍼즐 조각! 레드 칙스 병장이 미처 알아차리지 못한 게 있었는데, 바로 '땅'이 아주 큰 퍼즐이었다는 것이에요. 그리고 그 순간 퍼즐 조각들이 이리저리 움직이면서 레드 칙스 병장을 헷갈리게 만들었어요. 레드 칙스 병장은 앞으로 뒤로 뛰어다니다가 완전히 길을 잃어버렸지요. 그런데 그때……."

밀리가 다시 베갯잇 속으로 손을 넣었다.

"아주 어마어마하게 큰 팽이가 쉭쉭 소리를 내며 돌면서 지나가며 외치는 거예요. '모두 나를 타라!' 그래서 레드 칙스 병장은 부지깽이를 들고 팽이 꼭대기로 올라가 마치 말을 타듯이 다리를 쩍 벌리고 앉았어요. 그런데 문제는 이 팽이가 계속 돌고 돌고 또 돌기만 한다는 것이었어요. 그래서 레드 칙스 병장은 더욱 어지러워졌어요. 그래서……."

이번에는 밀리가 연필을 꺼냈다.

"찻잔 여왕은 레드 칙스 병장을 불쌍히 여기고 증서에 서명만 하면 여왕의 군대에 들어올 수 있게 해주었어요. 레드 칙스 병장은 엄청나게 큰 몸짓으로 서명을 하고……."

이번에 나온 건 잉글랜드 씨가 나에게 준 목화 조각이었다. 나는 주춤거리며 일순간 조용해졌다. 잉글랜드 부인과 밀리의 눈이 나에게 고정되었다. 잉글랜드 부인의 눈이 밀리의 눈보다 더 커져 있었다. 찰리는 안전바가 설치된 놀이 공간에서 안전바를 잡고는 까르륵거렸다.

"메이, 빨리 이야기해줘요!"

"오, 궁금해요. 그래서 어떻게 되었죠?"

잉글랜드 부인이 수줍게 미소 지었다.

나는 침을 꿀꺽 삼켰다.

"아, 목화……. 오, 죄송해요. 레드 칙스 병장은 왕궁의 색깔인, 아, 그러니까 파란색과 하얀색으로 만든 멋진 새 목화 제복을 입었습니다. 하지만 그리고서 빗속을 거닐다가 녹이 슬고 말았지요. 여기서 레드 칙스 병장의 이야기는 끝입니다."

"하지만 아직 물건이 더 남았단 말이에요!"

밀리가 소리쳤다.

"끝은 끝이에요, 밀리 양. 레드 칙스 병장은 모험을 충분히 했어."

"브라보!"

잉글랜드 부인이 손뼉을 치며 활짝 웃었다. 부인의 안색이 훨씬 생기있고 들떠 보였다. 황홀해 하는 것처럼 느껴졌다.

"아주 멋져요, 메이. 이야기를 정말 직접 만든 건가요?"

"네, 부인."

"어디서 이런 걸 배웠어요?"

"집에서요. 아마 거의 모든 아이들이 하는 놀이일 거예요."

"엄마도 해 보실래요?"

밀리가 부인에게 다가갔다.

"오, 아니. 아니, 나는 못해."

"왜요?"

"나는……, 나는 상상력이 별로 좋지 않단다."

잉글랜드 부인이 머뭇거리며 말했다.

밀리의 표정을 보니 못 알아들은 것 같았다.

"상상력. 그러니까 아…… 마음속으로 어딘가에 가 있다고 생각을 하면 정말 거기에 있는 것처럼 느껴지는 걸 말해."

"거짓말을 하는 것처럼요?"

"그렇게 생각할 수 있지."

"메이는 거짓말을 하면 안 된다고 말했어요."

밀리가 엄숙하게 말했다.

"맞아. 하지만 때로는 그렇게 해도 될 때가 있단다. 기분이 좋아진다면 말이야."

찰리가 놀이 공간에서 나무 블록을 던졌고, 나는 가서 찰리를 안아 들었다.

"안아보실래요, 부인?"

"나는 안는데 소질이 없어서요."

"찰리가 꽤 튼튼해요, 부인. 다치는 일은 없을 거예요."

"혹시 떨어뜨릴까 봐 걱정되어요."

"그럴 일은 없을 거예요, 부인. 그리고 만약 떨어뜨리셔도 찰리는 무사할 겁니다. 아주 강한 아이거든요."

내가 찰리를 머리 위로 높이 들자 찰리는 통통한 다리를 차며 까르륵거렸다.

"형이랑은 다르군요."

부인은 부스 선생님이 크로우 네스트로 가지고 간 바퀴 달린 의자가 있던 자리를 쳐다보았다.

"사울 군은 또, 사울 군 나름대로 강하지요."

내가 말했다.

잉글랜드 부인은 고개를 끄덕이며 다시 한번 아득해지는 표정을 지었다.

"사울 군에게 편지를 써도 좋을까요?"

"물론이지요."

"오빠에게 편지를 쓸까?"

나는 밀리에게 물었다.

목화 가지가 카펫 위에 놓여 있었고, 나는 여러 가지 물건들을 집어서 다시 베갯잇 속에 넣었다.

"좋아요. 그리고 '사과'랑 '곰'도 쓸 거예요."

밀리가 말했다.

"사울이 읽어보면 너무 좋아하겠는걸. 편지지와 펜을 가지고 올게. 부인께서도 사울 군에게 같이 편지를 쓰실까요?"

부인 속의 무언가가 사라지는 것 같은 느낌이 들었다.

"이번 주에 쓰려고요. 메이만 괜찮다면 지금은 그냥 여기 앉아서 지켜볼게요."

"물론 괜찮지요."

나는 트렁크에서 내 편지지와 펜을 가지고 와서 밀리와 함께 낮은 탁자에 앉았다. 잉글랜드 부인은 찰리를 무릎에 앉히고 흔들어주고 있었다. 찰리는 오른쪽 엄지손가락을 입에 넣은 채 잉글랜드 부인의 품 안에 자리를 잡았고 오래지 않아 잠이 들었다. 밀리와 나는 탁자의 양쪽 끝에 앉았다. 밀리가 말하면 나는 받아적는 식으로 편지를 썼다. 방에는 펜이 사각거리는 소리와 빗방울이 유리창을 두드리는 소리만이 가득했다. 벽난로에 석탄을 좀 더 집어넣으려고 일어날 즈음 잉글랜드 부인은 찰리의 배에 한 손을 두르고 다른 한 손은 흔들의자의 팔걸이에 올린 채 잠이 들어있었다. 나는 부인을 보면서 우리 엄마를 생각했다. 엄마는 엘시를 가진 이후로 쉽게 잠에 들었다. 그래서 모유 수유를 하지 못했다. 잉글랜드 부인이 모유 수유를 하는 엄마였다면 어땠을까. 나는 부인이 하얀 베개들을 쌓아놓은 데 기대 있고 옆에는 은색 차 쟁반이 있는 모습을 그려보았다.

엄마는 난산으로 엘시를 낳았다. 그 사이에 다섯 명의 아이가 더 있었지만 우리는 그 아이들에 대해 특별히 이야기를 나눈 적은 없다. 나는 종종 그 아이들을 생각하며 죄책감을 느끼면서도 그 아이들이 하늘나라에 간 게 다행이라고 생각했다. 롱모어 스트리트에 있는 우리집에는 더 이상의 공간이 없었기 때문이다. 엘시는 어쨌든 살아남았다. 혈색은 노랗고, 자주 아팠지만 삶에 대한 강한 집착을 가지고 있었다. 엘시는 갈색 단추 같은 눈으로 우리를 빤히 올려다봤다. 나는 여동생이 생겨서 기뻤다. 아빠도 엘시를 좋아했다. 아빠는 깃털로 엘시의 코를 간지럽혀 재채기하도록 만들었다. 엘시가 아주 작을 때는 침실의 서랍에서 잤는데, 나는 가끔 엘시가 있는 서랍을 닫아버리는 악몽을 꿨다. 그래서 엘시를 내 침대에 데려와 함께 자기 시작했다. 따뜻한 우유와 비누 냄새가 나는 엘시에게 코를 비볐다. 밤에 엘시가 깨면 울면서 찾는 사람은 나였고, 원하는 사람도 나였다. 엘시가 믿는 사람은 바로 나였다.

그날 밤에는 별이 많았다. 비가 그치고 온통 별이 가득한 하늘을 나는 땅에 누운 채 올려다보았다. 추웠고, 옷은 비에 젖었고, 머리카락은 목에 달라붙어 있었지만 나는 떨지 않았다. 내 몸을 전혀 감각할 수 없었다.

"이름이 뭡니까?"

기자들이 나에게 물었다.

"엘시는 어디에 있어요?"

내가 대답했다. 기자들은 그랬다고 기사에 썼다. 사실 나는 하나도 기억이 나지 않는다.

# 16

나는 오전 내내 창가에 서서 자전거를 탄 우체부가 오기를 기다렸다.

"누구를 기다려요?"

밀리가 물었다.

나는 놀이를 만들기로 했다.

"우체부 아저씨를 먼저 보는 사람이 이기는 놀이야. 내가 우리 아침 먹은 것을 치울 동안 창밖을 보고 있어 줄래?"

내가 밀리에게 제안했다.

주방에서 돌아오니 밀리가 날 듯이 계단을 뛰어 내려왔다.

"우체부 봤어요! 내가 이겼어요! 집에 들어왔어요!"

현관을 들어오던 우체부는 나를 보고 깜짝 놀라 한 걸음 뒤로 물러섰다.

"안녕하세요."

"안녕하세요."

우체부는 나에게 세 통의 편지를 건네주었고, 나는 감사하다고 인사를 건넨 뒤 황급히 문을 닫았다. 세 통 모두 잉글랜드 씨 앞으로 온 편지였다.

"내가 이겼어요!"

밀리가 다시 한번 외쳤다.

"그래, 맞아. 잘했어."

"내일도 또 하면 안 돼요?"

"좋은 생각이야."

나는 편지를 거실 탁자 위에 올려두었다. 잉글랜드 부인이 편지를 전해준다고 한 잉글랜드 씨의 말이 기억이 났기 때문이다. 블레이즈와 엘리의 결혼식 날 아침에도 부인이 편지를 전해줬는데, 도착한지 하루 이틀 정도가 지난 편지였다.

잉글랜드 부인은 침실에서 옷을 고르고 있었다. 나는 문을 두드리고 문가에 서 있었다.

"실례합니다, 부인. 혹시 저에게 온 편지가 없던가요?"

잉글랜드 부인이 어깨너머로 나를 바라보았다.

"무슨 말이죠?"

"기다리는 편지가 있는데 아직 오지를 않아서요."

잉글랜드 부인은 머리를 저었다. 부인의 손에는 연한 하늘색에 아이보리색 장식이 달린 밀리터리 재킷이 들려 있었다. 밖에 나가지 않는 사람 치고 부인의 옷차림은 상당히 멋진 편이었다.

"재킷 예뻐요, 부인."

"이거요?"

부인은 머리를 갸우뚱하며 재킷을 바라보더니 다시 옷걸이에 걸었다. 나는 잠시 주저했다. 찰리를 식사용 의자에 앉히고 버터를 바른 토스트를 먹도록 해놓았는데, 아기 우는 소리가 들리는 게 아닌지 잠시 헷갈렸다.

"잠시 후에 밀리와 팽이 돌리기 놀이를 할 건데, 괜찮으시면 함께 해요."

"좋아요."

잉글랜드 부인이 웃어 보였다.

저녁에 온 편지 중에서도, 그다음 날 온 편지 중에서도 엘시의 편지는 없었다. 나는 악몽과 나쁜 생각에 시달리며 잠을 설쳤고, 아침 식사 후에 잉글랜드 부인에게 우체국에 다녀와도 괜찮을지 물어보았다. 부인은 그러라고 하면서 찰리를 봐주겠다고 했다. 나는 부인과 찰리를 놀이방에 두고 재빨리 밀리에게 코트를 입히고 장갑을 끼운 뒤 함께 출발했다.

잉글랜드 씨가 공장 마당에서 한 신사와 이야기를 나누고 있었다.

"아빠!"

밀리는 내가 말릴 새도 없이 잉글랜드 씨에게로 달려갔고 나는 가까스로 밀리를 따라잡았다.

"밀리, 아빠는 지금 일하고 계셔."

나는 밀리의 손을 잡고 등을 밀었으나 잉글랜드 씨는 우리를 만나 즐거운 듯 보였다. 우리가 나타나는 바람에 신사 또한 고개를 돌렸는데, 옅은 파란색 눈의 콘래드 그레이트렉스 씨였다. 밀리는 갑자기 새침해져서는 잉글랜드 씨에게 매달렸다.

"안녕, 밀리슨트. 어디 가는 길이니?"

잉글랜드 씨가 입을 단단히 다물었다.

"우체국이요."

밀리가 대답했다.

밀리의 외할아버지인 콘래드 그레이트렉스 씨는 밀리를 아는 척
도 하지 않고 어디 멀리 딴 데 있는 사람처럼 먼 곳을 바라보았다.

"브로들리보고 데려다 달라고 하지? 그런데 찰리는 어디 있소?"

잉글랜드 씨는 유모차를 찾았다.

"잉글랜드 부인과 함께 있습니다, 잉글랜드 씨."

잉글랜드 씨는 무언가 말을 하려고 하다가 이내 입을 닫았다.

"소포를 보내는 것이오?"

잉글랜드 씨가 물었다.

"아닙니다, 잉글랜드 씨. 제 여동생에게서 편지가 와야 하는데
아직 도착하지 않아서요. 혹시 밀린 편지가 있는지 아니면 우체국
에 제 편지가 있는지 보러 가보려고 합니다."

"그렇군."

잉글랜드 씨는 무언가 기분이 언짢아 보였다. 그리고 잉글랜드
씨 옆으로 콘래드 그레이트렉스 씨가 더이상 못 참겠다며 초조한
모습을 보였다.

"메이, 나는 유모가 자기에게 올 편지나 찾으러 다닐 수 있도록
아이들을 돌봐주는 게 내 아내의 일인지 잘 모르겠소."

순간 침묵이 흘렀다. 나는 무언가 말을 하려고 했지만, 변명의 여
지가 없었다. 잉글랜드 씨 말이 맞았다. 내 얼굴을 당황해서 벌게졌
지만 나는 가능한 잉글랜드 씨를 똑바로 보려고 노력했다.

"죄송합니다, 잉글랜드 씨. 지금 당장 집으로 돌아가겠습니다."

"아니오, 괜찮소. 마차를 타고 갔다가 집으로 바로 돌아가도록

하시오. 그리고 밀리는 메이한테 장난감 가게에 가자고 조르면 안된다."

잉글랜드 씨는 큰 손을 밀리의 머리 위에 얹고 말했다.

나는 두 사람이 우리를 떠나 공장으로 걸어가면서 우리에게 뭐라고 말을 했는지, 주변 상황이 어땠는지 하나도 신경 쓸 겨를이 없었다. 너무 창피해서 울고 싶었다.

우체국에서도 아무런 소득이 없었다. 우체국 직원은 너무 바쁘고 참을성도 없었다. 지연된 편지나 우체국에 묶여 있는 편지가 없다고 말했다. 직원은 내 머리 위로 손을 뻗어 뒤에 줄 서 있던 사람에게 소포를 받음으로써 우리 사이의 대화가 끝났다는 표시를 했다. 나는 무안해서 어색하게 눈을 깜빡이며 밖으로 나왔고 밀리와 함께 멍하게 서 있었다. 브로들리가 어디 있는지 찾았고, 그가 우리를 내려 준 바느질 도구 판매점 앞에 있는 걸 발견했다. 도대체 난 무슨 생각을 한 걸까. 예쁜 엽서를 보내면 다 괜찮을 거로 생각한 건가. 엘시에게서 소식을 마지막으로 들은 게⋯⋯ 대체 언제지? 엘시는 편지에 날짜를 쓰지 않는 편이고, 나는 편지를 받으면 봉투째 던져 놓곤 한다. 그래도 최소 2주는 더 된 것 같다. 엘시의 편지 옆에 들어있는 크림색 봉투와 그 내용이 갑자기 궁금해졌다.

집으로 돌아오는 길, 나는 숲이 휙휙 지나가는 모습을 창밖으로 내다보았다. 밀리는 평소보다 더 조용했다. 손수건 한 쪽에 수놓아진 꽃들을 가만히 만져보고 있었다. 그래, 로비에게 전보를 쳤어야 했다. 이제 다시 가려면 마을까지 5킬로미터가 넘는 거리를 아이 둘을 데리고 가야 한다.

공장에서 500미터쯤 떨어진 곳을 지날 즈음, 승마길에 서 있는 부스 선생님이 보였다. 부스 선생님은 모자를 벗고 인사를 하다가 차창에 비친 나를 보고는 깜짝 놀란 듯했다. 뒤늦게 손을 들어 보였지만 이미 부스 선생님은 사라지고 없었다. 사울이 크로우 네스트에 있는데 선생님이 왜 하드캐슬 하우스 근처에 있을까 무척 궁금했다.

'읽을지 말지는 언니가 결정해. 엄마는 언니가 아빠 편지를 읽어야 한다고 하지만 말이야.'

엘시는 편지에 이렇게 썼었다. 나는 갑자기 오싹한 느낌이 들어 망토를 꼭 싸맸다. 제발 잉글랜드 씨가 집에 없길.

"메이, 슬퍼 보여요."

밀리가 말했다.

"아닌데."

나는 억지로 미소를 지어 보였다.

"데카 언니의 편지를 기다리는 거예요?"

"아니야. 물론 데카의 편지가 있었다면 더 좋았겠지만 말이야. 우리 이번 주에 언니에게 또 편지를 쓸까?"

"좋아요. 그런데 언니는 언제 집에 와요?"

"당분간은 못 올 거야. 아마 크리스마스 즈음해서 올걸."

"크리스마스는 한참 남았잖아요. 그때까지 언니 없이 혼자 잘 자신이 없어요."

"데카가 돌아올 때쯤이면 아마 혼자 자는 데 너무 익숙해져서 오히려 같이 자는 게 싫어질걸."

말 없이 창밖을 바라보는 밀리의 작은 볼이 도드라져 보였다.

잉글랜드 부인은 놀이방의 카펫 위에서 찰리와 함께 앉아서 여러 가지 색깔의 블록으로 탑을 쌓고 있었다. 우리가 들어갈 때 마침 그중 하나가 무너졌고 찰리는 기분 좋게 소리를 질렀다.

"에고, 저런."

잉글랜드 부인도 웃고 있었다.

잉글랜드 부인이 나를 바라보았다.

"우체국에도 편지가 없다고 해요?"

"네, 부인. 코트를 걸어놓고 오겠습니다."

나는 아이들 침실로 와서 문을 닫고 잠시 머뭇거리다가 문을 잠 갔다. 온몸을 떨며 내 침대 앞에 무릎을 꿇고 앉았다. 트렁크를 열어 홍차통을 꺼냈다. 예전에 우리 가게에서 팔던 호니만 디자인이 그 려진 통이었다. 뚜껑에는 빨간 머리카락을 한 여자가 김이 모락모 락 나는 컵을 들고 마치 수증기에 무엇이 있는지 알아보기라도 하 듯 향을 음미하고 있다. 나는 홍차 통을 카펫 위에서 열고 신발 끈 으로 묶어놓은 편지 다발을 꺼냈다. 집에서 나온 이후 엘시와 계속 편지를 주고받았지만, 편지가 몇 통 있는지 지금까지 한 번도 세어 본 적이 없었다. 놀랜드 학교에 가기 이전부터이니 꽤 오래됐는데, 오늘 세어보니 총 14통이었다.

나는 편지 다발의 가장 위에 있는 편지를 꺼냈다. 우표도 없고, 크림색 종이 위에 단 한 글자, '루비'라고만 적혀 있다. 나는 아빠가 세로로 삐뚤삐뚤 휘갈겨 쓰던 숫자를 기억한다. 아빠는 정확한 맞 춤법을 배운 적이 없어서 '콜리플라우', '당극', '브로콜래'라고 쓰곤 했다. 그렇게 크게 중요한 건 아니다.

떨리는 손을 진정시키며 나는 엄지손톱으로 한쪽 귀퉁이를 잡고 살짝 봉투를 찢었다. 나는 작은 봉투 덮개를 다시 내려 다시 붙이려 는 듯 문질렀다. 하지만 다시 빠른 속도로 봉투를 열었다. 편지는 내 용이 안쪽으로 가도록 반으로 접혀 있었다. 종이 뒤로 단어가 비쳤 고 나는 편지를 두 손가락으로 들어 얼마나 긴지 가늠해 보았다. 아마도 두 장 아니면 세 장 정도 되는 것 같았다. 마침내 나는 편지를 꺼내서 읽었다.

루비에게,

나는 심장이 요동치는 걸 느끼면서 눈을 감았다. 물밀 듯이 밀려온 감정이 지나고서야 나는 가까스로 편지를 다시 열어 첫 번째 장을 훑어보았다. 단어들은 마치 새처럼 날아다녔고 무슨 말인지 하나도 알 수 없었다. 나는 팔을 길게 뻗어 편지를 조금 멀리 두고 다시 쭉 읽어보았다. 몸이 더 심하게 떨렸지만 나는 페이지를 넘겨 다음 장을 읽고, 그다음에 마지막 장까지 다 읽었다. 마지막 장에는 서명이 들어있었다.

사랑을 담아,
아서
너의 아빠가.

나는 편지를 다시 한번 훑어 내가 혹시 놓친 게 없는지 확인했다. 그리고는 침대에 기대어 눈을 감았다. 아이들이 옆 방에서 놀고 있는데, 오늘 밤까지 내가 해야 할 일들이 쌓여 있는데, 편지를 읽은 건 결코 현명하지 못한 선택이었다. 하늘이 어둑해지다가 밤이 될 때까지 망토를 입은 채 앉아있고 싶었다. 이 상태 그대로 침대로 들어가는 것이다. 얼마나 오래 앉아있었는지 잘 모르겠다. 아무 감각이 없었다. 너무 공허해서 울 수조차 없고, 너무 기운이 빠져서 아무것도 느낄 수 없었다.

"메이?"

복도에서 밀리의 목소리가 들려왔다. 밀리는 문을 열려고 하다가 문이 잠긴 것을 안 것 같았다. 밀리가 문고리를 다시 돌리는데, 조금 있다가 잉글랜드 부인의 목소리가 들렸다.

"밀리, 돌아오렴. 메이가 잠시 혼자 있을 수 있게 해주자."

발걸음이 복도를 따라 멀어졌고 놀이방 문이 닫히는 소리가 들렸다.

나는 손으로 머리를 감싸 쥐고 눈을 감았다.


신장병.


얼마나 오래 앉아있었는지 모르겠다. 2분, 3분, 4분이 지나고 나는 봉투를 갈기갈기 찢어서 봉투 조각을 내 망토 주머니에 넣었다. 하지만 편지는 어떻게 해야 할지 도통 모르겠다. 편지를 열기 전에는 그 안의 내용도 읽지 않았으므로 다른 모든 것과 마찬가지로 모르는 척할 수 있었다. 하지만 지금은 편지지에 선명하게 쓰여 있는…… '신장병'이라니. 방 안에서 이 단어가 숨을 곳은 어디에도 없다. 어떤 말에는 가스처럼 독성이 들어있어서 결국에는 나를 질식시켜 죽일 수도 있다.

아주 조심스럽게 문을 두드리는 소리가 나더니 낮고 작은 잉글랜드 부인의 목소리가 들렸다.

"메이, 내가 아이들을 데리고 산책하러 나갈까요?"

그 순간 갑자기 공장에서 잉글랜드 씨가 했던 책망이, 그의 무서운 말투가 생각났다. 나는 입을 열었다 닫았다.

"아니에요, 부인."

나는 간신히 말했다.

"괜찮아요. 아이들 나갈 것만 좀 챙겨주면 데리고 다녀올게요."

나는 간신히 바닥에서 몸을 떼어 문을 열었다. 잉글랜드 부인이 어둑한 복도에 걱정스러운 얼굴로 서 있었다.

"저도 같이 가요."

정말 그러기 싫었지만 나는 가까스로 따라나섰다. 그냥 침대 밑으로 파고들어 쭉 자고 싶었다.

"몸이 안 좋아 보여요."

"괜찮아요."

아기와 함께 집을 나서려면 거쳐야 하는 일상적인 과정이 있었다. 아기가 땅을 밟을 일은 거의 없겠지만 혹시 모를 상황을 대비해 찰리에게 외출용 운동화를 신겼다. 코트 안에 상하복의 단추를 채우고 찰리가 뭉개지 않을 모자를 찾아서 씌웠다. 밀리는 말 없이 점퍼를 입었다. 무언가 잘못되었다는 걸 아는 것 같았다. 엄마와 같이 산책을 하러 간다니 이상하기 짝이 없는 일일 것이다. 나는 신발장에서 유모차를 꺼내 뽀송뽀송한 담요를 깔았다. 현관은 항상 그늘지고 추워서 유모차 안에 넣어놓은 것들이 금방 축축해졌다. 그 외에도 딸랑이, 치발기, 깨끗한 냅킨과 수건을 챙기고, 물을 담은 코르크 병을 준비했다. 밀리는 '행복한 가족' 카드 게임을 가져가야 한다고 우기면서 자기 점퍼 주머니에 카드를 쑤셔 넣었다. 잉글랜드 부인은 이 모습을 보고 한 일주일 계획으로 놀러 가는 것 같다고 놀렸다.

네 사람이 길을 나섰다. 잉글랜드 부인은 맵시 좋은 파란색 울 코트에 하얀색 폭이 넓은 리본이 감겨 있는 밀짚모자를 쓰고 있었다. 나는 우리가 일반적으로 산책하는 길로 갈 것이라 생각했는데, 잉글랜드 부인은 집을 나서자마자 오른쪽으로 방향을 틀었다. 공장을 지나지 않는 길이었다. 우리는 부인을 따라 오솔길로 걸었다. 길이 막히면 같이 유모차를 들어가면서 나무가 우거진 계곡 위로 향했다. 평평한 등성이에는 험난한 북쪽 겨울을 100년 이상 견뎌낸 흑요석으로 브로치같은 모양의 교회가 만들어져 있었다. 그 옆 황무지에는 단단하게 뿌리내린 듯한 마을이 있었다. 마을의 길은 좁고, 집들이 도로와 똑같은 석탄색 벽돌로 지어져 있어서 모든 것이 눅눅하고 빗물에 씻긴 듯 보였다. 황야지대가 마을을 둘러싸고 있었는데, 제일 가장자리의 오두막들을 에워쌌다. 음침함이 파도와 같이 철썩거리며 덮쳐오는 듯 했다. 중심 스트리트에는 더러운 얼굴을 한 아이들 몇몇이 물 펌프 옆에 서 있었다. 어떤 아이가 손잡이에 원숭이처럼 매달려서 위아래로 움직이자 물줄기가 쓸데없이 땅으로 쏟아져 나왔다. 우리가 지나가자 아이는 은색 문양이 새겨진 유모차를, 금빛 머리가 출렁이는 부인을, 그리고 파란색 제복을 입은 나를 바라보았다. 새카만 머리의 한 여성은 현관을 닦다가 고개를 돌려 우리를 지켜보았다. 낮은 오두막 뒤 공동묘지가 교회를 둘러싸고 있었다. 묘비를, 그리고 저 너머 외로운 황무지를 바라본다는 게 얼마나 황량한 일일지 생각했다.

우리는 곧 마을을 지나쳤다. 우리 앞에 펼쳐진 것은 너른 땅과 하늘뿐이었다. 바람이 사방에서 우리를 향해 불어왔고, 하늘은 어둑어둑한 회색이었다.

"비가 오면 어디로 피하지요?"

내가 소리쳤다.

"그러면 금방 내려가면 되지요."

잉글랜드 부인이 대답했다.

부인의 뺨은 분홍이었다. 핀을 꽂은 머리가 바람에 흩날리고 있었다. 부인에게서 처음 보는 활기가 느껴졌다. 기운 없고 슬픈 존재는 집에 두고 온 듯, 완전히 새로운 사람이 나타난 것 같았다.

계곡을 내려갔다. 땅에서 삐죽 솟아오른 이끼로 바위가 온통 뒤덮였다. 날카로운 바위들을 피해 경사가 심한 언덕배기를 내려가면서 유모차를 조정하기란 여간 어려운 일이 아니었다. 그리고 생각했던 것보다 훨씬 빨리 물이 흐르는 소리가 들렸다. 발을 내디딜 때마다 물소리는 더욱 커졌다.

"강인가요?"

내가 물었다.

"말발굽 편자 폭포예요."

잉글랜드 부인이 대답했다.

하드캐슬 하우스가 잉글랜드 부인이 어렸을 때부터 살았던 곳이라는 생각이 들 때마다 새삼스레 놀라웠다. 숲이랑 가장 안 친한 사람일 것 같은데, 숲을 너무 잘 안다는 듯이 길을 찾고 작은 개울을 건넜다. 거의 두 달이 다 되도록 집 밖을 나섰던 건 손에 꼽을 정도고, 대부분 내가 같이 나갔었다.

우리는 곧 계곡의 아래, 흙탕물이 상당히 빠르게 흐르는 강에 도달했다. 강 위에는 다 쓰러져가는 나무다리가 있었다. 나는 미끄러운 나뭇잎 사이로 유모차를 미느라 지치고 더워서 강둑에 서버렸다.

"다리를 건널 건가요?"

"트롤 무서워해요?"

잉글랜드 부인이 웃으면서 말했다.

"다른 건널 방법이 없을까요? 유모차가 가기에는 안전하지 않아 보여서요."

"최소 1킬로미터는 가야 다리가 나올 거예요. 이 길이 '크랙'으로 가는 길이거든요. 유모차는 괜찮을 거예요. 봐요. 충분히 넓잖아요."

공장을 지나 사람들이 다니는 승마길을 따라가면 되는데, 간단한 길을 놔두고 이렇게 길고 복잡한 길로 돌아가야 하는지 이해가 되지 않았다. 밀리는 이미 혼자 총총 다리를 건너 반대편에 닿았다. 밀리의 금발 머리와 갈색 코트와 모자가 숲과 잘 어우러져 마치 그림의 한 장면 같았다. 나는 빠르게 흘러 폭포에 합류하는 물살을 가만히 쳐다보았다.

잉글랜드 부인이 유모차 손잡이를 잡고는 말했다.

"내가 밀게요."

"정말 안전할까요?"

"나는 이곳을 수백 번도 더 건너봤어요. 돌아가고 싶은 게 아니라면 괜찮아요."

잉글랜드 부인이 또다시 몸이 좋지 않아서 아이들을 돌보지 못하겠다고 한다면 잉글랜드 씨가 뭐라고 이야기할지 생각해 보았다. 나는 손잡이를 꼭 잡았지만, 잉글랜드 부인이 내 손을 밀어냈다.

"내가 할게요. 우리가 모두 물에 빠지게 되면 내가 책임지면 되니까요."

나는 먼저 다리를 건넜다. 다리 바닥은 미끄럽고 이끼로 덮여 있었고 나는 1/3쯤 가다가 미끄러질 뻔했다. 하지만 손잡이를 꼭 잡고 겨우 균형을 맞췄다. 나는 동그란 분홍 얼굴에 작은 밀짚모자를 쓰고 황갈색 코트를 입은 밀리를 바라보았다. 발아래 강은 회전목마처럼 빙글빙글 돌았다. 몇 초 만에 다리를 건넜다. 하지만 할 수 있다면 집에 갈 때는 평범한 길로 가고 싶어졌다.

우리는 숲을 헤치고 위로 올라 마침내 캐러멜색의 거대한 크랙에 올랐다. 크랙은 평판처럼 놓여 있었다. 오랫동안 버려진 절간처럼 이끼와 양치식물, 아이비가 훌쩍 웃자란 평평한 회색 바닥 판으로 둘러싸여 있었다. 바위 사이로 난 좁은 길을 따라 올라가면서 다리는 후들거렸다. 팔에는 힘이 세게 들어가 아파오기 시작했다. 잉글랜드 부인이 보고는 다시 유모차를 밀고 갔다.

"유모차는 여기에 두고 찰리를 안고 가는 게 좋을 것 같아요."

잉글랜드 부인이 말했다.

"저 꼭대기까지 올라갈 건가요, 부인?"

"그럼요. 그러려고 여기까지 왔는데요."

잉글랜드 부인은 찰리를 담요 채로 들어서 품에 안았고 찰리는 놀라서 주위를 둘러보았다.

"아이들이 가도 안전할까요?"

"아주 안전해요. 나는 아주 어릴 때부터 다닌걸요."

나는 한숨을 쉬며 부인을 따랐다. 어느새 나무꼭대기가 저 아래에 있는 것 처럼 내려다보였다. 우리 앞에 거대한 갈색 카펫이 깔려 있는 듯 했다. 주변은 드문드문 금색이다가 또 밤색이기도 했다. 계곡의 한쪽은 상록수 무리가 빽빽하게 채우고 있었다. 고사리와 연보라색이 섞인 회색의 헤더가 공중을 깎아지르는 벼랑 끝에서 험한 바위들을 채우고 있었다. 우리는 지그재그로 난 길을 따라 올라갔고 마침내 꼭대기에 닿았다. 꼭대기에는 아주 커다란 바위가 위태롭게 균형을 이루며 세워져 있었다.

평생 이보다 더 훌륭한 전망은 본 적이 없었다. 이렇게 높이 올라와서 보니 우리 앞에 펼쳐진, 햇빛을 받아 반짝이는 계곡이 그림 같았다. 크랙과 저 너머 황무지 사이에는 아주 커다란 틈이 있어서 마치 거대한 풍광에 칼로 깊이 뜬 뒤 폭이 좁은 조각을 떼어낸 것과 같이 보였다. 나는 모자를 벗고 시원한 바람을 맞았다. 그리고 머리에 송송 맺힌 땀을 식혔다.

"집이 그리워요?"

주위를 둘러볼 때 잉글랜드 부인이 말을 걸었다.

"아니요. 하지만 제 동생들은 그리워요. 크는 걸 보고 싶어요. 매번 볼 때마다 달라지더라고요."

"언제가 마지막으로 본 거예요?"

"1년도 넘었어요."

잠시 조용하던 잉글랜드 부인이 다시 입을 열었다.

"사랑하는 사람들과 항상 같이 있을 수는 없는 것 같아요."

무슨 뜻일까 한참을 생각하고 있는데 부인이 다시 입을 열었다.

"버밍엄이랑 여기는 완전히 다를 것 같아요. 도시에서 사는 건 정말 상상도 되지 않네요."

"정말 달라요. 제가 살던 집도 외곽이기는 했지만요. 이런 곳은 처음이기는 해요. 상상도 못 했답니다."

"어떤 곳을 상상했는데요?"

"확실히 잘 모르겠어요. 사실은 깊이 생각할 시간도 없었거든요."

밀리는 나에게서 떨어져서 헤더를 꺾기 시작했다. 나는 밀리에게 조심하라고, 절벽 끝으로는 가지 말라고 주의를 주었다. 잉글랜드 부인이 찰리를 꼭 안고 있었다.

"밀리는 꼭 작은 까치 같아요. 항상 무언가를 모은다니까요."

잉글랜드 부인이 밀리를 바라보며 말했다.

우리는 밀리를 따라가 함께 작은 헤더 가지를 찾았다. 나는 잉글랜드 부인이 사방으로 뻗어 있는 언덕을 바라보는 모습을 지켜보았다. 그 순간 바람이 획 불어 잉글랜드 부인의 모자를 가져가 버렸다. 잉글랜드 부인은 당황하여 모자를 쫓아 손을 뻗었지만, 모자는 절벽 아래로 날아가 저 아래 나무꼭대기로 떨어졌다.

잉글랜드 부인이 내 쪽으로 고개를 돌렸는데 충격으로 인해 얼굴이 멍해져 있었고 나는 나도 모르게 웃음을 터뜨렸다.

"죄송해요, 부인. 웃으려던 건 아니었어요."

잉글랜드 부인의 얼굴에도 웃음이 번졌다. 얼마 지나지 않아 우리는 배를 잡고 깔깔거리며 웃었다. 찰리는 부인의 품에서 움직였다. 그리고 우리 둘을 어리둥절하게 번갈아 보았다.

"뭐가 그렇게 웃겨요? 무슨 일이에요?"

밀리가 우리를 세게 잡아당기자 더 크게 웃음보가 터졌다.

잉글랜드 부인이 눈가를 닦았다.

"아, 괜찮아요, 신경 쓰지 마요. 다행히 내가 제일 좋아하는 모자는 아니니까요."

"내려가서 모자를 찾아볼까요?"

내가 물어보았다.

"아니요, 이제 크랙의 것이에요."

우리는 길을 내려왔다. 잉글랜드 부인이 찰리를 안고 앞장 서 걸었고 나는 밀리의 손을 꼭 잡고 걸었다. 길의 꼭대기에서 나는 뒤를 흘깃 돌아보았다. 마지막으로 이 장대한 광경을 보기 위해서였다. 계곡을 건너 저 멀리 황무지에 검은 점이 내 눈에 띄었다. 짐 끄는 말이 다니는 길이 굽이치고 있고, 옆으로는 길고 낮은 마당이 펼쳐져 있었다. 푸른색 연기가 모락모락 피어오르는 장난감 같은 굴뚝을 보았다. 그 점이 바로 덤불 사이에 외롭게 혼자 떨어져 있는 토미 쉘드레이크의 대장간이라는 것을 알 수 있었다. 이렇게 멀리에서도 토미 쉘드레이크가 가죽 앞치마를 두르고 밖으로 나와 눈썹에 손을 가져가는 모습이 보이는 듯 했다. 그래서 한참동안 그쪽을 쳐다보았다.

내 앞으로는 세련된 파란색 코트에 회색 치마를 입은 잉글랜드 부인이, 예쁜 모자는 숲에 양보한 채 걸어가고 있었다. 부인의 짙은 금발 머리가 바람에 휘날렸다.

## 17

"지난번에 나 대신 목욕물을 받아줘서 고마워요. 메이드를 한 명 더 뽑았으면 좋겠어요. 필요할 때가 종종 있거든요."

틸다가 말했다.

찰리가 낮잠을 자는 동안 틸다와 나는 보조 주방에서 빨래를 개키고 있었다.

"어머, 별거 아닌걸요. 근데 왜 안 뽑는데요?"

나는 깨끗한 양말을 개어서 왼팔로 내려놓았다.

"모르겠어요. 돈 때문이 아닐까요. 잉글랜드 씨에게 물어보기는 했는데, 당분간 혼자 해보라고 하시더라고요."

틸다와 나는 요새 자주 이야기를 나누는 편이다. 방을 오고 가면서, 쟁반이나 옷, 요강 등을 들고 왔다 갔다 하면서 말이다. 물론 아직은 서로 조금 서먹하고 조심스럽다. 하지만 이마저도 블레이즈가 계속 같이 일하고 있었다면 상상도 못 할 일이었다.

"그날 밤에 잉글랜드 부인이 컨디션이 별로 좋지 않았나 봐요.

생리통 때문에 힘들다고 하시더라고요."

내가 설명했다.

"생리 중이지 않았을 텐데요."

틸다가 에밀리에게 빨래 한 무더기를 넘기면서 말했다.

"그날에요?"

나는 틸다를 바라보았다.

틸다는 빨래 더미에서 프릴이 달린 면 속바지를 꺼내 들어보았다.

"눈처럼 하얗잖아요."

에밀리는 우리와 등을 지고 앉아서 큰 가마솥을 휘저었다. 에밀리의 칙칙한 갈색 머리가 모자에서 비죽 나와 있었다. 나는 눈살을 찌푸리며 양말을 계속 개키기 시작했다.

"아, 이 말을 해주려고 했는데. 혹시 잉글랜드 부인에게 편지를 맡아달라고 부탁했어요?"

"아니요, 왜요?"

나는 틸다를 가만히 쳐다보았다.

"잉글랜드 부인의 침대 옆 장에 편지 더미가 있는 것 같아서요."

"무슨 말이에요?"

가슴이 마구 뛰기 시작했다.

"침대 옆 서랍에 편지 뭉치가 있었어요. 맹세컨대 모두 메이 앞으로 온 편지였어요. 나도 이상하게 생각하기는 했는데, 혹시 메이가 애들 손에 들어가지 않도록 보관해 달라고 부탁한 줄 알았지요. 그런데 사생활이 그렇게 복잡하거나 하지 않잖아요? 애들이 읽어서 안 될 내용은 없을 것 같은데. 아무튼 조심해요."

천장이 빙글빙글 도는 것 같았다. 틸다는 내 표정을 보더니 얼굴을 찌푸렸다.

"부인이 편지를 감춘 거예요?"

그동안 부인에게 내 앞으로 온 편지가 없느냐고 얼마나 많이 물었는지 생각했다. 최소한 한 번은 넘었다. 에밀리는 계속해서 솥 안의 물을 저었고 가루 세탁비누의 가루가 축축한 열기가 가득한 주방 안을 떠돌며 내 코를 간지럽혔다.

"그런데 부인이 왜 그랬을까요?"

틸다가 물었다.

"내 편지인 게 확실해요?"

"이름이 루비인 게 맞다면 확실해요."

나는 양말을 떨어뜨리고는 후다닥 보조 주방을 나왔다. 현관을 가로질러 2층으로 달려갔다. 식당에서는 숟가락과 포크 등이 맞부딪히는 소리와 신문이 바스락거리는 소리가 들렸다. 잉글랜드 부인이 식당에서 식사를 하고 있는 게 분명했다. 부인은 이제 어느 정도 건강이 회복되어 입맛도 돌아온 것 같다. 나는 누가 나를 따라와서 뭐라 그러든 말든 신경 쓸 겨를이 없었다. 충동적으로 부인의 침대 옆 서랍으로 가서 서랍을 열어젖혔다. 서랍 안에는 책갈피, 팬촉, 손수건과 같은 값싼 장신구들이 어지럽게 들어있었다. 작년 연도가 쓰인 얇은 수첩, 부서진 머리핀, 말린 라벤더가 들어있는 작은 천 봉투 같은 것들 말이다. 그리고 이 모든 것 아래, 마치 일부러 숨겨 놓기라도 한 것처럼 내 앞으로 온 다섯에서 여섯 통쯤 되는 편지 뭉치가 놓여 있었다. 나는 마치 내 눈이 잘못 보기라도 한 듯 조심스럽게 편지를 꺼냈다. 엘시의 필체, 심 교장 선생님의 단정하고 날렵한 글씨, 다시 엘시의 글씨. 그리고…… 내 눈은 어느새 눈물이 차올랐다.

"데카."

나는 데카의 삐뚤빼뚤한 글씨를 만지며 가만히 속삭여 보았다.

희뿌연 안개가 낀 듯한 혼란이 가득해지면서 온통 짙어졌다. 얼마나 오래 여기에 있었던 걸까? 하드캐슬 하우스에서는 시간이 멈춘 것 처럼 느껴질 때가 있었다. 매일 아침 조금씩 차가워지는 기온과 땅에 쌓이는 낙엽의 높이만이 시간이 흐르는 것을 말해주었다.

편지가 모두 봉인되어 있었으므로, 부인이 편지를 열어보지는 않은 것 같았다. 나는 도저히 상황을 이해할 수 없어 편지뭉치를 들고 가만히 서 있었다. 바로 그때 무슨 소리가 들려서 깜짝 놀랐다. 문이 천천히 열리더니 금빛 머리가 빼꼼 들어왔다.

"밀리! 놀랐잖니."

나는 한숨을 쉬었다.

"찰리는 일어났고 나는 배고파요."

"지금 갈게."

나는 편지들을 다시 서랍 속에 쑤셔 넣고 서랍을 닫았다.

"근데 엄마 방에서 뭐하고 계세요?"

"찰리의 딸랑이를 찾고 있었어."

"그건 찰리 침대에 있던데요."

"아 그래? 고마워."

너무 놀라서 멍하기도 했지만, 엘시가 나에게 편지를 쓸 만큼 건강하다는 것에 안도감을 느끼며 일어나서 앞치마를 곧게 폈다. 이 것 말고 더 있을까? 나는 방을 둘러보며 다른 숨길만한 곳이 있는지 생각했다. 편지를 숨기려고 했다니…… 너무 엄청나서 말로 표현할 수가 없었다. 아무리 생각해도 이해할 수가 없었다. 나는 잉글랜드 부인이 나에게 편지를 전해주려고 넣어놓고는 잊어버렸을 가능성에 대해서도 생각해 보았다. 아니면 정말 일부러 나에게서 편지를 감춘 것일까?

나는 밀리에게 손을 씻고 있으라고 말했고 밀리는 콩콩 뛰어 놀이방으로 향했다. 내가 무슨 짓을 하는지 알아채기도 전에 나는 무릎을 꿇고 침대 밑을 살펴보았다. 그런 뒤 일어서서 침대의 왼쪽 편에도 돌아가 보았다. 왼쪽 협탁의 서랍 속에는 동전, 공책, 잉글랜드 씨가 이 방에서 잔 적이 있다는 것을 알려주는 머릿기름 통 같은 사소한 몇 가지가 들어있을 뿐이었다. 화장대에는 크리스털 병과 예쁜 작은 병, 브러시, 빗, 작은 갈고리 같은 것들이 정갈하게 놓여 있었다. 문진 속에는 분홍색 장미가 들어있었다.

나는 분노로 몸이 떨렸다. 잉글랜드 부부는 내 여동생에 대해서, 내 여동생의 건강에 대해서, 동생의 장애에 대해서 알고 있다. 부부는 편지지와 편지 봉투, 우표가 공짜가 아니라는 것을, 그래서 내가 보내는 편지에는 답장이 필요하다는 것을 알았을 것이다. 내가 걱정이 가득한 편지를 계속 보냈으니 엘시는 얼마나 혼란스럽고 염려가 되었을까. 나는 다시 무릎을 꿇고 앉아 뭐든지 다 밝혀내겠다는 심정으로 침대 밑에서 잉글랜드 부인의 트렁크를 질질 꺼냈다. 아마도 잉글랜드 부인은 모든 것을 다 알고 있을 것이다. 지금까지 모든 것을 다 알면서 모른척 했을수도 있다. 트렁크는 잠겨 있지 않았고 크로우 네스트에서 가지고 온 옷가지들이 그대로 들어있었다. 나는 옷가지들을 헤집으면서 실크, 면, 린넨 사이에서 종이의 시원한 질감을, 날카로운 봉투의 모서리를 찾았지만, 아무것도 잡히지 않았다. 내가 수색을 마칠 때 즈음 가방 속의 옷가지는 엉망진창이 되었고 나는 그 채로 트렁크 뚜껑을 쾅 하고 닫았다.

나는 방으로 돌아와 아빠의 편지를 열었다. 8년간 물리적으로 분리되어 있던 거리가 갑자기 사라졌다. 내가 그렇게나 세심하게, 그리고 의도적으로 스스로를 꽁꽁 싸매왔는데, 이제 그 층들이 산산조각이 났다. 나 스스로 그 층들을 찢어버렸다. 나는 트렁크를 침대 밑으로 밀어 넣고는 생각했던 것보다 큰 소리를 내며 방을 나왔다. 층계참의 꼭대기에 서서 식당에서 이야기 나누는 소리나 숟가락 과 포크가 부딪히는 소리 등 일상적인 소음에 귀를 기울였다. 부인 에 대한 엄청난 분노가 느껴져 스스로를 진정시켰다. 나는 부인과 관련된 이해할 수는 없는 비밀, 아니 조금도 이해할 수 없는 비밀을 알고 있고 지금도 지켜주고 있다. 하나의 비밀이 어떻게 다른 비밀 로 이어지는지를 알고 있다. 부인에게 더이상 비밀이 없을 것으로 생각한 내가 바보였다.

산책을 하기에는 날씨가 별로 좋지 않았다. 우리는 오후에 놀이 방에서 찰리를 위한 꼭두각시 인형 놀이를 하기로 했다. 언젠가 아 침부터 비가 오던 날에 오래된 신발 상자를 가지고 작은 극장을 만 들어 함께 놀았던 적이 있었다. 그때 극장을 데카의 그림으로 꾸몄 다. 잉글랜드 부인이 놀이방에 올 것이라는 걸 알고 있었다. 요즘 매 일 오다시피 하니까. 그리고 1시 반쯤 되었을 때 복도에서 잉글랜 드 부인의 발소리가 들렸다. 나는 부인이 문을 두드리는 소리를 들 었다. 부인은 대답을 기다리지 않고 바로 방으로 들어왔다.

"실례해요. 한 명 더 연극을 보아도 될까요?"

우리의 모습을 보고는 미소를 지으며 부인이 말했다.

"물론이죠, 부인."

갑자기 분노가 치솟는 게 느껴졌다. 잉글랜드 부인은 밀리와 나 의 뒤에 있는 흔들의자에 자리를 잡았다. 우리 둘은 낮은 탁자에 무릎을 꿇고 앉아있었다. 찰리는 반대쪽 카펫에서 우리를 지켜보고 있었다.

나는 한 시간쯤 생각해 봤지만, 설명은 커녕 결론에도 이르지 못했다. 한편 엘시와 데카가 잉글랜드 부인의 방에 갇혀서 나를 부르고 있었던 것 같은 기분도 들었다. 나는 잉글랜드 부인이 그랬던 것처럼 엘시와 데카가 방에 갇혀 있는 모습을 상상해 보았다. 나는 부인이 멀쩡하고 믿을 만한 사람이라고 생각했다. 비록 아내로서 그리고 부인으로서 다소 말이 없고 의뭉스럽기는 했지만 말이다. 하지만 지금은 잘 모르겠다. 부인을 잘 알고 이해하는 유일한 사람은 아마 잉글랜드 씨일 것이다.

잉글랜드 씨는 크로우 네스트에서 돌아온 그 날 밤 이후 나를 피하고 있다. 한 두어 번 블라인드를 통해 잉글랜드 씨가 집에 오거나 나가는 모습을 보았다. 나는 내가 무언가 잘못했다는 생각에, 그날 잉글랜드 씨의 방에서 있었던 일이 내 잘못이라는 생각에 괴로웠다. 좀 더 자제했어야 하는데, 잉글랜드 씨의 뜻을 거슬렀어야 하는데. 하지만 요즘 기복이 심한 잉글랜드 씨의 기분이 나와 관계된 것은 아니라고 생각한다. 분명 무슨 일이 있는 것처럼 요즘 잉글랜드 씨는 분주하고 정신 없어 보인다.

나는 좀처럼 인형극에 집중 할 수 없었지만 밀리는 눈치를 챈 것 같지도 신경을 쓰는 것 같지도 않았고 계속해서 연극을 이어갔다. 밀리는 우리 인형극에서 공주와 요정의 두 개 역할을 맡았고 나는 왕과 선원의 역할을 맡았다. 나의 머릿속은 온통 내가 8년이나 걸려 쌓은 벽이 하루아침에 산산조각이 났다는 생각 뿐이었다. 신장병이라. 병은 아는 순간 책임이 된다. 그리고 나는 이미 너무 많은 책임을 지고 있다.

"메이, 아무 말도 안 하고 있잖아요!"

"아마도 선원과 공주가 지금 키스 중인 게 아닐까."

잉글랜드 부인이 말했다.

밀리는 종이로 만든 인형을 함께 잡고 앞으로 숙였고 나는 줄을 당겨 오래된 쿠션으로 만든 커튼을 내렸다.

"정말 창의적이에요, 메이. 내가 어렸을 때 메이 같은 유모가 있었으면 얼마나 좋았을까 생각한답니다."

잉글랜드 부인의 목소리에는 온기가 가득 서려 있었다.

"유모가 없었나요, 부인?"

나는 놀잇감을 정리하려고 움직이면서 딱딱하게 물었다.

"여자 가정 교사만 있었어요. 그것도 오빠들과 함께였죠."

나는 상자와 벽장에 인형들을 넣고는 벽장 안의 놀잇감과 장난감들을 마구잡이로 재정리하면서 가능한 부인을 쳐다보지 않으려고 했다.

"아직도 제게 온 편지는 없지요, 부인?"

"내가 알기로는요, 안타깝지만요."

"틸다가 부인의 방에서 저에게 온 편지를 봤다고 해서요. 틸다는 부인이 편지를 잘못 가지고 가셨다고 생각하는 것 같았어요."

나는 천천히 입을 열었고, 목소리가 목에 잠겨 나오지 않았다. 입이 바싹바싹 말라서 나는 입술에 침을 발랐다.

"내 방에요?"

잠시 침묵이 흘렀다.

"메이, 우리 어슬렁거리는 호랑이 놀이해요."

"그래, 밀리. 잠깐 이것 먼저 치우고."

"편지 중 하나를 말이죠?"

잉글랜드 부인이 물었다.

"틸다의 말에 따르면 그렇습니다, 부인."

잉글랜드 부인은 혼란스럽고 당황한 것 같았다.

"내 방 어디에서 보았다고 하던가요?"

"침대 옆 협탁으로 기억합니다."

나는 가능한 한 아무렇지도 않게 말을 하려고 했지만 가슴이 사정없이 쿵쾅거렸다. 잉글랜드 부인은 즉시 안락의자에서 일어나 편지가 있는지 보러 나갔다. 나는 찰리의 턱을 닦아주고는 놀이 공간에 넣으려고 했다. 하지만 찰리가 안 들어가려고 소리를 질렀다. 치발기를 물려주니 찰리는 오물오물 빨며 나를 바라봤다. 조금 후 잉글랜드 부인이 편지 뭉치를 들고 다시 방으로 돌아왔다. 내가 봤을 때 여섯 통의 봉투가 있었는데, 부인이 그 여섯 통을 모두 들고 왔다. 부인의 얼굴에는 진심으로 놀란 기색이 역력했다.

"이게 왜 내 방에 있는지 모르겠네요. 내가 서랍에 넣고 잊어버린 게 분명해요."

부인의 얼굴과 귓불이 빨개졌다.

"감사합니다, 부인."

나는 편지를 부인에게서 건네받으면서 되도록 내 실제 기분만큼 화가 나게 들리지 않도록 애를 썼다.

"여섯 통이네요. 이건 제 동생의 글씨예요. 데카의 것도 있네요. 답장이 없어서 데카 답지 않다고 생각했거든요."

나는 최대한 무관심하고 침착하게 말하려고 애썼지만, 잉글랜드 부인은 듣고 있는 것 같지 않았다. 부인은 눈을 반짝이며 눈썹을 찌푸리고 있었다.

나는 부인의 사과를 기다렸다. 부인도 이를 눈치챘는지 내 눈을 보면서 말했다.

"미안해요, 메이. 나를 뭐라고 생각했겠어요?"

"괜찮습니다, 부인. 잘못된 것도 없는데요."

나는 숨을 깊게 들이마셨다.

"아니에요. 편지를 기다리느라 얼마나 마음고생을 했는지 아니까 더 그러네요. 데카에게서도 그렇고요. 그런데 데카가 나에게는 편지를 보내지 않았어요."

잉글랜드 부인은 당황스러운 듯 눈을 깜빡였다.

잉글랜드 씨는 내가 부인에게 친절히 대해주어서 고맙다고 했는데, 지금 부인의 갈색 눈동자에 온통 괴로움이 가득한 것을 보니 마음이 아팠다. 결국은 자기 딸한테서 온 편지를 숨겼다는 건데, 말이 되지 않았다. 도대체 이 집은 왜 이렇게 항상 땅이 빙빙 도는 것 같을까? 나는 왜 오늘 있었던 내 자리와 내일 있을 내 자리가 다르다고 느껴질까?

"이 편지가 아마 가족 모두에게 쓴 걸 거예요."

나는 이렇게 말하면서 봉투를 뜯었다.

"뭐래요?"

데카는 달랑 한 장만 썼다.

"데카가 그러는데 금요일마다 마카로니를 먹고, 프랑스어를 배운대요. 프랑스어를 가르치는 패트리스 선생님이 좋대요."

"또 다른 말은 없고요?"

데카의 글씨체가 조금 나아진 게 보이자 가슴이 꽉 막혀 왔다.

"별다른 말은 없네요. 다른 편지에 더 썼을 거예요."

내가 어떻게 느끼는지와는 상관없이, 잉글랜드 부인이 데카의 엄마이며 나는 데카에 대해서 아무 권리도 없음을 스스로 상기시켰다.

다른 편지는 훨씬 더 짧았고 이렇게 끝났다.


크리스마스가 빨리 왔으면 좋겠어요.


잉글랜드 부인은 두 손을 꼭 쥐고 내 얼굴을 초조하게 바라보
았다.

"뭐라고 해요?"

"직접 읽어보셔도 될 것 같아요, 부인."

잉글랜드 부인의 눈이 편지 위를 바쁘게 왔다 갔다 했다.

"아, 저런, 정말 짧게 썼네요."

편지의 분위기로 볼 때 데카가 세인트 힐다에서 어떻게 지내는
지는 너무나 분명했다.

'당신이 보내자고 했다면서요.'

마음속으로 외쳤다.

내 안에서 분노의 불길이 활활 타올랐다. 나는 잉글랜드 부인이
없는 곳에서, 나만의 조용한 공간에서 엘시의 편지를 읽고 싶었다.
시간이 너무 많이 지난데다가, 아빠에 대해서 새롭게 알게 된 사실
까지 있으니 정말 너무 참을 수 없이 괴로웠다. 심지어 불쌍한 데카
의 편지도 눈에 잘 들어오지 않았다. 물론 나중에 가서는 다시 편지
를 꼼꼼하게 읽으면서 내가 어떻게 해줄 수 없음을 깨닫고 무력감
에 괴로워하겠지만 말이다. 나는 놀랜드에서의 첫날을 떠올려보았
다. 나 말고 다른 모든 아이들에게 친구가 있는 것 같았다. 데카도
새 학기가 시작되고 뒤늦게 합류했으니 적응에 불리했을 것이다.
이미 처음 몇 주 동안 여자아이들끼리 무리를 지었을 것이고, 데카
가 들어갔을 때는 이미 그들끼리 나름의 위계질서를 만들고 난 후

였을 테니까.

나는 한숨을 쉬었다.

"편지를 가지고 계실 건가요, 부인?"

"아니요. 메이한테 온 편지인걸요. 이게 바로 제가 두려워했던 거예요."

잉글랜드 부인이 낮은 목소리로 말했다.

"뭐가 두렵다고요?"

밀리가 물었다. 밀리는 낮은 탁자에 무릎을 꿇고 앉아 인형들에게 차를 주고 있었다.

"아무것도 아니란다."

부인의 얼굴에 미소가 잠깐 번졌지만, 순식간에 사라졌다.

"나한테 온 편지도 있어요?"

"데카 언니가 우리 모두에게 편지를 쓴 거야. 데카는 밀리를 너무너무 그리워한단다."

나는 일부러 밝게 이야기했다.

"근데 호랑이 놀이는 언제 해요?"

"이제 하자, 밀리."

"우유 좀 마셔도 돼요?"

찰리는 한쪽 구석에서 만족스러운 듯이 놀고 있었다.

"나 대신 찰리를 봐주면 내가 가서 우유를 가지고 올게."

잉글랜드 부인이 일어서서 잘록한 허리를 곧게 폈다.

"나는 오늘 오후에 크로우 네스트에 갈 거예요."

"저희도 같이 가나요?"

"아마도 다음에요."

잉글랜드 부인은 내 눈을 똑바로 바라보았다. 부인의 눈빛은 차분하고 담대했으며 안정적이었다.

"편지 일은 미안하게 됐어요."

나는 내가 잉글랜드 부인을 신뢰하고 있다는 걸 깨달았다. 그렇지만 이상하게도, 그 어느 때보다 혼란스러웠다.

"우체통이 어디에 있는지는 알지요?"

"아래층에 있는 것 말씀이시죠?"

"아니요. 밖으로 나가서 승마길 끝에 보면 우체통이 있어요. 오두막 벽에요."

"네, 부인."

"내가 메이라면 그 우체통을 쓸 것 같아요."

나는 인상을 찌푸렸다.

"메이, 목마르다고요!"

"우유 가져다줄게."

나는 밀리의 머리를 가볍게 만졌다.

잉글랜드 부인을 따라 층계참으로 나섰지만 이미 부인은 침실로 들어가 방문을 닫았다.

주방에서는 매니언 부인이 구스베리 파이를 굽고 있었다.

"잉글랜드 부인이 사울 군을 만나러 간대요."

나는 유리컵에 우유를 부으며 매니언 부인에게 말했다.

"얼마나 오래요?"

"그런 말씀은 없으셨어요."

매니언 부인은 하늘을 보며 한숨을 쉬었다.

"알려주면 좀 좋아. 잉글랜드 씨가 혼자서는 저녁을 드시지 않으려고 할 텐데."

"매니언 부인, 부스 선생님이 최근에 집에 들렀던 적 있나요?"

"아니요. 뭐 하려요?"

"저도 잘 모르겠어요. 하지만 공장에서 저택 쪽으로 가는 걸 봤거든요."

틸다가 먼지떨이를 들고는 여닫이문을 열고 들어왔다.

"그런 것 좀 주방에 가지고 들어오지 말라니까."

매니언 부인이 주의를 주었다.

그러자 틸다는 먼지떨이를 코앞에서 흔들었고 매니언 부인은 기겁했다.

"어서 나가!"

"잉글랜드 부인은 사울을 보러 간대요."

틸다에게도 이야기를 전했다.

"오, 그렇군요. 편지는 찾았어요?"

틸다가 물었다.

나는 매니언 부인 앞에서 이야기하고 싶지 않아서 그냥 가만히 고개만 끄덕였다.

"부인은 크로우 네스트에서 며칠 묵을 건지 아닌지 말해주지 않았는데, 트렁크는 이미 싸 놓으셨더라고요."

"무슨 트렁크요?"

틸다가 인상을 찌푸리며 물었다.

"침대 밑에 있는 거요."

"부인이 돌아오자마자 다 풀었는데요."

"둘이서 뭘 그렇게 시부렁거리는 거예요? 여기는 주방이에요. 엄마들 사교 모임이 아니라고요."

틸다는 나를 따라서 주방 문을 나왔다.

"잉글랜드 부인이 왜 돌아왔는지 혹시 아세요?"

내가 속삭이듯 물었다.

"몰라요. 부인은 그냥 사울이 그곳에서 잘 돌봄을 받고 있어서 자기는 별로 필요가 없는 것 같다는 식으로 이야기하기는 했어요."

틸다는 나를 위해 문을 열어주었고, 우리 둘은 문밖에 서 있던 잉글랜드 씨와 하마터면 부딪힐 뻔했다. 잉글랜드 씨는 모자와 코트를 입은 상태였고 표정은 당최 기분을 알 수 없었다.

"틸다, 내 서재에 불 좀 피워주겠소? 오후에는 집에서 일해야 할 것 같아서."

잉글랜드 씨가 말했다.

"네, 잉글랜드 씨."

"고맙소."

나는 잉글랜드 씨가 평상시처럼 인사를 하거나 길을 비켜주면서 뭐라도 이야기를 할 줄 알았는데, 내 쪽은 쳐다도 보지 않고 휘파람을 불며 현관 쪽으로 사라져버렸다. 틸다는 시무룩한 얼굴로 잉글랜드 씨를 따라 서재로 갔다. 잉글랜드 씨는 아무 말도 하지 않았지만 나는 마치 벌을 받는 기분이었다. 나는 나중에 잉글랜드 씨와 따로 이야기하리라고 다짐했다. 잉글랜드 부인에게 아이들을 맡기고, 밖에 나가서 죄송하다고 사과할 생각이다. 데카의 편지를 보여주면서 답장에 쓸 말이 있는지도 물어보면 좋겠지. 자기 부인이 내 편지를 가지고 있었다는 것을 알면 언짢아할 거고, 잠시나마 우리 둘 사이가 좀 더 가까워질 수 있을 것이다. 나는 잉글랜드 씨에게 말하는 나의 모습을, 잉글랜드 씨의 갈색 눈동자가 걱정과 놀라움으로 가득 차는 모습을 상상했다. 나는 잉글랜드 씨에게 편지를 다 받았으니 별문제가 아니며 잘못된 일도 없다고 말하면서 잉글랜드 씨를 안심시킬 것이다. 몇 시간 후면 나는 아이들을 데리고 응접실에 내려가서 같이 있을 것이다. 잉글랜드 씨는 밀리를 무릎에 앉혀 피아노를 치고 찰리는 통통한 풍선처럼 즐거운 듯이 소리를 내며 여기저기 다닐 것이다. 가스 사건 이후 잉글랜드 씨는 혹시나 가스가 남아있을 수 있으니 아이들을 데리고 본채로 오지 말라고 했다. 틸다가 이 소식을 놀이방으로 전해주었고 그때의 충격은 이루 말할 수 없었다. 어찌 됐건 부인의 컨디션이 좋지 못하니 잉글랜드 씨가 걱정하는 건 당연했다. 충분히 이해는 되는 상황이지만, 부인은 이미 회복되어 정상적인 생활을 하고 있다. 잉글랜드 씨만큼 사려 깊은 남자랑 결혼한 잉글랜드 부인은 운이 좋은 것이다.

# 18

하지만 상황은 그렇지 않았다. 4시 정각에 틸다가 놀이방에 버터를 바른 빵과 구운 사과를 가지고 와서 메시지를 전해 주었다. 오늘은 잉글랜드 씨가 일이 바빠서 아이들을 보러 오지 못한다는 것이었다.

실망한 기색이 눈에 띄게 드러났는지 틸다가 나를 위로했다.

"대신 잉글랜드 부인은 아이들을 보신다고 해요."

"부인은 크로우 네스트에 가지 않으셨나요?"

"결국 가지 않았어요. 내일 함께 가신다고 하더라고요."

"잉글랜드 씨는 지금 어디 계세요, 틸다?"

"서재에요."

틸다는 쟁반을 들고 놀이방을 나갔다.

밀리가 나를 쳐다보았다.

"아빠가 다시는 우리를 보고 싶지 않대요?"

"당연히 아니지. 아빠가 지금 너무 바빠서 당분간 우리와 함께 시간을 보내기 어려운 것 같아."

"내일 사울 오빠를 볼 수 있어요?"

"내가 한 번 물어볼게."

아이들은 잉글랜드 부인과 응접실에서 한 시간 정도 시간을 보냈고, 6시 5분 전쯤 잉글랜드 씨가 서재를 나와 식당으로 향하는 소리가 들렸다. 내가 그림책을 정리하는 동안 문틈으로 시가 연기가 훅 들어왔고, 잉글랜드 부인은 아이들에게 잘 자라고 인사한 뒤 잉글랜드 씨와 식사를 하기 위해 식당으로 향했다. 이중문 중 하나가 열리면서 그릇이 부딪치는 소리와 잉글랜드 부인의 부드러운 인사 소리가 들렸다.

밀리는 평상시와 다름없이 조금이라도 늦게 자 보려고 잔꾀를 부렸다. 말이 끌지 않아도 달리는 런던 트램에 대해 이야기해달라, 해로즈 백화점의 자동으로 위로 움직이는 계단에 대해서 또 이야기해 달라, 계속 졸랐다. 나에게 온 편지들은 배개 위에서 나를 바라보고 있었다. 혼자 있는 시간이 될 때까지 편지를 읽는 건 불가능하다는 걸 깨달았고 한편으로는 편지에 들어있는 소식이 두렵기도 했다. 이미 몇 주나 지났으니 몇 시간 더 지난다고 큰일이 생기지는 않을 것이다. 나는 편지들을 침대에 세워 놓고 혹시나 편지가 없어질까 봐 계속 쳐다보았다.

"자 이제 잠자리에 들어야지."

내가 밀리에게 말했다.

"왜 맨날 잠을 자야 해요? 지겨워요."

밀리가 불평했다.

밀리가 잠들자 나는 전등을 끄고 조용히 아래층으로 내려왔다. 아무 소리도 들리지 않았다. 식당 안을 들여다보니 이미 깨끗이 정리되어 있었고 양초도 꺼져 있었다. 응접실도 마찬가지로 아직 온기가 남아있고 아주 옅게 불이 밝혀져 있었지만, 텅 비어있었다. 나는 잉글랜드 씨의 서재 문을 두드렸다.

"들어와요."

흐릿한 방 안으로 들어가면서 속이 울렁거릴 지경이었다. 잉글랜드 씨는 저녁을 먹기 전에 하던 일을 마저 하는 것 같았다. 종이와 펜촉이 책상 위에 어지럽게 놓여 있었고 왼쪽 팔꿈치 아래 거래 내역이 적힌 장부가 펼쳐져 있었다.

"메이. 무슨 일이오?"

책상 등의 빛에 그림자가 진 잉글랜드 씨는 아무 감정 없는 목소리로 물었다.

"잉글랜드 씨, 지난번 일에 대해서 사과드리려고요."

잉글랜드 씨가 눈을 깜빡였다.

"찰리를 잉글랜드 부인과 두고 나간 것에 대해서 말씀입니다."

잉글랜드 씨는 깊고 긴 한숨을 쉬었다. 그리고서 얼굴을 손으로 쓸었는데, 내가 알기로 스트레스가 심하거나 불편할 때 하는 행동이었다. 잉글랜드 씨는 책상 앞 진홍색 쿠션이 있는 의자에 앉으라는 자세를 취했다.

"감사합니다."

나는 내심 잉글랜드 씨가 벨을 울려 커피를 달라고 할 거라고 기대했다. 하지만 내 생각이 짧았다. 잉글랜드 씨가 그렇게 하지 않는 건 당연한 일이었다. 나는 잉글랜드 씨와 동등한 상대도 아니고 그의 친구도 아니니까. 그런데 왠지, 전에는 잉글랜드 씨와 그러한 관계였다가 은혜를 잃게 된 것만 같은 기분이 들었다.

잉글랜드 씨가 몸을 펴서 어깨를 돌리자 어깨에서 소리가 났다.

"브랜디 한잔해도 괜찮겠소? 아주 긴 하루였소."

잉글랜드 씨가 부탁했다.

"물론 괜찮습니다, 잉글랜드 씨."

내 어깨가 안도의 한숨에 편안해졌다.

잉글랜드 씨는 허리를 숙여 장에서 크리스털 디캔터를 꺼냈다. 황갈색 액체가 콸콸 쏟아지는 기분 좋은 소리에 안심이 되었고 나는 좀 더 편안하게 쿠션에 기대었다.

"끔찍한 일이었소. 이번 주의 가스파이프 일 말이오. 우리를 구해주었소. 누군가 등을 켜기만 했어도…… 글쎄."

잉글랜드 씨는 디캔터를 장에 다시 넣고 장문을 작은 황동 열쇠로 잠갔다.

"메이는 놀라울 정도로 직관적이오. 내가 왜 아이들을 종일 유모의 보호 아래 두고 싶어 하는지도 이미 눈치를 챘으리라 생각하오."

내 심장이 좀 더 빠르게 뛰기 시작했다.

"이해합니다, 잉글랜드 씨."

잉글랜드 씨는 부인이 가스를 틀어놓은 것을 원망하는 건가?

'왜 여기서 이렇게 되었는지 모르겠는데요.'

잉글랜드 부인의 귀가 빨개졌었다. 매우 당황했든지 거짓말을 하든지 둘 중 하나다. 내가 부인을 용서한다고 해도 그가 나를 속였다는 사실 자체는 완전히 다른 문제다. 나는 무엇을 믿어야 할지 모르겠는데, 그다음에 우체통에 대해서 이상한 이야기를 했다……. 아마도 최근에 벤이 편지를 제때 수거하지 못했나 보다. 나는 크랙에서 내 옆에 서 있던 여인을 떠올렸다. 그때 잉글랜드 부인은 그곳에서 완전히 다른 사람이었다. 잘 잊어버리고, 가스 밸브를 열어놓거나, 편지를 잘못 갖다 놓는 그런 사람과는 완전히 달랐다. 그곳에서 잉글랜드 부인은 완전했다. 내가 '잉글랜드 부인이 온전히 그녀 자신이었다'고 말할 만큼 부인에 대해 잘 알지는 못하지만, 최소한 나는 그날 오후에 내가 본 모습이 가장 그녀의 원래 모습에 가깝다는 생각을 했다. 대화의 겉을 맴도는 희미한 나방 같지 않았으며, 어딘가에 정신이 팔려있지도 않았고, 교회에서 장갑이나 보면서 안절부절못하던 사람도 아니었다. 크랙에서 나에게 분명하게 드러냈던 것은, 아니 좀 더 정확하게 말해서, 지금껏 화면 뒤에 숨어 있었다는 듯 분명하게 그 모습을 드러낸 사실은 바로 잉글랜드 부인이 극심하게 외롭다는 것이다.

"보답할 방법이 있으면 좋을 텐데."

"그러실 필요 없습니다, 잉글랜드 씨."

잉글랜드 씨가 콧수염 너머로 나를 보면서 아무 말도 하지 않았다. 나는 내가 잉글랜드 씨를 무서워하는 동시에 잉글랜드 씨에게 끌리고 있다는 것을 깨달았다. 나는 잉글랜드 씨의 말에 상처를 입을까 봐, 잉글랜드 씨가 나를 이 직업에 적합하지 않다고 생각할까 봐 두려웠다. 그렇지만…… 나는 이 담배 연기가 자욱한 작은 방에서 잉글랜드 씨와 저녁 내내 함께 있고 싶었다. 잉글랜드 씨가 일하는 모습을 지켜보고, 빈 잔을 채워주고, 종이를 깨끗이 정리해주는 것만으로도 충분히 만족스러울 것 같았다. 나 혼자만의 시간이 되면 나는 전혀 죄책감 없이 생각한다. 잉글랜드 씨에게 부인이 얼마나 성에 차지 않을지를 말이다.

잉글랜드 씨는 밝고 화사하며 생기있는 사람이다. 그는 집안일에도 잉글랜드 씨에게도 좀 더 관심 있는 누군가를 충분히 만날 만하다. 하지만 잉글랜드 씨는 그렇게 하는 대신 매일 밤 혼자 잠들면서 자신을 이 서재에 가두고 있다. 찰스 잉글랜드 씨는 잘생겼고 사교적이며 부유하고 따뜻하며 역동적이다. 하루가 멀다하고 파티에 가고 경마와 사냥과 극장을 즐겨야 한다. 극장의 특별석에서 클럽으로, 클럽에서 식당으로 다닐 수 있는 런던에 살았더라면 얼마나 좋았을까. 내가 잉글랜드 씨의 옆에서 코트를 입혀주고 저녁때 어깨에 묻은 먼지를 털어주고 싶다. 잉글랜드 씨의 시가 끝을 잘라주고 싶다. 함께 잠자리에 들고 싶다……. 여기까지 생각이 미치자 내 안 깊숙한 곳에서부터 뜨거워지는 게 느껴졌다. 아마도 잉글랜드 씨는 남자와 여자가 부부로 함께 침대를 공유하는 것이 얼마나 평범한 일인지, 각방을 쓰는 게 이상하고 부자연스러운 일인지 모를 것이다. 잉글랜드 씨의 새엄마는 잉글랜드 씨를 아버지에게서 떼어놓았고, 잉글랜드 씨는 그게 당연하다고 생각했을 것이다.

'나는 돌봄을 받고 싶었소.'

또다시 잉글랜드 씨의 얼굴이, 근심과 걱정이 가득한 얼굴이 떠올랐다. 우리는 서로를 챙겨줄 수 있다.

그런데 갑자기, 심 교장 선생님이 생각났다. 내 침대에 놓여있는 심 교장 선생님의 편지와 선생님이 즐겨 하던 말 하나가 머리에 떠올랐다.

'스스로 자신을 절제할 수 있으면 남이 시켜서 80번 절제하는 것보다 귀합니다.'

물론 아이들을 상대로 한 이야기이긴 했지만, 나는 심 교장 선생님의 말씀이 평상시에 더 적절하게 적용된다고 종종 생각해왔다.

"저번엔 산책을 어디로 갔었소?"

잉글랜드 씨가 의자에 몸을 파묻으며 물었다.

"크랙에 갔었어요. 처음으로 꼭대기까지 올라가 봤어요."

내가 대답했다.

"한 번쯤 정말 올라가 볼 만한 곳이지."

잉글랜드 씨가 미소지었다.

"네, 잉글랜드 씨."

"아주 장엄하지 않았소? 릴리안과 나는 종종 그곳에 올라가곤 했었다오."

"지금은 올라가지 않으시나요. 잉글랜드 씨?"

잉글랜드 씨의 눈이 초점을 잃고 먼 기억을 좇는 듯했다.

"사는 게 다 그렇지."

나는 복잡한 오와 열을 힐끗 보고 갑자기 불안함이 물밀 듯이 밀려왔다.

"제가 잉글랜드 씨를 너무 오래 붙잡은 게 아닌가 싶어요. 시간 내어 주셔서 감사합니다."

"아이들과 시간을 보내지 못해 미안하오."

"괜찮습니다, 잉글랜드 씨. 아이들이 어디 가는 건 아니니까요."

잉글랜드 씨의 콧수염이 흠칫 움직였다.

"찰리도 그렇다고 말하기는 어려울 것 같은데."

나는 이제 그만 나가야 한다는 걸 잘 알고 있었지만, 몸을 일으키기가 싫었다.

"틸다에게 들었는데 잉글랜드 부인과 함께 내일 사울 군을 보러 가신다면서요."

"그렇소. 기대되는 일이지."

잉글랜드 씨가 말했다.

나는 혹시나 잉글랜드 씨가 나와 아이들도 같이 가자고 이야기 하지 않을까 싶어 기다렸지만, 잉글랜드 씨는 다른 데 정신이 팔려 있어서 그런 생각은 눈곱만큼도 하고 있지 않은 것 같았다. 이틀 연속으로 비가 오니 산책도 어려워서 매일 집안에서만 지냈다. 생각해 보니 사울을 보러 크로우 네스트까지 가는 길도 쉽지 않을 것 같기는 했다.

"사울 군이 매우 많이 보고 싶습니다, 잉글랜드 씨."

"사울이 들으면 좋아하겠소. 자기 마음대로 할 수가 없어서 아주 지겨워하고 있을 게 분명하오. 아마도 메이를 가장 그리워하고 있을 것이오."

잉글랜드 씨는 다시 한숨을 쉬며 책상 위에 양팔을 올려놓았다. 잠시 머리를 쓰다듬고는 다시 서류에 집중했다. 나는 의자에서 일어났고 쿠션을 제대로 놓았다. 이번에는 쿠션이 제자리에 있었다.

"시간을 내어 주셔서 감사합니다, 잉글랜드 씨. 아, 이 말씀은 드려야 할 것 같아요. 저에게 온 편지에 약간 문제가 있었습니다. 알고 보니 여동생이 저에게 답장을 보냈더라고요."

"문제?"

잉글랜드 씨는 책상을 정리하면서 책과 서류를 옮겼다.

"음, 아, 그러니까…… 잉글랜드 부인께서 편지를 잘못 두고 잊어버리셨습니다."

잉글랜드 씨가 나와 눈을 맞췄다.

"잘못 두었다고? 어디에 두었소?"

잉글랜드 씨는 내 말을 반복하며 물었다.

"부인의 침실에요."

잉글랜드 씨의 얼굴이 심각해지더니 나를 똑바로 쳐다보았다.

"얼마나 오래 거기에 있었던 거요?"

"잘 모르겠습니다, 잉글랜드 씨. 일주일 정도요."

잉글랜드 씨는 할 말이 있는 듯 입술을 오므렸으나 아마도 말을 하지 않는 편이 낫다고 생각한 것 같다.

"편지를 늦게 받아서 문제가 생기는 일은 없었으면 좋겠소."

"아니요, 그런 건 아닙니다."

"가족들은 모두 잘 지내시오?"

"네, 감사합니다."

잉글랜드 씨는 왜 내가 아직까지 편지를 읽지 않았는지 이해하지 못할 것이다. 여기서 우리의 대화는 끝났다고 생각했다. 그런데 잉글랜드 씨가 덧붙였다.

"부인에게 악의는 없소, 알다시피."

"알고 있습니다, 잉글랜드 씨."

나는 놀라움에 눈을 깜박였다.

"왜 내가 의사를 부르지 않았는지 이상하게 생각할지 모르겠지만, 만약 의사가 오면 어떻게 될지 우리 모두 잘 알고 있소. 그 과정을 거치고 싶지 않았소. 부인은 집에서 잘 낫고 있으니 말이오."

잉글랜드 씨가 한 말의 진의를 생각하는 동안 침묵이 흘렀다. 나는 고개를 끄덕였다.

"좋소, 자, 내가 일을 그만두기 전까지는 이 숫자들을 다 정리해야 하는데. 제정신이 아닌 기분이오."

잉글랜드 씨는 하품했다. 매우 피곤해 보였고 하품을 한 덕에 눈가는 촉촉해졌다.

"그런데 실례지만, 메이. 나한테 무언가 절실하게 하고 싶은 말이 있는 것 같은데, 대체 무엇이오?"

"아무것도 아닙니다, 잉글랜드 씨. 저는 사업에 대해서 아는 것도 없고 잉글랜드 씨께 어떻게 하시라고 말하려는 것도 아니지만, 만약 너무 피곤하시면 내일 아침에 맑은 정신으로 시작해 보시는 건 어떨까요? 오늘은 푹 주무시고요."

"푹 잔지가 언제인지 기억도 나지 않소. 하지만 유모의 말이 맞소. 당연하오. 메이가 없었으면 우리가 어떻게 살았을까 싶소."

잉글랜드 씨는 미소를 지었고 이번에는 눈까지 활짝 웃었다.

내 안에서 온기가 피어올라 그날 저녁 내내 나를 따뜻하게 지탱해주었다. 나는 아이들의 놀이방 흔들의자에 앉아 찰리의 페티코트 단을 내면서 지난 일은 잊어버리려고 애를 썼다. 손이 바빴지만, 마음만은 자유롭고 마음껏 생각할 수 있는 시간이었다. 사방이 조용해지니 조금 전의 일이 계속해서 생각났다.

'제정신이 아닌 기분이오.'

나는 머리를 흔들었다. 우연일 뿐이야. 하지만 내 마음은 계속해서 잉글랜드 씨의 말을 복기했다. 마치 느슨한 실처럼 그의 말을 계속 끌어당겨 곱씹어 보게 됐다.

나는 아빠가 사라졌던 어느 4월의 따뜻하고 맑은 날을 기억한다. 아빠는 그날도 평소와 다름없이 오전 내내 가게에 있었다. 파커 부인이 밀가루와 건포도를 살 때 부인에게 거스름돈을 챙겨서 주었다. 파커 부인은 아빠에게 감사하다고 인사를 했고 아빠는 카운터를 돌아 나와 부인이 나갈 수 있도록 문을 열어주었다. 안쪽에서 벨이 울렸지만, 아빠는 문을 닫는 대신에 부인을 따라 나갔다. 오른쪽으로 돌아 아무 무늬가 없는 작업복 차림으로 롱모어 스트리트를 걸어 내려갔다. 파커 부인은 아무 생각 없이 아빠가 볼일이 있을 거라고 여겼다. 부인은 빵집 밖에서 트램을 타고 여동생을 만나러 갔고, 그날 저녁 집으로 돌아왔을 때 우리 엄마가 남편을 찾고 있는 걸 알게 되었다고 진술했다.

"아서 메이, 그 청과상 말이죠? 제가 오늘 거기 잠깐 들렀는데요."

파커 부인이 당황스러운 듯 되물었다.

부인은 30분 후 핸드백을 무릎에 올려놓고 꼭 쥔 채 우리 집 주방에서 이 이야기를 우리에게 다시 해주었다.

"그래서 그이가 어디 간다고는 말하지 않던가요?"

엄마가 물었다.

우리 다섯 명은 조용히 엄마 주변에 옹기종기 모여있었다. 내 무릎에는 엘시가 앉아있었다.

파커 부인은 고개를 저었다. 부인은 약간 통통하고 푸근한 인상을 가진 50대 여성으로, 셔본 스트리트의 자기 집에서 재봉사로 일하고 있다.

"알버트한테 이야기를 듣자마자 여기로 바로 온 거예요."

엄마는 다림질을 하고 있었는데, 그때 아래층 가게에서 손님이 부르는 소리가 들렸다. 엄마가 창고와 마당, 보조 주방, 화장실까지 아빠를 찾아봤지만, 아빠는 아무 데도 없었다. 손님들을 응대하고 올라와 보니 엄마의 시프트 치마에는 다리미에 눌은 자국이 생겼고, 엘시는 한쪽 구석에 달린 단추를 가지고 놀고 있었다. 다행히 엘시가 다리미에 손을 대지는 않았다. 엄마는 너무 당황스러워서 가게 문에 '닫힘' 표지판을 걸어놓았다.

나와 내 동생들의 학교가 끝날 때까지도 아빠에게서는 아무 소식이 없었다. 작업복을 입고 나갔고 쪽지도 한 장 없어서 엄마는 적잖이 당황 중이었다. 우리 집에는 놀러 오는 사람이 거의 없었다. 조부모님이 돌아가신 후부터 엄마와 아빠는 친목을 가질 시간 없이 너무 바빴기 때문이다. 1년에 한두 번 정도 도리스 이모가 작은 석탄 꾸러미를 들고 오는 정도였다. 그래서 단정한 파커 부인이 우리

342

집 식탁에 앉아있는 모습이 생경했다. 부인의 머리 위로 빨랫줄에 걸린 양말들이 죽 늘어서 있던 것이 기억에 남는다.

"경찰에 신고해야 하는 거 아니에요?"

파커 부인이 물었다.

엄마는 머리를 저었다.

"그이를 곤란하게 하고 싶지는 않아요."

"부인, 어쩌면 메이 씨가 이미 곤란에 처했을 수도 있는데요?"

엄마는 나이가 많은 두 남동생들에게 아빠를 찾아보라고 시켰고 동생들은 밤이 늦어서야 돌아왔다. 그날 밤 우리는 아무도 잠을 자지 못했다. 로비는 창가에 불을 붙인 양초를 두어 우리가 자지 않고 기다리고 있다는 걸 아빠에게 알려주자고 제안했다.

새벽 6시가 막 지났을까, 집 현관문이 열렸고 나는 그 즉시 침대에서 일어나 앉았다.

"로비."

나는 속삭이듯 말했다.

로비는 매트리스 위 나의 반대쪽에서 부스스 일어나 팔을 괴고 앉아서 새벽 여명에 눈살을 찌푸렸다. 양초가 꺼졌다. 로비는 양초를 한 번 보고 나를 한 번 보았다. 옆방에서 마룻바닥이 삐거덕거리는 소리가 들렸다.

"아빠다."

나는 입 모양으로만 말했고 나와 로비는 그 즉시 침대에서 나왔다. 하지만 우리가 문손잡이를 돌리기도 전에 안방에서 엄마의 목소리가 새어 나왔다.

"아서, 도대체 어디에 갔다 온 거예요? 걱정돼서 죽을 뻔했잖아요."

중얼거리는 소리가 너무 낮고 작아서 잘 들리지 않았다.

"뭐라고요? 일자리를 찾으러 갔다고요? 밤새 어디에 있었던 거예요? 새벽 6시라고요. 한마디 말도 없이 가게도 닫지 않고 말이에요. 나는 2층에 있잖아요, 아서. 그게 도대체 무슨 말이에요?"

로비와 나는 문에 마치 따개비처럼 붙어 있었다. 아빠가 집에 왔지만, 두려움은 사라지지 않았다. 계속해서 중얼거리는 소리가 들렸다. 나는 '공장'과 '자동차'라는 단어를 들었다.

"롱브릿지에 갔었다고요? 16킬로미터나 되는 거리인데요."

"12킬로미터요."

"여기서 사업 잘하고 있잖아요. 도대체 뭐하러 거기까지 간 거예요? 일자리를 찾는 게 아니잖아요, 지금."

의자를 끄는 소리와 아빠가 의자에 앉는 소리가 무겁게 들렸다.

"지금 제정신이 아니에요, 아서. 내가 감당을 할 수가 없어요. 똑하면 끊어져 버릴 것 같단 말이에요. 더이상 감당할 수가 없어요."

무시무시한 소리가 들렸고, 나는 아빠가 우는 소리임을 이내 알 수 있었다. 발소리가 더 들리고 삐걱거리는 소리, 부스럭거리는 소리가 들렸다.

"쉬잇. 됐어요. 지금 자기 시작하면 몇 시간은 잘 수 있을 거예요. 밤새 걸어 다닌 게 틀림없어요. 자, 신발을 벗겨줄게요."

엄마가 말했다.

로비와 나는 같은 곳을, 그러니까 벽을 바라다보았다. 아빠의 신발을 땅에 내려놓는 소리가 들리고 우리 등 뒤에서 안방 문이 닫힌 뒤에야 우리는 몸을 움직일 수 있었다. 그런데 엄마의 말은 대체 무슨 뜻이지? 더이상 감당할 수가 없다고? 내 심장이 요동치기 시작했고 속이 울렁거렸다. 로비는 내 옆에 웅크리고 있었고 나는 로비의 머리 정수리에 삐죽 솟아오른 머리카락을 바라보았다. 갈색 머리가 구불거리고 있었다.

로비는 고개를 들고 나를 보았다.

"아빠가 왜 우시지?"

로비가 속삭였다.

"나도 잘 모르겠어."

우리는 다시 침대로 들어갔고 나는 들어오는 햇빛을 막기 위해 커튼을 쳤다. 엘시는 내가 일어난 자리로 굴러왔다. 잠이 푹 들어있었다. 나는 엘시를 부드럽게 안아 조금 옆으로 밀고는 그 옆에 누웠다. 방은 다섯 명의 온기로 따뜻하고 복작거렸지만 왜인지 모르게 썰렁하다는 느낌이 들었다. 엄마는 창문을 열어놓으면 강도에게는 현관문을 열어놓은 거나 다름없다고 했다.

내 침대가 안방과 가장 가깝고, 침대 머리는 얇은 벽 하나를 사이에 두고 있다. 로비와 나는 서로를 바라보았고, 조금 후 로비는 한쪽으로 누워 이내 잠이 들었다.

한시간 쯤 수선을 했을까, 잉글랜드 씨가 터덜터덜 무거운 발걸음으로 계단을 오르는 소리가 들렸다. 나는 내가 잠자리에 들기 전에 잉글랜드 씨가 먼저 잠자리에 들기를 기다리고 있었다는 걸 깨달았다. 나는 바느질거리를 치우고 불을 껐다. 아이들이 잠들어 있는 옆 침실로 가서 이불 속에 자리를 잡고 침대 옆의 독서 등을 켜고 드디어 봉투를 열었다.

루비 언니,

돈은 잘 받았어. 보내줘서 고마워. 새 겨울 신발이 필요한데 엄마가 신발 사러 토요일에 '발라즈'에 가자고 했어. 아치 오빠는 '벨그레이브 웍스'에서 철로 감은 매트리스 틀을 채워 넣는 일을 시작했어. 오빠가 집에 오면 깃털들이 묻어 있어서 우리가 꼬꼬댁하면서 놀리는데, 오빠가 엄청나게 싫어해! 지난 일요일 밤에는 옆 도로에서 불이 났었어. 창문으로도 보일 정도였어. 소방차가 들어가지를 못해서 아마 길거리에 있는 집들이 다 잠에서 깼을 거야. 하지만 다행히 소방차가 들어갔어. 다행이지. 엄마는 언니한테 할 말도 없으면서 괜히 0.5페니를 우표 사는 데 쓴다고 뭐라고 하셔. 다음 편지에서 돈을 좀 보내줄 수 있으면 좋을 것 같아. 우표 사려구.

사랑을 담아,
엘시가

루비 언니,

지난번 편지에 답장 썼어. 편지를 지금쯤은 받았기를 바라. 돈도 잘 받았어. 고마워. 엽서도 고맙게 잘 받았어. 그런데 크랙은 되게 무서워 보여서 나는 안 좋아할 것 같기도 해. 하지만 크랙 아래서 예쁜 모자를 쓰고 배에 앉아있는 숙녀는 좋았어. 나도 파티에 가고 싶다. 답장해 줘.

사랑을 담아,
엘시가

안도감이 순식간에 온몸을 휘감았다. 나는 울다가 웃다가 정신을 차리려고 손끝으로 눈 옆을 꾹꾹 눌렀다. 코를 풀고 크게 숨을 쉰 뒤 엘시의 편지를 이불 위에 올려놓았다. 훨씬 편안한 마음으로 심 교장 선생님의 편지를 집어 들었다.

메이 유모,

요크서에서의 일들이 괜찮고 또 잘 적응하고 있기를 바라요. 너무 급하게 초대 메일을 보내지만 웬만하면 응해주었으면 해요. 매년 열리는 '스피드웰 행사'가 목요일 주에 메릴본에 있는 스타인웨이홀에서 열려요. 올해는 24명의 유모가 5년 근속에 대해서 뱃지를 수여 받게 되고요. 행사 후에는 윈터 가든에서 티타임이 있을 거고, 우리 투자자와 고객들이 참여할 겁니다. 워스 부인이 뱃지를 무대 위에서 수여할 건데, 이때 다양한 수준의 경험이 있는 유모들이 무대 위에서 같이 축하해주었으면 해서요. 장학생 중 한 명으로 메이 유모가 그중 한 명이 되어주었으면 해요. 티타임이나 이후 저녁식사에 참석해서 놀랜드의 다른 친구들에게 장학생으로서의 경험에 대해 공유해주어도 좋고요.

너무 급하게 부탁해서 미안해요. 원래 또 다른 장학생인 길버트 유모가 참석하기로 되어있었는데 홍역에 갑자기 걸리게 되어 급하게 떠오른 사람이 메이랍니다. 만약 괜찮다면, 잉글랜드 부인께 메이를 런던에서 열리는 행사에 보내주십사 정중하게 부탁드리는 편지를 쓸게요. 연간 휴가 중에서 시간을 좀 써야 할 것 거예요(이틀이면 충분할 것 같습니다). 가능한 한 빨리 답장을 주면 행사 계획에 도움이 되겠어요.

항상 그대로인 가장 진실한 친구,

M. 심슨


메이에게,

내 편지가 10월 23일에 보낸 편지를 받았기를 바라며 이 편지를 씁니다. 못 받았을 경우를 대비해 편지 내용을 말하자면, 메릴본의 스타인웨이홀에서 열리는 '스피드웰 뱃지 수여 행사'에 참석해줄 수 있을지의 여부를 묻는 초대장이었어요. 왕복 기차비, 펨브릿지 스퀘어에서의 숙박, 그 외에 기타 여비를 다 우리가 대줄 거예요. 만약 괜찮다면 바로 답장을 주세요. 행사가 이제 6일밖에 남지 않았거든요. 만약 잉글랜드 가족이 허락할 수 없다거나 하면 바로 알려주세요. 다른 졸업생을 찾아야 하니까요. 어느 쪽이든 답장을 주면 아주 좋을 것 같습니다.


진심을 담아,

M. 심슨


비록 늦었지만 나는 즉시 심슨 교장 선생님에게 우체국에서 지연이 있었고 '스피드웰 행사'에 가지 못하게 되어 너무 아쉽다는 마음을 전했다. 물론 반은 거짓말이다. 나는 런던이 그립다. 휘황찬란한 거리의 불빛과 바쁜 도로, 그 활기와 소음을 사랑한다. 하지만 이제 나에게는 너무 먼 이야기가 됐다. 학교, 구내식당의 북적임과 금요일마다 나오던 레몬파이, 자수틀과 바이올렛 향이 나는 종이를 들고 다니던 단정한 소녀들. 물론 놀랜드의 교훈인 '역경 속에서도 담대하라'가 새겨진 스피드웰 뱃지도 정말 갖고 싶다. 하지만 어떻게 보면 그런 건 시시한 허영의 증거가 아닐까 생각해 본다. 마치 유모가 군인인 것처럼, 마치 우리가 전쟁의 최전선에서 실제로 싸우는 것처럼 말이다. 놀랜드 자체도 너무 자만하고 있는 것일 수도 있다. 졸업식에서 놀랜드의 설립자인 워드 부인은 우리를 '인격을 세우고, 왕국을 만드는, 국가의 강력한 일꾼'이라고 부른 바 있다. 그런데 왕국을 만드는 일꾼들이 요강이나 닦고 아기 입에 흐른 죽이나 닦고 있다고?

나는 독립해서 일하면서 월급을 100% 다 가지라는 잉글랜드 씨의 조언을 생각해 보았다. 만약 잉글랜드 씨의 제안대로 한다면 나도 그렇고 우리 가족도 좀 더 나은 생활을 할 수 있을 거다. 그런데 스피드웰의 유모 중 그 누가 형제자매에게 신발을 사 주고 병원비를 대는 데 월급을 쓸지 의구심이 들었다. 내 동기만 해도 아버지가 교육감, 외과 의사, 아니면 변호사다. 동기들은 모두 아버지를 존경했고, 어머니를 사랑했다. 그 누구도 나에게 우리 가족에 관해 물어보지 않았으며, 나도 군이 이야기하지 않았다. 하지만 나에게서 새어 나오는 불행의 기미를 눈치챘을 거고, 어쩌면 내가 그런 낌새를 흘렸을 수도 있다.

편지를 다 썼을 때는 꽤 늦은 시간이었다. 물건들을 정리하고 시계를 보니 9시 반이었다. 나는 하품을 하면서 일어나 세면도구를 챙기고 욕실에서 쓰는 슬리퍼를 신었다. 잉글랜드 부인은 보통 늦게까지 목욕을 한다. 욕조의 물은 회색을 띤 채 그대로 있었고 비누 조각은 바닥에 아무렇게나 뒹굴고 있었다. 나는 비누를 집어 들어 세면대에 놓다가 거울에 무언가 쓰여 있는 것을 보았다.

욕조에 담긴 물의 열기 때문에 거울에 수증기가 서렸고 누군가 뿌연 거울 위에 손가락으로 글자를 썼다. 너무 가까이서는 읽을 수가 없어 나는 한 발자국 뒤로 물러섰다. 내 얼굴이 조각조각으로 보였다. 이미 거울에서는 물이 뚝뚝 떨어지고 있고 수증기가 거의 다 사라졌지만, 글씨는 분명했다. 거울 전면에 조악한 글씨로 휘갈기듯이 쓴 단 한 글자, '창녀'였다.

# 19

다음 날 아침, 부스 선생님이 공장 앞에 와 있었다. 우리는 다리를 건너고 있었고 그는 자전거에서 내리는 중이었다.

"잘 지냈어요? 오리들 먹이 주러 가나 봐요."

부스 선생님이 자전거를 벽에 세우며 밝게 인사했다.

"오늘은 아니에요. 그냥 산책이요."

내가 대답했다.

잠깐의 침묵이 흐르는 동안 나는 부스 선생님이 가방을 메고 있는 걸 알아챘다.

"왜 여기에 오시는 거예요?"

내가 물었다.

"노동자들을 위해 글 읽기 수업을 하고 있거든요. 사울 군이 돌아올 때까지만요."

"좋은 일 하시네요. 부스 선생님 생각인가요?"

내가 물었다.

"잉글랜드 씨의 생각이에요. 점심시간도 반납해야 하지만 다들 좋아해요. 나도 아침마다 집에서 블레이즈의 일에 참견이나 하면서 가만히 있지 않아도 되니까요."

"오후에는 여전히 라이더 홀에서 가르치시고요?"

"네."

나는 공장 앞을 둘러보았다. 적재 구역의 열린 공간이라서인지 목소리가 사방으로 울렸고, 벤은 마구간 바닥을 쓸어 조약돌 밭 위로 작은 건초더미를 만들고 있었다.

"물어보고 싶은 게 있는데요."

내가 말했다.

부스 선생님은 기대가 된다는 듯 고개를 끄덕였다.

"토미 쉘드레이크 씨에 관한 거예요."

"오, 그렇군요. 쉘드레이크 씨에게 관심 있어요?"

"아니요, 물론 아니에요."

"굳이 그렇게까지 정색할 것까지야."

"부스 선생님, 부탁이 있는데요. 왜 쉘드레이크 씨가 호주에서 돌아왔는지, 그리고 언제 돌아왔는지 좀 알아봐 주실 수 있나요?"

"블레이즈에게 물어봐요."

"그건 좀 그래요."

"왜요? 놀러 가 봐요. 아주 좋아할 거예요. 온종일 만나는 사람이 장모님과 나밖에 없거든요. 새로운 얼굴을 보면 좋아할 거예요."

"아이들을 데리고 선생님 댁에 가기는 좀 그래요. 적절하지 않은 것 같아요."

부스 선생님이 장난으로 상처를 받았다는 시늉을 하며 한 발 뒤로 물러섰다.

"죄송해요. 그런 뜻이 아니었는데요. 제 말은 잉글랜드 씨께서 뭐라고 하실지 모르겠다는 뜻이었어요."

"가는 곳을 일일이 다 보고해야 해요?"

"아니요."

"그렇다면 괜찮을 거예요. 모르는 사람이 아니잖아요. 블레이즈가 메이보다 더 오래 잉글랜드 집안과 알고 지냈다는 걸 잊어버린 것 같아요."

부스 선생님이 가방을 고쳐맸다.

"내가 여기서 11시 반에 끝나니까 같이 걸어서 가요. 블레이즈가 밀리와 찰리를 보면 좋아할 것 같아요."

찰리는 유모차에서 순하게 쳐다보고 있었다. 밀리는 다리 위에서 막대기를 물에다 던지고 있었고, 나는 밀리에게 이리로 오라고 말했다. 밀리는 폴짝폴짝 뛰면서 지저분한 나뭇가지를 흔들며 다가왔다.

"우리 집에 가서 블레이즈도 만나고 점심도 먹는 건 어때?"

부스 선생님이 물었다.

"메이드 블레이즈요?"

"맞아, 바로 그 사람."

부스 선생님이 웃었다.

"좋아!"

밀리가 큰소리로 외쳤다.

"좋아요, 감사합니다."

내가 밀리의 말을 고쳐주었다.

"좋아요, 감사합니다."

"괜찮을 것 같아요. 부스 선생님께서 그렇다고 하신다면요."

"이곳에서 만납시다."

평소와 다름없이 틸다가 놀이방으로 아침 식사를 가져다주었다. 틸다는 언제나처럼 밝아 보였고 나는 거울에 쓰여 있던, 내 팔뚝으로 황급히 지워버린 그 글씨에 대해서 아무 말도 하지 않았다. 나는 누가 나를 쳐다보는 것 같아서 재빨리 씻고 옷을 갈아입었다. 그 단어가 내 팔에 남아 팔을 더럽히는 기분이었다. 누구를 향한 메시지였을지, 누가 썼는지 정말 모르겠다.

'너를 향한 말이야.'

내 마음속 목소리는 이렇게 말한다.

하지만 무엇을 근거로? 부스 선생님과 숲길을 걸어온 그날 밤 때문에? 서재에서 잉글랜드 씨와 이야기한 것 때문에? 나는 머리가 아파 왔고 밤새 잠을 제대로 자지 못했다.

나는 계속 그 일이 신경 쓰여서 부스 선생님과 승마길을 걸어 내려가면서도 아무것도 할 말을 찾지 못했다.

"그런데 왜 대장장이 톰에 대해서 알고 싶은 거예요?"

부스 선생님이 침묵을 깨고 물었다.

"블레이즈에게 왜 내가 가는지 말씀하지 마세요."

"꼭 그래야 해요?"

"네, 블레이즈가 괜히 부풀려 생각하는 건 아닌 것 같아서요."

"블레이즈의 눈을 속이려고 하는 것 같은데요."

부스 선생님의 말이 맞았다. 나는 한숨을 쉬었다.

스프링 그루브에는 공장의 매연으로 조금 시커메진 삼 층 짜리 테라스 하우스들이 보기 좋게 줄지어 있었다. 부스 부부는 길의 끝쪽에 있는, 담쟁이덩굴이 2층 창문으로 올라가 있는 집에서 살고 있었다. 대문은 검붉은 색이었다. 길의 끝에는 강이 흐르고 있었는데, 선생님 집에서 불과 50미터도 채 떨어지지 않아 보였다. 부스 선생님은 열쇠로 문을 열고 우리에게 들어오라고 손짓했다. 유모차는 밖에 두라고 이야기했다. 나는 잠시 망설였지만 이미 부스 선생님 기분을 한 번 상하게 한 적이 있어서 그렇게 하기로 했다. 검댕이 묻어 담요가 더러워지면 빨면 될 것이다. 나는 찰리를 유모차에서 들어 안았다.

현관은 바로 작은 거실과 연결되어 있었고, 주방-보조 주방으로 향하는 또 다른 문은 열려 있었다.

"엘리, 당신이에요?"

"손님들을 모시고 왔어."

블레이즈가 손을 닦으며 현관에 모습을 드러냈다. 앞치마 아래로 블레이즈의 배는 주머니 속에 든 푸딩처럼 불룩했다.

"세상에. 전혀 생각지도 못한 손님이에요."

하지만 블레이즈는 즐거워 보였다.

"안녕하세요, 블레이즈."

"손님들 점심 대접해도 괜찮겠죠?"

"물론이지요. 어머, 밀리 양! 마지막에 봤을 때보다 7센티미터는 더 큰 것 같아."

블레이즈가 밀리의 손을 잡았다.

"나 이빨도 빠졌어요!"

밀리는 이빨이 빠진 사이로 혀를 쏙 내밀어 보이며 외쳤다.

"그랬구나. 이빨 요정도 왔다 갔고?"

"네. 1페니를 주고 가셨어요."

"우리 밀리가 착한 어린이인 게 분명해. 아니 그리고 찰리, 이렇게 과묵해지다니!"

블레이즈는 찰리에게 손을 뻗었고 나는 찰리를 블레이즈의 품에 넘겨주었다. 주방에서는 신선한 빵과 소꼬리 수프의 냄새가 솔솔 풍겨 배가 고파왔다. 거실은 어둑했다. 소박하게 꾸몄는데, 정말 먼지 한 톨 없이 깨끗했다. 계단으로 올라가는 벽에는 잎이 그려진 식탁이 놓여 있었는데, 주황빛이 도는 분홍색 벨벳 식탁보가 둘러 있었고, 블레이즈는 이 천으로 커튼을 만들고 있었다. 보조 주방 문에는 진홍색으로 수놓은 바느질 작품이 걸려 있었다.

블레이즈가 정리한 식탁에 우리 넷이 앉으니 블레이즈가 빵과 치즈, 그리고 따뜻한 수프를 내왔다. 블레이즈가 불룩한 배를 테이블보 아래로 밀어 넣고 자리를 잡자 나도 모르게 블레이즈가 배를 문지르고 두드리는 모습을 자꾸 보게 되었다. 나도 모르게 블레이즈와 부스 선생님 사이의 친밀감을 새삼스럽게 느꼈다. 놀랄 일도 아닌데. 이미 둘은 결혼한 사이이니 말이다. 이렇게 젊은 나이에 결혼해서 가정을 꾸리고 각자의 역할을 잘해나가는 사람들을 나는 지금까지 만나본 적이 없었다. 블레이즈는 더이상 예전에 내가 알던, 날카롭고 빈정대는 사람이 아니었다. 좋아 보였다. 블레이즈의 검은 머리는 풍성하게 빛나고 있었고, 앞치마 속에는 예쁘게 수놓아진 블라우스를 입고 있었다.

식사를 마친 후 나는 찰리에게 우유를 주고 빵을 조금 뜯어서 먹도록 해주었다(밀리가 이 모습을 보고 '오리 같아!'라고 해서 모두 웃었다). 부스 선생님이 밀리를 데리고 강에 돌을 던지러 나갔다. 찰리는 1층에 있는 두 개의 문을 손과 무릎으로 기어 왔다 갔다

하더니 만족스러운 듯 이내 안락의자에서 잠이 들었다. 블레이즈와 나는 점심식사를 마친 그릇을 주방으로 날랐고 설거지를 시작했다. 여전히 우리 사이에는 어색함이 남아있었지만, 훨씬 덜 했다. 이전의 적대감은 전혀 느낄 수 없었다. 그 대신에 묘한 관용의 느낌이 생겼다.

"집이 정말 예뻐요."

나는 진심을 담아 말했다.

"고마워요. 온통 자갈이 깔려있기는 하지만 그래도 이 정도 수준의 집치고 우리는 운이 좋았던 것 같아요. 탈수기만 있으면 더 바랄게 없을 텐데. 하드캐슬 하우스는 어때요?"

나는 잠시 머뭇거리다가 누군가 내가 정직하게 말할 사람이 있다면 그건 바로 블레이즈라고 생각했다. 나보다 잉글랜드 집안에 대해서 더 잘 알기 때문이다.

"잘 모르겠어요. 좀 이상한 일들이 있었거든요."

내가 입을 열었다.

"어떤 일이요?"

블레이즈가 나에게 수프 냄비를 주었고 나는 냄비를 닦아 싱크대에 올려놓았다.

"블레이즈의 물건을…… 누군가 감춘 적이 있나요?"

"예를 들어서요?"

블레이즈의 이마에 주름이 생겼다.

"편지요."

"아무도 나한테 편지를 안 써요. 그런데 누군가 메이의 편지를 감췄다고요?"

블레이즈가 한바탕 웃더니 물었다.

"잉글랜드 부인이 침대 옆 협탁에 보름쯤 넣어두었더라고요."

"그것 참 이상하네요. 부인이 왜 그랬을까요?"

"나도 잘 모르겠어요. 부인이 굉장히 미안해했고, 거기다 넣어놓고 잊어버렸다고 하기는 했어요. 하지만 왜인지 부인을 믿을 수가 없네요."

"잉글랜드 부인이 편지를 읽었나요?"

"아니요. 열어보지는 않았더라고요."

"그러면 부인이 잊어버린 게 맞을 거예요. 뭐하러 귀찮게 남의 편지를 읽으려고 했을지 상상도 안 되네요."

블레이즈가 인상을 폈다.

"그러게 말이에요."

여전히 미심쩍었지만 나는 블레이즈에게 맞장구를 쳤다. 이제 조심스럽게 다음 단계로 넘어갈 시기가 되었다. 나는 무심한 척 계속 말을 이었다.

"쉘드레이크 씨는 좋은 사람이죠. 블레이즈 결혼식 때 왔던 그 대장장이 말이에요. 엘리는 쉘드레이크 씨가 블레이즈의 친구라고 하더라구요."

"아, 네, 토미요? 솔직히 친구는 아니고, 우리 아버지와 돌아가신 토미의 아버지가 서로 알고 지내는 사이였어요. 그냥 인사하는 정도의 사이죠."

"엘리가 블레이즈 사촌 이야기도 하던데요."

"사실 정확히는 모르겠어요. 루시가 토미를 저 아래 화이트 하우스에서 몇 번 봤다고 하더라고요. 내 생각에는 토미가 좀 더 관심을 가져줬으면 하는 것 같아요."

"어떤 사람이에요?"

"뭐가요?"

"친절한가요?"

나는 목이 붉어지는 것을 느꼈다.

"진짜로 알고 싶은 게 뭐예요?"

블레이즈가 나에게 화가 난 것처럼 보이자 내 얼굴이 빨개졌다.

"속 보이게 그러지 마요, 메이. 토미를 좋아해요?"

블레이즈의 입가에 웃음이 떠올랐다.

"나는 그분을 잘 몰라요. 마을에서 한 번 아니면 두 번 만났을 뿐이고, 그분이 나와 아이들을 대장간에 초대해서 말발굽 편자를 만들게 해주겠다고 제안했어요. 잉글랜드 씨는 좋은 생각이라고 했고, 그래서 나는 아이들을 데리고 대장간에 갔었죠. 벌써 꽤 됐어요. 데카가 학교에 가기 전이니까요."

블레이즈는 가만히 기다리면서 손으로 물을 휘저었다. 거울에 쓰여 있던 단어가 다시 떠올랐다. 그것까지 블레이즈에게 말할 수는 없었다. 그 단어를 입 밖으로 내는 것조차 상상이 가지 않았다. 나는 다시 마음속 한구석으로 그 단어를 밀어 넣었다.

"계속 이야기해봐요."

블레이즈는 계속 나를 쳐다보고 있었다.

"그분이 잉글랜드 부인에게 편지를 썼어요. 그 편지를 나 몰래 데카에게 주면서 나를 비롯한 아무한테도 말하지 말라고 했더라고요. 나는 왜 그분이 그런 식으로 잉글랜드 부인에게 편지를 전해주려고 했는지 이해가 가지 않아요. 뭔가…… 자연스럽지 않은 게 있지 않은 이상 말이에요."

"토미가 그랬다고요? 토미 쉘드레이크가?"

나는 고개를 끄덕였다.

"편지를 읽었어요?"

"아니요. 그냥 부인에게 주었어요. 그래서 혹시 쉘드레이크 씨를 잘 아느냐고 물어본 거예요."

"그게 언제예요?"

"지난 9월, 블레이즈가 그만두기 전이요."

"부인이 불을 냈던 밤 말하는 거죠?"

블레이즈가 인상을 찌푸렸다.

"아마도 그럴 거예요."

"그날 벽난로에서 무언가를 봤거든요. 분명히 그 편지였던 것 같아요. 편지를 없애려고 불을 붙였나 봐요. 잉글랜드 씨도 그걸 보고 뭐냐고 물었는데 부인이 그냥 오래된 종잇조각이라고 했어요."

내 눈이 절로 커졌다.

"그래서 블레이즈나 잉글랜드 씨가 그 내용을 보았나요?"

"아니요. 사실 잉글랜드 씨가 왔을 때는 이미 재나 다름없었어요. 나도 좀 그게 이상하다고 생각하기는 했어요. 부인은 절대 자기가 불을 피우지 않는데다가 그날 밤에는 따뜻했거든요."

블레이즈는 조용해졌고 당황한 듯 보였다. 그러다가 그릇을 물에 넣고 다시 말을 이어갔다.

"나도 토미를 집 근처 숲에서 본 적이 한 번 있어요. 잉글랜드 부인의 방을 청소하는 중이었는데, 창밖을 내다보니 토미가 있더라고요. 나는 창문을 열고 큰 소리로 토미를 불렀어요. 여기서 뭐 하고 있냐고 물었지요. 그랬더니 마을로 걸어가고 있다는 거예요. 그런데 나는 지금까지, 굳이 숲을 통과해서 마을에 가는 사람을 본 적이 없거든요. 왜냐면 바로 아래에 멀쩡한 길이 있으니까요. 게다가 토미는 걷는 중도 아니었어요. 가만히 서서 집안을 들여다보고 있었죠. 이 이야기는 아무한테도 하지 않았어요. 그러다가 루시가 소개해줘서 오랜만에 다시 보게 되었어요. 물론 한눈에 알아보지는 못했지만요."

우리 둘은 잠시 조용해졌다. 그리고 내가 다시 입을 열었다.

"혹시…… 혹시 쉘드레이크 씨가 잉글랜드 부인의 약점을 잡은 게 아닐까요? 그게 무엇인지는 모르겠지만 그렇지 않고서는 그렇게 비밀일 일이 뭐가 있겠어요?"

"아니에요. 토미가 그런 사람은 아니에요."

나도 블레이즈의 말에 동의했다. 토미 쉘드레이크가 협박할 스타일은 아니었다.

"아마도 그 둘이……, 에이, 누가 알겠어요?"

블레이즈는 잠시 망설이다가 말끝을 흐리며 숟가락을 나에게 건넸다.

"쉘드레이크 씨를 다시 본 적 있나요?"

"집 근처에서요? 아니요."

"그때가 언제였어요?"

"한 6개월, 8개월 전이에요. 봄이었죠. 내가 기억하기로 다시 돌아오고 얼마 안 됐을 때예요."

"쉘드레이크 씨가 호주에서 좀 지냈다고 했어요."

"한 10년 전쯤인가 호주로 갔을 거예요. 대장장이들이나 아니면 사업을 하는 사람들이 그 당시엔 많이들 그랬거든요. 양 목장에서 일했던 것으로 기억해요. 그 멀리까지 수천 킬로미터를 날아가서 고작 양이나 치려고 했냐고 묻지는 말아요. 그런 사람들 많아요."

"근데 왜 돌아왔어요?"

"아버지가 돌아가셔서 대장간을 물려받아야 했거든요. 게다가 어머니도 아프시고요. 어머님을 만나 봤나요?"

"아니요."

"토미 어머니는 불치병이 있어서 침대에서만 생활하세요. 안됐죠. 그래서 엄마를 돌봐드리려고 오기도 했고요. 남동생이 있는데, 사실 항상 술집이나 다니면서 말도 안 되는 짓거리나 하고 아주 별로거든요. 진짜 별로예요."

"안됐네요. 그런데 내가 한 말을 루시에게는 절대 말하지 않아 주었으면 해요."

"편지 이야기요?"

"네, 아무한테도요. 누군가 곤경에 처하는 건 아닌 것 같아요."

"꼭 잉글랜드 부인이 이미 곤경에 처한 것처럼 들리네요."

블레이즈가 비웃었다.

"네? 아니 정말……?"

"그냥 농담이에요. 그렇게 심각할 필요는 없잖아요."

"부인이 잉글랜드 씨에게 그러면 안 될 것 같은데요. 그렇게 지극정성으로 돌보는데요."

나는 마른침을 꿀꺽 삼켰다.

"잉글랜드 씨 걱정은 안 해요. 이미 대가를 받고 있는데요 뭘."

"무슨 말이에요?"

블레이즈는 어깨를 으쓱했다.

"블레이즈."

블레이즈의 손가락이 비누 거품 사이로 춤을 추듯이 움직였다.

"틸다가 한번은 잉글랜드 씨의 서재를 청소하다가 잉글랜드 씨가 펼쳐놓고 나간 장부를 보았대요. 그레이트렉스 씨가 일종의 월급을 주고 있었던 거죠. 아니, 어쩌면 한밑천 단단히 챙겨주고 있었다니까요. 뭐 때문에 그런 돈을 주는지 그 돈이 어디로 가는지는 하나님만 아시겠지요."

"얼마나 되는데요?"

"한 달에 1,800달러 이상이요."

"뭐라고요? 그러면 일 년에 2만 달러 이상이라는 거잖아요. 대체 무엇 때문에요?"

"나한테 묻지 마요. 괜히 이야기했어. 아무한테도 말 안 할거죠?"

"블레이즈가 비밀을 지키면요."

일종의 오랜 의리 같은 게 떠올라 우리는 슬며시 미소를 지었다.

"메이드 일을 하다 보면 많은 걸 보게 돼요. 어떨 땐 지나치게 많이요."

블레이즈가 말했다.

"무슨 뜻이에요?"

"선입견을 심어주고 싶지는 않지만 말이에요. 아마 잉글랜드 부인과 토미 사이에 일이 있었을 거예요. 지금은 끝났겠지만요."

"하지만 대장장이와……, 잉글랜드 부인은 유부녀잖아요!"

나에게 너무 순진하다고 말했던 부스 선생님의 말이 생각났다.

"믿을 수 없어요."

나는 일부러 냉소적으로 들리게 말했다.

블레이즈는 어깨를 으쓱했다.

"그렇다고 해서 할 사람들이 안 하지는 않아요. 어쨌든 메이가 걱정할 일은 아니라는 거예요. 잉글랜드 부인은 거의 집 밖을 나가지 않고, 밤에도 몰래 나갈 수가 없잖아요. 굳이 잉글랜드 씨가 부인을 방에 가둬놓지 않더라도 말이에요."

"나는 블레이즈가 잉글랜드 부인을 좋아한다고 생각했어요."

"좋아했어요. 좋아해요. 좀 어려운 사람이지만 말이에요. 마치 연기를 잡듯이 말이죠. 나는 잉글랜드 부인이 보기보다 훨씬 더 영리한 사람이 아닐까 생각한 적이 많았어요."

블레이즈는 나에게 다른 그릇을 하나 더 건넸다.

"잉글랜드 부인은 부인의 메이드를 두지 않는다고 분명히 선을 그었어요. 그래서 알다시피 내가 옷을 입혀 드린 적도 한 번도 없고요. 뜨개질, 바느질, 단추 끼우기, 모든 걸 스스로 했지요."

나는 조용히 생각에 잠겼다. 블레이즈는 차를 한 주전자 만들었고 우리는 차를 가지고 거실로 나왔다. 찰리는 쥐 인형을 꼭 쥐고 아직도 깊은 잠에 빠져 있었다. 블레이즈가 차를 따를 동안 나는 블레이즈에게 내가 거울에서 본 걸 말해야 하나 고민했지만 말하지 않기로 했다. 이미 너무 많은 말을 했다. 무엇보다도 토미의 편지에 대해 절대로 비밀로 해달라던 데카와의 약속을 어기고 말았다.

갑자기 편집증적인 증세가 나타나면서 나는 혼자 부스 선생님과 같이 있는 밀리가 걱정되었다. 이미 나간 지 너무 오래되었다. 강가에서 무슨 일이 일어났을 때 내가 밀리와 함께 있지 않고 전 메이드와 함께 차를 마시고 있었다는 것을 잉글랜드 씨가 알게 되면…….

나는 재빨리 일어나서 모자를 집었다.

"세상에, 왜 이렇게 서둘러요?"

블레이즈가 말했다.

"밀리 좀 살펴봐야 할 것 같아요."

"잘 놀고 있을 거예요. 걱정하지 말아요."

"수프 잘 먹었어요. 차도 고마워요."

"아직 차는 마시지도 않았잖아요."

바로 그때 찬 바람이 획 불면서 현관문이 열리고 밀리와 부스 선생님이 연달아 들어왔다. 아주 즐겁게 지낸 듯했다. 나는 밀리에게 서둘러 다가가 밀리의 손을 손수건으로 닦아주었다.

"봐요, 내가 뭐라고 그랬어요? 앉아서 차나 한잔해요. 오, 봐요. 찰리가 일어났네요. 찻잔에 담긴 차가 마시고 싶었나 보죠? 밀리 양, 유모 옆에 앉아요. 맛있는 빵을 가져다줄게요. 엘리, 어머님네 댁에 들러서 우유 좀 더 가져다줄래요? 차 한 주전자 더 끓여야겠어요."

블레이즈가 말했다.

블레이즈는 계속 이런 식으로 이야기하면서 아이들을 돌보았다. 나는 부스 선생님이 일전에 블레이즈가 보조 유모가 되고 싶었다고 한 말을 생각해 냈다. 찰리의 눈앞에서 손수건을 흔들어주는 블레이즈를 보니 보조 유모도 잘했을 것 같다는 생각이 들었다. 차라리 블레이즈가 유모를 하는 게 더 나았을지도 모르겠다. 대화를 나눌수록 불안해졌고, 나는 마치 어떤 위기가 다가올 것만 같은 두려움에 가득 찬 채 소파에 앉아있었다. 하지만 도무지 두려움의 정체를 알 수 없었다.

집에 돌아오니 사람들의 목소리가 응접실 유리창을 뚫을 듯 울리고 있었다. 두 남자가 소리를 질렀고 유리 뒤로 어슴푸레하게 그둘의 실루엣이 보였다. 나는 유모차를 들고 정문을 조심히 지나 밀리를 들여보낸 뒤 문을 부드럽게 닫았다. 가슴이 꽉 막히는 기분이었다. 잉글랜드 부인은 계단참에서 제정신이 아닌 듯 서성이다가 우리를 보고는 단숨에 이쪽으로 달려왔다.

"이미 증서에 서명을 했습니다. 도손이 증인이었다고요!"

잉글랜드 씨가 소리를 질렀다. 하지만 잉글랜드 씨가 말을 끝내기도 전에 다른 남자가 되받아쳤다.

"도손이 나한테 먼저 말을 했어야지."

잇따른 침묵이 오히려 어색할 지경이었다. 나는 되도록 조용히 하려고 애를 쓰며 찰리를 유모차에서 꺼냈는데, 찰리는 내려달라고 나를 발로 걷어찼다. 나는 찰리를 꼭 안고 유모차를 들어서 신발장으로 갔다. 잉글랜드 부인이 유모차를 손으로 막고는 작은 소리로 말했다.

"내가 할게요. 2층으로 올라가세요."

또 다른 남자가 다시 말을 시작했다.

"무분별하게 저지른 이후에 일을 처리하는 데 아주 완벽히 질려 버렸네. 나 아니었으면 벌써 망했어."

"나는 당신 자식이 아닙니다. 자식들에게 하듯이 함부로 말하지 마세요."

나는 잉글랜드 씨가 이렇게까지 화를 내는 걸 처음 들었다.

"자식이나 진배없지."

세련되고 정돈된 발소리와 함께 남자의 목소리가 현관에 가까워졌다. 나는 밀리의 팔목을 잡고 2층으로 밀리를 끌었다.

"우리가 이 모든 세월 동안 이룬 합의를 쓰레기로 만들다니 부끄럽기 짝이 없군요."

잉글랜드 씨의 목소리는 가벼웠지만, 위험하게 들렸다.

"뭐라고?"

"부끄럽기 짝이 없다고요. 그게 답니다."

몇 초간 침묵이 흘렀다. 그리고 남자의 목소리가 이어졌다.

"나는 불한당 같은 놈들에게서 협박 같은 건 당하지 않네. 우리 계약은 여기서 끝난 것으로 하세."

소름 끼치게 차가운 목소리에서 나는 본능적으로 남자가 콘래드 그레이트렉스임을 알 수 있었다. 내가 맞았다. 콘래드 그레이트렉스는 순식간에 현관을 가로질러 성큼성큼 걸어가더니 현관문을 쾅 닫고 나가버렸다. 색유리가 흔들렸고 충격적인 침묵이 이어졌다. 잠시 뒤 유리 아니면 도자기가 깨지는 엄청난 소리가 들렸다.

나는 응접실로 뛰어들어갔고 잉글랜드 씨가 벽난로 앞에서 마치 주먹다짐이라도 한 듯 헉헉거리고 있는 걸 발견했다. 창문 옆 바닥에는 우아한 파란색 화병이 깨져서 벽난로 위 선반에 조각조각 떨어져 있었다. 가까스로 고개를 들어 잉글랜드 씨를 보았는데, 나를 바라보는 잉글랜드 씨의 눈빛과 표정에 살의가 가득해서 나도 모르게 움츠러들었다. 찰리가 울기 시작했고, 비로소 나는 내가 찰리를 안고 있는 걸 알아챘다. 찰리를 이 자리에서 데리고 나가야 하는데 발이 땅에 붙었는지 움직이지 않았다.

잉글랜드 부인이 내 어깨너머로 입을 열었다. 나는 심지어 부인이 들어오는 것도 눈치채지 못했다.

"따라가 볼까요?"

부인의 목소리는 차분하고 잉글랜드 씨를 달래는 듯했다. 눈 앞에 펼쳐진 광경에 전혀 놀라지 않은 사람의 목소리였다.

"아니요."

잉글랜드 씨는 손으로 콧수염을 한 번 훑더니 가슴께 호주머니에서 시가를 꺼냈다. 살짝 휘청이면서 잉글랜드 씨는 컷터를 꺼내 시가의 끝을 잘랐다.

"저거나 주우시오."

나는 거의 한 발자국 앞으로 발을 내디딜 뻔했으나 잉글랜드 씨의 눈은 부인을 향하고 있었다. 부인은 잠시 망설이더니 카펫 위로 몸을 구부렸다. 볼 만큼 보았다. 내 몸의 모든 세포가 아이들을 놀이방으로 데리고 가야 한다고 외치는 순간, 오싹하게도 내 뒤에서 숨 죽여 우는 소리가 들렸다. 코트도 모자도 벗지 않은 밀리가 현관에서 얼굴이 빨개진 채 울고 있었다. 나는 아이들을 데리고 방을 빠져나가기 위해 현관으로 달려갔다. 바로 그때, 찰리도 긴장이 풀렸는지 울기 시작했다.

"메이, 아이들을 데리고 오시오."

잉글랜드 씨가 벽난로 앞에서 사납게 말했다.

나는 복도로 나가는 길에서 얼어붙고 말았다. 틸다가 주방 옆에 서 있었는데, 나랑 똑같이 겁에 질린 표정이었다. 내 옆의 괘종시계는 계속 바늘이 움직이고 있는데도 시간이 멈춘 느낌이었다.

"메이 유모."

"찰스, 제발……."

밀리는 공포에 질려 내 손을 꼭 잡았다. 만약에 내가 잉글랜드 씨의 말을 무시하고 아이들을 놀이방으로 데리고 가서 문을 잠가 버린다면 어떻게 될까 궁금해졌다.

"유모, 아이들을 당장 이리로 데리고 오시오."

틸다는 마치 동상 같았다. 나는 틸다에게서 눈을 떼면서 천천히 아이들을 데리고 다시 방 안으로 들어갔다. 잉글랜드 씨가 우리를 향해 움직이자 잉글랜드 부인의 눈빛이 마치 경고등처럼 반짝였다.

"아이들을 데리고 나가겠소."

잉글랜드 씨가 찰리에게 손을 뻗어 내 품에서 낚아챘다.

"사울을 보러 가기로 했잖아요."

잉글랜드 부인이 말했다.

"그랬지. 같이 갈까, 딸?"

잉글랜드 씨는 나를 쳐다도 보지 않고 밀리에게 말했다. 밀리의 작은 손은 잉글랜드 씨의 손아귀에 들어가기에 너무 작았다.

"장갑을 가지고 올게요."

잉글랜드 부인이 말했다.

"여기 있으시오."

그는 부인을 쳐다도 보지 않고 우리를 지나 현관으로 나갔다. 옷걸이에서 모자를 꺼내며 침착하게 말했다.

잉글랜드 씨는 마치 자칫하면 부서지기라도 할 듯이 조심스럽게 자신을 가다듬었다.

"언제 돌아올 거예요?"

나는 비틀거리며 잉글랜드 씨를 따라 밖으로 나갔다. 간신히 유모차 손잡이를 잡았지만, 잉글랜드 씨가 내 손을 막았다.

"유모도 집에 있으시오."

나는 놀라서 눈을 깜박였다.

"하지만 제가 있을 곳은……."

"오후는 휴가라고 생각하시오. 당신의 친구인 부스 선생한테 다시 가는 건 어떻소? 둘이 꽤 잘 어울리던데. 놀랄 필요는 없소, 메이. 아버지가 아이들을 어디든 자유롭게 데리고 나갈 수 있는 것 아니오?"

잉글랜드 씨는 나에게 차가운 검은 눈을 고정한 채 말했다. 친절함이라고는 눈을 씻고 봐도 찾을 수 없었다.

잉글랜드 씨는 찬찬히 나를 2초, 3초, 4초간 쳐다보면서 자기 말의 의미가 잘 전달되었는지를 확인했다. 그런 뒤 한 손으로 찰리를 안고 밀리를 살짝 밀며 문을 닫고 나가버렸다. 스테인드글라스가 다시 흔들렸고, 잉글랜드 씨와 아이들의 흐릿한 실루엣이 멀어져 갔다. 벽이 흔들리는 것 같더니 내 주위를 빙글 돌았고, 나는 기절할 것 같다고 생각했다.

"메이, 무슨 일이에요?"

나는 무릎을 꿇고 쓰러지면서 두 손으로 단단한 석판을 잡았다.

"틸다? 틸다!"

잉글랜드 부인이 외쳤다.

틸다가 주방에서 달려 나왔다. 틸다와 잉글랜드 부인은 나를 도와 계단에 나를 앉혔고 나는 벽에 기댔다.

"의사를 불러야 할 것 같아요. 메이가 아픈 것 같아요."

"따라가 주세요. 제발 멈춰주세요."

"누구를요?"

"잉글랜드 씨를요."

"왜요?"

"이쪽으로 오세요."

틸다는 마치 빈 들통을 들 듯 가볍게 나를 들고는 말했다. 틸다는 응접실의 소파에 나를 눕혔다. 나는 쿠션 위로 무너져 내리며 빙빙 도는 머리를 진정시켰다.

"물 한 잔만 가져다 주세요, 매니언 부인."

매니언 부인의 분홍색 얼굴과 하얀색 모자가 시야에 들어왔다 나갔다 하며 춤을 추었다. 매니언 부인이 다시 나가고 응접실이 눈에 들어왔다. 걱정스러운 듯한 얼굴로 두 사람이 나를 내려다보고 있었다. 나는 눈을 감았다.

"어쩌면 브랜디가 더 나을지도 몰라요. 잉글랜드 씨의 서재에 좀 있을 거예요."

'제정신이 아닌 기분이오.'

잉글랜드 씨의 말이 뇌리에 맴돌았다. 8년 전, 내가 똑같은 말을 했었다. 그 말은 검은색 잉크로 신문에 단단하게 박혔다. 1면을 가득 장식했다.

'그는 최고의 아버지였다. 제정신이 아니기 전까지.'

나는 신문기사를 내 홍차통에 아직도 가지고 있다. 신문에는 나와 엘시, 그리고 우리를 구한 경찰의 사진이 있다. 그 아래 헤드라인은 이제 많이 희미해졌다. 나는 내가 약해지거나 감상적이 될 때 인생 최악의 순간을 어떻게 극복했는지를 기억하려고 이 기사를 가지고 다녔다. 볼 때마다 봉투에 멍처럼 피어있는 우표와 아빠의 편지를 찢어버리고 싶다는 충동을 느꼈다. 아빠가 보낸 편지의 한쪽 끝에는 '브로드무어 정신병원'이라고 소인이 찍혀 있다.

브랜디를 한 모금 마시고 나는 어떻게 밀리가 잉글랜드 씨의 손을 잡았는지 그리고 빨간색과 파란색과 초록색으로 된 네모난 스테인드글라스에서 그들의 실루엣이 어떻게 보였는지를 기억했다.

나는 잉글랜드 부인을 보고 말했다.

"잉글랜드 씨를 막아야 해요."

방이 다시 빙빙 돌기 시작했고 나는 그대로 뒤로 쓰러졌다. 하늘은 칠흑같이 어두웠고, 내가 유일하게 기억하는 건 별들이었다.

# 20

내가 12살 때, 아빠는 나를 죽이려고 했다. 엄마와 내가 기름 등을 닦고 있을 때 아빠가 침실에서 나왔다. 아빠는 며칠째 아팠다. 그래서 엄마와 로비가 가게를 보고 나는 동생들을 돌봤다. 다 같이 저녁을 먹고 치운 뒤, 엄마와 나는 등과 식초 물이 담긴 작은 그릇을 식탁에 놓고 앉았다.

아빠는 모자를 쓰고 코트를 입고 있었다. 아빠는 내가 지난 크리스마스 때 떠 준 갈색 목도리를 목에 둘렀다.

"아이들을 데리고 갈 데가 있소."

아빠는 종종, 우리가 아빠를 쳐다보지 않는 게 더 좋다는 듯이 우리를 보지 않고 말했다. 아빠의 볼은 움푹 들어갔으며 얼굴은 살이 빠져 말이 아니었다. 그래도 그해 봄에는 잠시나마 아빠의 건강이 나아져서 매일 아침에 세수도 하고 앞치마를 두르면서 가게를 열러 나가기도 했다. 하지만 곧 상태가 나빠졌다. 마치 이 땅에 갇혀 있는 유령 같았다. 아빠는 우리와 같이 산다기보다는 유령처럼 우리에게 나타났다. 의자에 아니면 침대 끝에 앉아서 멍하게 앞을 응시했다. 말은 거의 하지 않고 웃지도 않았다. 심지어는 신발 끈을 매는 것조차 잊어버렸다. 엄마는 아빠의 건강이 좋지 않아도 괜찮다고 했다. 그게 엄마가 한 말의 전부였다.

"어디로요?"

엄마는 칼을 갈며 아빠는 쳐다 보지 않은 채 물었다. 그때 엄마는 시간이 지날수록 점점 더 피곤해 보였다. 때로 엄마는 꿈에서 깬 듯 깜짝 놀라며 주변을 두리번거렸는데 그리고 나면 피곤이 마치 커튼처럼 엄마의 온 얼굴을 다시 덮었다.

"친척 좀 만나러."

아빠가 말했다.

"친척 누구요? 버트?"

아빠는 아무 말도 하지 않았다. 표정은 모호했다. 하지만 옷을 다 갖춰 입었다. 그건 아빠에게 정말 대단한 일이었고, 나는 아빠의 몸이 좋아져 친척을 만나러 갈 정도가 되었다는 사실에 기뻤다.

"루비, 아빠를 돌봐주렴, 괜찮지?"

엄마가 말했다.

"저랑 같이 가요, 아빠. 엘시도 데리고 가도 되죠?"

그래서 엘시와 나는 아빠를 따라나섰다.

우리는 트램을 타고 뉴 스트리트로 가서 기차를 탔다. 다시 기차를 한 번 갈아타고는 밤 11시 가까이 되어서야 목적지에 도착했다. 아빠는 우리에게 사과를 하나씩 주었다. 마차에서 사과를 바지에 닦고는 휴대용 칼로 껍질로 까 엘시에게 건넸다. 가는 동안 아빠는 거의 말이 없었고, 늦은 시간이었기 때문에 창문 밖으로 볼 것도 거의 없었다. 더러운 유리창에는 천장 등의 희미한 빛만 반사될 뿐이었다.

기차역은 벽돌과 유리로 된 동굴 같았고, 아빠가 트램에 대해 물어볼 동안 나는 엘시와 함께 기다렸다. 밖에는 비가 세차게 내리고 있었는데, 우리는 그 비를 뚫고 밖으로 나갔다. 다행히 정거장에 트램이 서 있었다. 아빠는 운전 기사에게 역으로 돌아오는 막차가 몇 시인지를 물었다. 피곤하고 혼란스러웠지만, 조용히 있었다. 그 나이쯤 되면서 나는 무엇이 도움이 되고 무엇이 그렇지 않은지를 알게 되었다. 또, 아이가 물어볼 수 있는 것과 어른에게 물어보면 안 되는 것을 구분하게 되었다.

'루비, 아빠를 돌봐주렴.'

내 손에서는 아직도 식초 냄새가 풍겼다.

버밍엄을 떠나 본 건 처음이었다. 나는 아빠의 친척이 누군지도 몰랐다. 마차가 덜컹거리며 어둠을 지나는 동안 내 머릿속에는 귀여운 아이들이 많고 개를 두 마리 키우는 아주 화목한 대가족의 모습이 떠올랐다. 엘시는 내 어깨에 기대어 졸기 시작했다. 엘시가 잘 시간은 이미 훨씬 지나 있었다. 이렇게 먼 길인 줄 알았으면 엘시를 데리고 가자고 하지 않는 건데. 아빠는 창문을 바라보고 있었다. 차가 위로 올라가면서 유리창에는 빗줄기가 사선으로 내렸다. 기사가 종점이라고 외쳤고 우리는 차에서 내렸다.

종점에서 내리는 손님은 우리가 유일했다. 아빠가 운전 기사에게 뭐라고 이야기를 했는데, 물이 흐르는 소리 때문에 무슨 이야기인지 들리지는 않았다. 나는 엘시와 몇 발자국 걸어 나와 아주 검고 강한 물줄기를 바라보았다. 강은 축구장 세 개를 합친 것만큼 넓었으며 위로 보아도 아래로 보아도 끊임없이 이어졌다. 우리 뒤에는 수직으로 떨어지는 바위산이 있었다. 비는 여전히 세차게 내렸다. 아빠는 엘시를 들어 안았고 나는 아빠를 따라 종점을 지나 강을 왼편에 두고 걸었다. 곧 우리는 높은 돌벽으로 이어지는 계단에 도착했다. 계단은 숲으로 혹은 공원으로 이어지는 것 같았는데, 나는 아빠에게 우리가 어디로 가는 거냐고 물어볼 생각조차 하지 못했다. 그저 어린 양처럼 아빠를 따라갔다. 우리는 가까스로 몸을 피했다. 비가 들어오지 않지만, 달빛도 보이지 않는 곳이었다. 마침내 우리 앞에는 언덕배기로 올라가는 오솔길이 나왔다. 그러니까 바위를 올라갔던 것 같다. 강물 소리가 잦아들었고 우리 위로 밤하늘이 넓게 펼쳐졌다. 우리는 계속 위로 올라가면서 조금 돌기도 하다가 왼쪽으로 한 번 틀었고, 그다음에는 오른쪽으로 틀어서 길을 계속 갔다. 창문에서 친근한 전등 빛이 새어 나오는 작은 매표소를 만나자 나는 비로소 안도했다. 아빠는 매표소 직원에게 다리가 몇 시에 닫는지 물었다.

"종일 열려 있습니다, 선생님."

직원은 나에게 한쪽 눈을 찡긋해 보이면서 대답했다.

하지만 흐릿한 가로등 불빛 아래 다리는 보이지 않았고, 한 30미터쯤 앞에는 마치 성곽과 같은 커다란 돌탑만이 우뚝 서 있었다. 아빠는 내가 비를 덜 맞도록 자신의 손수건을 내 목에 걸어주었다. 이미 흠뻑 젖긴 했지만 말이다. 다행히 쓰고 온 모자가 비를 막아주고 있었다. 엘시는 눈을 비볐고 우리는 계속 걸었다. 탑의 절반쯤 왔을까, 아빠는 멈춰 서서 엘시를 코트 안에 넣었다. 쏟아지는 비를 맞지 않게 해주려고 엘시 위로 코트의 버튼을 잠갔다. 바로 그때 내가 친척 집이 근처냐고 물었던 것 같다.

"멀지 않단다, 루밥."

아빠가 말했다.

우리는 탑 아래서 덜덜 떨면서 몸을 숨겼고 엘시는 이내 잠에 빠졌다. 엘시의 입이 아빠의 셔츠 옷깃 밑으로 숨어버렸다. 나는 너무 피곤해서 아무 감각이 없었다. 비가 그치지 않고 계속 이렇게 오면 우리는 어떻게 될지 걱정이 됐다. 그때 한 경찰관이 우리를 지나며 모자를 벗어 인사했다.

"산책하기에는 날씨가 너무 안 좋네요."

아빠는 고개를 끄덕였고 순경은 계속해서 자기 갈 길을 갔다. 길은 길고 곧았으나 저 앞은 자욱한 안개에 싸여 있었다. 길 양쪽으로는 엄청나게 큰 철책이 드리워져 있었다. 철책 옆으로 찻길과는 구분이 지어진 두 개의 인도가 있었으며, 어둠 속에서 가로등이 군데군데 빛나고 있었다. 아빠는 마치 누군가가 나타나기를 기다리는 듯이 보이지 않는 길의 끝을 계속해서 쳐다보았다. 마차 한두 대가 우리를 지나 진흙 길을 굴러갔다.

우리는 계속해서 걸어갔다. 탑의 한쪽을 끼고돌아 길의 왼쪽에 있는 인도를 걷기 시작했다. 비 때문에 잘 보이지는 않았지만 우리는 호텔 같이 웅장한 건물을 지나고 있었다. 건물에는 백 개는 족히 되어 보이는 창문들이 빛을 내고 있었고 정원은 아주 넓었다. 굴뚝에서는 심지어 이 시간에도 은색 연기가 올라오고 있었다. 내가 어른이 되었을 때 이런 곳에서 일하면 얼마나 좋을까 생각했다. 보석으로 치장한 멋있는 숙녀들이 안락의자에 앉아있고 하얀 식탁보 위에 숟가락과 포크, 나이프를 놓는 상상을 해보았다.

몇 분쯤 더 걸었을 때 아빠가 뒤를 돌아보았다.

"아빠?"

나는 아빠가 엘시와 함께 뒷걸음질 치는 것을 보았다. 비 때문에 고개를 숙이고 있었다. 아빠는 허둥지둥하더니 이내 홱 돌아서서 나에게 왔다. 그때 마음속 깊이 두려움이 스멀스멀 올라오는 것을 느꼈다. 아빠는 평상시보다 훨씬 더 이상하게 행동했고, 나는 이제 과연 아빠의 친척이 어디에 사는지, 그걸 아빠가 아는지조차 의심스러워지기 시작했다. 지금 우리는 낯선 도시에 그것도 한밤중에 비가 억수같이 내리는 가운데 지도도, 이렇다 할 주소도 없이 서 있었다. 아빠는 다리에 대해 물었지만, 나는 정작 다리를 보지도 못했고 강은 이미 시야에서 사라졌다.

아빠가 세 번째 방향을 바꾸어 다시 탑으로 향했을 때 나는 비로소 아빠에게 물어보았다.

"아빠, 우리 어디로 가는 거예요?"

"내가 안아줄게."

나는 모자 밑으로 아빠의 얼굴을 거의 볼 수 없었다.

"하지만 엘시를 안고 계시잖아요."

아빠는 나를 번쩍 들어 안았고 나는 아빠가 울고 있는 것을 보았다. 아빠는 얼굴을 내 머리에 파묻었고, 아빠가 흐느껴 울면 울수록 아빠의 주름이 내 가슴에 가시처럼 박혔다.

"아빠, 왜 울어요? 길을 잃어버렸어요? 울지 마요. 경찰 아저씨에게 어디로 가면 되는지 물어보면 돼요."

엘시는 내 몸에 깔려 무게를 못 이기고 일어났다. 그리고는 불편하다며 울기 시작했다. 나는 내려가고 싶었지만, 아빠는 나를 꼭 잡고 마치 심장이 부서지기라도 하는 듯이 계속 울었다. 아빠의 팔이 내 팔을 꼭 잡고 있어서 나는 움직일 수가 없었다.

아빠는 나를 안고 하얀색으로 칠한 난간이 길을 따라 쭉 세워져 있는 길 끝으로 갔다. 난간의 꼭대기가 아빠의 어깨쯤 왔고, 아빠는 나를 들어 올려서 나를 난간 위에 앉혔다. 내 발은 난간 사이 틈에 꼭 끼었다. 멀리 내다보았지만, 아무것도 보이지 않았다. 공원 아니면 크리켓 경기장 한쪽 끝에 있는 것 같았는데, 아무리 멀리 보아도 어두움만이 가득했다. 호텔의 불빛이 마치 별처럼 빛났는데, 무언가, 별이 빛나는 위치가 이상했다. 나는 그때 불빛이 우리 아래 있다는 것을 깨달았다. 몸이 흔들리는 것 같았다. 마치 공중에 붕 떠서 길 아래에는 아무것도 없는 것처럼 말이다.

나는 아빠를 바라보았고, 아빠는 나를 바라보았다. 그 순간 두려움과 공포를 넘어선 이상한 감정을 느낄 수 있었다. 아빠가 나에게 너무 낯선 사람처럼 느껴졌기 때문이다. 아빠가 나를 꽉 잡고 있었지만, 아빠의 눈은 마치 이 순간을 이미 초월했다는 듯, 수년 전에 일어난 일을 돌아보듯이 저 먼 곳을 보고 있었다. 엘시가 아빠의 코트에서 마치 우림지대의 생명체처럼 빼꼼 밖을 내다보았다. 엘시의 갈색 눈이 커졌다.

"이제 내려가도 돼요?"

내가 물었다.

아빠는 머리를 내 무릎에 묻었고, 아빠가 우는 동안 아빠의 몸 전체가 들썩였다. 아빠의 코트에서는 축축한 울 냄새가 났고 아빠는 팔로 나를 꽉 잡고 있었다. 그리고 아빠가 나를 두 손으로 밀었다.

나는 놀이방에서 깨어났다. 이마에서 차갑고 축축한 게 느껴졌다. 잉글랜드 부인은 좁은 침대에 앉아 걱정스러운 얼굴로 나를 지켜보고 있었다.

"일어나지 마요. 누워있어야 해요."

내가 일어나려고 하자 부인이 나에게 말했다.

"엘시는 어디에 있어요?"

"엘시? 동생 말이에요? 내가 알기로 엘시는 집에 잘 있어요."

부인의 예쁜 얼굴에 걱정이 가득했다.

"아이들은요?"

"아이들도 잘 있어요."

"어디에 있는데요?"

"아이들 아빠와 같이 있지요."

"아이들을 찾으러 가야 해요."

나는 이마에서 차가운 수건을 밀어내고 일어났다. 빛은 희미했고 오후의 햇빛이 들지 않도록 블라인드가 내려져 있었다. 나는 더듬더듬 내 시계를 찾았지만, 잉글랜드 부인이 내 손목을 꽉 잡았다.

"누워있어야 해요, 메이. 기절했다 일어난 거라 지금은 좀 쉬어야 해요."

"쉴 시간이 없어요."

"쉬어야 하는 만큼 충분히 쉬어요."

잉글랜드 부인이 중얼거렸다.

바로 그때 문이 벌컥 열리면서 차 쟁반을 든 틸다가 들어왔다.

"이 세상으로 돌아온 것을 환영합니다! 말도 안 되는 헛소리를 했던 것 알아요? 우유? 설탕? 뭘 넣어 먹는지 모르겠네요."

틸다는 차 쟁반을 밀리의 침대 위에 놓았다.

"내가 할게요, 틸다."

잉글랜드 부인이 말했다.

틸다는 가까이 와서 내 얼굴을 살폈다.

"아파 보여요. 아직도 무슨 일이 있는 것 같네. 가스가 아직 여기도 있나 봐요. 우리 아빠 같았으면 절대 가스를 켜지 않았을 텐데."

"고마워요, 틸다."

틸다는 문을 닫고 나갔다. 나는 한동안 잉글랜드 부인을 쳐다보며 잉글랜드 씨가 나를 어떤 눈으로 보았는지, 그리고 나에게 무슨 말을 했었는지 생각해 보았다. 내 마음은 온통 산산조각으로 흩어졌다. 생각들이 색종이처럼 날아다녀서 도무지 제대로 된 사고를 하기가 어려웠다. 도자기가 깨졌고, 그레이트렉스씨와 싸움이 있었고……. 돈 때문이었던 게 분명하다. 언제나 돈이 문제니까. 잉글랜드 부인은 설탕을 두 숟가락 가득 김이 모락모락 나는 찻잔에 넣은 뒤 나에게 주었다.

"아까 이상한 말을 했어요. 메이는 아마…… 찰스가……."

잉글랜드 부인은 멍청한 소리라는 듯 고개를 저었다.

나는 차를 한 모금 마셨고 달콤한 차가 목으로 들어가자 정신이 들었다.

"제가 정신이 없었던 것 같아요."

내가 대답했다.

잉글랜드 부인이 나를 바라보았지만 나는 내 손에 들고 있는 찻잔에 시선을 고정했다.

"제발 제가 한 말은 잊어주세요."

"왜 그렇게 말했어요?"

"잘 모르겠어요. 죄송합니다, 부인."

"찰스는 자기 애들을 해칠 사람이 아니에요."

"물론이죠."

내가 대답했다.

나는 아슬아슬하게 난간을 잡고 있었다. 나는 떨어지기 전에 오른쪽에 있는 하얀색 난간을 잡았다. 본능적으로 손을 뻗은 것이다. 만약 이게 사고였다면, 만약 이 일이 아주 끔찍한 실수였다면 이쯤에서 구조되어 살았을지도 모른다. 나는 못에 걸린 속바지처럼 대롱대롱 매달려 있었다. 너무 충격을 받아서 소리를 지를 수도 없었고, 너무 무서워서 무슨 일이 일어났는지 알 수도 없었다. 다리가 달랑거렸다. 발 디딜 곳을 찾으려고 안간힘을 써 보았다. 엘시가 울었다. 아빠도 흐느껴 울었다. 아빠가 몸을 구부렸고 일말의 안도감이 내 안에 들었다.

'안전할 거야.'

나는 생각했다.

아빠가 커다란 손으로 내 손을 잡았다. 열이 나던 내 이마를 짚고 머리카락을 쓸어주던, 길을 건널 때 내 손을 잡아주던 바로 그 손으로, 내 손가락을 하나씩 하나씩 폈다.

나는 눈을 감고 있었지만 잠이 오지 않았다. 잉글랜드 부인의 단정한 발소리가 마룻바닥 위를 지났다. 열쇠 구멍에 열쇠를 넣는 소리를 들었다. 근처 나뭇가지에서 까마귀 떼가 울고 있었다. 부인은 돌아와서 다시 문을 닫았다. 나는 종이가 바스락거리는 소리와 침대에 누군가 풀썩 앉는 소리를 들었다. 잉글랜드 부인은 작지만 만족스러운 한숨을 쉬었다. 부인이 무언가를 부인의 블라우스 안에 넣는 행동을 끝내자 나는 눈을 떴다. 잉글랜드 부인은 손으로 옷깃을 다듬고 옷 위로 팔을 쓸었다. 부인은 침착했으며, 부인의 시선은 조용하고 안정돼있었다.

"공장에서 가장 숙련된 사람이 누군지 알아요?"

부인이 물었다.

나는 고개를 저었다.

"피어서예요. 피어서는 기계가 돌아갈 때 끊어진 실을 연결하는 일을 하지요. 피어서들은 매처럼 실을 보고 있다가 베틀 사이를 뚫고 가서 문제가 뭔지 확인 해요. 문제가 있다면 모든 기계가 움직이는 동안 문제를 해결해야 하죠. 아주 위험한 작업이에요. 그리고 피어서들은 대부분 어린이예요. 몸집이 작기 때문이죠. 그래서 기계 아래로 좀 더 쉽게 들어갈 수 있어요.

우리 할아버지는 일곱 살 때 브래드포드의 방직공장에서 피어서로 일을 시작했어요. 그리고 우리 아버지와 형제들이 같은 나이가 되면, 2주 동안 똑같이 피어서 일을 하도록 했지요. 일종의 통과의례 같은 거였어요. 사실은 어떻게 실수를 확인하는지를 가르쳐주고 싶었던 거예요. 결점을, 그러니까 불완전함을 말이죠. 실수가 어떻게 생겨나는지 알게 되어서 그것을 빨리 고칠 줄 알게 되고, 몸에 익어서 본능적으로 그렇게 할 수 있도록요. 아버지와 형제들은 모두 부러진 실을 연결하는 데 전문가랍니다. 피어서는 공장에서 가장 월급을 적게 받는 직군이지만 한편으로는 가장 중요한 일이기도 해요. 공장 전체가 굴러가도록 하니까요."

나는 부인이 말을 계속하기를 기다렸지만, 부인은 침묵에 빠졌다. 이 이야기를 왜 하는지, 말하고 싶은 얘기가 무엇인지 이해할 수 없었고, 그래서 나는 적절한 대답을, 적절한 질문을 하기 위해 고심했다. 하지만 어떤 것도 떠오르지 않았고 시간은 지났다.

아빠는 나 다음에 엘시를 던졌다. 우리 둘은 휘파람 소리를 내며 80미터 높이에서 시커먼 물속으로 떨어졌다.

9월의 그 날 밤, 두 가지 기적이 일어났다. 첫 번째는 우리 둘 다 그렇게 떨어지고도 살았다는 것. 두 번째는 우리가 '마제파'라고 불리는 나룻배에서 불과 몇 미터 떨어지지 않은 지점에 떨어졌다는 것이다. 나룻배는 선박이 항구에서 해안으로 나아갈 수 있도록 안내하기 위해 강 상류로 올라가는 길이었다. 비가 세차게 와서 가시거리는 매우 좁았지만, 선원들은 첫 번째 첨벙 소리를 듣고 갈매기가 유난스럽게 운다고 생각했다. 그리고 이어서 두 번째 첨벙 소리가 들렸다. 선원들은 빙글빙글 돌면서 우리 둘을 데크로 끌어올렸다. 엘시가 먼저 올라왔는데, 세 살짜리 큰 인형 같은 아기가 숨을 헐떡이고 울면서 그들에게 매달렸다. 그다음에 나를 끌어올렸는데, 선원들은 내가 죽은 줄 알았다고 한다.

광활하고 반짝이는 다리에서, 마치 물방울처럼 강에 몸을 던지는 가난한 영혼들을 마제파의 선원들은 잘 알고 있다. 그들이 바람에 실려 진흙 구덩이 둑에서 어떻게 이리저리 굴러다니는지 잘 알고 있다.

그런데 아이들이라고? 선원들은 지금까지 이런 경우를 본 적이 없었다. 선원들은 즉시 나와 엘시를 강둑의 여인숙으로 데리고 가 주인을 깨웠다. 엘시는 바로 외과 의사에게로 보내고, 나는 선원 두 명이 살리려고 애를 썼다. 배에서도 한 것처럼 내 폐에서 시커먼 물을 빼내고 내 입에 숨을 불어넣었다. 마치 플러그가 꼽힌 것처럼 어마어마한 물을 토해내더니 이내 숨을 쉬는 나를 보고 선원들은 믿을 수 없었다고 한다. 그렇게 나는 죽었다가 다시 살아났다.

"엘시는 어디에 있어요?"

나는 길에 누워 물었다. 속바지가 물에 젖어 몸에 붙었다.

구조 과정이 전혀 기억나지 않았다. 다른 사람들이 그렇듯, 신문에서 읽었을 뿐이다. 신문 기자들은 나와 엘시, 그리고 우리를 구해준 수로 안내인의 사진을 기사로 냈다. 수로 안내인은 친절한 할아버지였다. 하얀 턱수염을 길렀고, 작은 갈색 눈을 가지고 있었다. 무엇보다 엘시를 예뻐했다. 할아버지는 우리를 보기 위해 병원에 찾아왔고, 올 때마다 초콜릿과 땅콩 같은 걸 가져다주었다. 우리가 퇴원할 때 할아버지는 엘시와 헤어지는 것을 너무 안타까워했다. 떠날 때 그의 눈에 눈물이 맺혀있었다.

사진을 찍기 위해 나는 사진관에 있는 털 달린 황갈색 코트를 입고 엄청난 모자를 썼다. 사람들은 우리 둘과 수로 안내인 할아버지, 그리고 경찰들을 모아 사진을 찍었다. 우리 둘은 똑같이 하얀색 레이스 옷깃이 달린 검은색 드레스를 입고 있었다. 엘시는 인형을 들고 수로 안내인의 무릎에 앉아있었다. 엘시는 혼자 설 수 없게 됐다. 다리에서 떨어질 때 척추를 다쳐서 걷는 것부터 다시 배워야 했다. 그때의 부상은 엘시 인생에 긴 그림자를 드리웠다.

나는 몸이 멀쩡했지만, 죄책감이 생겼다. 그건 내가 아는 어떤 고통보다도 컸다. 의사들은 나에게 희망을 주기 위해 평범한 삶을 살 수 있을 거라고 말했지만 나는 그 당시에도 절대로 회복할 수 없음을 알고 있었다.

"메이?"

내 베개 옆으로 밀리가 시야에 들어왔다. 방은 따뜻했고 벽난로에서 불이 활활 타오르고 있었다. 전등이 희미하게 빛을 내뿜는 저녁의 놀이방은 정말 아름다웠다. 그림 또는 꿈속의 한 장면 같았다.

잉글랜드 부인은 난로 망 앞에 찰리랑 무릎을 꿇고 앉아서 원목 말을 가지고 놀고 있었다. 우리를 위한 차 쟁반의 남은 음식들이 부인과 찰리 옆에 있었다.

"쉿, 밀리. 엄마가 깨우지 말라고 했지."

잉글랜드 부인이 말했다.

"하지만 메이가 차를 마시지 않았잖아요."

"괜찮아, 밀리 양. 일어날게. 부인, 제가 아이들을 돌볼게요."

나는 몸을 일으켰다.

"그럴 필요 없어요. 메이, 언제 마지막으로 다른 사람의 도움을 받아봤지요?"

나는 등을 침대 머리에 기댔다.

"사울을 만나보았니?"

나는 밀리에게 물었다.

"네. 이거 메이 주려고 숨겨둔 거예요."

밀리가 건포도빵 하나를 내밀었다.

"착해라. 고마워. 그런데 사울은 어떻디?"

밀리는 고개를 으쓱했고 나는 잉글랜드 부인을 바라보았다.

"잘 지내고 있을 거예요."

부인이 말했다.

아이들이 돌아왔다는 건 잉글랜드 씨도 돌아왔다는 뜻이었다. 갑자기 속에서 무언가 뒤틀리는 듯했고 나는 잉글랜드 부인이 찰리와 함께 카펫 위에서 말을 달리며 노는 모습을 지켜보며 생각했다.

'잉글랜드 씨는 내가 누구인지 알고 있어.'

하드캐슬 하우스로 오던 첫날을 생각해 보았다. 잉글랜드 씨가 역으로 직접 데리러 왔었다. 계속 알고 있었던 건가? 내 마음이 마치 잉글랜드 씨의 공장에 있는 베틀처럼 소용돌이쳤다. 잉글랜드 부인이 내가 오는 줄 모르고 있었다는 게 얼마나 이상했었는지 기억이 났다. 어떻게 항상 시간을 잘못 알고, 거의 먹지도 않고, 가스도 틀어놓을 수가 있지? 잉글랜드 부인이 자신의 부모를 얼마나 경멸하는지, 왜 밤마다 아이처럼 방에 갇히는 것인지를 생각했다. 잉글랜드 씨는 내가 부인을 친절히 대해줘서 고맙다고 했다. 천천히, 점차적으로 눈이 밝아지면서 나도 공범이었을 수 있다는 것을 깨달았다.

문을 두드리는 소리가 들리더니 틸다가 차 쟁반을 가지러 돌아왔다. 아무리 친절하다 하더라도 또다시 틸다와 이야기를 하고 싶지는 않아서 눈을 감고 자는 척했다.

도자기가 달그락거리는 소리와 함께 틸다의 목소리가 작게 들렸다.

"별일 없지요, 부인?"

"네, 고마워요. 메이는 잠이 좀 필요한 것 같아요."

잉글랜드 부인이 대답했다.

틸다가 방을 나가려고 하는데 부인이 다시 틸다를 불렀다.

"틸다, 잉글랜드 씨에게 이 방으로 좀 와달라고 해줄래요?"

내 심장이 요동쳤다.

'안돼, 안돼, 안돼.'

조금 후 마룻바닥 위로 정갈하고 정돈된 발소리가 들렸다. 바람이 휙 내 얼굴 위를 지나더니 잉글랜드 씨의 존재가 향기와 같이 방을 가득 채웠다. 나는 잉글랜드 씨가 좁은 침대와 아이들의 크기에 맞춘 물건들, 그리고 나를 포함한 이 방의 모든 것들을 얼마나 작게 만드는지 기억했다. 갈비뼈 아래로 심장이 강하게 뛰면서 나는 가만히 자는 척하고 있어야겠다고 다짐했다. 잠시 침묵이 흐르더니 잉글랜드 씨가 자기 눈 앞에 펼쳐진 광경을 이해한 것 같았다.

"별 차도가 없소?"

잉글랜드 씨가 물었다.

"그냥 그래요."

"음, 의사를 부르는 게 좋을까?"

"그럴 필요까지는 없어 보여요. 의사를 불러봐야 푹 쉬라고 할 것 같아요."

찰리가 깔깔 웃으며 말 두 마리를 부딪쳤다.

"누군가 오늘 밤에 메이와 함께 있어 줘야 할 것 같아요. 이 상태로 아이들을 돌보는 건 무리예요."

"그냥 기절한 줄 알았지."

"아직도 어지러운 것 같아요. 침대에서 내려오다가 쓰러질 수도 있어요."

"틸다 보고 있으라고 하지."

"하지만 틸다는 새벽 6시에 일어나서 불을 피워야 하는걸요."

내 시계가 주머니에서 째깍거리고 벽난로의 불이 타닥 소리를 냈다. 마치 둘이 소리가 나지 않는 대화를 하는 것 같았고, 해서 내가 그들의 표정과 몸짓을 보지 않으면 이해를 할 수 없을 것 같았다. 나는 잉글랜드 씨의 눈길이 내 살갗을 뚫고 들어오는 것을 느꼈다.

왜 잉글랜드 부인은 크로우 네스트에서 일찍 돌아왔을까? 왜 걸음을 내디딜 때마다 고통이 심한 듯 괴로워하면서 욕실로 향했을까?

'발정 난 개들처럼 그 짓을 하고 있겠죠.'

만약 그들이 그런 짓을 하지 않았다면 어땠을까?

"엄마, 엄마가 우리랑 같이 자요."

밀리가 외쳤다.

잉글랜드 부인은 단숨에 밀리를 조용히 시켰고, 마룻바닥이 삐걱거렸다. 잠시 침묵이 이어졌는데, 그 침묵이 너무 무거워 나는 침묵을 느낄 수 있었다. 크로우 네스트의 좁고 작은 침실에서 부인이 사울과 함께 있고 싶어할 때 나에게 했던 말이 떠올랐다.

'의사 선생님의 생각인 걸로 알아야 해요.'

"자, 그건 어떻소?"

잉글랜드 씨가 말했다.

"뭐가요, 찰스?"

"당신이 오늘 밤 아이들과 함께 여기서 자는 거 말이요."

잉글랜드 부인은 생각에 잠겼다.

"메이가 우리에게 정말 잘해주었으니 내가 그 보답을 할 차례인 것 같아요."

"맞소. 그러면 그렇게 합시다."

잉글랜드 씨가 말했다.

잉글랜드 씨가 방을 나가고 나는 눈을 떴다. 잉글랜드 부인이 찰리를 공중으로 안아 드는 모습을 지켜보았다. 부인은 찰리의 침대에서 잠옷을 찾아보더니 베개 밑에서 잠옷을 찾아서는 찰리와 함께 사울의 침대에 앉았다. 부인은 서투른 손으로 찰리의 옷에서 단추를 풀고 양말을 벗겼다.

"부인?"

나는 베개에서 머리를 움직이지 않은 채 물었다.

부인은 손에 찰리의 통통한 발을 잡은 채 침대에서 머리를 돌렸다. 찰리는 즐거운 듯 끽 소리를 냈고 내 얼굴을 바라보는 잉글랜드 부인의 얼굴에 미소가 퍼졌다.

"제 편지를 가지고 가신 것 아니죠?"

잠시 침묵이 흘렀다. 부인이 나를 쳐다보고는 고개를 저었다.

'아니요.'

그들은 새벽에 기차역 근처에서 헤매고 있는 아빠를 발견했다. 아빠는 비에 흠뻑 젖어 있었고 제정신이 아니었다. 경찰들은 처음에 아빠가 술에 취했다고 생각했다. 아빠의 코트 주머니에서는 몇 실링과 경매인에게서 온 편지가 들어있었다. 편지는 롱모어 스트리트의 가게를 방문해서 가게의 가치를 알아보겠다는 내용이었다. 아빠는 경찰들에게 이름과 주소를 말했고 경찰들은 아빠에게 수갑을 채워 경찰서로 데리고 갔다. 아빠는 반항 없이 순순히 따랐고 조용하고 어두운 거리를 걸었다. 경찰들은 아빠에게 따뜻한 소고기 수프를 주었고 의사를 불렀다. 그다음 날, 치안판사의 법정에서 심리가 있었다. 아빠는 아무 진술도 하지 않았고, 병원에 있는 엘시와 나를 보게 해달라고만 말했다고 한다. 하지만 아빠의 요청은 거부되었고, 나는 그 이후로 다시는 아빠를 보지 못했다.

이제 나는 방직공장에서 나 홀로 베틀 앞에 서 있는 꿈을 꾼다. 귀를 찢는 듯한 소리가 들린다. 나를 둘둘 말 듯이 위협하면서 물결처럼 안으로 들어갔다 밖으로 나왔다 한다. 저 높은 곳의 유리창에서는 햇빛이 스며들고 주위에는 온통 목화 조각이 눈처럼 휘날리고 있다. 넓은 공장 저쪽 끝에 내 동생 로비가 있다. 이제는 다 큰 청년이다. 로비는 입에 손을 갖다 대고 무언가를 외치고 있지만, 베틀 소리가 너무 커서 알아듣는 건 불가능하다. 로비가 손짓했고, 로비가 가리키는 곳으로 고개를 돌려보니 아빠가 베틀 사이로 나에게 걸어오고 있다. 아빠는 그날 밤 다리 위에서처럼 비에 젖은 울코트를 입고 모자를 쓰고 있다. 또, 내가 크리스마스 선물로 준 목도리를 하고 있다.

"루비."

내 앞에는 등이 있고 작은 하얀 손이 보인다. 따뜻한 온기 위로 둥글고 창백한 얼굴이 머리를 내려뜨린 채 나를 바라보고 있다.

"엘시는 어디에 있어요?"

그리고서 나는 내가 어디 있는지를 깨달았다.

"죄송합니다."

내가 말했다.

"괜찮아요. 소리를 질렀어요."

"아이들은 모두 무사하지요, 부인?"

"물론이지요."

잉글랜드 부인이 속삭였다.

내 침대 옆으로 무릎을 꿇고 이야기하는 잉글랜드 부인의 숨결이 달콤하게 느껴졌다.

"아버지 이야기를 했어요. 무서운 것 같았어요."

"아빠가 죽어가고 있어요."

"정말요? 왜 말하지 않았어요? 아버지에게 가 봐야겠네요."

"갈 수 없어요."

"왜요?"

침묵 속에서, 깜빡이는 전등이 이리저리 흔들렸다. 잠시 후 부인이 입을 열었다.

"지금 이렇게 해야만 해서 미안해요. 이렇게 되기를 바란 건 아닌데요."

"이렇게 어떻게요, 부인?"

나는 한쪽 귀로 들으면서 여전히 내 꿈에 대해, 베틀과 그 사이로 나를 향해 걸어오던 아빠를 생각했다.

"아이들을 안전하게 지켜줄 거라고 약속해요. 절대로 밀리와 찰리를 떠나지 않을 거지요?"

부인이 다시 말했다.

내 머리는 마치 물에 젖은 솜과 같이 무겁고 축축했다.

"무슨 뜻이에요?"

내가 속삭였다.

어둠 속에서 저쪽으로 밀리의 깊은 숨소리가 들렸다.

잉글랜드 부인은 가운으로 단단하게 감싸고 있음에도 불구하고 몸을 떨었다.

"이제 괜찮을 것 같아요?"

하얗게 질려서 떨고 있는 사람은 부인이었는데 부인은 되려 나에게 이렇게 물었다.

"내일 아침에 무엇을 할까요?"

내가 물었다.

"다 괜찮을 거예요. 걱정할 것 하나도 없어요."

부인이 말했다.

"문을 잠가야 해요."

내가 말했다.

"내가 이미 잠갔어요. 어서 자요."

부인은 이렇게 말하면서 이불을 다시 덮어주었다.

나는 이불 속으로 몸을 밀어 넣으면서 다시 정신을 잃었다. 의식이 흐르는 대로 흘러가도록 놔두었다.

# 21

찰리가 우는 바람에 잠에서 깼다. 방은 어두웠고 밤은 깊었다. 시계를 보지 않아도 새벽 한 시나 두 시쯤 되었음을 알 수 있었다. 나는 잠시 침대의 온기를 느끼면서 찰리가 다시 잠이 들기를 기다려 보았지만, 찰리는 오히려 다시 칭얼거리면서 몸을 일으켜 세웠다. 하품을 하며 나도 침대에서 일어났다. 창가로 걸어가서 조용히 커튼을 걷고 블라인드를 열어서 달빛이 들어오도록 했다. 나는 찰리를 안고 냄새를 맡아보았다. 내 침대 한쪽 끝의 세탁 가방에서 티슈를 한 움큼 꺼냈다. 다른 사람들을 깨우지 않도록 끽끽거리는 찰리를 조용히 시키며 엉덩이를 닦고 기저귀를 갈았다. 잉글랜드 부인은 사울의 침대에서 자고 있었다. 밀리는 엄마와 자기를 원했지만 결국 자기 침대에서 잠들었다. 나는 찰리의 축축한 기저귀를 벗겨서 다리에서 빼낸 뒤 기저귀를 내 요강에 던지고 세면대에 있는 물 주전자에 손을 뻗었다. 수건을 물에 적시면서 어둠에 익숙해졌다. 그리고 밀리의 침대에서 이불이 흘러내려 바닥에 깔린 것을 발견했다. 이불을 들어보고 깜짝 놀라지 않을 수 없었다. 침대가 비어있었다. 나는 방을 훑어보며 사울의 침대에 두 명이 자고 있을 것으로 생각했다. 그런데 사울의 침대도 비어있었고, 침실 문이 열려 있었다. 찰리는 아기 침대에 앉아 마치 밀리와 잉글랜드 부인이 숨어있기라도 한 듯이 침대보를 두드렸다. 베개를 들어보는 나를 가만히 보고 있었다. 어떻게 아무 소리도 못 들을 수 있지? 나는 문을 닫으려고 문에 손을 대었고 가까이에 있는 열쇠 구멍에서 열쇠를 찾았다. 도무지 이해할 수가 없었고 인상이 절로 찌푸려졌다. 성냥개비를 세네개 쯤써서 촛불을 간신히 켰다. 복도는 무덤처럼 깜깜하고 조용했다. 본채로 향하는 문은 닫혀 있었다. 나는 맨발로 아이들 놀이방에 들어갔다. 하지만 아무도 없었다. 알록달록한 색을 보여줄 햇빛도 없어서, 장난감과 가구들은 어둠 속에 웅크리고 있을 뿐이었다. 불길한 기운에 나는 몸을 떨며 다시 침실로 돌아왔다.

"가쪄."

찰리가 말했다.

나는 깜짝 놀라 눈을 깜빡였다.

"찰리?"

"모두 가쪄."

찰리는 아무것도 쥐지 않은 두 손바닥을 맞잡고 다시 말했다.

찰리의 첫 말이다. 찰리는 나의 반응을 기다렸지만 나는 울고 싶었다. 잉글랜드 부인이 나에게 밀리와 찰리를 잘 부탁한다고 했다. 그리고는 어디로 갔단 말인가. 나는 놀이방과 침실 열쇠를 벽에 걸려 있는 내 앞치마에 넣어 두는데, 오늘 밤에는 잉글랜드 부인이 문을 잠갔으니 열쇠를 문에 그냥 놔뒀을 것이다. 어쩌면 자기 방침대로 돌아갔을지도 모른다. 그렇다면 밀리는? 나는 찰리를 다시 아기 침대에 눕혔고, 찰리는 더이상 칭얼대지 않고 옆으로 돌아누운 채 잠이 들었다.

층계참에서 나는 잠시 가만히 서서 무슨 소리가 들리는지 살펴보았다. 복도에서 괘종시계가 째깍째깍 소리를 내고 있었다. 아래층에는 불이 켜져 있지 않았다. 침실 문도 모두 닫혀 있었고, 잉글랜드 씨의 옷방 문 역시 닫혀 있었다. 가볍게 코 고는 소리가 숲 뒤쪽에서 나는 듯했다. 나는 맨발로 돌바닥을 지나 잉글랜드 부인의 침실로 갔다. 부인의 침실은 열린 채로 있었고 인기척이 느껴지지 않았다. 침대에서는 누군가 잔 흔적이 전혀 없었다. 손님 방 또한 비어 있었고, 욕실, 화장실, 린넨 보관실…… 모두 비어있었다. 나는 손전등을 들고 조용히 아래층으로 내려갔다. 끈적이는 담배 냄새와 가구의 광택제 냄새가 짙게 배어 있는 방을 하나씩 살펴보았다. 응접실 입구에서 나는 무언가 작고 딱딱한 것을 밟았고 하마터면 소리를 지를 뻔했다. 무엇인지 보니 시가 조각이었다. 나는 조각을 손으로 주우며 곰곰이 생각했다.

잉글랜드 부인이 이 시간에 밀리를 데리고 나갔을 리 없는데. 아무리 마차를 대동한다 하더라도 말이다. 나는 혹시나 하면서 현관문의 황동 손잡이를 부드럽게 돌려보았고, 놀랍게도 현관문이 열렸다. 싸한 공포심이 느린 속도로 온몸을 장악했다.

'이렇게 되기를 바란 건 아니에요.'

잉글랜드 부인이 밖으로 나갔고 밀리가 엄마를 따라 나갔다가 길을 잃었거나 아니면 더 최악으로……. 생각도 하기 싫었다. 나는 어두운 정원을 내다보며 바람이 나무에 부는 소리를 들었다. 강물이 절대로 지치지 않고 끝없는 힘으로 철썩대는 소리에 귀를 기울였다. 지금은 결정을 내릴 때가 아니라 내가 직관적으로 느끼고 있는 이 상황을 받아들일 때다. 나는 문을 닫고 망토를 가지러 2층으로 올라갔다.

비가 계속 왔다. 부드럽고 가볍게 내리는 것이 마치 미안하다고 말하는 것 같았다. 거의 다 꺼져가는 양초는 현관 테이블에 두고 대신 손전등을 들었다. 현관에서 전등을 켜고 집을 빠져나와 전등을 켜는 데 쓴 성냥개비를 화분에 버렸다.

숲은 구름이 많은 밤하늘을 향해 있었다. 아주 딱딱해서 부서지지 않는 덩어리 같았다. 미끄럽고 울퉁불퉁한 나무 뿌리와 굴곡이 심한 땅을 생각했다. 할 수만 있다면 숲속을 돌아다니고 싶지 않았다. 심지어 숲속은 갑작스러운 경사도 많고 젖어 있었다. 강 쪽으로 향한다는 어떤 단서도 없었다. 나는 소리 내어 밀리를 불렀다. 잉글랜드 씨를 깨우는 건 생각조차 할 수 없는 일이었다. 내가 돌보는 아이가 사라졌고 나는 아이를 찾아야만 한다. 잉글랜드 씨가 화내는 모습을 떠올리기만 해도 정신이 번쩍 들었다. 잉글랜드 씨의 차갑고 검은 눈은 마치 악몽과도 같았다. 나는 머리를 흔들고 가쁜 숨을 내쉬며 걸음을 재촉했다.

"밀리?"

저택에서는 내 목소리가 들리지 않기를. 바스락거리는 나무들이 막아주기를 바라며 더 큰 목소리로 외쳤다.

숲은 길 양옆으로 분연히 일어서 빛에 맞서고 있었다. 모든 숨을 만한 곳에서, 모든 두꺼운 나무 둥치에서, 그리고 작은 바위에서 누군가가 나를 지켜보고 있는 것 같았다. 낮에는 전혀 생각지 못했는데 갑자기 숲이 광활하고 무섭게 느껴졌다. 나의 발은 앞으로 나아가고 있지만 내 온몸의 세포들은 다시 돌아가라고 외치고 있었다. 가만히 생각해 보았다. 지금 할 수 있는 가장 최선의 일은 잉글랜드 씨를 깨우고, 틸다에게 이야기하고, 경찰을 부르는 것이다. 하지만 잉글랜드 부인은 실종된 게 아니다. 부인은 탈출한 것이다. 부인은 분명 사람들이 자신을 찾지 않기를 바랄 것이다. 그런데 도대체 얼마나 나가 있으려고 하는 걸까? 한 시간? 하룻밤? 아니면 영원히? 다른 대안을 생각해봤다. 가장 별로이기는 하지만, 지금 당장 침대로 돌아간 뒤, 내일 아침에야 부인과 밀리가 사라진 것을 발견한 척 연기하는 것이다.

'지금 이렇게 해야 해서 미안해요.'

내 마음은 여러 가지 가능성으로 요동쳤지만 한 가지가 가장 분명해 보였다.

"밀리?"

밤중이라 강물이 흐르는 소리가 더 큰 것 같았다. 나는 오래된 다리 위에서 멈춰 섰다. 강물은 다리 위로 한껏 부풀어 있었다. 나는 난간에 기대 손전등을 비추었다. 작고 하얀 잠옷이 바위에 걸려서 강물에 이리저리 휩쓸리는 것을 발견하기를 기도했다. 하지만 온통 시커먼 풍경 뿐이었다. 세차게 흐르는 물밖에 보이지 않았다. 건너편 강둑에는 굴뚝이 하늘을 찌를 듯이 높은 방직공장이 음산하고 조용하게 자리를 지키고 있었다. 나는 마구간을 지나며 온기가 있는 생명체들이 짚 위에서 자고 있다는 생각에, 그리고 그 위에 벤과 브로들리가 있다는 생각에 조금 위안을 얻었다.

나는 가능한 방직공장과 거리를 두며, 매끈한 조약돌 위를 걸으며, 밀리의 이름을 부르며, 마음은 제정신이 아닌 채로 다녔다.

'부인이 밀리를 데리고 갔을까?'

그렇다면 반드시 수색이 이루어질 것이다. 법에 따르면 아이들은 아버지의 소유이며, 어머니의 소유가 아니다. 만약 부인이 도망

을 가고자 했다면 딸을 데리고 간 건 멍청한 짓이다. 잉글랜드 부인
은 그레이트렉스 일가다. 수 킬로미터 내에 쫙 뿌려 놓은 동전처럼
많은 방직공장을 가지고 있는 집안의 딸이며, 마을을 하나 만들 만
큼 부유한 사람의 손녀다. 분명 흑백의 스캔들은 신문의 1면 기사
를 장식할 것이다. 기사를 생각만 해도, 그 기사로 인해 저택에 어떤
변화가 있을지를 생각만 해도 몸이 부들부들 떨렸다. 그만큼 잘 알
고 있기 때문이었다.

아빠가 브로드무어 정신병원에 갔을 때 엄마는 롱모어 스트리트
에서 이사 갈 생각을 했었다. 하지만 살인미수 사건은 오히려 사업
에 도움이 되었고, 아빠의 청과상은 그 어느 때보다 바빠졌다. 손님
들은 순무 한 통, 커피 캔 같은 것을 찾으면서 카운터 뒤, 문 안에 있
는 메이 집안의 딸들을 보고 싶어 했다. 엄마는 우리가 2층이나 창
고에서 집안일이나 재고 정리를 하며 바쁘게 지내기를 바랐다. 이
웃, 낯선 이, 친구들 모두 우리가 어떤지 궁금해했다. 우리가 다쳤
는지, 신경쇠약에 걸렸는지, 아니면 미쳤는지 말이다. 아마도 우리
는 화가 났던 것 같다. 아빠처럼 우리도 결국 정신병원에서 생을 마
감해야 할지도 모른다고 생각했다. 내가 어떤 느낌이었는지 비로소
알게 된 건 어느 날 아침 달걀 상자를 신문으로 싸면서 신문지 중간
의 한 단락에 있던 작은 글자, '배신감'을 맞닥뜨리면서였다. 사람들
은 우리가 살아남은 게 기적이라고 말했지만, 나에게는 전혀 그렇
게 느껴지지 않았다.

나는 손전등을 들어 나무를 비췄다. 바닥에서 썩어가는 나뭇잎
들은 축축하고 미끄러웠다. 나뭇가지와 버섯을 사각사각 밟고 지나
가면서 내 잠옷은 더러워졌다. 머리 위로 망토를 두르고 있었지만,
전혀 따뜻하지 않았고, 부츠 아래 내 발은 맨발이었다. 바로 그때 아

주 희미하지만 분명한 소리가, 마치 동물과 같은 소리가 들렸다. 어린아이의 소리 같기도 했다.

"밀리?"

나는 소리쳐 밀리를 불렀다. 그리고 가만히 서서 모든 세포를 동원해 소리를 들으려고 애썼다. 소리는 멈췄지만 이내 다시 시작되었다. 낮은 흐느낌이었다. 나는 전등을 사방으로 비추며 뛰어가기 시작했다. 내가 사랑으로 돌보는 아이가 이 밤에 정말 이곳에 있다니. 상상도 할 수 없는 일이며 이해도 되지 않았다. 밀리는 지금 잉글랜드 부인과 마차의 가죽 의자에 앉아 있는 게 분명하다고 생각하는 그 순간, 나는 어둠 속에서 하얀 형체를 보았다. 혹시나 형체를 놓칠까 봐 앞으로 달려가면서 전등을 계속 높이 들고 있었더니 팔이 저렸다. 그리고 바로 그때, 갑자기 길에서 잠옷을 입은 밀리가 나타났다. 흙이 얼굴과 맨발에 묻어 있었고 젖은 머리가 달라붙어 있었다. 나는 어쩔 수 없이 울부짖었고 그 순간 전등이 떨어지면서 그 즉시 산산조각이 났다. 손전등의 불이 꺼지고 강둑 아래로 데굴데굴 굴러갔다.

밀리는 흐느껴 울고 있었다. 밀리를 달래 내 무릎에 앉혔다. 밀리를 꼭 안고는 토닥였다. 나는 우리 둘을 모두 안심시키려 애썼다.

"이제는 안전해."

내가 밀리에게 말했다.

"이제는 정말 안전해."

밀리가 말도 하지 못하고 나한테 꼭 붙어 있어서, 나는 이 말을 계속, 10번 이상 반복했다. 조금 지나자 밀리의 울음이 잦아들었다. 그리고 작은 한숨과 딸꾹질이 시작되었다. 나는 밀리를 내 망토로 감쌌다. 밀리를 위해 따뜻한 옷가지를 가지고 나오는 건 생각도 하지 못했다.

"엄마는 어디 계시니?"

밀리에게 물었다.

밀리는 아무 말도 없이 코를 팔꿈치로 쓱 닦았다.

"밀리, 엄마랑 같이 나갔니?"

밀리는 흐느껴 울면서 머리를 저었다.

"엄마 봤어? 엄마 어디 있니?"

밀리는 몸을 떨며 다시 울기 시작했다. 어쨌든 나는 밀리를 찾았고 밀리는 살아있다. 나는 일어서서 밀리를 업고 강을 벗어난 뒤 집으로 향했다. 밀리는 나의 땋은 머리를 밧줄처럼 꼭 쥐고 있었다. 발길을 옮길 때마다 밀리의 무게가 더해지는 게 느껴졌고 밀리는 떨고 있었다. 나는 밀리를 내려놓고 내 망토로 잘 감싼 뒤 다시 업었다. 우리는 아주 천천히 움직였고, 간신히 나무 사이를 지났다. 방직공장이 우리 앞에 어둡고 무시무시하게 그 위용을 뽐내고 있을 즈음 나는 다시 한번 물었다.

"밀리, 엄마는 어디 계시니?"

"나도 몰라요."

밀리가 흐느꼈다.

"엄마랑 같이 나간 거야?"

밀리는 고개를 저었다.

"그럼 왜 집을 나간 거니?"

"문이 열려 있었고, 엄마가 침대에 없었어요."

"엄마가 나가는 소리를 들었니?"

밀리는 다시 한번 고개를 저었다.

등에 날카롭게 내리꽂는 고통이 있었고, 나는 내일 아침에 고생하리란 걸 알 수 있었다. 나는 조심스럽게 조약돌을 가로질러 대문을 끼익하고 열었다. 다행히 현관문은 아직 열려있었다. 문은 조용한 소리를 내며 닫혔다. 한밤중의 희미한 빛이 우리를 반겼다. 그레이트렉스 가문의 사람들이 금빛 액자에서 내다보기 때문에 혼자 있을 때도 절대로 혼자 같지 않았다. 현관의 중간 즈음에서 시계가 부드럽게 움직이고 있었다. 문을 잠글 열쇠도 없고 어디에 두는지 알 수도 없으므로 나는 밀리를 업고 힘겹게 2층으로 향했다.

찰리는 두 손을 머리 위로 만세 자세로 올린 채 장밋빛 입술을 반쯤 열고 잠이 들어있었다. 찰리를 들어 안아보고 싶은 충동을 간신히 누르고 담요를 덮은 뒤 침대의 가림막을 내려주었다. 밀리는 떨고 있었고, 나는 밀리의 잠옷을 벗기고 옷장에서 깨끗한 잠옷을 꺼내서 입힌 뒤 담요를 머리끝까지 둘러주었다. 나는 밀리의 침대에 앉아서 밀리를 무릎에 앉혔다.

"엄마는 어디로 가셨을까? 밀리에게 같이 가자고 말씀하셨니?"

나는 밀리를 안고 토닥이면서 밀리의 귀에다 대고 물었다.

밀리는 고개를 젓더니 담요 한쪽 귀퉁이로 얼굴을 닦았다.

"무슨 일이 있었는지 말해 줄 수 있어?"

"내가 일어났더니 엄마가 없었어요. 그래서 엄마가 침대에 가서 자나 보러 가려고 했는데 문이 잠겨 있었어요. 그런데 열쇠가 바닥에 있어서 문을 열었어요. 엄마 방에는 아무도 없었어요. 엄마도 집에 없었고요. 전에 아빠가, 잠결에 돌아다니는 엄마 얘기를 한 적이 있는데, 그래서 나는 엄마가 또 밤에 돌아다닌다고 생각했어요. 나가보니 현관문이 열려 있었고, 그래서 나는 엄마를 찾으러 정원으로 나갔어요. 엄마가 숲에서 길을 잃거나 하면 위험하니까요. 엄마가 놀라는 게 싫었어요. 그런데 내가 길을 잃고 말았어요."

밀리는 단어와 단어 사이에 숨을 조금씩 헐떡이면서 힘겹게 말했다.

"아주 용감하구나. 내가 아는 소녀 중에 그렇게 할 수 있는 사람은 밀리밖에 없어."

내가 밀리에게 속삭였다.

"숲은 무섭지 않아요. 어두운 게 무서울 뿐이에요."

"그래서 엄마가 깨어 있는 건 못 본 거지?"

나는 고개를 끄덕이며 밀리를 더욱 꽉 안았다.

밀리는 고개를 저었다.

"엄마가 나한테 침대에서 책을 읽어주고는 사울 오빠 침대에 누웠어요. 엄마는 잠들기 전에 울었어요. 그리고 나랑 찰리한테 계속 뽀뽀해주고 꼭 안아줬어요."

내가 이 상황을 이해할 동안 우리는 조용히 있었다. 밀리가 내 마음을 읽었다는 듯이 물었다.

"엄마가 돌아올까요?"

우리는 아까 저녁에 잉글랜드 부인이 한 것처럼 벽에 기대어 앉아 발을 침대 아래로 달랑달랑하게 했다. 잠들기 전에 나는 내 침대에 누워서 전등 불빛에 비친 그 둘을 보고 있었다. 부인과 밀리가 함께 있는 모습이 참 사랑스럽다고 생각했었다. 어느 순간 나는 잠이 들었고 잉글랜드 부인이 나를 깨운 뒤 아이들을 잘 돌봐달라고 했다. 모든 징조가 이제는 분명해졌다. 잉글랜드 부인의 알 수 없는 트렁크, 찰리를 안고 있던 슬픈 모습, 나한테 아이들을 안전하게 잘 돌봐달라고 한 부탁까지.

"당연하지."

나는 요동치는 가슴을 진정하며 부드럽게 말했다.

"내가 여기서 지금 밀리를 돌봐주고 있는데 뭘. 이제 자자."

나는 크게 한숨을 쉬었다.

"나 잘 때까지 옆에 있어 줄 거죠?"

"그럼."

나는 밀리를 눕히고 머리를 부드럽게 쓸어주면서 내일 아침은 생각지 않으려고 애를 썼다.

뻣뻣한 몸으로 내 침대에 올라와서 나는 벽에 머리를 기대고 내 앞치마에서 희미하게 나는 시계 소리에 귀를 기울였다. 부드럽게 째깍거리는 소리 아래 갑자기 큰 시계가 정각을 알리는 듯, 아니면 문이 열리고 닫히는 '쾅' 소리가 들렸다……. 나는 인상을 찌푸리며 다시 일어섰다. 블라인드를 손으로 잡고 살 사이를 벌려서 살짝 그 사이로 엿보았다.

잉글랜드 씨가 집에서 나와 길을 따라 걷고 있었다. 대문을 닫고 갈 데가 있다는 듯 조약돌을 지나 나무들이 가린 길로 사라졌다. 손전등도 들고 있지 않았다. 나는 잉글랜드 씨가 사라진 곳을 한참 동안 바라보았지만 어둠이 너무 짙어 시야가 점점 좁아졌다. 찰리가 내 뒤에서 작은 한숨을 내쉬었고, 찰리와 밀리를 바라보니 둘 다 깊은 잠에 빠져 있었다. 달빛이 블라인드 사이로 들어와 화장대 위의 내 은색 머리빗을 비추었다. 나는 빗을 만지며 얼마나 빗이 무거운지, 또 얼마나 비싼지를 생각했다. 심 교장 선생님이 이 빗을 나에게 주었을 때 나는 생전 처음 무언가를 느꼈다. 나는 눈을 감았다. 심 교장 선생님이 책상 앞에 웅크리고 앉아 무언가를 쓰는 모습을 그려본다.

'역경 속에서도 담대하라.'

심 교장 선생님은 대강당의 연단 위에서 두 손을 꽉 잡고 이렇게 말했다.

"역경 속에서도 담대하라."

나는 카펫 위에 깨진 파란색 화병 조각을, 잉글랜드 부인의 하얀 얼굴을 생각했다. 잉글랜드 씨가 아무리 부인을 약하고 제정신이 아닌 위험한 사람으로 만들었을지언정 부인은 얼마나 조용하고 침착했던가. 그제야 나는 부인이 어디에 있는지 알 것 같았다.

조용하게, 아이들을 깨우지 않도록 침대 가장자리에 앉아서 신발 끈을 한 번 더 맸다.

## 22

한밤중의 숲속은 적막과 거리가 멀다. 쏙독새와 올빼미가 생경한 울음소리를 내고, 산책길 흩어져 있는 돌에 부츠가 걸려 바스락 소리를 낸다. 물소리가 주변을 가득 채운다. 작은 개울과 시내가 재잘재잘, 조잘조잘, 졸졸 쉬지 않고 강으로 흘러간다. 비가 그친 뒤 자욱한 안개 사이로 달이 어슴푸레 모습을 드러낸다.

망토를 더욱 단단히 여미고 숄로 얼굴을 감쌌다. 램프는 차라리 없는 편이 나았다. 불빛이 닿지 않는 곳은 훨씬 더 어둡게 보이니까 말이다. 희미한 달빛만으로 충분한 데다가 내 눈도 곧 어두움에 익숙해졌다.

공장 앞뜰을 지나 별채를 가로지르는 승마길에 섰다. 왼편으로는 황무지를, 오른편으로는 마을을 가만히 바라보았다. 그러다가 왼편으로 몸을 돌려 물레방아 연못을 지났다. 연못이 밤을 비추는 거울인 양 부드럽게 반짝이고 있었다. 산책길 위 언덕으로 우뚝 솟은 소나무들이 계곡을 따라 으스스하게 굽이쳤다.

황무지의 작고 외로운 오두막에 가는 길을 생각해 내려고 애를 썼다. 아이들 방문을 잠그고 나왔으니 이번에는 밀리가 따라 나오는 일은 없을 것이다. 모든 일은 잘 풀릴 거고 나는 아무도 모르게 다시 돌아갈 수 있다. 그런데 만약 잉글랜드 씨가 먼저……

'아니야. 생각하지 말자. 그냥 계속 걷는 거야.'

나는 속으로 곱씹었다.

가까스로 숲속을 올라가고 있는데 험한 바위들이 어둠의 망령처럼 내 왼편을 드리웠다.

"루비?"

속삭이는 듯한 소리지만 틀림없었다.

두려움이 온몸을 감쌌다. 나는 그 자리에 얼어붙어 앙상한 나무의 검은 가지 사이로 주변을 살폈다. 심장이 쿵쾅대는 소리 때문에 다른 건 아무것도 들리지 않았다. 몇 초가 지났을까 다시 소리가 들렸다.

"루비? 루비 맞지요?"

여자의 목소리였다.

"거기 누구세요?"

나는 갈라진 목소리로 속삭였다.

"거기 누구세요?"

이번에는 좀 더 큰 목소리로 물었다.

소리는 왼쪽, 그러니까 바위 쪽에서 들려왔다. 저 위쪽에 마치 어떤 사람이 나뭇가지 위에 올라서서 나를 내려다보는 것 같았다.

"잉글랜드 부인?"

내 목소리는 작고 힘이 없었지만 나는 다시 한번 시도해보았다.

"부인, 루비에요. 거기 계세요?"

"나 여기 위에 있어요."

"어디요?"

"바위 위에요."

"혼자 계세요?"

"네."

나는 서둘러 오솔길이라고 생각하는 곳을 향해 걸었다. 문기둥처럼 생긴 두 개의 높은 바위 사이로 풀로 덮인 길을 올랐다. 위로 올라갈수록 나무가 점점 줄어들었다. 나는 커다란 두 개의 바윗덩어리 사이의 길을 선택했다. 숲의 그림자가 사라지고 달빛이 드리운 밝은 하늘이 드러났다. 바람 한 점 없었고, 내 발아래로 헐벗은 나뭇가지들이 타닥거리며 부서지는 소리가 들렸다. 꼭대기에 이르자 땅은 평평해졌고 얇은 기둥이 나를 향해 솟아 있었다.

"루비."

잉글랜드 부인은 모자가 달린 망토를 입고 있었다. 금빛 머리는 망토 밑으로 묶었는데, 달빛 아래 부인의 얼굴은 창백하기 그지없었다.

"여기서 무엇을 하시는 거예요?"

내가 물었다.

"더이상 머물 수가 없었어요."

"잉글랜드 씨는 부인이 돌아온다고 알고 있나요?"

부인은 잠시 멍해지더니 이내 말을 이었다.

"아니요. 내가 언제 도망갈 수 있을지 알 수가 없었어요. 찰스는 내가 이렇게까지 생각하는 건 모를 거고요."

"그 말이 아니라, 왜 지금 여기 이 바위 위에 있냐고요?"

"잉글랜드 씨는 밤에 아주 깊이 잠이 들기 때문에, 굳이 깨울 만

큰 위험을 감수하기 싫었어요. 여기서 새벽이 될 때까지 기다리려고 했지요."

"언제 돌아오실 거예요?"

"루비, 나는 돌아가지 않아요."

은빛 얼굴에서 잉글랜드 부인의 눈이 반짝였다.

"하지만 왜요?"

내 목소리를 작고 유치했다.

"거기서 더이상 살 수 없어요."

"하지만 아이들은…… 아이들을 떠날 수는 없어요. 아이들은 부인이 필요해요."

"사람을 보낼게요."

나는 불신으로 고개를 저었다.

"어디서 사람을 보내요? 그곳에서, 잉글랜드 씨와 함께 살 작정인가요? 그곳에서 아이들은 살 수 없어요. 게다가 아버지가 아이들에 대한 권리를 가지고 있잖아요. 이 법이 말하는 건 결국 아이들이 잉글랜드 씨와 있어야 한다는 거예요."

"나를 믿어요. 꼭 보낼게요. 지금 내가 이걸 가지고 있으니 곧 모든 게 분명히 밝혀질 거예요."

"이게 뭔데요?"

"그이로부터 도망쳐야 해요. 찾으면 나를 죽여버릴지도 몰라요."

"뭘 찾아요? 잉글랜드 부인, 이해가 안 돼요. 부인을 돕고 싶지만 그러려면 저에게 사실대로 이야기를 해주셔야 해요."

"약속해요, 그냥 나만 믿으면 돼요."

"왜 떠난다고 저에게 말하지 않았어요?"

"루비를 보호하려고 그랬어요."

"저를요?"

잉글랜드 부인의 얼굴에 동정심이 비쳤다.

"아직도 모르겠어요? 찰스는 당신을 애완동물처럼 부리고 있어요. 내가 루비에게 하는 말은 다 찰스 귀에 들어갈 거예요."

"그럴 수 없어요."

"아니, 충분히 그러고도 남아요. 찰스가 얼마나 통제적인지 모를 거예요. 루비에게도 똑같이 하고 있어요. 편지를 숨기고 자기 영향력 아래 두는 거죠. 루비가 찰스를 특별하다고 느끼게끔 만든 다음에 당신을 고립시킬 거예요. 천천히 숨통을 끊는 거죠. 그렇게 되면 루비 당신은 주변에 아무도 없다고 생각하게 되고, 혼자 남았다는 걸 깨닫게 될 거예요. 나는 상황을 너무 오래 참아왔어요. 나는 반드시 탈출할 거예요."

잉글랜드 부인은 말을 멈추더니 무언가 깨달았다는 듯 입을 열었다.

"그런데 루비가 왜 여기에 있어요? 왜 집을 나온 거예요?"

그때 뒤에서 목소리가 들렸다.

"유모를 따라왔소."

우리 뒤의 길에 서 있는 잉글랜드 씨의 모습이 달빛에 비쳤다. 그의 형태가 어른어른 보였다. 잉글랜드 씨는 천천히, 여유 있게 우리 쪽으로 다가왔다. 잉글랜드 씨의 신발이 납작한 사암을 밟았다. 나는 소리가 울리는 것을 들었다. 잉글랜드 씨가 다가오는 것을 보며 공포영화 같은 악몽을 꾸고 있는 것 같은 기분이 들었다. 우리 둘은 바위에 얼어붙었고 우리가 도망갈 길은 막혔다. 우리들 사이에는 손가락 하나가 들어갈 정도의 공간만 남았다. 내 신발 밑의 땅이 마치 늪으로 변하는 것 같았고 손으로 잡을 만한 건 아무것도 없었다.

나는 눈을 감고 우리가 얼마나 높은 곳에 있는지 생각하지 않으려고 애썼다.

"마침내, 탈출했구려."

잉글랜드 씨가 잉글랜드 부인을 향해 말했다. 망토 모자 아래 부인의 표정 없는 얼굴은 마치 종잇장처럼 창백했다.

"정말 신의 한 수였어. 유모의 건강을 그렇게나 걱정해주는 척하더니 말이야."

잉글랜드 씨는 한 발 한 발 좀 더 가까이 다가왔다. 나는 잉글랜드 씨가 초록색 울 사냥복을 입고 반짝반짝 빛나는 긴 장화를 신은 것을 볼 수 있었다. 잉글랜드 씨가 여기에 있다는 것 보다 사실 옷차림이 더 충격이었다. 어두운 침실에서 옷을 갖춰 입을 생각을 했다니 말이다.

잉글랜드 부인이 천천히 나에게 고개를 돌렸고, 나는 피가 얼어붙는 것을 느끼며 고개를 저었다. 어쨌든 내가 잉글랜드 씨를 여기로 데리고 왔다.

"이번이 마지막일 거야. 이제 다시 집으로 갑시다."

잉글랜드 씨가 부인의 어깨에 손을 올렸다.

"아니요."

잉글랜드 부인의 목소리가 낮고 단호해서 내 가슴을 울렸다. 나는 마지못해서 한 발자국을 앞으로 내디뎠다.

"움직이지 마시오. 한 발짝만 더 내디디면 직무유기죄를 묻겠소. 아까 밀리와 집으로 돌아오는 걸 설마 내가 못 봤다고 생각하는 건 아니겠지? 도대체 한밤중에 무슨 일로 다섯 살배기가 밖에서 집으로 들어왔는지 묻고 싶소. 하지만 이 문제는 내일 아침에 논의하도록 하지."

잉글랜드 씨는 인상적인 콧수염 아래 입을 숨기고 있었다. 그의 눈빛은 마치 돌처럼 차갑게 나에게 꽂혔다.

"밀리가요?"

잉글랜드 부인이 속삭였다.

나는 거의 울고 싶었지만, 눈을 감고 울지 않으려고 애썼다.

"당신이 믿을 수 없는 사람인 건 진작 알고 있었소. 둘이 그렇게 친하게 떠들던데 잉글랜드 부인에게 당신이 살인자의 딸이라고 이야기했는지 궁금하군."

우리를 둘러싼 주위의 숲이 조용해졌다.

"아직이라고? 저런. 지금쯤이면 충분히 이야기하고도 남았을 시간이라고 생각했지. 내가 당신을 채용할 때 내가 정말 알고 싶었던 건 그런 정보였소. 하지만 신경 쓰지 마시오. 당신네 교장 선생에게 내가 편지를 써서 왜 당신을 해고할 수밖에 없는지 충분히 설명하도록 하지."

"저희 아버지는 살인자가 아닙니다. 편찮으셨을 뿐입니다."

분노의 눈물이 나의 볼을 타고 흘러내렸다.

"제정신이 아닌 상태에서 범죄를 저질렀다고 보통 이야기하지. 자 그런데 릴리안 당신은 어디로 간다고 나에게 말을 해주겠소? 나에게 먼저 이야기하건 의사에게 먼저 이야기하건 나는 상관없소. 그런데 그 사람 이름을 아직도 말해주지 않았군. 곧 누군지 밝혀내리다. 데카의 아버지와 분명 관련이 있어."

잉글랜드 씨는 의미심장하게 나를 바라보았다.

나는 내가 잉글랜드 씨의 말을 맞게 들었는지 의심하면서 잉글랜드 씨를 바라보았다. 그의 말이 이해되기를 바라면서 말이다.

"몰랐단 말이오? 도대체 당신 둘은 무슨 이야기를 한 거요? 데카는 내 딸이 아니오. 그레이트렉스 가문의 사람들은 데카의 친아버지가 누구인지 절대로 밝히지 않지. 그래서 나는 그레이트렉스 집안과 너무 어울리지 않는 누군가가 아닐까 추측만 해 왔소. 변호사의 아들보다는 못한 사람이겠거니 했소."

나는 충격을 받아 머리가 하얘졌다. 잉글랜드 부인은 잠시 가만히 서서 잉글랜드 씨를 쏘아보더니 떨리는 손으로 망토 안쪽에 손을 넣어 시프트 원피스와 코르셋 사이에서 무언가를 더듬더듬 찾았다. 종이가 부스럭거리는 소리가 들렸고, 나는 이 소리가 아까 잉글랜드 부인이 잠시 놀이방을 나갔다가 다시 내 침대에 앉을 때 났던 소리라는 걸 기억했다. 잉글랜드 부인은 팔을 내밀었다. 잉글랜드 씨는 단 두 걸음만에 성큼 다가와서 종이를 낚아챘다. 나는 주변을 둘러보면서 어둠 속으로 깎아지른 듯이 떨어지는 바위의 끝이 어디인지 찾아보려고 애를 썼다.

"이것이 무엇이오?"

잉글랜드 씨가 물었다.

잉글랜드 씨는 커다란 손을 주머니에 넣고는 성냥갑을 꺼냈다. 성냥을 긋자 불길이 일었다. 잉글랜드 부인은 겁에 질린 갈색 눈으로 종이와 잉글랜드 씨의 얼굴을 불안한 듯 쳐다보았다.

"이것이 무엇이오?"

다시 묻는 잉글랜드 씨의 이마에 있는 주름살이 눈에 띄었다. 얼굴이 성냥불에 희미하게 비쳤다.

"혼인 증명서? 1893년 9월부터? 왜 당신 이름이 여기에 있는 거요?"

잉글랜드 씨는 순전히 놀란 목소리로 물었다.

잉글랜드 부인은 아무 말도 하지 않았다.

"토마스 쉘드레이크가 누구요?"

나는 잉글랜드 부인을 가만히 바라보았고, 정박해놓은 보트처럼 바위가 부드럽게 흔들리는 것 같은 느낌을 받았다.

갈라진 목소리로 잉글랜드 부인이 대답했다.

"나는 그와 결혼했어요. 11년째 혼인 중이에요."

잉글랜드 씨는 할 말을 잃었다는 듯 가만히 잉글랜드 부인을 바라보고는 놀라움이 가득한 목소리로 천천히 물었다.

"성 미카엘, 해로게이트. 이거 장난이구먼. 나한테 거짓말을 하고 있어."

"그가 호주에서 가지고 온 거예요."

"위조문서야."

"아니에요."

"그렇다면…… 우리 아이들은……."

잉글랜드 씨가 무언가를 계산하면서 잉글랜드 부인을 가만히 바라보았다.

"사생아죠. 네, 맞아요."

잉글랜드 부인의 목소리가 갈라졌다.

천천히 몸을 일으키는 잉글랜드 씨의 얼굴에 믿을 수 없다는 표정이 강하게 드러났다.

"아이들은 나와 같이 살 거예요."

잉글랜드 부인이 조용하게 말했다.

"나는 당신을 못 믿겠소."

"상관없어요. 토미와 나는 이미 결혼했으니까요."

"토미라."

잉글랜드 씨의 이마에 잔주름이 생기더니 이내 표정이 분명해졌다.

"설마 그 대장장이는 아니겠지?"

잉글랜드 씨의 콧수염이 얼굴 양옆으로 퍼지더니 잉글랜드 씨가 키득거리며 웃기 시작했다.

"오, 릴리안, 당신 가족들이 왜 당신을 쓰레기 취급하면서 나에게 버렸는지 이제야 알겠어. 정말 나는 항상 대단하다니까."

토미는 데카의 아버지였다. 나는 내 앞에서 벌어지고 있는 일의 절반 정도만 이해한 채 충격에 몸을 떨었다. 잉글랜드 씨가 증명서를 갈가리 찢어서 날리자 재처럼, 목화처럼, 바위에서 펄럭이며 날아갔다. 잉글랜드 부인은 마치 물에 빠져 죽어가는 여인처럼 헐떡거렸다.

"상관없어요. 증명해야 할 때가 오면 증명할 수 있어요."

잉글랜드 부인이 말했다.

"증명할 때가 오면? 릴리안, 이 문서로는 법정에 가지도 못해. 대장장이가 감히 그레이트렉스 가문을 노려? 그 많은 돈과 권력을? 그 자식은 지금까지 그래왔듯이 자기가 숨어있는 동굴로 꽁지 빠지게 도망치고 말 거야."

나무 사이의 토미, 교회에서의 토미, 묘지에서의 토미. 나는 이제야 토미의 행동에 대한 이유를 알게 됐다. 그는 데카의 아버지로서 딸을 보고 싶어서, 자신의 아내를 잠깐이라도 보고 싶어서 그랬던 것이다.

잉글랜드 씨가 부인의 손목을 잡더니 부인을 노려보았다.

"그래서 당신이 데카를 학교에 보낸 거잖아. 그렇지?"

"찰스, 그건 당신 생각이었어요. 다시는 이러지 말아요. 모든 걸 왜곡하고 있어요. 내가 미쳐가는 것처럼 느끼게 했다고요."

잉글랜드 부인은 잉글랜드 씨의 손아귀에서 팔을 뺐지만, 잉글랜드 씨는 부인의 팔을 다시 꽉 잡았다.

"그럼… 우리 아이들이 모두 사생아야. 모두 사생아라고, 릴리안!"

잉글랜드 씨가 못 믿겠다는 말투로 속삭이기 시작했다. 그러더니 부인을 강하게 흔들어 질질 끌고는 바위 저쪽으로 갔다. '창녀.' 내가 거울에서 본 단어다. 지금까지 계속 잉글랜드 씨는 데카에 대해 알고 있었다. 잉글랜드 부인과 데카에게 벌을 주고 있었던 거다.

"안 돼요, 찰스"

둘이 몸싸움을 하면서 잉글랜드 부인이 소리쳤고 내 머리는 빙빙 돌기 시작했다. 우리를 둘러싸고 있는 건 뾰족뾰족한 모양의 날카로운 바위들이었다. 바위는 우리가 땅에서 20여 미터 위에 있다는 사실을 감추고 있었다. 바위는 어두울 때 보니 완전히 다른 공간이었다. 친근한 헤더 꽃 무더기도, 밀리가 꽃다발로 만든 고사리밭도 모두 보이지 않았다.

"우리 애들이 모두 사생아야, 릴리안………"

잉글랜드 부부는 하나의 거대한 덩어리가 되었고 어둠 속에서 이리저리 비틀고 모양을 바꾸며 싸우고 있다. 나는 막연하게 그들이 내는 소리를 인식했다. 잉글랜드 씨는 툴툴거리고 있고 잉글랜드 부인은 울면서 헉헉대고 있었다. 둘의 신발 밑창이 부드러운 바위 위를 계속 긁었다. 이미 이 순간이 추억이 되어 버린 것 처럼, 내가 먼 곳에서 지켜보고 있는 느낌이 들었다.

'잉글랜드 씨가 부인을 밀어버릴 거야.'

구름에 걸친 달이 나오듯 갑작스럽게, 분명하고 명쾌한 생각이 떠올랐다.

'내가 잉글랜드 씨를 여기로 데리고 왔고, 이제 잉글랜드 씨가 부

인을 밀려고 해.'

나는 얼어붙은 듯 서 있었고 내 팔은 양쪽 옆에 마비된 듯 붙었다. 잉글랜드 부인은 잉글랜드 씨의 팔에 잡힌 채 안간힘을 썼다. 소리를 지르며 흐느껴 울고 있었다. 잉글랜드 씨는 부인을 잡았다. 마치 우리 아빠가 비 오는 날 나를 꼭 안아서 잡았던 것처럼.

'그들을 살리는 게 네 임무야.'

내 발이 저절로 그들에게 다가갔다. 나는 달빛에 비치는 섬광과 같이 온 힘을 다해 머리빗으로 아래를 내려쳤다. 아파하면서 끙끙대는 소리가 들렸고 그 후로 1, 2분간은 완전한 적막이 흘렀다. 잉글랜드 씨가 주춤주춤 앞으로 걸어 나오면서 자신의 검은 머리에 손을 대어보고는 손가락을 물들인 피를 보고 깜짝 놀라서 나를 쳐다보았다. 마치 "오."라고 말하는 듯이.

시간이 완전히 멈췄고 우리는 은빛에 반사된 서로를 가만히 지켜봤다. 그리고 잉글랜드 부인이 잉글랜드 씨를 밀었다.

모든 것이 느린 동작처럼 일어났고 달은 우리에게 모든 것을 낱낱이 보여주었다. 허공을 맴돌던 잉글랜드 씨의 한쪽 손, 무언가 잡을 걸 찾아 허우적대던 잉글랜드 씨의 또 다른 손, 그리고 무언가에 가격당한 듯 반으로 접히던 잉글랜드 씨의 몸을 말이다. 잉글랜드 씨의 신발은 울퉁불퉁한 돌 위에서 발 디딜 곳을 잃었고, 그의 머리가 뒤로 젖혀지면서 목이 우아하게 꺾였다. 얼굴은 하늘을 향하고 있었다. 잠시나마 완전히 공중에 떠 있는 것 같더니 이내 별을 바라보는 채로 떨어지기 시작했다. 평생처럼 느껴졌지만, 실제로는 잉글랜드 씨가 애초에 이곳에 없었던 것처럼 눈 깜짝할 새 일어난 일이다.

## 23

3주 후

"빌어먹을! 열쇠가 어디 있는지 모르겠어."

잉글랜드 부인이 서재의 책상 뒤에서 한 손으로 뒷짐을 진 채 서 있었다.

"제가 찾아볼게요."

데카가 언제나처럼 도움을 주었다.

"장담하는데, 내가 제일 먼저 찾을 거야."

사울이 말했다.

우리 여섯 명은 모두 서재에 모여 물건을 상자에 넣었다. 12월이 코앞이지만 불을 피우지 않았다. 창문과 문이 활짝 열려 있어서 바삭한 공기가 안으로 들어왔다. 가장 눈에 띄게 변한건 잉글랜드 부인이었다. 잉글랜드 씨가 죽은 지 몇 주 만에 부인은 활력을 되찾았다. 까만 실크의 크레이프로 만든 칙칙한 상복에도 불구하고 말이다. 부인의 검은 눈은 반짝반짝 빛났고, 부인의 머리는 불을 밝힌 것처럼 환한 금색이었다. 부인은 진주와 다이아몬드를 모두 치우고 흑옥으로 된 작은 귀걸이를 귀에 걸었다. 목에는 세련된 브로치를 했다. 어깨가 부러져서 왼쪽 팔에 감아놓은 깁스만 아니면 남편의 죽음을 애도하는 모습이 썩 잘 어울렸다.

부인은 종이 몇 장을 상자에 던진 뒤 책상 위를 다시 한번 눈으로 훑었다. 아이들은 방 여기저기를 뛰어다니며 장을 열어보고 책 사이를 뒤지며 없어진 열쇠를 찾았다. 상자 하나에 들어있는 두껍고 검은 책등이 내 눈에 띄었다.

"저, 그거 아세요, 부인? 전에 여기서 아빠의 편지를 봤다고 생각한 적이 있어요."

내가 말했다.

"메이의 아버지?"

"음, 그게 그날 밤……."

나는 말을 하다가 상자 속에서 부지런히 열쇠를 찾고 있는 사울을 바라보았다. 크로우네스트에서의 시간은 사울을 완전히 바꿔 놓았다. 아이들의 밥을 차리는 데 익숙지 않았던 요리사는 사울의 살을 찌우라는 이야기인 줄 알고 끊임없이 크림이 들어간 수프, 파이, 케이크, 샌드위치 등을 내주었다. 매일 하인 한 명이 사울을 꽁꽁 싸서 함께 밖으로 나갔다. 스스로 운동할 수 있을 만큼 건강해질 때까지 사울을 닦달했다. 사울은 평생 받아보지 못한 관심을 누렸고, 다시 다른 형제들이 있는 집으로 돌아왔다. 사울은 크로우네스트에 거의 한 달을 가 있었고, 잉글랜드 씨의 장례식 다음 날 아침에 돌아왔다. 사울을 데려다 놓은 후 브로들리는 바로 리펀으로 출발해서 학교에 있는 데카를 데리고 왔다.

"아버지의 이름이 뭐라고 했지요?"

"아서요, 부인."

"확실하지는 않지만 아서를 본 것도 같아요."

잉글랜드 부인이 상자 쪽으로 가서 멀쩡한 쪽 손으로 책과 종이를 들었다. 부인은 내용물을 살펴보며 말했다. 정리해야 할 일이 많아서 나와 아이들이 잉글랜드 부인을 돕는 중이었다. 아이들은 부인과 같이 상복을 입고 있지만 모두 그럭저럭 잘 적응하고 있었다. 조의를 표하기 위해 문 손잡이까지 무명천으로 감싸놓았다.

죽음은 사고사로 처리되었다. 아침에 잉글랜드 씨의 방이 텅 빈 걸 발견했을 때 틸다는 별로 걱정하지 않았다. 또 아침을 거르고 일찍 일하러 갔다고 생각했을 뿐이었다. 하지만 잉글랜드 씨가 그날 방직공장의 이사회에 나타나지 않고 그 누구도 잉글랜드 씨의 행방에 대해 모르자 공장 감독이 한 소년을 집으로 보냈다. 잉글랜드 부인은 전날 저녁 이후 잉글랜드 씨를 보지 못했다고 증언했다. 점심 식사를 하는 12시에도 집에 돌아오지 않자 틸다가 벤에게 경찰을 부르라고 했다. 그때부터 수색이 시작되었다. 잉글랜드 씨의 시신은 바위 밑바닥 폭포 앞에 있었고 떨어지면서 머리를 심하게 가격당한 듯했다.

그레이트렉스 집안의 오랜 친구인 검시관이 사인 규명을 시작했고 잉글랜드 부인은 전적으로 협조했다. 부인은 잉글랜드 씨가 얼마나 결벽증이 있었는지 말하며 종종 한밤중에 공장이 잘 있는지 확인하러 집을 나서곤 했다고 설명했다. 혹시 도둑이나 강도를 뒤쫓았던 건 아닐까 물어보기도 하였다. 아무리 숲의 지리를 잘 알아도 구름이 많이 끼어 있다면…… 숲에서 길을 잃기에 십상이라고 말했다. 검시관은 그럴 가능성도 있지만, 지금까지 바위에서 떨어져 죽은 사람은 거의 없었다며 신기하다고 했다. 그레이트렉스 가문 사람들은 잉글랜드 씨의 빈약한 재정 상태를 신중하게 승계하여

대출을 갚고 부채를 변제했다. 그 외 모든 것을 눈에 보이지 않게 치워버렸다.

조문객들이 현관 테이블의 그릇에 넣은 조의 메시지가 수십 개에 달했다. 퍼와 테피타를 입은 사람들이 조약돌 길 위를 바스락거리며 지나가는 모습을 놀이방 창문을 통해 지켜보았다. 흑단 같은 베일을 길게 늘어뜨린 잉글랜드 부인은 장례식에서 단연 돋보였다. 장례식에는 많은 사람이 참석했다. 매니언 부인에 따르면 마을의 모든 사람들이 교회를 가득 메웠다고 했다. 잉글랜드 방직공장의 일꾼들도 장례식장으로 모였다. 웨스트 라이딩 곳곳에서 달려온 수많은 그레이트렉스 가문 사람들도 식장을 채웠다. 그레이트렉스 남자들은 팔에 엄숙하게 완장을 차고 있었으며 여자들은 검은색 가운을 입고 있어서 마치 이상한 지하세계의 나비 떼 같아 보였다. 나는 하인들과 같이 가지 않고 어린아이들과 집에 남아서 다른 사람들이 돌아오기를 기다렸다.

몇 주나 떨어져 있었지만, 데카와의 만남은 즐거움 그 자체였다. 잉글랜드 부인과 나는 창문 밖을 내다보고 있었고, 나무 사이로 브로들리와 그의 충직한 마차와 함께 데카의 모습이 작게 보였다. 나와 잉글랜드 부인은 밖으로 달려나가 데카를 맞이했다. 데카가 우리에게 말한 것은 학교를 별로 좋아하지 않았다는 것뿐이었다. 역시 떨어져 있는 시간 동안 데카는 변했다. 어느덧 위엄있고 기품이 흐르는 숙녀가 되었다. 그러면서도 데카는 자신이 애정하던 버섯들 사이로 돌아오게 되어 마음을 놓았다. 집에 돌아오고 맞이하는 첫 번째 오후, 잉글랜드 부인이 다른 아이들을 돌보는 동안 나는 데카와는 산책을 다녀왔다. 부인이 창문가에서 찰리를 안고 우리를 향해 손을 흔들었다.

우리는 몇 시간 동안 숲을 걸으면서 데카가 가져온 작은 바구니에 꽃을 꺾어 담았다. 데카가 강둑에서 깨진 전등을 찾았고, 우리는 브로들리에게 전등을 버려달라고 했다. 진흙이 잔뜩 묻었지만, 만족스러운 마음으로 우리는 집으로 돌아왔다. 놀이방에서 크럼핏 빵을 먹으며 벽난로 불을 쬐었다. 저녁이 되자 데카는 연습장에 오늘 관찰한 내용을 기록하기 시작했다. 데카의 슬픔은 단단했고, 통제되어 있었다. 마치 데카가 들고 다니는 상자와 같았다. 데카는 잉글랜드 씨에 대해 전혀 언급하지 않았고 대신 눈에 띄게 슬퍼하는 동생들을 위로했다.

그날 밤 나는 처음으로 데카를 다른 아이들과 분리해서 목욕 시켰다.

"메이?"

데카가 말을 걸었다.

"응?"

"아빠는 어떻게 돌아가셨어요?"

나는 데카의 등에 비누칠하다가 잠시 멈추고 한숨을 쉬었다.

"추락사였어."

"바위에서요?"

어쨌든 데카도 대강의 이야기는 들은 것 같았다. 나는 데카에게 사실을 말해 줄 수 있어서 기뻤다.

"응."

내가 말했다.

데카는 무릎을 끌어안고 검은 머리를 허리까지 길게 늘어뜨린 채 생각에 잠겼다. 아까 산책에서 나는 데카에게 계속 동생들과 같은 침실에서 자고 싶은지 아니면 잉글랜드 부인 옆에 데카 만의 방을 따로 마련해주는 게 좋을지 물어봤다. 데카는 내가 자는 곳이라면 어디든지 같이 자고 싶다고 대답했다.

"그 바위가 그렇게 높은지 몰랐어요."

데카가 말했다.

"음, 높이는 그렇게 중요하지 않을지 몰라. 계단에서 발을 헛디뎌도 정말 위험할 수 있거든."

"밀리가 전에 이상한 말을 했어요."

"음?"

"밀리가 '유모가 나를 어디서 찾았는지 알아?'라고 했어요."

데카는 몸을 반쯤 내 쪽으로 돌렸다.

나는 머리에 샴푸를 묻히고 손가락으로 머리를 부드럽게 감겼다.

"글쎄, 밀리가 무슨 말을 한 건지 잘 모르겠네."

"밀리가 그랬는데 밤에 밀리가 엄마를 찾아 밖에 나갔을 때 메이가 데리러 왔대요."

"때로는 꿈이 너무 생생하기도 해."

잠시 침묵이 흘렀다.

"나는 그래서 아빠가 밀리를 찾으러 나갔다가 떨어져서 돌아가신 게 아닐까 생각했어요."

나는 닫혀 있는 욕실 문을 바라보았다. 잉글랜드 씨의 면도 용품들은 모두 치웠다. 그래서인지 세면대가 전보다 여성스러워졌다. 틸다가 집으로 온 화려한 근조 화환 중에서 꽃을 조금 잘라 작은 화병에 넣어두었다. 세면대에는 말린 가지들과 함께 장미 한 송이가 아름답게 피어나 있었다.

"사랑하는 사람이 죽으면 우리는 그 죽음을 좀 더 잘 받아들이기 위해 온갖 생각을 하곤 해. 마지막 순간을 상상하려고 애쓰면서 다르게 행동했더라면 좋았을 거라 여기지. 너희 아버지는 너희들을 정말 많이 사랑하셨어. 그래서 나는 만약에 밀리가 밤에 숲에 갔다면 밀리를 찾아 제일 먼저 숲으로 갔을 사람이 너희 아버지라고 생각해."

물이 부드럽게 첨벙거렸고, 나는 무릎에서 빗을 꺼내 데카의 머리를 빗겨주었다. 데카는 혼자서 머리를 빗을 수 있을 만큼 충분히 자랐지만 이러한 의식이 데카와 나 둘 모두에게 필요하다고 생각했다.

"우리 아빠는 정신병원에 계셔."

내가 말했다.

"그러니까 아버지가……?"

"몸이 좋지 않으시지. 나는 자주 아빠를 생각하고 종종 그리워해. 아빠를 못 본 지 벌써 8년이나 되었어."

내가 말을 이었다.

"아버지를 볼 수 없는 건가요?"

"볼 수 있는데, 보지 않을 뿐이지."

"왜요?"

"왜냐하면, 내가 원하지 않기 때문이야. 그리고 이건 내가 무언가를 하지 않을 충분히 중요한 이유기도 해. 아니라고 말하는 건 좋다고 말하는 것 보다 열 배는 힘들지만 스스로 백 배는 더 나은 사람이라고 느끼게 하곤 하지."

내가 데카의 엉킨 머리를 풀 동안 데카는 생각에 잠겼다.

"내가 너만 할 때 사고가 있었어. 내 몸은 큰 상처를 입지 않았지만, 마음에는 큰 상처가 남았지. 나는 오랫동안 매우 슬펐단다. 그래서 항상 기분이 좋지 않았어. 기분이 좋지 않을 때는 무엇이든 핵심을 꿰뚫어 보기가 어렵지. 아무도 내가 얼마나 고통스러워하는지 이해해주지 않았단다. 모든 사람이 살아있는 게 행운이고 기적이라고 말했지. 사람들은 내가 행복하기를 바랐지만 나는 그렇지 않았어. 그냥 매사에 모든 일이 나쁘게 느껴졌어. 절망적이었고, 이 세상에 혼자 남겨진 것 같았지.

그때 나는 오래된 신문 하나를 읽고 또 읽었는데, 그 신문에 런던에 있는, 아이들의 유모가 되는 학교에 대한 기사가 있었어. 그 기사에는 그 학교 출신 학생들이 입는 파란색 원피스와 프릴이 달린 앞치마, 그리고 몇 년 이상 유모로 일하면 받을 수 있는 뱃지에 대한 이야기가 있었어. 하나의 공동체 같았어. …… 그러니까 가족과 같다고 해야 할까. 일부분이 되고 싶었지. 나는 학교를 좋아했고 학교에 다시 가고 싶었지만, 우리 엄마는 나를 집에 두기로 했어. 그런데 나는 생각하면 할수록 점점 더 그 학교 출신의 유모가 되고 싶었지. 아이들을 돌보면서 아이들이 안전하고 사랑받고 있다고 느끼게해주고 싶었어. 하지만 그 학교에 가기에 나는 너무 어렸고, 그래서 18살이 될 때까지 기다려야 했어. 때가 되자마자 나는 시험을 치렀고 통과했지. 만약 장학금을 받지 않았다면 어떻게 했을까 싶기는 해. 다른 친구들은 받을 수 없었는데, 내가 정말 운이 좋았던 거지. 친구들이 나보다 훨씬 더 똑똑했거든. 때로는 내가 그 학교를 마음에 두지 않았다면 어떻게 되었을까 생각해. 시험을 치러 간 게 평생처음으로 나 스스로 한 일이었거든. 그때 내가 마음속으로 한 말이 '아빠 없이도 나는 잘해나가고 있고, 앞으로도 잘 헤쳐나갈 거야.' 였어."

나는 데카의 머리칼에 남은 물기를 수건으로 꼭 짜고 데카가 욕조에서 나올 수 있도록 도왔다. 데카는 마치 욕조의 물속에 몸의 일부를 빼놓고 나온 듯 사뭇 가벼워진 것 같았다.

네 명의 아이들이 모두 잠자리에 들자 잉글랜드 부인이 응접실로 나를 불렀다. 처음에는 잉글랜드 부인이 이 집을, 그러니까 자신의 집을 독차지하는 게 너무 이상해 보였지만 지금은 너무나 자연스러워졌다. 우리는 장례식과 아이들에 대해 이야기했다. 그런 뒤에는 평화로운 침묵이 흘렀다.

"부인, 데카는 쉘드레이크 씨가 친아빠인 걸 아나요?"

내가 물었다.

"아니요, 모를걸요. 데카가 아니요?"

잉글랜드 부인이 말했다.

"확실히 잘 모르겠어요. … 혹시 부인의 가족들이 잉글랜드 씨와의 결혼을 강요했나요?"

나는 대답과 함께 잉글랜드 부인에게 질문을 던졌다.

"우리 엄마의 작품이었죠. 내가 임신했다는 사실을 간신히 숨기고 있었는데 결국 엄마가 알아버렸어요. 엄마는 나한테 직접 확인하더니 바로 다음 날 찰스와 약혼을 시켰죠. 나는 엄마에게 토미와 결혼한 사이라고 말했지만 개의치 않으셨어요. 엄마는 우리가 성당에서 결혼하지 않았으니 무효라고 말했죠."

잉글랜드 부인의 표정이 아련해졌다.

"나는 절대로 찰스를 좋아하지 않았어요. 어릴때부터요. 찰스는 우리 오빠들을 졸졸 따라다니며 우리 중 한 명이 되기만을 바랐죠. 찰스의 아버지가 우리 아빠의 변호사였는데, 차갑고 계산적인 사람이었어요. 한번은 내가 옷을 갈아입는데 찰스가 내 방에 왔더라고요. 문을 열어보니 찰스가 있었어요. 열쇠 구멍으로 엿본 거죠. 그때가 아마 열세 살이었을 거예요. 엄마는 이 결혼을, '필요에 의한 결혼'이라고 말했어요. 나 빼고 모든 사람에게 필요한 결혼이었네요.

425

잉글랜드 부인이 콧방귀를 뀌었다.

나는 잠자코 듣고 있다가 또다시 질문했다.

"그럼 쉘드레이크 씨는 어떻게 된 거예요?"

"토미는 그 이후 바로 호주로 떠났어요. 그리고는 소식을 전혀 듣지 못했죠. 나한테 편지를 보내지 말라고 이야기했고 정말로 그렇게 했어요. 토미의 아버지가 돌아가셨을 때 고향으로 돌아왔어요. 아버지의 사업을 물려받고 어머니를 돌봐야 했죠. 토미의 동생은 대장간을 팔고 싶어 했지만 그 아버지에게는 상당히 의미가 큰 일이었어요. 백 년 이상 그 가문이 해 왔던 일이거든요. 좋은 사람이었답니다. 토미의 아버지 말이에요."

잉글랜드 부인이 미소 지었다.

"쉘드레이크 씨를 처음 만났을 때 상당히 어리셨겠어요."

"열일곱 살이었어요. 내가 어렸을 때는 말을 자주 타곤 했거든요. 어느 날 대장간 앞을 지나게 되었고, 토미가 내 말에게 마실 걸 주었어요."

잉글랜드 부인은 과거로 돌아간 것 같았고 얼굴에는 아무 표정이 없었다.

"말 타는 걸 한 번도 본 적이 없어요, 부인."

"안 탄지 오래됐죠. 이제 다시 시작해 보려고요."

"그럼 잉글랜드 씨는 데카의 친아버지가 누군지 몰랐던 거예요?"

"엄마는 내가 더럽혀졌다는 이야기를 찰스에게 했어요. 그 일이 내가 일방적으로 당한 일이었다고 말했죠. 하지만 찰스는 혼자서 그렇지 않다는 걸 알아냈어요. 나한테 특별한 의미가 있다는 걸 말이에요. 그래서 그 수많은 세월 동안 나를 싫어했어요. 증오했지요.

데카의 친아빠가 누군지 나는 절대로 말하지 않았지만, 찰스는 기필코 그 정보를 알아내려고 했어요."

"왜요? 이미 다 지나간 일인데요?"

잉글랜드 부인은 어깨를 으쓱했다.

"자기가 생각하는 것만큼 내가 자기 것이 되지 못하니까? 그 사람 전에 다른 사람이 있어서가 아니었을까 싶어요. 크로우네스트에서 나를 집으로 끌고 온 것도 내가 혼자 산책을 다녀왔기 때문이에요. 크로우네스트에 왔을 때 내가 안 보이는데 어디로 갔는지 찾을 수가 없었던 거죠. 나는 그때 편지를 부치러 나갔었어요. 편지를 들고 가는 걸 못 봤길 천만다행이죠. 나는 크로우네스트에서도 찰스로부터 벗어 날 수 없었어요. 산책을 나간다고 해도 공장을 지나야 했고, 찰스 아니면 다른 사람에게 손을 흔들어 보여야 했죠. 돌아오는 길에도 마찬가지였어요. 나는 찰스의 일꾼 중 한 명이 된 기분이었고, 결국 차라리 아예 나가지 않고 집에만 있는 게 훨씬 더 편해졌어요."

나는 한숨을 쉬었다. 토미가 이 모든 사실을 다 알고 있고, 자신의 딸이 살고 있는 마을로 돌아왔다…… 부인의 이야기를 듣지 않았다면 토미 쉘드레이크가 왜 맑았던 어느 날 우리를 대장간으로 초대했는지 전혀 알지 못했을 것 같다. 나뿐만 아니라 잉글랜드 씨도 마찬가지였을 것이다.

"그래서 언제 쉘드레이크 씨와 다시 말을 하기 시작했나요?"

나는 잉글랜드 부인에게 물었다.

"마을로 돌아오고 나서 바로요. 아주 가끔이기는 했지만요. 찰스가 편지를 모두 직접 확인하는 바람에 집으로 편지를 보낼수가 없었어요. 심지어 찰스는 우체부를 만나면 편지를 공장에 두고 가라고 하기도 했지요. 이런 일이 일어날 줄 알고 기다리고 있었던 것 같아요. 어느 정도는 직감했겠죠. 찰스의 머릿속에는 언제나 내가 자기를 떠나지 않을까 하는 걱정이 있었던 것 같아요. 그러면 돈도 다 없어지고 모든 게 다 사라지게 되니까요."

"잉글랜드 씨와의 이혼을 말씀하시는 건가요?"

잉글랜드 부인은 고개를 저었다.

"아니요, 이혼은 아니었어요. 나는 우리 관계가 부적절하다는 걸 증명해야 했는데 당연히 그럴 수가 없었죠. 그래서 찰스가 아이들을 다 자기 자식인 양 데리고 있었던 거고요. 우리 가족이라면 가만히 보고만 있지 않았을 거예요. 게다가 나는 내 돈도 없었죠. 모두 찰스 돈이었어요.

토미는 나에게 새로운 어딘가에서 정착하는 데 충분한 정도의 돈을 주겠다고 약속했어요. 데카가 토미에게서 편지를 받아 가지고 온 날 기억해요?"

나는 고개를 끄덕였다.

"그때 편지에 들어있던 게 혼인 증명서였어요. 물론 편지도 함께 보냈죠. 나는 혹시나 찰스가 발견하게 될까 봐 편지를 벽난로에 태웠어요. 그래서 온 집안이 다 알게 된 거죠. 찰스는 벽난로에서 재를 보고는 내가 무언가를 숨기고 있다는 걸 알아챘죠. 그래서 데카를 학교로 보낸 거예요."

"부인을 벌주려고요?"

나는 깜짝 놀라서 눈을 깜빡였다.

잉글랜드 부인은 고개를 끄덕였다. 부인의 얼굴이 분노로 딱딱하게 굳었다.

"그 밖에도 많은 벌을 주었죠. 내 말을 다 팔아버렸어요. 내가 자면서 애인의 이름을 부른다고 하더라고요. 그래서 나는 찰스 옆방에서 자는 것도 너무 두려웠답니다. 아이들은 찰스를 더 좋아했고요."

"그 부분이 확실히 잘……."

"찰스가 그렇게 만든 거예요. 나한테 하는 것처럼 애들한테도 그렇게 할까 봐 내가 감히 내 애정을 표현하지 못한 거죠. 아이들을 보호하기 위해 평생 아이들을 무시해야 했어요. 찰스는 내가 메이와 이야기하는 것도 싫어했어요. 찰스는 메이가 자신의 소유라고 생각했으니까요."

잉글랜드 부인의 눈에 눈물이 맺혔다.

아주 엄중하게 생각해 봤다. 내가 좀 더 면밀하게 생각했다면 나도 그 관계에서 벗어날 수 있었을 것이다.

"그래서 제 편지를 부인의 방에 둔 거군요."

내가 말했다. 부인은 고개를 끄덕였다.

"설마 내가 그런 짓을 할 사람으로 보진 않았겠죠."

"무엇을 믿어야 할지 잘 알 수 없었어요."

잉글랜드 부인은 장밋빛 분홍색 소파에서 몸을 일으켜 내 쪽으로 몸을 기댔다. 검은 가운이 바스락거렸다.

"이제 다 끝난 일이죠."

부인이 말했다.

우리는 잉글랜드 씨의 서재에 있는 수백 장의 편지 중, 우리 아빠에게서 온 편지를 찾지 못했다. 물론 일일이 다 볼 시간도 없기는 했다. 나는 이제 이 문제가 중요하지 않다고 생각했다. 아빠가 잉글랜드 씨에게 편지를 썼을 수도, 그렇지 않았을 수도 있다. 잉글랜드 씨가 어떻게 내가 누군지 알게 되었는지 이제 더이상 나는 신경 쓰지 않고 있다는 걸 깨달았다.

"불쌍한 어머님께서는…… 그러니까 부모는 왜…… 부모는 왜 이렇게 많은 것을 해야 하는지 이해가 안 돼요."

잉글랜드 부인이 말했다.

"엄마는 다시는 그 일을 입에 올리지 못하게 했어요. 아무 일도 없었던 것처럼 행동하셨죠."

나는 목소리가 떨리지 않도록 주의하며 말을 이어나갔다.

하지만 엄마가 매년 두 번씩 가게의 물건들을 싼 꾸러미와 우리 가족이 쓴 편지를 들고 아빠를 찾아갔다는 사실을 말하지 않았다. 나는 그 일이 일어났을 때 엄마가 병원보다 교도소에 먼저 갔다는 것을, 우리보다 아빠를 먼저 만났다는 사실을 이야기하지 않았다. 엄마는 나와 엘시가 입원한 폐쇄 병실에 왔을 때 한 번도 나를 만지지 않았고, 오히려 내 발밑 의자에 앉아서 두려움과 경멸의 눈으로 나를 지켜봤다. 마치 다리에서 몸을 던진 게 나 자신이고, 그래서 우리 가족의 마음을 산산조각낸 사람이 나인 것 처럼 나를 쳐다보았다.

"아빠를 잘 돌보라고 했잖니."

엄마는 이렇게 말했다.

훨씬 나중에, 내가 계속해서 맹렬하게 아빠에게 편지를 쓰고 아빠에게 가는 걸 거절하자 엄마는 왜 너만 유별나게 아빠를 용서하지 못하냐고 물었었다.

'왜 용서하지 못하지?'

나도 나 스스로에게 똑같은 질문을 해보았다. 엄마랑 나는 상황이 다른 것 같다. 엄마는 벌어진 일로부터 벗어난 것 같았고, 아픈 남자의 아내 역할에서도 자유로워진 것 같았다. 아빠는 더이상 엄마의 짐이 아니었고 나는 그래서 엄마가 싫었다.

"이건 다 가지고 멜버른으로 가는 거예요?"
사울이 물었다.
"내 생각에는 이중 아무것도 못 가져갈 것 같은데."
잉글랜드 부인이 대답했다.
"그럼 이것들은 다 어디로 가요?"
"일부는 변호사가 맡아줄 거고, 책이랑 가구는 좀 팔아야겠지."
"아무것도 안 팔면 안 돼요?"
밀리가 걱정스레 물었다.
"네 건 아무것도 안 팔게."
잉글랜드 부인이 나에게로 몸을 돌렸다.
"아직 결정 못 한 거죠?"
"내일 알려드리도록 하겠습니다, 부인."
잉글랜드 부인은 고개를 끄덕였다.

# 24

아침에 나는 아이들과 함께 우체통으로 걸어갔다. 승
마길을 반쯤 내려갔을 때 누군가 자전거를 타고 이쪽으로 오는 것
을 보았고 가슴이 뛰기 시작했다. 그가 제복을 입고 있어서 아주 가
까이 오기 전부터 우체부라는 것을 알 수 있었다. 그는 모자를 살짝
벗어 인사하고 계속 가던 길을 가는 대신에 속도를 줄였다. 자전거
바퀴가 울퉁불퉁한 돌 사이로 끼익 소리를 내며 멈췄다. 우체부가
가지고 온 메시지는 나한테 온 것이었다.

"잉글랜드 집안의 사람이죠, 아가씨?"

"네, 그렇습니다."

"루비 메이인가요?"

나는 고개를 끄덕였다.

"메이 양을 만나러 가는 길이었어요. 약 10분 전에 도착한 전보
입니다."

우체부가 나에게 건네주는 봉투에는 '긴급'이라고 쓰여 있었다.

"감사합니다."

내가 대답했다.

우체부는 고개를 까딱하고는 왔던 길로 되돌아갔다.

"이게 뭐예요?"

밀리가 물었다.

"전보야."

"그게 뭔데요?"

"일종의 편지인데, 전신으로 보내는 거란다."

"열어볼 거예요?"

사울이 물었다.

"응."

나는 대답했다.

잠시 뜸을 들인 후 나는 떨리는 손으로 전보를 열었다.


　화요일 밤, 아버지 돌아가심. 장례식과 이후 장례 절차는 금요일 B 성당에서 할 예정. 오킹엄 역에 오전 11:51 도착 예정.


"누가 보낸 거예요?"

밀리가 물었다.

나는 보낸 사람을 찾아보았다. 엠마 메이.

"우리 엄마."

내가 대답했다.

"편지에 서명을 안 했네요?"

밀리가 어깨너머로 엿보며 말했다.

지난 3월 내 생일 이후 엄마에게서 소식을 듣는 건 처음이다. 빨간 다람쥐가 길을 이쪽저쪽으로 뛰어다니면서 저 아래로 내려갔다. 나는 다람쥐가 너도밤나무 위로 잽싸게 나선형을 그리며 올라가서 사라지는 것을 지켜보다가 전보를 내 망토 속에 집어넣었다.

그날 아침, 나는 데카에게 아이들이 아침 먹는 걸 감독해달라고 부탁하고 잉글랜드 부인을 만나러 서재에 갔다. 부인은 책상에 앉아서 편지를 쓰고 있었다.

"부인."

나는 문을 닫으면서 입을 열었다.

"제안해 주신 안을 생각해 봤는데요. 아무래도 멜버른에 같이 가기는 어려울 것 같습니다."

부인은 한숨을 쉬며 펜을 내려놓았다.

"안 가는 거예요, 못 가는 거예요?"

"둘 다예요. 엘시와 남동생들이 그렇게 멀리 떨어져 있으면 안 될 것 같아요. 거의 다 크기는 했지만, 만약 엄마에게 무슨 일이 생기면 제가 책임져야 하거든요. 동생들을 저버릴 수가 없어요. 그리고 만약에 아빠가 조금이라도 건강이 나아지셔서 어느 날 집에 돌아오신다면……."

나는 침을 꿀꺽 삼켰다.

"근처에 있고 싶어요. 하지만 떠나실 때까지는 있을게요. 아이들을 위해서요."

잉글랜드 부인의 갈색 눈이 슬픔으로 가득했지만, 고개를 끄덕였다. 부인은 머리를 한쪽으로 기울였다.

"물론 이해해요. 아이들이 메이도 없이 먼 곳으로 가자고 하는 나를 용서해줄지 모르겠지만요."

"당연히 용서할 거예요, 부인. 살 집은 구하셨나요?"

나는 슬며시 미소를 지었다.

"네. 중개인에게 편지를 쓰는 중이었어요. 어제 중개인에게 편지를 받았거든요. 우편으로 사진을 보내준다고는 하는데 아마도 우리가 떠난 다음에나 도착할 것 같아요. 어쨌든, 괜찮아 보여요. 무엇보다 바닷가를 전망으로 하는 커다란 정원도 있고, 베란다도 있고요."

"좋을 것 같아요. 부인이 괜찮으시다면 저는 사직 소식을 교장 선생님께 오전 우편으로 알리려고요."

"그렇게 하세요. 부스 선생님을 집으로 오라고 했어요. 앞으로의 계획에 관해 전하고, 이제 그만 와도 된다고 이야기하려고요. 메이의 사직에 대해서는 메이가 직접 할래요?"

"부인께서 전해주신다면 감사하겠습니다."

부스 부부는 장례식에 참석해 부인을 위한 카드를 남겼다. 카드가 우편함 안으로 떨어질 때 부인은 현관에 있다가 문을 열어 부부를 불렀다. 나는 부스 부부가 우산을 쓰고 정원을 가로질러 오는 것을 보고 놀이방 창문에서 손을 흔들었다. 잉글랜드 부인은 처음으로 응접실에서 부스 부부에게 차를 대접했다. 나는 블레이즈가 놀이방에 들를지도 모른다고 생각했으나 블레이즈는 집에서 빨리 나가고 싶어보였다. 엘리가 우산을 들고 정리하느라 정신없는 사이 정원을 성큼성큼 걸어가 버렸다.

나의 사직 소식을 펨브릿 스퀘어에 보내면서 약간 우울해졌다. 아이들과 나는 오두막에 도착했고 나는 편지를 벽에 있는 우체통에 넣어달라고 밀리에게 부탁했다. 편지를 쓰기 전에 나는 증언서를 다시 보았다. 특히 '유모나 수습 유모가 세 번 실직할 경우 본 기관에서 제적한다.'는 단락을 찾아서 읽어보았다. 2년이 조금 안 되는 기간에 벌써 두 번 직장을 잃었다. 게다가 설상가상으로 내 맵시 좋은 장갑의 왼쪽을 잃어버렸다. 잃어버린 장갑을 사러 가게에 갈 의사는 없었다.

우리는 다시 터덜터덜 집으로 돌아왔다. 겨울이 계곡에 완전히 자리 잡았다. 모두가 깊은 겨울잠에 빠져든 것 같았다. 강물은 여전히 바쁘게 콸콸 흐르고 있었다. 나는 아이들의 여름옷을 세탁해서 쌌고, 서지와 울, 모자, 스카프, 목도리들은 한데 모았다. 아이들에게 호주에서는 크리스마스가 여름이고 한해의 중간이 겨울이라고 설명해주었다.

토미 쉘드레이크는 장례식에 오지 않았지만, 나와 만났던 그 일요일에 그랬던 것처럼 공원에 앉아 있었다. 신문을 읽으면서 혹시나 잉글랜드 부인과 데카를 볼 수 있을까 희망하는 것 같았다. 장례식이 끝나고 일주일 후, 부인은 혼자 숲으로 산책을 다녀오겠다고 했다. 나는 부인의 의도를 알아챘고 부인이 길 저쪽으로 사라져갈 동안 창문에서 지켜보았다. 부인이 돌아왔을 때 두 볼은 분홍색으로 빛나고 있었고, 부인은 침실로 바로 들어갔다.

이민 이야기를 한 것도 그날 저녁이었다. 우리는 놀이방에서 벽난로를 켜고 전등 불빛 아래 앉아있었고 나는 무릎에 바느질할 거리를 한 아름 가지고 있었다. 부인의 소식에 나는 조금도 놀라지 않았다. 부인과 같은 사람이 어디로 갈지는 잘 모르겠지만 이곳에 더 머물 수 없다는 게 나에게는 분명했으니까 말이다. 호주라면 말이 되었다. 부인의 가족과 멀리 떨어져 있는 데다가 젊고 활기찬 이미지가 있었다. 화려한 곳에서의 모험이 그려졌다. 아이들과 함께 호

주로 이민을 가는 건 아주 깨끗한 새 노트에 일기를 써나가는 것과
마찬가지이리라.

"쉘드레이크 씨도 호주에 가나요, 부인?"

나는 최대한 아무렇지도 않게 들리도록 애쓰며 물었다.

"안 갈 것 같아요. 지금은 여기가 그 사람의 삶의 터전이니까요."

잉글랜드 부인이 대답했다.

"부인도 떠나시잖아요."

"내가 떠날 거라고는 생각도 못 했어요. 이 집에서 평생 살았으
니까요. 하지만 지금은 이 집에서 계속 사는 게 상상이 안 되네요."

"그래서 부인과 쉘드레이크 씨 두 분이……? 죄송해요, 부인. 너
무 캐물으려는 건 아니었어요."

부인은 벽난로를 가만히 들여다보았다.

"나는 아직 그 사람을 사랑하는 것 같아요. 하지만 이미 우리는
너무 훌쩍 자라버렸지요. 그래서 괜찮을 것 같아요."

나는 놀라움을 감췄다. 토미 쉘드레이크도 똑같이 느낄지 궁금
해졌다. 잉글랜드 씨가 죽기 전에 부인은 쉘드레이크와 도망가려고
하지 않았던가. 하지만 부인이 대장장이의 아내인 것도 쉽게 상상
이 되지는 않았다.

부인은 마치 꿈에서 나온 듯 나를 바라보았다.

"같이 갈래요?"

나는 잘못 들어간 바늘땀을 풀었다.

"안될 것 같아요, 부인."

"그래도 생각해봐 줄래요?"

침묵이 흐른다.

"몇 주 시간을 갖고 생각해봐 주세요."

"네."

"그런데, 대신 무엇을 하려고요?"

"잘 모르겠어요."

대답은 이렇게 했지만, 대답하는 즉시 알게 됐다. 나는 휴가를 쓸 것이다. 놀랜드 학교에서 임대한, 병원 교육 후 격리했던 남쪽 해안 가 오두막이 생각났다. 나는 그곳에 가서 짠 바닷물과 바람으로 내 얼굴을 깨끗이 씻고 싶었다. 하지만 심 교장 선생님이 나의 사직 소 식을 어떻게 받아들일지 확실치 않았다. 나는 잉글랜드 부인이 호 주에 대해 이야기하기 전부터 떠나게 될 것을 예견했다. 나는 여기 서 더이상 머물 수 없었다. 비록 내가 엘시와 남동생들을 사랑했음 에도 롱모어 스트리트를 너무 떠나고 싶었던 것처럼, 부인과 너무 나 많은 것을 공유했지만, 그럼에도 떠나야겠다고 생각했다.

전보를 주머니에 넣고 집으로 돌아가면서 나는 피곤하고 감각이 없었다. 평범한 장갑을 끼고 있어서인지 추레해 보였다. 나는 이미 내가 아빠의 장례식에 가지 않을 거라는 걸 알고 있었다. 이곳의 그 누구도 아빠에 대해 알지 못하고 그렇다고 주의를 끌고 싶지도 않 았기 때문에 잉글랜드 부인에게도 말하지 않기로 했다.

바로 그때, 내가 하드캐슬 하우스로 돌아가기 원치 않는다는 것 을 깨달았다. 아이들에게 숲에서 노는 건 어떠냐고 제안하자 아이 들은 그 즉시 나무 사이로 뛰어다녔다. 마치 원주민처럼 길게 짖는 소리를 내며 여기저기를 활보하고 다녔다. 나는 길 한쪽에 유모차 와 함께 서서 반은 아이들을 지켜보고 반은 생각에 잠겼다. 그리 오래지 않았을 때 자전거 벨이 딸랑거리는 소리가 들리더니 자전거 바퀴가 끼익 섰다.

"루비."

"부스 선생님."

부스 선생님은 자전거를 끌고 나에게로 다가왔다. 나는 아무 감각도 없고 무기력했지만, 부스 선생님이 내 옆으로 다가오자 가슴이 마구 뛰는 게 느껴졌다.

"잘 지내요?"

부스 선생님이 물었다.

"잘 지내요. 고맙습니다."

부스 선생님이 등에 멘 가방을 툭툭 쳤다.

"메이 주려고 책을 좀 가지고 왔어요. 사울이 그러는데 독서광이시라면서요."

"감사해요. 그런데 이제 아이들이 다 집에 있어서 책 읽을 짬이 날지 잘 모르겠어요."

"가지셔도 돼요."

부스 선생님이 자전거 핸들을 꽉 잡자 손가락 관절이 하얗게 빛났다. 나는 감히 부스 선생님의 눈을 쳐다볼 수 없었다.

"방직공장에서 가르치세요?"

내가 애써 밝게 물었다.

"공장은 문을 닫았어요."

"아, 맞아요, 그렇죠. 알고 있었어요."

"팔려고 내놨다고 해요. 브래드포드의 호텔리어 같은 사람이 공장을 사서 스케이트장을 만들겠다는 소문도 있고요."

이제 나는 부스 선생님을 똑바로 바라볼 수 있었다.

"너무 진지하실 필요 없어요."

부스 선생님은 고개를 끄덕였다.

"아, 맞아요. 찻집이나 무도장 뭐 그런 것 같았어요. 방직공장은 이제 더이상 안 생겼으면 좋겠어요. 공장이 너무 많아도 안 좋은 것 같아요."

"아주 예쁜 공간이 될 것 같아요."

"잉글랜드 부인이 부르셔서 다녀왔어요."

부스 선생님이 잠시 뜸을 들이다가 말했다.

"아, 네. 저도 알고 있었어요."

"근데 저를 왜 부르셨는지 메이도 모를걸요? 사울이 잉글랜드 씨를 애도 중이니 개인 과외를 그만했으면 좋겠다고요. 왠지 일자리를 잃는 기분이네요."

"잉글랜드 가족이 호주로 이민을 가서 그래요."

부스 선생님은 낮고 길게 휘파람을 불었다.

"아, 그건 생각 못 했네요. 언제요?"

"최대한 빨리요. 가능하면 크리스마스 전에 가는 것 같아요."

"호주라. 그렇게 멀리까지 갈 수 없지 않아요? 메이도 같이 가요?"

"아니요. 저는 사직 의사를 말씀드렸고, 4주 여유를 두었어요."

"뭐라고요? 멋진 영국인 유모가 되고 싶지 않아요? 나 같으면 데려가 달라고 물고 늘어졌을 것 같아요."

부스 선생님이 믿을 수 없다는 듯이 말했다.

"그랬을 것 같아요?"

나는 살짝 미소를 지었다.

"오, 그랬을 것 같냐고요? 나라면 이미 가방을 다 싸놨죠. 새 인생이라. 완전히 새로 시작할 수 있는 거잖아요."

"그것도 좋은 생각이네요."

"눈코입이 제대로 달린 사람이라면, 완전히 새로운 인생을 살 수 있는 아주 좋은 기회가 왔다는 걸 알 수 있죠. 나라면 그리워하기는 커녕 지도에서 여기를 찾아도 보지 않을 거예요. 아마 다음 생에나 가능하겠죠, 그렇죠?"

부스 선생님은 애석한 듯 한숨을 쉬었다.

"선생님과 블레이즈가 가면 되죠."

"블레이즈는 절대 가족을 떠나지 않을 거예요. 괜찮아요, 휴."

이번에는 자기 연민이 들어있지 않은 한숨이었다.

"메이는 이제 어떻게 할 거예요?"

"새 가족을 찾아야겠죠."

"익숙해지자마자 떠나야 한다니 안됐네요. 참 슬픈 직업이군요. 그래도 나는 이곳을 떠나려고 하는 잉글랜드 부인을 원망하지는 않아요. 여기서 정말 행복해 보이지 않았거든요."

부스 선생님이 낮은 목소리로 말을 이었다.

가슴이 두근거렸지만 나는 아무 말도 하지 않았다. 갑자기, 망토를 두른 채 숲을 헤매며 잉글랜드 씨의 시체를 찾던 기억이 떠올랐다. 그렇게 무서운 일은 처음이었다. 잉글랜드 씨가 어디에 있는지도 모르고, 살았는지 죽었는지, 몰래 숨어서 우리를 노리고 있는지조차 알 수 없었다. 마침내 잉글랜드 씨를 바위 아래에서 발견했을 때 나는 정확히 5분 동안 맥박이 있는지를 보기 위해 잉글랜드 씨의 목을 누르고 있었다.

"블레이즈는 처음에 들었을 때 믿지를 못하더라고요. 충격을 받은 것 같아요. 블레이즈가 그렇게 조용한 건 처음 봤어요. 나도 소문에 밝은 편은 아니지만, 마을에서 사람들이 뭐라고 이야기하는지 메이는 아직 못 들었을 것 같은데요?"

나는 침을 꿀꺽 삼키고 팔을 내렸다.

"뭐라고 이야기하는데요?"

"잉글랜드 씨가 일이 터지기 전에 스스로 그랬다고요. 그러니까……, 스스로 목숨을 끊었다고요. 재정 상태가 얼핏 보기에도 엄청나게 좋지 않았다고 해요. 우리가 사정을 다 알고 있으니까 재미있자고 하는 말은 아니에요."

나는 몸을 떨었다. 내가 마을에 가고 싶지 않은 또 다른 이유는 문을 닫은 채 계곡 아래 구석에 고요하고 조용하게 서 있는 방직공장을 지나가야 하기 때문이다. 끊임없이 돌아가는 기계 소리나 카트를 끄는 소리, 목화 더미를 내려놓는 쿵 소리가 들리지 않고 굴뚝에서 연기가 나오지 않는 공장은 이상하고 기괴하기까지 했다. 바람이 조약돌 위를 조용하게 살랑 불더니 남아있는 목화들이 슬프게 떠올랐다.

"우리 아빠가 돌아가셨어요. 지금 막 전보를 받았어요."

나는 스스로도 놀라면서 말했다.

부스 선생님은 조용했다. 그러더니 입을 열었다.

"미안해요. 잉글랜드 씨에 대해서 그런 식으로 이야기하면 안 되는 거였는데. 그런 의미가……."

"괜찮아요. 알아요. 아직 누구한테도 이야기한 적이 없어요. 다시 들어도 이상하네요."

나의 다음 말을 기다려 주는 부스 선생님의 손가락 관절이 자전거 핸들 위에서 다시 한번 하얗게 빛났다.

"아빠는 건강이 안좋았어요. 오랫동안…… 병원 같은 곳에 계셔서 아빠를 보지 못했죠. 그런데 이제 영원히 볼 수 없게 됐어요."

나는 울기 시작했다.

부스 선생님이 주섬주섬 손수건을 꺼냈지만 내가 먼저 내 한쪽 장갑으로 눈물을 닦았다.

"알아요, 루비."

나는 믿을 수 없다는 표정으로 부스 선생님을 지켜봤다.

"아버지를 알아요. 어떤 분이었는지도요. 존 로우든이 말해줬어요. 사진인가 뭐를 보고 당신을 알아봤다고 하더라고요."

"그럼 쭉 알고 있었던 거예요?"

부스 선생님이 고개를 끄덕였다.

"블레이즈도 알아요?"

부스 선생님은 고개를 저었다.

"블레이즈에게는 말하지 않았어요. 내 이야기가 아닌데요."

부스 선생님은 나를 뚫어지게 쳐다보았다. 나는 부스 선생님의 갈색 눈에 초록색 점들이 있는 걸 깨달았다.

"말로 표현할 수 없는 일이죠. 당신에게 일어난 일 말이에요. 하지만 당신은 아무 잘못도 없어요."

나는 소름이 끼쳐서 한숨을 깊이 쉬었다. 로우든 씨가 잉글랜드 씨에게 말한 장본인일지, 아니면 잉글랜드 씨는 또 다른 경로를 통해 알게 되었는지 궁금했다. 그래도 가능성이 제일 큰 건 로우든 씨일 것 같았다. 잉글랜드 가족과 같은 부자와 친분을 쌓고 싶어 했으니까. 당연히 잉글랜드 씨에게 인터뷰도 요청했을 거다. 나는 내가 이렇게는 전혀 생각지 못했다는 사실을 깨닫고 신기했다.

우리는 아이들이 막대기를 들고 서로를 뒤쫓는 모습을 지켜보았다.

"메이가 오고 나서 아이들에게 색깔이 생긴 것 같아요."

부스 선생님이 말했다.

"그런가요?"

"메이가 오기 전에는 꼭 아이들이 흰죽 같았거든요. 모두 창백하고 통통하고요."

나는 웃었다. 몇 주 만에 처음인 것 같았다. 웃음은 마치 비밀 개울처럼 퐁퐁 솟아올랐으며 맑고 사랑스러웠다. 그런데 갑자기 눈물이 쏟아졌다. 너무 펑펑 울어서 모두 깜짝 놀랐다. 부스 선생님이 이번에는 손수건을 꺼내서 내 손에 쥐여주었다.

"왜 우는지 모르겠어요."

내가 말했다.

"나는 알아요. 친아버지가 돌아가셨잖아요. 너무 스스로에게 엄격하지 말아요."

나는 기분이 좀 나아져 코를 풀고 부스 선생님의 손수건을 내 주머니에, 전보 옆에 넣었다.

"돌려줘야 해요."

부스 선생님의 말에 나는 다시 한번 크게 웃었다.

우리는 같이 걷기 시작했고, 바위가 저 멀리 드리운 으스스한 방직공장 앞뜰을 부스 선생님과 같이 지날 수 있어서 다행이었다. 문에는 '매각' 팻말이 걸려 있었다.

집으로 돌아오니 브로들리와 벤은 팔을 걷어붙이고 별채를 정리하고 있었다. 잉글랜드 부인은 브로들리에게 30년간 근속한 데 대한 감사의 표시로 마차를 주었다. 브로들리는 잉글랜드 가족이 이민을 가면 자기 사업으로 택시 운전사를 할 계획이라고 했다. 모든 하인이 적절히 보상을 받았다. 틸다와 에밀리는 그레이트렉스 집안에 다시 취업이 되었고, 매니언 부인은 상당한 퇴직금을 받았다. 매니언 부인은 자신의 오두막에서 계속 빵을 구워서 빵과 케이크를 팔 거라고 했다.

"요크셔에는 다시 돌아오지 않겠죠."

우리가 정문에 다 왔을 즈음 부스 선생님이 말했다.

아이들을 나보다 앞서 신발장으로 들여보냈다. 나는 성가신 유모차를, 부스 선생님은 자전거를 부드럽게 앞뒤로 밀었다. 우리는 마치 켄싱턴 가든스의 유모 두 사람 같았다.

"아마도요."

내가 대답했다.

"그럼 오늘이 마지막이겠네요."

"그럴 것 같아요."

부스 선생님이 손을 내밀자 찰리가 인상 깊은 듯 쳐다보았다.

"자, 자. 루비 메이. 행운을 빕니다."

나는 부스 선생님의 손을 잡았다.

"부스 선생님도요. 선생님의 우정에 감사드려요."

우리 중 아무도 손을 흔들지 않았다. 우리는 마치 휴전하는 두 사람처럼 손을 한동안 잡고 있었다. 내가 먼저 손을 놓았고, 부스 선생님이 손을 내리면서 마치 손안에 무언가를 꼭 쥐듯 주먹을 쥐었다. 나는 유모차를 들고 정문을 통과하느라 애를 썼고, 부스 선생님이 마지막으로 나를 도와주었다. 나는 너무나 많은 감정을 한꺼번에 극복하느라 얼굴이 빨개진 채로 부스 선생님에게 감사 인사를 전하고 문을 닫았다. 선생님은 평소처럼 한쪽으로 돌아서 갔다.

나중에 현관 테이블에서 나는 부스 선생님이 나를 위해 놓고 간 책을 발견했다. 브론테와 디킨스 작품은 내가 이미 읽은 책이었고,

내가 읽지 않은 테니슨의 얇은 시집이 있었다. 나는 이 마지막 선물을 준비하면서 '이 책을 넣을까 말까.', '루비가 어떻게 받아들일까.' 고민했을 부스 선생님을 떠올렸다. 어쨌든 나는 선물을 잘 챙겼다.

## 25

현관 벨이 짤랑거렸지만 카운터 뒤의 여자는 쳐다보지 않았다. 여자는 선반 앞에 웅크리고 앉아서 바구니를 들고 서 있는 나이 많은 여자에게 푸딩 젤리 한 상자를 집어주고 있었다. 그둘은 한참 대화를 나누는 중이어서 나는 앉아서 주위를 둘러보았다. 밖에는 커다란 창문 위에 청과상의 '청'이 더이상 보이지 않았다. 대신 페인트칠 한 간판에는 '메이와 아들들이 운영하는 가게'라고 쓰여 있었다. 당근 상자도 반짝반짝 빛나는 사과 더미도 이제는 없었다. 새로운 선반이 들어왔고 선반에는 4열 횡대로 밀가루, 커스터드, 오트밀, 토피 사탕, 깡통 우유, 건포도 같은 팬트리에 쌓아놓을 법한 모든 물건이 있었다. 벽에는 포스터와 광고가 화려하게 붙어 있고, 카운터 뒤에는 조개 모양의 청동 손잡이가 달린 맵시 좋은 마호가니 서랍이 있었다.

엄마는 서서 나를 보았다. 한동안 얼어붙어서 아무 말도 못 하더니 이내 대화를 마무리했다. 엄마는 손님에게 거스름돈을 주었고 둘은 작별 인사를 했다. 나이 든 여자가 나가는 길에 내 깔끔한 제복과 먼지 한 톨 묻지 않은 새 장갑을 보더니 고개를 끄덕했다. 벨이 다시 울렸고 갑자기 우리 둘만 남게 되어서 나는 천천히 자리에서 일어났다.

"거의 못 알아보겠네."

엄마는 웃지 않았다. 엄마는 앞치마 속에 검은 치마와 팔이 넓은 크림색 블라우스를 입고 있었다. 이제는 갈색 머리보다 흰 머리가 더 많고 살도 조금 찐 것 같았다.

"가게가 많이 달라졌네요."

우리는 좁은 공간에서 거리를 두고 서서 움직이지 않았다.

"2층으로 올라가자. 로비가 은행에 갔는데 아마 곧 올 거야."

긴 침묵이 흘렀다.

"점심은 먹고 가니? 아치와 테드가 12시 반이면 올 텐데."

"오후에 런던에 가야 해서요. 한 시간 정도 밖에 못 있어요. 엘시는 집에 있나요?"

엄마는 앞치마에 손을 닦고는 문 쪽으로 고개를 내밀었다.

"엘시?"

엄마가 천장 쪽으로 고개를 향하고 엘시를 불렀다.

조금 후, 나는 엘시가 계단을 내려오는 소리를 들었다. 젊은이가 쿵쾅거리며 달려 내려오는 소리가 아니라 조심스럽게 한 발 한 발, 지팡이와 함께 내려오는 소리였다. 나는 숨을 참고 기다렸고, 키가 크고 날씬한 소녀가 현관에 나타났다. 엘시는 나의 낡은 파란색 블라우스와, 가느다란 허리에 맞춰 품을 줄인 치마를 입고 있었다. 잘 땋은 검은 머리는 굽이쳐 어깨 아래로 내려왔다. 엘시는 나와 똑같이 걱정이 많은 듯한 입을 가졌다. 지팡이를 들고 카운터를 돌아 다리를 조금 절면서 들어오는 엘시의 눈과 입이 커다랗게 벌어졌다.

"루비 언니! 온다는 이야기 없었잖아."

나는 연필깎이 냄새와 비누 냄새가 섞여서 나는 엘시의 냄새를 가만히 들이마셨다. 엘시를 내 쪽으로 가까이 끌어당겨서 찬찬히 살펴본 후 부서지지 않을까 걱정이 될 정도로 세게 껴안았다.

"놀랐지?"

"오늘 여기서 자? 제발 여기서 자고 가라."

"안돼. 런던으로 돌아가야 해."

오래된 코트를 입은 것처럼, 특별히 노력하지 않았는데도 사투리가 강해졌다.

"오빠 한 명이 거실에서 자면 되지. 괜찮을 거야. 그렇죠, 엄마?"

"언니가 안 된다잖니. 엘시, 언니 데리고 올라가서 주전자에 물 좀 올려놓으렴. 비스킷을 좀 가지고 올라갈게."

엘시가 좁은 계단을 먼저 올라갔고 익숙한 집의 냄새가 복도에서부터 나를 반겼다. 나는 엘시가 따뜻하고, 안전하고, 살아서 내 옆에 있는 것이 기뻤다. 나는 이미 커다란 주방과 높은 천장, 밥을 먹고, 휴식을 취하고 공부를 하는 공간이 각각 분리된 대저택에 익숙해졌다. 그래서인지 우리가 생활하고 음식을 하고 바느질을 하고 환기를 시키는 작은 공간이 그 어느 때보다 더 작고 쓸쓸해 보였다.

엘시가 차를 끓일 동안 나는 남동생들의 침실을 열어보았다. 엘시는 엄마와 함께 자고 남동생들이 옛날 우리 방을 쓰는 모양이다. 잉글랜드 집안의 아이들 침실 절반쯤 되는 이 방도 작아 보였다. 침대 이불은 정리가 안 돼있었고 바닥에는 신발, 양말, 멜빵들이 어지럽게 놓여 있었다. 아치와 테드는 둘 다 출근을 했다. 나는 점퍼를 개어 테드의 침대 위에 올려놓다가, 다시 들어서 코에 가져다댔다.

냄새를 맡으며 눈을 감았다. 창문 넘어 정원을 내다보니 잡초가 평 판 사이에 무더기로 자라 있었다. 댐슨의 별채와 닭들은 사라진 지 오래였다. 아직 닭장은 남아있다.

엘시는 식탁 위의 부스러기를 치우고 제일 좋은 날 쓰는 노란 꽃 이 새겨진 식탁보를 꺼내 식탁 위에 펼쳤다. 엄마는 '피크 프린' 비 스킷을 가지고 올라와서 접시에 몇 개 쏟아놓았다. 엄마는 앞치마 를 풀러 의자 뒤에 걸쳐 놓고는 끼익 소리를 내며 한숨과 함께 자리 에 앉았다. 나는 남동생들의 침실 문을 열어두어 겨울의 햇빛이 버 터색 벽에 네모난 모양의 빛을 그리도록 했다.

"장례식은 어땠어요?"

나는 모자와 망토, 장갑을 그냥 입고 있기로 했다.

"괜찮았어. 아주 엄숙했단다."

엄마가 머리를 긁적이더니 자기 컵에 차를 따랐다.

"종교에 따른 식이었어요?"

"아주 그렇지는 않았어. 하지만 사제가 아주 사람이 좋더구나. 너희 아빠에 대해 좋은 말도 해주고. 기차역으로 우리를 데리러 마 차도 보냈단다. 아주 좋았어. 너를 기다렸지 뭐니. 올지 몰라서 말이 다. 너도 있었으면 좋았을 텐데. 아빠의 명복을 빌어주렴."

나는 차를 한 잔 마시고 다시 식탁 위에 올려놓았다.

"그러면 아빠는 그 병원에 묻히신 거죠?"

"공동묘지야. 아주 괜찮더라. 그렇지 엘시? 나무, 꽃 그런 것들도 있고. 마을이 아주 잘 보였어. 나쁘지 않은 것 같더라."

바로 그때 아래층 현관문이 쾅 하고 닫히는 소리가 났고 나는 나 도 모르게 의자에서 벌떡 일어나 엄마와 엘시가 깜짝 놀랐다. 계단 을 오르는 소리가 들리더니 남자 목소리가 들렸다.

"왜 가게를 닫았어요?"

"로비!"

나는 달려가 로비를 안았다. 19살 된 로비는 이제 현관에 들어올 때 고개를 숙여야 할 정도로 건장한 남자가 되었다. 갈색 정장이 아주 잘 어울리는 로비는 이내 모자를 식탁 위에 던졌다.

"깨끗한 식탁보야."

엄마가 혼을 냈고 엘시는 웃으면서 로비에게 차를 따라줬다.

"그래서 그런 거예요!"

로비가 싱긋 웃으며 대꾸했다.

"그런데, 루밥! 어쩐 일이야?"

로비는 침실 문을 반쯤 열어둔 채 점원 복장으로 옷을 갈아입으면서 중간중간 계속해서 말을 걸고 질문을 던졌다. 곧 로비는 아래로 내려가서 손님들을 맞았고, 한 시간은 훌쩍 지나 나도 기차를 타러 가야 할 시간이 되었다.

"자주 좀 오렴."

엄마가 확신 없이 말했다. 우리 둘 다 그럴 수 없다는 걸 잘 아니까.

나는 엘시가 식탁을 치우는 걸 도우면서 언제 마지막으로 병원에 갔는지 물어보았다.

"한동안 안 갔어. 언제였더라? 지난 몇 달간 괜찮았긴 했어. 작년 겨울에 좀 안 좋긴 했지만."

엄마가 엘시를 대신해 대답했다.

"학교에 다시 갈 수 있겠어?"

엘시에게 물었다.

"엘시는 집에 있어야 해. 로비와 내가 가게에 있으니 오빠들이 돌아오면 점심을 줘야지."

엄마가 말했다.

"엘시가 준비해 놓고 나가면 안 돼요? 그것 때문에 온종일 집에 있는 건 좀 너무한 것 같아요."

"그러게."

엄마의 대답은 무심하고 성의가 없었다. 나는 오랜 분노가 끓어오르는 걸 느끼면서 자연스럽게 내 장갑을 보았다. 내가 장갑을 끼고 있었다는 걸 알게 되었다.

"이제 가야겠어요."

나는 엄마의 뺨에 입을 맞추며 엄마의 밀가루 향을 맡았다.

아래층으로 내려와서 로비를 안아주었고, 길로 향하는 현관에 서 있는 엘시를 가장 오래 안아주었다. 내가 손을 흔드는 동안 길은 쇼핑객들로 분주했고 엘시가 언뜻언뜻 보였다. 엘시의 땋은 머리가 이리저리 흔들렸다. 엘시의 얼굴도 보였다. 나를 향해 세차게 손을 흔드는 모습 말이다.

나는 그날 아침 잉글랜드 가족에게 작별 인사를 했다. 호주로의 이민은 공증 문제 때문에 지연되고 있었다. 랭카셔 끝에서 온 예의 바르고 침착한 잉글랜드 부인의 변호사가 쉴 새 없이 일해서 집을 팔았고 크리스마스 전에 호주로 가는 배편을 예약해주었다. 나는 떠날 때까지 남아있겠다고 했지만 아무도 정확히 언제 떠날 수 있을지 몰랐고, 마침 잉글랜드 부인이 혼자서 아이들을 볼 수 있다고 말했다. 아이들은, 심지어는 사울까지 모두 울었다. 나는 찰리를 필요 이상으로 오래 꼭 껴안고 있었다. 찰리를 제외한 세 명의 아이들은 나에게 선물을 주었다. 데카는 요크셔의 꽃에 대한 책을 만들어 주었고, 황무지에 대한 시도 써주었다. 사울은 자기가 아끼던 소중한 꿩 깃털을 주었다. 밀리는 내가 밀리의 아기 가운으로 만든 원피스를 입고 있는 인형을 나에게 주었다. 잉글랜드 부인은 마지막으로 증언서를 나에게 주었다. 하드캐슬 하우스에서의 나의 시간에 대해 기록해 달라고 부탁해 놓고는 완전히 잊어버리고 갈 뻔했다. 나는 증언서를 여행 가방에 넣었다. 나머지 짐은 나의 새 주소로 올 것이다. 마차가 준비됐을 때는 비가 오기 시작했고 브로들리가 우산을 들고 나를 배웅했다.

내 장갑이 사라지고 한 두어 주 됐을 때 에밀리가 보조 주방에서 장갑을 나에게 건네주었다. 빨래하다가 데카의 주머니에서 찾았다고 했다. 나는 놀라움과 친절함에 감동해서 감사 인사를 했고 장갑을 피나포어 원피스에 다시 집어넣었다. 마차에 타기 전에 내가 가장 꼭 껴안은 건 데카였다. 그렇게 떠나보내는 게 아니었는데. 앞으로 데카의 앞길에 행복만이 가득하기를 빌었다. 그늘진 베란다에 부채와 소설을 놓고 레모네이드를 한 잔 들고 있을 데카의 모습을, 숙녀가 되어 반짝이는 바다를 바라보고 있을 데카의 모습을 상상했다. 나는 데카에게 내 책 몇 권을 주었고 데카는 호주에 도착하자마자 새 주소로 나에게 편지를 쓰겠다고 약속했다. 다섯 명이 큰 우산 아래 서 있었고 다른 하인들을 그 옆에 쭉 서 있었다. 마차가 정원을 빠져나가자 나는 창문에 바짝 붙어서 가능한 오랫동안 손을 흔들었다. 잉글랜드 부인은 검은 옷을 입고 찰리를 안은 채 꼿꼿하게 서 있었다. 이제는 부인이 크레이프 케이크가 아니라 흑옥으로 만들어진 듯 강인해 보였다.

❖

펨브릿지 스퀘어는 완전히 바뀌고 있었다. 7번 건물을 전체 리모 델링하는 중이었고, 건축가들과 인테리어 업자들이 건물 앞을 터벅 터벅 오르락내리락하고 있었다. 나는 길에서 롤러를 한 아름 안은 노동자가 지나갈 수 있도록 길을 비켜주었다. 노동자는 나에게 감 사 인사를 한 뒤 롤러를 카트에 실었다. 정문에서 잠시 멈추어 서서 겨울의 펨브릿지 스퀘어가 얼마나 달라 보이는지, 하얀색 하늘과 집을 찬찬히 둘러보았다.

나와 심 교장 선생님은 선생님의 집에 앉았다. 교장 선생님은 스 토브에 커피를 끓였고 우리는 주방에서 바로 가져온 케이크를 한 조각씩 먹었다. 따끈한 파인애플이 거꾸로 박혀있었다. 나는 파란 색 원피스와 하늘하늘한 앞치마를 두른 유모들 사이로 돌아온 것 이 이렇게 큰 안정감을 줄지 몰랐다. 마치 무리에 합류한 새와 같았 다. 메이드가 내 물건을 나 혼자 쓰는 침실로 가져다주었고, 나는 심 교장 선생님을 따라 건물 꼭대기로 올라갔다. 지금까지 한 번도 교 장 선생님의 방을 볼 기회가 없었기 때문에 찬찬히 방을 둘러보았 다. 교장 선생님의 방은 다락방이라 천장이 기울어졌고 작은 두 개 의 창문이 광장을 내려다보고 있었다. 도자기 접시들이 솜털 무늬 의 벽을 뒤덮고 있었고, 커튼이 벽난로 옆에 묶여 있었다. 그 앞에 벨벳 천을 댄 의자가 두 개 놓여 있었다. 생각했던 것보다 더 정신 이 없었다. 심 선생님이 여자라는 생각을 전혀 못 해서인지 자유시 간에 일상적인 일들로 시간을 보내는 선생님의 모습이 쉽사리 떠오 르지 않았다.

"7번 건물 공사하는 것 봤지요."

곱슬곱슬한 앞머리와 꼿꼿한 허리, 그리고 잉크가 묻은 손가락까지 예전과 똑같았다.

"네."

미묘한 신경전이 끝난 것 같아 감사한 마음이었지만 조금 많이 당황스러웠다. 나는 혼날 걸 각오하고, 아니 최소한 꾸중은 들을 생각으로 펨브릿지스퀘어에 왔다. 하지만 심 교장 선생님은 내 안에서 일어난 커다란 변화를 알아챈 것 같았다. 선생님은 섬세하고 주의 깊었으며 심지어 공손했다.

앞으로 올 것 같지 않은 꾸중에 대비하자니 기운이 빠졌다.

"새로운 가족이 이사 들어오나 봐요."

내가 말했다.

"아니에요. 사실 우리 거예요. 확장하고 있답니다."

"아, 정말요?"

"놀랜드 유아원이 몇 주 후 문을 열어요. 새해에는 작업이 다 마무리될 거예요. 유아원에는 방이 여섯 개 있고, 각 방에는 어린이 세 명이 잘 수 있도록 침대가 마련되어 있어요. 그리고 이미 대기까지 꽉 찼답니다."

심 선생님은 상당히 만족스러운 듯 자부심을 느끼며 말했다.

"우와, 대단하네요. 아이들은 어디서 오는데요?"

나는 정말 감동했다.

"대부분 인도 아이들이에요. 인도에서 일하러 온 사람들의 아이들이죠. 몇몇은 부모님이 해외에 갔다 올 동안 단기로 여기에 있을 거고요."

"아주 근사하네요."

"하지만 오늘 이 자리는 메이의 이야기를 듣는 자리죠. 자, 도대체 왜 메이가 맡는 가족들은 다 이민을 떠나는 거죠?"

심 교장 선생님이 몸을 앞으로 내밀었다.

깜짝 놀란 나머지 잠시 침묵이 흐른 뒤 나는 희미하게 웃었고 심 선생님은 기분이 좋은 듯이 반짝이며 웃었다. 선생님의 기분이 너무 좋아서 맞출 수가 없었다. 나는 내가 왜 일을 그만두게 되었는지 설명하러 왔지, 여기 기분 좋게 놀려고 온 것 아니니까. 나는 주머니에서 엘시와 내가 수로 안내인과 경찰과 함께 찍은 사진이 담긴 엽서를 주머니에서 꺼냈다. 심 선생님도 희미한 미소로 엽서를 받아들었다. 내가 가족사진을 보여준다고 생각했던 것 같다. 사진을 찬찬히 보면서 선생님의 미소가 혼란스러움으로 바뀌었고, 나는 다음으로 심 선생님에게 『웨스트 오브 잉글랜드 애드버타이져』의 신문 기사 스크랩을 건넸다. 기사를 읽어내려가면서 선생님의 눈썹이 치켜 올라가고 입을 꽉 다무는 게 느껴졌다. 몇 초 만에 선생님의 표정은 완전히 달라졌고 두 번째 단락을 읽을 때 즈음에는 선생님이 헉하고 숨을 들이쉬어서 내 이름을 찾았음을 알 수 있었다.

"메이의 이야기네요."

선생님이 못 믿겠다는 듯 나를 바라보았다.

나는 조용히 앉아있었는데, 생각보다 훨씬 더 감상에 젖었다. 아주 오랫동안 나는 사람들의 동정과 싸워왔다. 사람들은 나를 위로한다고 생각했겠지만, 그것은 생각보다 무거웠고, 나는 이 무거운 짐을 지고 갈 생각이 없었다.

"오, 메이."

선생님의 눈가가 촉촉해졌다. 나도 눈물이 나서 선생님의 눈길을 피했다.

"제가 보여드리지 않은 거니 너무 안쓰러워하실 필요는 없어요.

왜 제가 계속 일을 그만두어야 하는지 선생님께서 이제 이해하실 수 있을 것 같아요."

심 선생님은 몸을 앞으로 기울여 내 손을 잡았다. 선생님은 기사의 나머지 부분을 읽고는 끝까지 다 읽자 깊은 한숨을 쉬었다.

"좀 더 일찍 말해줬으면 얼마나 좋아요. 왜 말을 안 했는지 이해는 가지만 그래도 좀 더 빨리 말해줬으면 좋았을 것 같아요."

"아무도 몰랐으면 했거든요."

"당연히 그렇죠. 여동생 엘시는요? 엘시는 어때요?"

"잘 지내요. 오늘 아침에 여기 오기 전에 보고 왔어요."

"취업에 실패한 게 아니에요, 메이. 아무리 생각해도 나 때문에 이렇게 된 것 같아요."

"당연히 아니죠, 심 선생님. 하지만 죄송하게도 다시 새로운 일자리를 부탁드려야 할 것 같아요. 그러니까 일자리요. 세 번째죠. 이번이 정말 마지막이 될 거예요. 만약 이번에도 실패하면 규칙대로 학교에서 탈퇴하겠습니다."

나는 무미건조하게 웃었다.

"그럴 필요 없어요. 그런 건 꿈도 꾸지 않았어요. 이제⋯⋯."

교장 선생님은 짧게 한숨을 쉬었다.

이 말을 하는 게 나을 것 같아요. 지난주에 학교 계좌에 메이 앞으로 돈이 입금되었고, 어제 그 돈을 메이에게 보냈습니다. 비서가 그 돈에 대해서 나에게 따로 주의를 주었죠. 나는 혹시 착오가 있었던 건 아닌지 기부자에게 물어보았어요. 하지만 기부자 쪽에서는 전혀 그렇지 않다며 혹시 메이에게 돈을 보내는 일 때문에 성가시지는 않을지 걱정하시더라고요."

"무슨 돈이요? 누가 보냈는데요?"

나는 머리가 멍해져서 아빠가 돌아가신 지 몇 주가 지났는지 계산해보려고 애썼다.

"40파운드요. 잉글랜드 부인이 보냈어요. 나는 하드캐슬 하우스로 편지를 보냈고 부인은 즉시 답장을 보냈어요."

"40파운드요? 1년 연봉인데요."

나는 깜짝 놀랐다.

"정말요. 정말이지 이렇게 많은 보너스는 처음 봤어요."

나는 멍하게 몸을 뒤로 젖히고 앉았다.

"그렇게 많이 보내신 게 정말 맞대요?"

"당연히 내가 물어보았고, 맞다고 하세요."

나는 할 말을 잃고 의자 깊숙이 몸을 묻었다. 이 돈이면 엘시에게 가장 좋은 의사를 소개해 줄 수 있고, 집안일을 도울 청소도우미나 메이드를 고용해서 가족을 돌봐달라고 할 수 있을 것이다. 집을 따로 구해서 엘시가 계단을 오르락내리락하지 않아도 되도록 할 수 있다. 아니면 계속 가게 위에 세를 살면서 이 돈으로 새로운 가게를 낼 수도 있다…….

"메이가 자신의 삶을 상당히 극복했다는 걸 알 수 있고, 정말로 그런 것 같아요. 메이를 더 혼란스럽게 할 생각은 없지만 다른 이야기를 좀 해야 할 것 같아요. 이미 한 번 언급했지요. 유아원이요."

"네?"

나는 눈을 깜빡이며 몸을 앞으로 기울였다.

"지금 7번 건물에서 일할 유모 팀을 모집하고 있어요. 아이들을 돌보고 수습 유모들을 교육할 거예요. 각 방당 한 명씩 총 여섯 명이 필요해요. 수간호사는 이미 여러 훌륭한 지원자 가운데 뽑았고, 헤드 유모가 아직 빈자리이기는 하지만 이 두 직책은 메이보다 좀 더 경험이 필요한 자리예요. 하지만 그건 그거고요. 아직 여섯 자리가 남아있어요. 여기에 지원했으면 좋겠다고 생각했어요. 물론 다른 집에서 유모로 일하는 걸 더 좋아할 수도 있지만, 메이는 아주 좋은 선생님이 될 거라고 나는 확신해요. 타고난 자질이 분명히 있고요. 알다시피 내가 이 분야에서는 자격보다는 자질이 더 중요하다고 생각하는 사람이니까요. 물론 가르치는 일만 하는 건 아니에요. 유모 일도 같이합니다. 놀이방이자 교실이 될 테니까요. 똑같은 비중으로 일하게 될 거예요. 나는 메이가 이 일에 대해 생각해봐 주었으면 해요. 물론 보너스로 받은 금액이 어마어마하고 그래서 일을 쉬고 싶을 수도 있어요. 하지만 나는 반대입니다. 일은 계속해야 해요. 놀아봤자 뭐 하겠어요."

나는 오랫동안 가만히 앉아서 심 선생님의 말을 생각하며 벽난로를 보고 있었다. 잠시 후 나는 입을 열었다.

"만약 가능하다면요, 심 선생님. 바닷가의 오두막에 가고 싶어요. 만약에 방이 남아있으면요. 생각할 시간이 좀 필요하기도 하고 그곳이 무척 좋았거든요."

"방 있어요. 가도 돼요. 크리스마스 즈음해서는 보통 비어있어요. 관리인에게 침대를 준비하라고 할게요. 필요한 만큼 있다 와요."

"감사합니다."

"메이, 할 말이 있어요. 그 돈을 다른 사람에게 쓰거나 다른 사람의 상황이 더 나아지게 하도록 돈을 쓰기 전에……."

나는 놀라서 선생님의 침착하고 차분한 눈을 바라보았다.

"…… 먼저 생각을 해 봐요. 그 돈은 메이의 돈이에요. 이 방에 있는 두 사람 외에 아무도 메이가 그 돈을 받았는지 모른답니다. 그리고 하나 더. 그런 비극을 겪었는지 정말 꿈에도 생각하지 못했지만 놀랍게 잘 극복한 것 같아요."

"고맙습니다. 하지만……."

"아직 할 말이 남았어요. 그런 일들은 항상 이렇게든 저렇게든 우리의 일부예요. 꼭 그 일을 잊으려고 애쓰지 않아도 된다고 말해 주고 싶었어요. 하지만 '역경 속에서도 담대하라'는 교훈을 실천한 학생이나 수습 유모는 지금까지 메이가 처음이에요. 아주 많이 존경합니다. 자, 이제 이 커피잔을 아래 내려다 줄까요? 아니면 요리 사가 매우 화를 낼 것 같아요."

이틀이 지났다. 남쪽 해안으로 향하는 증기 기차에서 나는 두꺼 운 검은 색 증언서를 무릎에 올려놓고 창밖의 들판을 바라봤다. 장 갑을 벗고 가죽을 톡톡 두드리며 공상을 즐겼다. 도착해서 쓸 편지 들도 생각해 보았다. 데카에게는 석회질로 된 절벽과 조약돌 해안 에 대해 말해줘야겠다. 잉글랜드 부인에게는 보너스를 주서서 감 사하다고 말씀드려야지. 엘시에게도 편지를 써야겠다. 나는 심 선 생님의 충고를 받아들여 아무 결정도 내리지 않고 나에게 올 답장 들을 기다리기로 했다. 나는 직장 추천을 받았으며 한편으로 지금 은 아무 일도 하지 않아도 된다. 은행에는 돈이 있고 해안이 내려다 보이는 작은 창문이 있는 오두막이 나를 기다리고 있다. 한 해가 끝 나간다. 나는 약간 거리를 둔 채 한 해를 돌아보고 싶기도 하고, 아 무것도 하지 않으면서 광활한 하늘과 끝없는 바다를 우두커니 보고 싶기도 하다. 내 인생 처음으로 할 일이 없는 것이니 이 순간을 온 전히 즐길 것이다.

나는 증언서를 열고 내 사진과 규칙, 증명서, 그리고 래들렛 부인의 귀여운 필체를 휙 넘겼다. 완전히 다른 삶을 살고 나니 모두 완전히 옛날 같았다. 두번째 증언서를 펼쳤다. 화려한 L과 동그란 E로 서명한 잉글랜드 부인의 우아한 필체를 감격하며 바라보았다. 책 등에서 전에 보지 못한 작게 접은 쪽지가 있었다. 나는 일상을 찌푸리며 조심스럽게 쪽지를 열어보았고 쪽지 안에는 똑같이 우아한 필체로 짧은 메시지가 남겨져 있었다.

우리를 일상으로 돌아가게 해주어 고마워요.

나는 책을 덮고 머리를 차창에 기대고는 밖으로 휙휙 지나가는 광경을 바라보면서 내가 떠나던 날 아침에 잉글랜드 부인이 층계참에서 편지를 건네주었던 생각이 났다. 엘시의 편지였다.

"미안해요. 편지를 전해주는 걸 잊었어요."

부인이 말했었다.

소인이 찍힌 걸 보니 3일 전 편지였다. 나는 편지를 앞치마 주머니에 넣었다. 잉글랜드 부인이 웃었고, 부인의 흑옥 귀걸이가 달랑거렸다.

『잉글랜드 부인』은 소설이지만 주인공인 루비 메이는 루비 브라운이라는 실존 인물에서 따 왔다. 루비 브라운은 1896년 9월 18일 밤, 여동생 엘시와 함께 아버지인 찰스 알버트 브라운에 의해 클리프톤 서스펜션 브릿지에서 추락당했다. 두 소녀는 75미터 높이에서 목숨을 건졌다. 처음에 루비는 부상을 극복하지 못할 것으로 보였으나 몇 주 후 두 소녀는 무사히 브리스톨 로열 병원에서 퇴원했다. 버밍엄의 발살 히스에서 청과상을 하던 아버지 찰스는 브로드무어 범죄자 정신병원(현재 브로드무어 병원)에 입원하였고, 1899년 12월 아내에게 인계되어 퇴원했다.

# 잉글랜드 부인

초판인쇄 2023년 10월 31일
초판발행 2023년 10월 31일

글쓴이 스테이시 홀스
옮긴이 최효은
발행인 채종준

출판총괄 박능원
국제업무 채보라
책임편집 구현희
디자인 김예리
마케팅 문선영 · 안영은
전자책 정담자리

브랜드 그늘
주소 경기도 파주시 회동길 230 (문발동)
투고문의 ksibook13@kstudy.com

발행처 한국학술정보(주)
출판신고 2003년 9월 25일 제406-2003-000012호
인쇄 북토리

ISBN 979-11-6983-700-2 03840

그늘은 한국학술정보(주)의 SF/판타지/스릴러 큐레이션 출판 전문브랜드입니다.
더운 여름날 그늘 밑에서 편하게 읽을 수 있는 책,
사건의 내막을 들여다보며 느끼는 음습한 그늘이라는 의미를 중의적으로 담았습니다.
나무 아래에서 혼자 편히 쉬고 싶을 때, 넓은 그늘이 되어 주는 책을 만들고자 합니다.

@geuneul_book